--- *Manche Mädchen sind so frei*---
Roman von **Manfred Timmann**
copyright by: **M.Timmann(MT)**
im Jahre 2012

Herstellung und Verlag

BoD- Books on Demand, Nordestedt

- Prolog -

Jedes Mal, wenn ich hier am Bubendayufer stehe, den Überseeschiffen und den Lotsenbooten bei ihrem Treiben zusehe, wird mir das Herz schwer und ich verspüre ein starkes Fernweh. Dieses so große Gefühl, das wohl kaum jemand wirklich treffend erklären könnte. Doch ein jeder kennt es.
Und manch einen überwältigt es einen sogar.
Oft ergreift mich der Drang, zumindest in der Phantasie auf Abenteuerreisen zu gehen.
Und wo kann man besser von diesen Dingen träumen, als hier am Lotsenturm, wo die Elbexperten über das Fallreep an Bord eines jeden Schiffes klettern, um den Rudergängern den sichersten Weg durch die Fahrrinne zeigen zu können.
Es gibt mehrere solche Plätze, an denen ich in mich kehren und über gehabte Erlebnisse nachdenken kann. Und über die Zukunft.
Ich bin ein Grübler, ich weiß.
Und das ist nicht gut, - auch das weiß ich.
Aber ich weiß auch, dass ich nicht einfach so in den Tag hinein leben könnte, um zu erwarten, was da käme.
Es muss durchdacht sein, damit ich auf Überraschungen vorbereitet reagieren kann.
Mancher meint, ich sei schlagfertig.
Vielleicht bin ich es, aber es ist auch ein Ergebnis dessen, dass ich im Kopf eine Palette passender Antworten auf entsprechende Fragen verwahre. -
Ich sitze nun hier und schwelge in den Erinnerungen!
Interessante Leute hatte ich kennengelernt.
Was ist nur aus ihnen geworden?
Was ist nicht alles geschehen in der ganzen Zeit?
Ich denke, ich werde es in dem Resümee meiner Erinnerungen beschreiben können! -
Leute, bei denen der anständige, unbescholtene, weltgewandte,

lebensbejahende Bürger die Nase rümpfte, lernte er sie kennen.
Menschen, die ich wehmütig beneidete.
Wehmut, weil ich wusste, dass man so auf die Dauer mit meiner Lebenseinstellung nicht überleben konnte.
Neid, weil sie trotzdem so lebten und ich es mich, auch kurzfristig, nicht traute.
Heute nennt man sie Aussteiger, früher eher Lebenskünstler.
Dabei sind es einfach nur Straßenmusikanten. Buskers, wie man in England sagt. In Deutschland sprach man seinerzeit noch vom Bettelmusikanten, obwohl sie ja nicht wirklich Bettler sind; sie haben auch etwas zu bieten. – Ihre Musik!
Menschen, die irgendein Musikinstrument mehr oder auch minder beherrschen und so viel Spaß daran haben, es zu spielen, dass sie anderen Menschen daran teilhaben lassen wollen.
Ich kam damals oft in die Spitaler Straße und traf auch jedes Mal einen dieser Musikanten.
War es auch nur eine alte Frau mit einer Baumsäge, die dem Aussehen nach einem Fuchsschwanz, einer Handsäge mit einseitigem Holzgriff, glich. Nur überdimensional groß.
Sie saß auf einem Pappkoffer, der an den Ecken verstärkt war durch metallene Käppchen und hielt den Holzgriff der Säge zwischen den abgestoßenen schmuddelig braunen Schuhen.
Die Spitze hielt sie in der mit einem Tuch geschützten, linken Hand und strich mit einem alten Geigenbogen in der Rechten über die glatte, den Zähnen gegenüberliegenden Seite der Baumsäge. -
Das ergab einen melancholischen, etwas wimmernden Ton, den sie verändern konnte, indem sie den Druck der linken Hand verstärkte oder nachließ.
Wenn Mike, den ich später an derselben Stelle in der Einkaufsstraße kennengelernt hatte, dazu seine Ovationgitarre hätte erklingen lassen, gäbe es einen interessanten Sound.
Mike war ein quirliger, blondgelockter Junge, der nie stillstehen konnte. Immer musste er etwas in der Hand halten, das er herumschwenkte. Und sei es auch nur eine leere Kaffeetasse.

Am liebsten und am häufigsten war es natürlich die Ovationgitarre. -
Und genauso lieb war es ihm, das Ganze in einer Gruppe Gleichgesinnter
zu tun.
Mit Leuten, wie Relk, Ulla, Karsten, Tom, Jerry …, oder mit mir!
In der Spitaler Straße, die auch gern einfach nur ‚Spi' genannt werden
wollte, tat er es.
Oder in den Alsterarkaden.
Regengeschützte Plätze in der Stadt waren die beliebtesten und
begehrtesten.
Heiß umkämpft, manchmal gar mit sanfter Gewalt, an Regentagen.
Schlägereien jedoch, wurden mir nie bekannt.
Schieben oder Rempeln schon.
Einige waren einfach nicht bereit, rechtzeitig vor Ort zu sein, wollten dann
aber doch bei Regen nicht im Selben stehen! -
Sie kamen von überall her.
Nicht nur aus Hamburg, Berlin oder München.
Aus London, Amsterdam oder Paris ….
—

Doch, - ich will diese Geschichte lieber ganz von Anfang an erzählen.

- 1 -

*D*er Abend war wie all die anderen.
Das Tagwerk war vollbracht; das bisschen Hausarbeit war erledigt, der
Magen voll, die Blase leer.
Man konnte zur Ruhe kommen.

Müßig sein, oder etwas zu unternehmen, das war die Frage.
Martin Fleischmann entschloss sich für das zweite.
Er entschied sich ins Dannys Pan zu fahren.
Er startete den ‚Manta A' und fuhr über die Kattwykbrücke in Richtung Hamburg Innenstadt.
Es waren noch einige Parkplätze am Heidenkampsweg frei, was daraufhin deutete, dass heute keine allzu sehr populäre Gruppe oder bekannterer Künstler auf dem Programm stand.
Countrymusik und Bluegrass waren Martins favorisierten Stilrichtungen.
Nur wenige kannten zu dieser Zeit Sänger und Bands wie Truck Stop – sie hatten damals auch erst seit Kurzem deutsche Texte in ihrem Repertoire -, Gunter Gabriel oder gar die Emsland Hillbillies mit Hermann Lammers Meyer.
Daher war diese Musik auch eher alles andere als populär.
Doch wer sich in der Hamburger Musikszene auskannte, der respektierte sie oder liebte sie sogar.
Martin kannte die Szene in Hamburg und er liebte Country und Blue Grass über alles.
Die Tür stand weit offen und der schwere Vorhang, der links neben dem Kassenfenster hing, war noch zu Seite geschoben. Die Kasse selbst war noch nicht besetzt. Hansi hing sicherlich unten bei Maurice an der Bar und trank sein Bier.
Martin stand eine Weile an der halbhoch gemauerten Abgrenzung des Zuschauerraumes und schaute auf das Podium. Die Strahlerlampen waren eingeschaltet und vier Mikrophonstative standen dort. Ein Kontrabass und ein Holzhocker, auf dem ein Textmanuskript lag. Die große Bassgeige ließ auf Jazz, Skiffel oder Bluegrass schließen.
Martin hatte gar nicht auf die Ankündigungstafel über dem Kassenfenster gesehen und ging zurück um sich zu vergewissern, welches Programm heute lief.
Dort stand in großen Lettern:
  ‚ *New Rivertrain* 4,- DM'.

Ein leichtes Gefühl der Freude kam in ihm auf, denn diese Gruppe kannte er.
Sie kamen zwar vom Lande, irgendwo bei Stelle, südlich von Hamburg, aber es waren zum Teil hervorragende Musiker.
Ihnen allen voran der Elmer auf der Mandoline.

„`allo Charly, wie geht es dir?"

Der französische Akzent gehörte unverkennbar Maurice.

Er kam auf Martin zu, schob den Vorhang vor, hielt ihn aber gleich wieder für Martin auf und reichte ihm die Hand.

„Du warst langö nischt `ier!"

„Du hast Recht, mindestens fünf oder sechs Tage nicht. – Aber, was ist los? New Rivertrain stand doch gar nicht im Programm."

„Da täuscht du disch …".

„Nein, das hätte ich gelesen und behalten!"

„Okay, okay, - abör ös steht seit gestörn drinnön, weil sisch der Mackör, der `eutö ier spielön solltö, angeblich die `and verstaucht `at."

Maurice rieb sich die Hände und wippte leicht mit den Füssen vor und zurück. Gesten, die man oft bei ihm beobachten konnte.

„`ast du schon bezahlt?"

„Nee"

„Dann geh' schnell rein. Wo sitzt du?"

„Neben der Treppe zur Bar, wie immer."

„Okay!", sagte Maurice und verschwand, um Hansi zur Kasse im Eingangsbereich zu schicken.

Martin schlenderte zu seinem Platz und zündete sich beim Setzen eine Camel Filter an.

Die Leute von der Band gingen gerade zur Bühne, die Instrumente unter die Arme geklemmt, stellen sich vor die Stative und grinsten zu Maurice hinunter.

„Wo bleiben die Mikes?", rief Bernd, der Bassist.

„Das Bier ist viel wichtiger!", witzelte der Gitarrist.

Maurice kam mit den Mikrofonen, teils in den Händen, teils unter die Arme geschoben, angelaufen und lächelte leicht verlegen: „Die Bierö kommön gleisch."

New Rivertrain begann gleich ziemlich flott mit ‚Handsome Molly'; dann stellen sie sich vor.

Ein süßes blondes Mädchen stellte einen Cola Rum vor Martin auf den runden Holztisch, der aus einer lackierten abgesägten Scheibe eines dicke Baumstammes, die gestützt wurde von drei metallenen Füßen, angefertigt war. Die Sitzgelegenheiten bestanden aus gepolsterten Sesseln und dazu passenden Bänken.

„Von Maurice" säuselte sie und war wieder verschwunden, bevor er etwas erwidern konnte.

‚Der Abend schien recht nett zu werden', dachte Martin und lauschte

begeistert der Musik.
Sein Traum war es auf der Bühne zu stehen, wie diese vier Jungen und mit einer Gruppe wie dieser Bluegrass zu spielen. Oder andere Countrymusik.
Aber dazu benötigte er die richtige Crew.
Nicht mit jedem würde er eine Band gründen wollen.
Es müssten gute Kumpel sein.
Durch seine Soloauftritte hier im *Dannys Pan* und einigen anderen Musikkneipen, wie Knust, Remter oder Kanister, war er bei Insidern längst bekannt und auch beliebt.
Aber viel lieber würde er in solch einer entsprechenden Formation spielen.
Am ehesten schwebte ihm beim Bluegrass eine Fünfergruppe mit Bass, Gitarre, Banjo, Fiddle und Mandoline vor.
Schön wäre auch eine Autoharp, aber die könnte jemand im Wechsel bedienen.
Während er träumte, füllte sich der Laden mit der Zeit.
Der Applaus nach den Stücken wurde impulsiver und die Stimmung immer besser.
Die Typen da oben waren eben einfach gut.
Gerade hatte Bernd, der Bassist, das Banjo genommen, während Elmer, sein Bruder, die Mandoline gegen die Gitarre eingetauscht hatte; und sie setzten an zu Martins derzeitigen Lieblingsstück: ‚Duelling Banjo'.
Der Beifall tobte, als auch die anderen den Song erkannten, was bewies, dass es nicht nur Martins Lieblingsnummer war.
Vor Begeisterung stieß Martin einen ‚Country – Jauchzer' aus.
„Yeeharr!"
Alle Zuschauer in seiner Nähe drehten sich zu ihm um und lachten.
„Du findest die Gruppe wohl gut, was?", meinte ein Typ neben ihm, worauf er erwiderte: „Du nicht?"
Er bestellte sich bei der kleinen Blonden einen zweiten Cola Rum.
Das heißt, eigentlich einen ersten, jedenfalls diesen wrd er bezahlen müssen und lächelte ihr nach.
Als sie mit dem Trunk zurück kam, ihn auf den Tisch stellte und „4,- Mark" sagte, lächelte er immer noch, was die Kleine doch etwas verlegen machte.
„Bist du neu hier?", fragte Martin und dachte ‚blöd, die Frage stellst du jedes Mal, wenn irgendwo eine Bedienung neu ist'.
„Ja, ich bin erst gestern hier angefangen", sagte sie.
„Dafür kommst du aber schon sehr gut zurecht. - Wie heißt du denn?"
„Marika."

„Und was machst du sonst so?"
„Tagsüber gehe ich zur Schule und abends beantworte ich irgendwelche dumme Frage. - Zufrieden?"
Für eine halbe Sekunde verschwand das Lächeln aus Martins Gesicht.
„Zufrieden nicht, aber verblüfft über deine gute Antwort."
Sie lächelte.
„Ich muss jetzt leider anderer Leute dumme Fragen beantworten."
Sprach 's und verschwand hinunter zu Maurice an die Bar.
‚Mit der wirst du nicht so leicht fertig, obwohl sie noch so jung zu sein scheint', dachte Martin und schaute wieder zum Podium, wo gerade die Musiker ihre erste Pause beendeten hatten.
Die Musik wurde immer spezifischer, nicht schlechter, nur es kamen Stücke vor, die selbst Martin bisher noch nicht gehört hatte.
Dann, erst nach Mitternacht, begann New Rivertrain mit den Zugaben.
‚Ich muss wohl oder übel los', dachte Martin bei sich, ‚sonst werd ich morgen früh oder besser heute früh noch verschlafen'.
Er winkte zu Maurice hinunter.
Marika stand da und lächelte.
Und Martin dachte ‚Na, jedenfalls ist sie mir für nichts böse'.
Er bezahlte sein Getränk, hob die Hand zum Gruß und verließ die Kneipe.
Als Martin die Tür seines Autos öffnete, tippte ihn von hinten jemand an die Schulter.
Da stand das blonde Kind – Marika, und lächelte ihn von unten herauf an.
„Wie heißt du eigentlich?", fragte sie.
Verdutzt über diese Frage antwortete er: „Martin Fleischmann, wieso?"
„Nur so. - Hatte Maurice dich nicht ‚Charly' genannt?"
„Ach, Freunde und Bekannte in den Musikkneipen, wie dieser hier, nennen mich Charly. – Aber warum läufst du mir eigentlich hinterher? Nur um mich das zu fragen?"
„Nein ich, äh, äh - wollte dich fragen, ob du am Hauptbahnhof vorbei kommst."
Martin strich sich mit dem Finger über die Nase.
„Hast du denn schon Feierabend? Du willst doch mit mir fahren?"
„Ja, ich meine ja, ich hab Schluss und ja, ich will mit dir fahren. Dass heißt, äh, wenn du mich mit nimmst."
„Natürlich nehme ich dich mit! Wo wohnst du denn?"
„In Wilhemsburg. Aber Bahnhof reicht. Es fährt gleich ein Zug."
Sie stiegen in den Manta.
Martin half ihr beim anschnallen und sah auf die Quarzuhr unter dem

Lenkrad.
Sie zeigte null Uhr vierzig.
‚Zu spät, um noch irgendwo etwas trinken zu gehen', dachte Martin, ‚aber ganz nach Hause bringen kann ich sie allemal', und sagte: „Wilhelmsburg liegt auf meinem Weg. Ich kann dich ebenso gut direkt nach Hause bringen!"
Marika schaute nach unten und schien zu überlegen.
Nach einer ganz kleinen Weile sagte sie: „Warum nicht. Ich wohne in der Weimarer Straße. Bis zum Veddeler Bahnhof kennst du sicherlich den Weg. - Ich sag dir dann, wo du abbiegen musst."
Martin lächelte
„Ich weiß, wo die Weimarer Straße ist. Eine schlimme Gegend in der du wohnst. Da passieren doch fast täglich üble Dinge in dieser Ecke."
„So schlimm ist die Gegend nun auch wieder nicht. Und außerdem sind die Wohnungen dort relativ billig. Mehr kann ich mir auch nicht leisten."
Sie kamen um diese Zeit gut voran.
Es fuhren nur vereinzelnd Autos und bei Tempo siebzig hatten sie grüne Welle.
Als sie in die Georg-Wilhelm-Str. einbogen, musste Martin doch kurz überlegen, wie er in die Weimarer Straße kommen konnte. Doch bevor Marika etwas davon bemerkte, fiel es ihm wieder ein.
Er hielt vor der Hausnummer, die sie ihm genannt hatte und schaute sie an.
Marika hob ihren Blick und sah ihm in die Augen.
„Willst du noch mit hinauf kommen, - auf ein Glas, meine ich?"
Innerlich seufzte Martin und sagte: „Stören wir deine Eltern denn nicht beim Schlafen?"
„Ich wohne zusammen mit einer Freundin hier; und die ist bei ihrem Freund."
„Na meinetwegen. Aber nur auf ein Glas, es ist schon ziemlich spät!" sagte Martin und dachte weiter, ‚oder ich bleib gleich die ganze Nacht bei dir!'.
- Sie gefiel ihm sehr! -

Es war ein mehrstöckiges altes Haus mit großen Zimmern und hohen Wänden.
Die Zimmerdecken verzierten Stucknachbildungen, die langsam zu bröckeln begannen und die Tapeten waren altmodisch und verblichen. Das

Mobiliar in der Diele bestand aus einer alten Kommode, vermutlich von Großmutters Dachboden stammend; und drei Messinghaken, die an der Wand hingen, dienten als Garderobe.
Marika ging in die Küche um die Getränke zu besorgen.
Nachdem er seine Jacke an einen der Messinghaken gehängt hatte, öffnete Martin die Tür zu dem vermeintlichen Wohnzimmer.
Mitten im Raum stehend betrachtete er mit großen Augen ein Monstrum von Bett.
Hohe, Kordel verzierte Pfosten bildeten die Ecken und ein imposanter Baldachin überspannte diese.
Ein riesiges Himmelbett stand dort, das beinahe das halbe Zimmer ausfüllte.
Rüschenverziert, mit viel Tüll und andere Stoffe umwickelt.
Ein wahres Monster von Schlafstätte.
Martin begann gerade, seine Meinung etwas über sie zu revidieren, als er sie aus dem Hintergrund rufen hörte.
„Wo bist du denn?"
„Ach hier bist du!" hörte er sie, ihre Frage selbst beantworten.
„Einen etwas sonderbaren Geschmack hast du, finde ich!" meinte Martin, wurde aber alsbald eines Besseren belehrt.
„Das ist nicht mein Geschmack" sagte sie, während sie mit dem Kopf zum Bett deutete „und dies ist auch nicht mein Zimmer", wobei sie in Richtung Fußboden nickte.
Sie lächelte fröhlich.
„Du hast dich verlaufen! Mein Zimmer liegt gegenüber. - Komm!"
Marika trug in jeder Hand ein Longdrink Glas mit Cola und sicherlich etwas Anderem darin.
Die Tür zu ihrem Zimmer schob sie mit der Schulter auf, bevor Martin ihr helfen konnte.
„Setz dich", forderte sie Martin auf, nachdem er ihr in den Raum gefolgt war.
Er nahm auf einem blassen Sperrmüllsofa Platz und sah ihr zu, wie sie die Drinks absetzte.
Der Raum war einfach eingerichtet.
Mehr dem kargen Geldbeutel nach, als dem kreativen Geschmack. Und trotzdem strahlte er eine Art leicht persönliche Note aus.
Blumen und Pflanzen standen so verteilt, dass man meinte, dort gehörten sie hin.
Unter dem Fenster war der Heizkörper montiert, verkleidet mit einem

hölzernen lackierten Gitter.
Das vorsintflutliche, dunkel lackierte, polierte Büffet verdeckte die schmalere Wand.
Zwei Cocktailsessel und ein Nierentisch direkt aus den fünfziger Jahren teleportiert, auf dem jetzt die zwei Gläser standen, bildeten zusammen mit dem Sofa den Mittelpunkt des Zimmers.
Nur an der großen Wand über dem Sofa, vis-á-vis der Fensterwand, fiel etwas Besonderes ins Auge.
Hier hingen einige Aquarellmalereien.
Sie stellten Pferde und Flusslandschaften dar.
Hervorragende Arbeiten, soweit Martin es beurteilen konnte.
Stark ins Bläuliche und Grünliche gehalten.
Sie passten nicht so recht zu der übrigen Wohnungseinrichtung, aber vermutlich bedeuteten sie etwas Besonderes, Persönliches.
Marika hatte sich zu Martin auf das Sofa gesetzt und schaute ihn unverhohlen an.
Ihre Blicke trafen sich und Martin fragte, während beide ihren gegenseitigen Blicken standhielten: „Du geht's noch zur Schule, wie alt bist du denn?"
„Ja, - ich gehe noch zur Schule. - Ich bin kurz vor dem Abitur, - ich bin neunzehn Jahre alt und die Pille nehme ich auch!"

— *Manche Mädchen sind so frei!* —

- 2-

Die Sonne blinzelte über das Dach des großen Kaufhauses in der Spitaler Straße und warf einen Schatten unter die Caféhausbrücke, die die linke Ladenreihe mit der rechten verband.
Die Einkaufszone war erst mäßig besucht.
Die Uhren am Hauptbahnhof zeigten gerade neun Uhr zwölf.
Eine junge Frau schob ihr Neugeborenes in einem Kinderwagen in

Korbdesign an den Schaufenstern vorbei und begutachtete die Auslagen.
Bald werden hunderte von hetzenden Menschen die ‚Spi' beleben, doch noch ist nicht einmal ein einziger Tisch in der Caféhausbrücke besetzt.
Und da kamen sie auch schon!
Man hörte förmlich die in den Hauptbahnhof einlaufenden Züge, die die Leute durch ihre Türen entließen.
Sie strömten mehrere Rolltreppen hinauf ans Tageslicht, das man meinte, jeder musste unbedingt der Erste sein.
An ihrer Spitze hetzte ein blonder Jüngling mit einem Gitarrenkoffer unter dem Arm geklemmt.
Er war mittelgroß und schlank, hatte graue Augen und ein Kinn, das den Rasierapparat noch nicht kannte.
Den zarten Haarflaum in seinem Gesicht, erkannte man erst, wenn man ihn aus der Nähe sah.
Michael Kobler versuchte immer der erste in der Einkaufsstraße zu sein, wenn hier etwas Besonderes los war.
In der kommenden Woche begann nämlich der Sommerschlussverkauf; die Preise aber waren schon jetzt gefallen und jeder würde versuchen, vorher die interessantesten Waren zu ergattern.
Mike wusste, dass ihm an diesem Tag ein besonders lohnendes Geschäft bevorstand.
Das Geschäft dieses Zweiundzwanzigjährigen bestand aus seiner Ovationgitarre und der Fähigkeit, darauf spielen und dazu singen zu können.
Er sicherte sich den beliebten Platz unter der Caféhausbrücke und begann sein Geschäft aufzubauen.
Dazu gehörte nicht viel.
Er öffnete den Gitarrenkoffer, entnahm ihm die Ovation und lehnte sie gegen die Wand hinter sich.
Nach einer kurzen Weile stellte er den Koffer zufriedenen lächelnd zwei oder drei Meter von sich entfernt auf die Fliesen.
Dann ging er wieder zurück und gurtete sich die Gitarre um.
Schon konnte sein ‚Geschäft' beginnen zu florieren, denn die Leute um ihn herum beobachteten ihn schon ganz neugierig.
Als er zu singen begann, blieben die ersten Passanten stehen.
Und - wo man mehrere Menschen zusammenstehen sah, stellte man sich natürlich dazu.
Mike hatte immer einige Münzen in seinem geöffneten Gitarrencase deponiert, denn diese Maßnahme zog erfahrungsgemäß viele Münzen an.

Und es ging auch gleich los!
Zuerst schickten die Mütter ihre Kinder mit dem Geld zum Koffer vor, dann kamen ältere Leute, bis sich kaum jemand ausschloss eine kleine oder auch größere Münze hineinzuwerfen.
Nach fünfundzwanzig Minuten lagen schon zwei Fünfer, sechs Zweier, einige Mark- und Fünfzigpfennigstücke und Groschen in dem Koffer.
Wenn man das Geld, das Mike zuvor hinein gelegt hatte, abzog, blieb schon jetzt ein Nettoverdienst von über fünfundzwanzig Mark für ihn. Die Spendabelität der Passanten ließ gewöhnlich mit fortschreitender Zeit etwas nach. Doch da er es meist bis zu vier oder fünf Stunden, Pausen eingeschlossen, aushielt, kam er manchmal auf zweihundert, wenn nicht gar zeihundertundfünfzig D-Mark.
Der Tag verlief hervorragend.
Es regnete nicht. Die Sonne schien am strahlenblauen Himmel.
Dieser Umstand bedeutete ihm sehr viel, denn würde es regnen, hätte er sicherlich schon erhebliche Schwierigkeiten bekommen. Schwierigkeiten mit anderen Straßenmusikanten, die sich auch ins Trockene begeben wollten.
Und hier unter dem Café war der einzige trocken Platz in der ganzen Spitaler Straße, die Läden und Geschäfte einmal ausgenommen.
Mike hatte bis jetzt noch nichts von anderen Musikern bemerkt.
Er wusste aber, dass sie irgendwo und irgendwann im Einkaufskomplex der Hamburger Innenstadt auftauchen würden, um ihre unterschiedlichsten Künste darzubieten.
Die meisten kannten sich oder hatten sich zumindest schon einmal gesehen.
Einen von ihnen kannte Mike schon eine ganze Weile und auch dementsprechend gut.
Sie hatten sich damals am Mönckebergbrunnen getroffen und waren sich in die Quere gekommen.
Mike war zuerst am Brunnen.
Er stand vor dem Schallplattenladen und spielte seinerzeit noch auf einer Ibanezgitarre, als Relk Mehrer, so hieß der andere, erschien und sein Banjo Case öffnete.
Ohne ein Wort zu sagen, nahm er das Banjo heraus und klimperte einfach darauf los.
Vor Empörung ganz sprachlos hörte Mike inmitten des Liedes auf zu spielen, starrte den Relk mit offenen Mund an und sagte: „Was bist du denn für' n Typ? Hast du 'n Rad ab? "
Worauf Relk kühl antwortete: „Jetzt schnapp deine Klampfe und verzieh

dich. Du bist schon lange genug hier."
Mike schien den Mund gar nicht wieder zukriegen zu können.
So etwas war ihm sein Lebtag noch nicht geschehen.
Was bildete sich dieser Kerl eigentlich ein?
Als sich seine Nerven wieder entspannt hatten, wusste er, er müsste etwas tun.
Dieses Verhalten konnte er nicht auf sich beruhen lassen.
Mike ging ganz langsam, fast drohend, auf den anderen zu und stellte sich vor ihm auf.
Ihre Nasenspitzen berührten sich beinahe.
Zwei Augenpaare funkelten sich an.
Man konnte an einen wütenden Stier vor einem Spiegel denken, der sein Gegenüber wie einen vermeintlichen Gegner angiftete.
In beider Köpfe überschlugen sich die Gedanken.
Was sollte man tun? –
Nach minutenlangen bösen Blicken erlöste Mike die Situation auf bester Weise.
Er sagte: „Warum spielen wir eigentlich nicht zusammen?"
Damit war die Sache bereinigt. –
Und sie spielten zusammen.
Sie wurden Freunde und spielten immer noch zusammen.

–

Es ging auf Mittag zu.
Mike hatte Relk eigentlich schon früher erwartet.
Würde Relk am Ende heute gar nicht kommen?
Er glaubte nicht daran.
Relk hatte nie zugesagt, dass er kommen würde, aber er sagte bisher immer rechtzeitig, wenn er etwas anderes vorhatte.
Nein, Mike war sich sicher, dass der Freund erscheinen würde.
Wie er so in Gedanken an den anderen war, nahm er die Gitarre, um seine Pause zu beenden.
Relk war kein Frühaufsteher, das wusste Mike.
Und am Nachmittag konnte man ja auch ein paar Mark verdienen.
Er spielte einige Nummern, dachte, er müsse sich etwas zu trinken kaufen, denn sein Hals wurde ihm trocken und nickte jedes Mal dankend mit dem Kopf, wenn jemand eine Münze in den Koffer warf.
Mike hatte sich gerade entschlossen, das Risiko einzugehen, diesen hervorragenden Platz zu verlassen, als er den Freund schon von weiten

herannahen sah.
Relk hatte nicht nur sein Banjocase bei sich, sondern auch eine Plastiktüte, gefüllt mit Weißbrot, Wurst und einer Literflasche Coca Cola.
‚Ein wahrer Freund', dachte Mike. ‚Er kommt zur rechten Zeit und bringt das Rechte mit.'
Lächelnd begrüßte Relk den en und lachte.
Relk lachte ebenfalls.

„Mensch, ich wär bestimmt schon 'ne Stunde früher hier gewesen, aber ich war noch im Supermarkt und hab was zum Futtern geholt. - Du glaubst gar nicht, wie voll die Geschäfte sind. Ich hab fünf Minuten eingekauft und wohl fünfzig Minuten an der Kasse gestanden. Ich wollt die Sachen schon zurücklegen. – Hast du schon ordentlich was eingenommen?"

„Es läuft ganz gut. Ich könnt mal wieder 'n bisschen Kohle aus den Koffer nehmen."
Mike ließ mehrere Münzen vom Koffer in seine Hosentasche wandern, sah einen Zwanzigmarkschein und schrie: „Ha! Sieh dir das an. Ein Zwanziger! Das ist ein Tag! – Komm wir machen erst mal Brotzeit und dann legen wir noch einmal richtig los!"
Er klappte den Koffer zu, stellte ihn an die Wand und setzte sich darauf.
Relk öffnete die Plastiktüte, nahm ein Stück Weißbrot, dazu etwas Wurst und schob Mike die Tüte hin.
Der bediente sich und grinste zufrieden.

„Nichts geht über frisches Weizenbrot mit knackiger Mettwurst drauf!"

„Ja! Und dazu einen ordentlichen Schluck Cola."
Sie ließen es sich schmecken.
Als sie die Mahlzeit beendet hatten, stellten sie den Gitarrenkoffer wieder an seinen alten Platz zurück und stimmten ihre Instrumente.
Sie sprachen sich kurz ab, über das, was sie zu spielen gedachten und begannen mit großer Lust, zur Freude der Passanten, die ihre Eile vergessen hatten und stehen geblieben waren, zu spielen.
Eine Gitarre mit Gesang hörte sich schon sehr gut an und ein Banjo allein konnte auf die Dauer auch recht nervend wirken.
Aber alles zusammen ist ein wahrer Ohrenschmaus.
Die Musik hallte unter dem Caféhaus wider und war noch leise an den Rolltreppen, die in den Bahnhof führten, hallend zu hören.
Und die Leute zahlten und zahlten.

– Es war ein wahrhaft lukrativer Tag! –

- 3 -

*D*ie Übergardinen waren schon zurückgezogen.
Sonnenstrahlen schienen durch das Fenster und brachen sich im Glas der Büffettüren.
 Martin wachte ganz plötzlich auf, schreckte hoch und sah sich um. Er konnte sich kaum zurechtfinden, wusste nicht wo er war.
Marika erschien in der Tür und es dämmerte ihm.
Er lächelte sie an.
 „Guten Morgen. Wie spät ist es denn?"
 „Viertel nach sechs" lächelte sie zurück.
Marika trug einen hellblauen Slip und dazu ein überlanges weißes T-Shirt.
 „Na du! - Hast du gut geschlafen?"
Er streckte die langen Arme in die Höhe und reckte sich ausgiebig.
 „Sehr gut! Nur, ich wusste zuerst gar nicht, wo ich bin."
Er stand auf, nackt, wie er war, nahm sie in seine Arme und küsste sie zärtlich.
 „Wir müssen die Matratze und das Bettzeug noch zurück in die Abstellkammer bringen. Außerdem ist das Frühstück fertig. – Magst du eigentlich Tee? Kaffee hab ich nämlich nicht."
 „Ich mag gar keinen Kaffee. Tee ist sehr gut."
Marika legte das Bettzeug zusammen, während Martin sich anzog und ins Bad ging.
Als er zurück kam, war die Matratze längst verstaut und Marika saß in der Küche am Frühstückstisch.
Es duftete herrlich frisch nach Toastbrot.
Martin setzte sich dazu und dachte ‚so ist das Leben schön – du stehst auf, kriegst ´n Kuss und setzt dich an den gemachten Frühstückstisch'.
Er sah auf die Keramikuhr über der Küchentür.
 -Sechsuhrvierzig!-
Es war Zeit, sich auf den Weg zumachen.

„Ich muss los, sonst bin ich zu spät in der Firma."
Er schaute sie zärtlich an und dachte bei sich, wie das hier wohl weitergehen sollte.
„Wirst du wiederkommen?", fragte sie und erwiderte seinen Blick.
Martin stand auf und ging in die Diele.
Er nahm seine Jacke vom Messinghaken, zog sie über und betrat wieder die Küche.
Sie saß unbeweglich, einer Statue gleich, auf ihrem Küchenstuhl.
„Ich werde wiederkommen. – Wenn du magst."
Als sie seine Antwort vernahm, hellten sich ihre Züge kurz auf, als wäre sie erleichtert.
Sie stand auf, ging auf ihn zu, schlang ihre Arme um seinen Hals und küsste ihn auf den Mund.
Der Kuss schmeckte noch etwas nach dem Erdbeerkompott, dass sie auf ihren Toast gestrichen hatte.
Kaum vernehmlich flüsterte sie etwas mit gesenktem Blick.
„Da bin ich wirklich froh", oder so ähnlich, hörte Martin aus ihrem Gemurmel heraus und löste ihre Arme von seinem Hals.
Dann streichelte er sie sanft mit dem Handrücken über die Wange. Abrupt drehte er sich um und ging zur Eingangstür.
Er wagte es nicht, sich noch einmal umzuwenden und sprang die Stufen mit großen Schritten, drei auf einmal, hinunter.
Der alte Manta sprang gleich beim ersten Startversuch an und brauste mit kurz durchdrehenden Rädern los.

- 4 -

*D*ieser Abend war nicht wie all die anderen.
Martin hatte sich nicht oder nur äußerst schlecht auf seine Arbeit konzentrieren können.
Das niedliche blonde Mädchen aus dem Danny 's Pan ging ihm einfach nicht aus dem Kopf.
Sie gefiel ihm doch so gut. – Aber irgendetwas störte ihn doch.

Er war nicht sogleich darauf gekommen, was es war.
Doch als es ihm einfiel, war ihm plötzlich alles klar.
– Es ging alles viel zu schnell.
Martin kannte Mädchen, die gleich am ersten Tag mit einem ins Bett gingen, aber so wie er solche Mädchen einschätzte, war Marika nicht.
Hatte er nicht auch das Gefühl gehabt, dass sie Bedenken gehabt hatte, nur ohne sie auszusprechen?
Hatte sie nicht auch am Morgen danach Bedenken, er würde nicht wiederkommen?
Auch für ihn war sie kein Abenteuer!
Ein Mädchen für eine Nacht? – Nein, eher nicht.
Aber liebte er sie?
Konnte er sie überhaupt schon lieben, nach so kurzer Zeit?
Nach einer Nacht.
Das wäre dann ja fast Liebe auf den ersten Blick.
Aber das Gefühl stellte er sich anders vor.
Grösser!? - Nein, anders. –
Aber er mochte sie!
So sehr mochte er sie!
Doch er brauchte Zeit, um sich klar über all das zu werden!
Martin hatte den ganzen Tag überlegt, ob er gleich nach Dienstende zu ihr fahren sollte, oder erst am Abend.
Nein!
Er wusste aus schmerzlicher Erfahrung, dass eine Beziehung leicht scheitern konnte, sah man sich am Anfang zu oft. –
Hoffentlich war er nicht doch für Marika nur ein Abenteuer für eine Nacht!
Den ganzen Tag über plagten ihn diese schweren Gedanken.
Und am Abend ließen sie ihn auch nicht in Ruhe.
In dieser Stimmung wollte er nirgendwo hinfahren, schon gar nicht zu ihr.
Es war Freitag.
Morgen konnte er ausschlafen.
Martin entschloss sich, eine Flasche Rum zu köpfen.
Nachdem er das zweite oder dritte Glas geleert hatte, dachte er darüber nach, wie dumm es war, hier zu sitzen, allein und Alkohol zu trinken.
Er warf sich eine Jacke über, verriegelte die Wohnungstür und verließ das Haus.
Er hätte Freunde anrufen können.
Freunde hatte er genug. Aber er wollte niemanden von ihnen mit seiner

miesen Laune belästigen.
Martin dachte an den Dorfkrug.
In einer Kneipe herrschte schon kumpelhafte, fast intime Stimmung, gleich nachdem man sie betrat.
Und trotzdem bleibt einem immer noch irgendwie eine gewisse Anonymität.
Man konnte sich viel mehr erlauben, als sonst wo, ohne anzuecken. Man bekam nur Ärger, wenn man sich nicht einladen ließ, oder niemals anderen einen ausgab.
Oder wenn man Frauen belästigte. Oder Kinder.
Aber wann waren schon Frauen und Kinder in einer Kneipe.
Martin ging los. - In den Dorfkrug.
Er war sehr selten hier, aber er wurde begrüßt, als wäre er täglich zu Gast.
„Trinkssu auch ´n Bier?", lallte der Mann neben ihm am Tresen.
„Nein, vielen Dank, aber ich trinke kein Bier. - Nur Cola Rum."
„Ein ´n Cola Rum un´n Bier!" lallte der Mann neben Martin zum Wirt.
„Einen Cola Rum für den jungen Mann hier, aber du hast genug für heute, Paul!" sagte der Wirt, wobei er zuerst zu Martin schaute und dann zu dem spendablen Gast an der Theke.
„Nun gib Paul nun schon noch ´n Bier, Rainer. Ich nehm´ ihn gleich mit nach Hause!", sagte ein anderer Gast links neben dem schon sehr angetrunkenen Paul.
„Nun gib Paul sch – schon ´n noch ´n Bier, Rai Rainer, er nimmt Paul gleich mit nach Hause!" echote Paul mit einem schiefen Grinsen, das die Vorfreude auf sein bevorstehendes letzte Bier für heute Abend widerspiegelte.
Paul bekam sein Bier und prostete Martin zu.
Martin erwiderte die Freundlichkeit, sagte: „Vielen Dank" und widmete seine Aufmerksamkeit einigen ziemlich jungen Männern, die an einem Tisch neben der Kneipentür saßen.
Diese Jungen waren vielleicht neunzehn oder zwanzig Jahre alt.
Einer von ihnen hatte eine Gitarre auf dem Schoß und klampfte ziemlich leidlich zu modernen Volksliedern, die sie alle mitsangen.
Sie hatten Spaß daran und es kam ihnen nicht darauf an, wie gut oder perfekt es klang.
Es war einfach Spaß an der Freude.
Auch Martin hatte Spaß an deren Freude, doch er amüsierte sich schon etwas über die vielen Fehler, die der leidliche spielende Gitarrist machte.

Er beobachtete sie einfach nur und amüsierte sich.
„Kannst du besser spielen, oder was glotzt du so?" rief ihm einer der jungen Leute von dem Tisch provozierend zu.
Martin schüttelte nur lächelnd den Kopf.
„Wenn du´s besser kannst, dann zeig es doch!" knurrte der Typ und stand auf.
Er kam auf ihn zu.
Die Musik erstarb und der Junge zeigte auf die Gitarre.
„Zeig es uns!"
Martin versuchte die Situation herunterzuspielen.
„Hey! - Ich will keinen Ärger! - Ich find das gut, was ihr da macht. Man sieht, dass ihr Spaß daran habt. - Und das finde ich gut."
Er spürte, dass der Typ nicht wirklich Stunk wollte.
Vielleicht ärgerte er sich nur über die vielen Spielfehler, die dem Gitarristen unterliefen.
Oder es war der Alkohol, den er intus hatte und der ihn dazu trieb, sich ständig zu wiederholen.
„Zeig's uns, wenn du's kannst!"
„Ich kann's besser" sagte Martin, „aber das ist nicht wichtig. Wichtig ist nur, dass man Spaß daran hat."
Er nahm sein Glas, dass fast zur Neige ging und fügte hinzu:
„Macht nur weiter, es gefällte mir, was ihr da macht."
„Wenn du's besser kannst, dann zeig es uns!"
Der Kerl hatte die Gitarre seines Freundes ergriffen und hielt sie Martin vor den Bauch.
Er wollte unbedingt den Zwist gewinnen und glaubte Martin blamieren zu können.
Martin nahm die Gitarre, hielt sie hoch und stellte fest, dass sie von gar nicht so übler Qualität zu sein schien.
Er legte sie auf das rechte Knie und klimperte mit dem Daumen ein paar Akkorde.
„Hast du 'n Plektrum?"
Er wandte sich an den Gitarrenspieler.
Er selbst hatte immer eines dieser kleinen Kunststoffplättchen in der Geldbörse, aber er wollte den Kontakt zu den jungen Leuten erhalten und nicht gleich zu forsch beginnen.
Der Andere hielt ihm das Plättchen hin, ohne ein Wort zu sagen.
Er schien zu spüren, dass Martin mit diesem Instrument umgehen konnte.
Martin stand auf und nahm es in Empfang. Er setzte sich langsam wieder

auf den Tresenstuhl und begann zu spielen.
Als sein Gesang ertönte wurde es mit einem Mal still im Dorfkrug.
Es war niemand in der Kneipe, der mit dem, was er gerade tat, weitermachte.
Sogar Rainer, der Wirt vergaß das Putztuch durch das Glas, das er gerade reinigen wollte, zu drehen.
Jeder lauschte nahezu ergriffen der Musik.
Martin ließ das Stück langsam ausklingen und es schien, als würde die Stille, die nun folgte, nicht enden wollen.
Es war der Provokateur, der das Wort ergriff.
Beinahe entschuldigend meinte er: „Man, du bist ja super! Hast du noch mehr solcher dollen Sachen drauf?"
Die gute Stimmung war wieder hergestellt, als Martin sagte: „Wenn ihr Lust habt, werd ich noch ´n paar Nummern spielen."
„Ja mach weiter!"
War die allgemeine Antwort der anderen Kneipenbesucher.
Und Martin spielte.
Er spürte zwar den Rum, den er konsumiert hatte, schon etwas, aber er wusste, meist wurde er besser, wenn er ein wenig Alkohol intus hatte.
Die Leute waren begeistert!
In so einer Runde, wie hier, machte es Ihm auch großen Spaß, zu spielen.
Es war ungezwungen. - Völlig spontan.
Er musste nicht, er durfte spielen, wenn man von dem kleinen Geplänkel vor dem Beginn seines Vortrags einmal absah.
Jedes Mal, wenn Martin sich anschickte, die Gitarre abzusetzen, kam irgendjemand, stellte ein Glas Cola Rum neben ihn auf die Theke und sagte so etwas wie „du willst doch wohl noch nicht aufhören" oder „ein Lied spielst du aber noch!"
Nach fast zwei Stunden und mindestens vier Gläsern erzählte Martin, er habe nun schon etwas zu viel getrunken und es besser wäre, nun aufzuhören.
Es war wirklich besser, denn die Fehler häuften sich nun auch bei ihm, doch ohne dass die Zuhörer es aber bemerkten.
Die Enttäuschung des Kneipenvolkes war groß, doch Martin blieb nun eisern.
Er ließ sich auf die Schultern klopfen, trank noch einiges und amüsierte sich darüber, nicht eines der Getränke bezahlen zu müssen.
Er wurde zu jedem Glas eingeladen.
Spät in der Nacht kam er nach Hause gewankt.

Mit gehöriger Bettschwere, merkwürdig erfreut und irgendwie befriedigt ließ er sich in seine Schlafstatt fallen.

- 5 -

Am nächsten Morgen war Relk vor Mike an ihrer gemeinsamen ‚Arbeitsstätte'.
Er musste aber nur ein paar Minuten auf den Freund warten.
„Mein Gott, hast du aber dicke Augen! - Gesoffen, was?" begrüßte Relk den Anderen.
„Es geht. Es ist jedenfalls spät geworden gestern. Oder besser früh!"
„Hoffentlich kannst so früh heute Morgen schon singen."
„Wenn ich die hohen Töne nicht schaffe, müssen wir eben Jonny Cash spielen"
„Schaffst du's denn immer den richtigen Ton um einen achtel Ton zu verpassen?"
„Hä, hä, hä. - Nun sei nicht so fies. - So schlimm ist es nun auch nicht bei Johnny Cash."
„Nee. - Und die meisten seiner Songs sind ja auch einfach Spitze!"
Sie lachten gemeinsam über die witzige Anspielung auf den bekannten Countrysänger und der Klamauk war nicht einmal von ihnen selbst erdacht. - Denn diesen Spruch hatte sich kürzlich Don Paulin erlaubt, als er zusammen mit Bill Ramsey auf großer Deutschlandtournee unterwegs gewesen war.
Wer so guten Folk, Blues und Jazz brachte, wie diese Beiden, konnte sich schon einmal so eine kleine Frechheit auch vor einem Publikum erlauben. Außerdem war Jonny Cash ja auch nicht dabei, und er würde es auch nie erfahren. - Deutschland war für die weltweite Countryszene nun doch eher belanglos!
Während sie so umher alberten, hatte Mike seine Gitarre umgeschnallt und den Koffer an einen günstigen Platz deponiert.
Er begann leise vor sich hin zu singen und meinte nach einer kurzen Weile:
„Wir können auch was anderes machen, und brauchen nicht nur Cash spielen."

Sie begannen mit einem sehr schönen Stück zum Nachdenken.
'Mr. Bojangle`.
- Bojangle war ein alter Tänzer. Einst war er ein großer Star.
Nicht in Film und Fernsehen, wie vielleicht ein Fred Astaire, jedoch in den zu seiner Zeit sehr beliebten Minstrelshows.
Später war er ein Kneipengänger.
Vergessen von all seinen ehemaligen Fans, tanzte er für ein paar Cent oder für ein kühles Bier. Er tanzte mittlerweile leidlich, obwohl man sah, dass er es einmal perfekt beherrscht haben musste und erzählte von den besseren Zeiten. -
Das Lied erzeugte eine melancholische Stimmung und einige Passanten blieben schon stehen, obwohl die wenigsten den Text verstehen konnten.
Die Münzen wechselten ihre Besitzer und die Zeit verging.
Plötzlich sagte Relk während der zweiten Pause:

„Ich bleib heut nicht so lang. Ich treff mich heut noch mit Ulla."

„Macht nichts", gab Mike zurück, „dann brauch ich heute Abend nicht alles Geld mit dir zu teilen."

„Du wirst noch mal Rockefeller"

„Bin ich doch längst! - Nur inkognito".

Als Relk gegangen war, besorgte sich Mike einen Hamburger und hoffte, den guten Platz zurückbekommen zu können.
Schmatzend kam er dann wieder an der begehrten Stelle in der Spitaler Straße an und sah, wie ein Typ an eben diesem Platz hockte und sich seinen Schuh zuband.

„Könntest du mal eben zwei, drei Meter weitergehen und dort deinen Schuh zubinden?" sagte Mike recht barsch.

„Wie bitte?" bekam er von dem anderen als Antwort, während der sich langsam zu seiner vollen Größe von fast einen Meter und neunzig aufrichtete.
Er stellte sich breitschultrig vor Mike auf.

„Was sagtest du eben?"

„Du sollst mal eben `n Meter weitergehen."

Mike ließ sich nie von solch imposanter Größe und den unter Umständen dazugehörigen enormen Körperkräften eines anderen beeindrucken.
Wenn einer, mit dem er Ärger bekam, kräftiger und er selbst nicht schnell genug war, dann bekam er eben auch etwas auf die Nase. 'So what – was soll 's!

„Und warum?"

„Weil das hier mein Platz ist!"

„Hast ihn teuer bezahlt?" kam von dem Hünen zurück.
„Häh?!?"
Mike verstand nicht sofort, aber dann klickte es bei ihm.
„Hä, hä! Nicht schlecht. Nein im Ernst. Du siehst doch meine Klampfe. - Ich will hier spielen."
„Wenn du zehn Sekunden gewartet hättest, wäre ich doch längst weg gewesen."
„Und nun?"
Mike wartete immer noch darauf, dass der Andere aggressiver werden würde.
Aber weitgefehlt.
„Nun?!? - Wir könnten uns ein wenig unterhalten und derweil deinen Platz in Verwahrung halten."
„Worüber unterhalten?"
Mike wusste nicht, was der andere wollte.
„Über deine Musik zum Beispiel. - Welche Art von Musik spielst du? - Spielst du schon lange? - Spielst du immer alleine? - Hättest du Lust auch mal mit mir zu spielen? - Soll ich weiterfragen, oder willst du auch mal antworten?"
Mike begann allmählich den Anderen zu mögen; zumal der auch musizierte, wie er sagte.
Solche Leute verstehen sich meist schnell.
„Also", sagte Mike, „Country und Folkmusic; zwei Jahre; meistens spiel ich mit ´n paar duften Typen zusammen und äh, was war da noch? …, Ach ja, warum nicht? - Wenn du mehr als drei Akkorde beherrscht. - So, jetzt kannst du weiterfragen."
Der Andere grinste, weil ihm diese Antwort sichtlich gefiel.
„Wie heißt du?"
„Mike Kobler, und du?"
„Martin Fleischmann, aber Freunde nennen mich Charly."
„Charly?"
Mike dachte nach.
„Machst du auch Countrymusik und hast du schon mal im Dany's Pan gespielt?"
Plötzlich kam ihm das Gesicht des anderen doch bekannt vor.
„Ja. Hast du mich da schon mal gesehen?"
„Ich meine ja. Aber so richtig kann ich mich doch nicht mehr daran erinnern."
Mike hatte inzwischen seine Ovation ausgepackt und hielt sich Charly vor

den Bauch.

„Willst du mal?"

Charly nahm das Instrument und hielt es prüfend in der Hand.

„Auf so einem schönen Teil wollte ich immer schon mal spielen!"
Er spürte noch einen leichten Schmerz auf den Fingerkuppen, als er auf die harten Stahlsaiten drückte.
Das zweistündige Spiel vom Vorabend im Dorfkrug hatte deutliche Kerben in der Hornhaut der Fingerspitzen seiner linken Hand hinterlassen.
Martin vollführte ein improvisiertes Fingerpicking ohne ein vollständiges Lied zu spielen.
Mike sah und hörte interessiert zu und schaute Martin mit Bewunderung an, nachdem der seine Improvisation beendet hatte.

„Dieses Fingerpicking kannst du mir irgendwann einmal beibringen. - Aber nun sing doch mal dazu!"
Die vorbeieilenden Leute hatten bis dahin noch keine Notiz von ihnen genommen.
Als Martin ansetzte zu `Take Me Home, Country Roads´, blieben die Ersten stehen.
Andere, die gegenüber in die Schaufenster sahen, drehten sich um und bevor er das schöne Lied zu Ende gebracht hatte, legte das erste Kind schon eine Münze auf den Gitarrenkoffer, obwohl dieser noch geschlossen war und noch gar nicht an seinem richtigen Platz lag.
Martin spielte ohne Unterbrechungspause noch zwei Nummern infolge und übergab Mike das wunderschöne Musikinstrument.
Ohne etwas zu sagen, begann Mike sein Programm abzuspielen, während Martin und all die anderen erfreut zuhörten.
Als Mike fertig war und wieder einmal eine Pause einlegte, schaute er zu Martin hin.

„Sag mal Charly, hast du heute Nachmittag noch etwas vor? - Oder willst du nicht mitkommen ins Fährhaus?"

„Welches Fährhaus meinst du?"

„In Winterhude. - Da wohnt in einem Hinterzimmer ein Freund von mir."

„Vielleicht. Aber was ist denn da Besonderes los?"

„Na, meist kommen dort einige gute Musiker hin. – Fast jeden Tag Session. - Verstehst du?"

„Astrein. - Ich muss nur schnell ein paar Einkäufe erledigen. Dann komme ich hier wieder hierher. - Okay?"

„Okay!"

‚Das könnte ein schöner Nachmittag werden' dachte Martin und verschwand in dem großen Kaufhaus gegenüber.

- 6 -

Relk Mehrer jobbte gelegentlich als Bedienung im alten Winterhuder Fährhaus. Außerdem half er dem Hausverwalter, der ein noch ziemlich junger Kerl war, gar nicht so wie man sich einen solchen Mann vorstellte, als Aushilfshausmeister.
Als Gegenleistung dafür durfte er einen kleinen, ehemals verwahrlosten Raum im hinteren Teil des Gebäudes bewohnen.
Hier in diesem Zimmer, dessen Einrichtung nur aus ein paar alten Matratzen, eines Stuhles, eines Plattenspielers, eines Revox Tonbandgerätes, vielleicht hundert oder hundertzwanzig Langspielplatten und eines Ölradiators bestand, trafen sich gelegentlich gegen Abend einige junge Leute, die den größten Teil ihres Lebensunterhaltes als Musiker auf der Straße verdienten, oder mitten im Studium waren.
So auch heute.
Es war nie verabredet, doch geschah es des Öfteren, dass sie sich am gleichen Tag zur beinahe gleichen Zeit entschlossen, zu Relk zu gehen.
Sie redeten oder hörten Platten. - Oder sie musizierten zusammen.
Karsten Scherer war schon dort, als Relk sein Etablissement betrat. Die Tür war selten verschlossen, höchstens, wenn, ja wenn Relk zwar zu Hause, aber nicht allein war und ungestört sein wollte.
Relk wollte heute eigentlich ungestört sein, denn er hatte Ulla bei sich.
Als er Karsten sah, wusste er: Nun würde heute wohl nichts daraus werden.
Aber er war ein Mensch, der sich mit derlei Dinge abzufinden wusste.
„Hallo Karsten, bist du schon lange hier?"
„Hallo Karsten!" sagte auch Ulla.
„Hallo ihr zwei. - Nee, auch erst 'n paar Minuten. - Was habt ihr heut vor? - Woll'n wir 'n bisschen spielen?"

Ulla stürzte zur Wand, an der Relks Gitarre auf einer Matratze lag und rief ungestüm:

„Oh ja! Die anderen sind noch nicht da, dann spiel ich die Gitarre."

„Hast du denn geübt, mein Schatz?"

Relk machte sich immer lustig über Ulla, wenn sie mit musizieren wollte. Und Karsten ärgerte sich dann jedes Mal darüber.

„Nun lass sie doch. Außerdem lernt sie es schneller, wenn wir sie mitspielen lassen."

„Ich meine das ja auch nicht so. - Aber wenn Mike da ist, hört sie auf!"

Relk konnte es nicht lassen.

„Blödmann", sagte Ulla.

„Richtig so, gib ´s ihm!" stiftete Karsten bei.

Ulla hatte sich auf die Matratze gesetzt und die Gitarre auf den Schoß genommen. Sie konnte noch nicht besonders gut mit diesem Instrument umgehen, doch bei langsamen Stücken, mit nicht allzu komplizierten Akkorden, hielt sie gut mit.

Karsten nahm seine Mandoline und klimperte vor sich hin.

Ulla benötigte eine Weile, bis sie die richtige Tonart herausgefunden hatte und versuchte mit Karstens Harmonien mitzuhalten.

Nach einiger Zeit klang es recht ordentlich und Karsten bemühte sich, nicht allzu kompliziert zu spielen.

Relk hatte bedächtig sein Banjo genommen und es getunt.

Das klang etwas schräg, aber als er die Saiten gestimmt hatte, wurde der Sound harmonisch.

Ulla spielte die Akkorde G, C und D in gleichbleibenden Rhythmus und Karsten und Relk wechselten sich in einigen Ausschweifungen ab.

Das Ganze wurde mit der Zeit etwas schneller und bildete nach und nach einen richtigen breakdown.

Als Relk einen Schlussakkord zupfte und Ulla es gleich packte, die Beendung des Stückes rhytmusgerecht zu verfolgen, schwärmte Karsten vor sich hin.

„Und du sagst immer, sie kann nicht spielen!"

Relk sah Ulla liebevoll an und meinte:

„Ja, doch - sie kann."

Und Ulla lächelte freudig erregt in sich hinein.

Martin hatte seine Besorgungen in einer Plastiktüte verstaut und verließ gerade Brinkmanns großes Fachkaufhaus durch die sich automatisch öffnende Glastür, als ihm auf der anderen Seite der Spitalerstraße durch das Gewimmel von Leuten hindurch, das schulterlange, leuchtend blonde Haar eines Mädchens ins Auge fiel.
Er erkannte Marika auch von hinten sofort.
Er wollte sie gerade voll Freude anrufen, als er den Jungen neben ihr erblickte, mit dem sie sich unterhielt.
Martin hielt kurz inne.
Als Marika ihre Arme um des Anderen Hals schlang und ihn zärtlich auf den Mund küsste, tat es ihm einen scharfen Stich in seiner Herzgegend.
Martin drehte sich abrupt zum Schaufenster um und blickte mit leeren Augen in die Auslagen.
So sah auch er nicht, wie Marika und der andere sich umwandten und ohne noch einmal verliebte Blicke auszutauschen, in verschiedenen Richtungen davongingen.
Nach geraumer Zeit, mit einer schmerzenden Leere in seinem Kopf, ging Martin ziel- und planlos die Spitaler Straße entlang.
Als Mike ihn an sich vorbeigehen sah, blickte er ihm verblüfft hinterher und rief ihm nach.
„Hey! Bist du blind; hier bin ich!"
Martin hörte ihn nicht. − Er hörte nichts, als ein monotones Geraune um sich herum.
Er hatte zwar nach einer Nacht keine Anrechte auf sie, aber wie konnte sie ihm das antun?
Hatte er sich so getäuscht?
Plötzlich wurde ihm klar, richtig verliebt zu sein und dass er ernsthaft geglaubt hatte, auch von ihr geliebt zu werden. −
‚Wirst du wiederkommen?', - ‚Ja?' - ‚Da bin ich froh!', ging ihm durch den Sinn.
Hatten sie das nicht so gesagt?
‚Sie liebt dich', wollte sein Herz ihm einreden.
‚Sie spielt mit dir', sagte ihm sein Verstand! −

„Kennst du mich noch? – Ich bin Mike, von damals in der Spitaler Straße."
Mike stand jetzt direkt vor ihm, mit dem Gitarrenkoffer in der Hand.
Martin wäre weitergegangen, hätte er ihn nicht dann umlaufen müssen.
So blieb er stehen und schaute verständnislos durch Mike hindurch.
„Hallo?!?"
Mehr brachte er nicht hervor.
„Also, wir wollten doch zusammen zum alten Fährhaus! Oder was?"
Langsam setzte Martins Gehör wieder ein.
„Ach, ja?!?" sagte er aber nur.
„Hast du ´n Gespenst gesehen? – Du guckst jedenfalls so."
Mike wurde die Situation schon fast peinlich.
„So etwas ähnliches…!"
Langsam setzte Martins Verstand auch wieder ein.
„Aber, was soll´s. – Das Leben wird weitergehen!"
Mike verstand nichts, aber verstehe einer die Menschen, wenn sie nicht aufrichtig und ausgiebig miteinander redeten.
Martin konnte wieder klare Gedanken fassen.
Die Lust mit neuen, ihm fremden Menschen zusammenzutreffen, war ihm eigentlich vergangen.
Aber er wusste, dass er sich ablenken lassen sollte.
Marika musste er schnellsten vergessen, wollte er sich nicht in unglücklich verliebten Gefühlen verfangen.
Traurig folgte er Mike zur U-Bahn.
Am Bahnhof Hudwalker Straße verließen sie die U1 und überquerten die Bebelallee.
Von hier aus war das altherrschaftliche Gemäuer schon zu sehen.
Sie gingen an den Stufen des Hauptportales vorbei, durch den Biergarten zum hinteren Teil des Gebäudes am Winterhuder Kai entlang, wo in einem stallartigen Anbau, fast verwahrlost wirkend, das Zimmer Relk Mehrers lag.
Nach draußen, durch Tür und Fenster, klangen schon Melodien von Gitarre, Banjo und Mandoline intoniert.
Martin erkannte den recht ordentlich gelungenen Versuch eines Bluegrass - Breakdowns, bei dem ein Instrument ein Thema vorspielt und ein zweites es wiederholt.
Möglichst bei Steigerung des Tempos.
Bei der Gitarre wurden die Akkorde etwas verkrampft angeschlagen, woraus Martin schloss, dass der Gitarrist noch eine Spur ungeübt war.

Mike öffnete die Tür zum Korridor und die des Raumes dahinter, ohne anzuklopfen und trat zusammen mit Martin ein.

„Hey zusammen! Das ist Charly!" wurde Martin eingeführt und sofort in die Gemeinschaft integriert. So, als gehörte er längst dazu.
Martin erkannte den Platz neben Ulla auf der Matratze als die einzige freie einigermaßen bequeme Sitzgelegenheit und setzte sich dort hin. Ulla probierte gerade ein paar, ihr ungeläufige Harmonien auf der Gitarre und stolperte immer wieder über den H 7 Akkord der einfachen Griffart.

„Du musst den kleinen Finger auf die erste Saite im zweiten Bund setzen." sagte Martin.

„Sag mal, gibt es hier nur perfekte Gitarristen, oder was?"
Ulla reagierte unwirsch und verärgert über ihren eigenen Mangel an Wissen und Fingerfertigkeit; doch Martin dozierte unbeirrt weiter.

„Und wenn du den Daumen auch im zweiten Bund auf die sechste Saite drückst, kannst du den vollen Akkord auf allen Saiten der Gitarre spielen."

„Das schaff ich nie!"
Ulla schrie es fast und legte die Gitarre zur Seite.
Karsten, der seine Mandoline auch aus der Hand gelegt hatte, bekundete, dass ihn Charly wohlweislich bekannt war.

„Lass es dir ruhig von einem Profi zeigen!"

„Wieso Profi?"
Ulla nahm das Wort Profi ernst und schaute in die Runde.

„Charly spielt bestimmt ein- bis zweimal im Monat im Danny´s Pan oder sonst wo."
Ullas Augen leuchteten zu Martin hinüber.

„Ist das wahr?"
Sie rückte ein Stück abseits von ihm, um ihn etwas besser betrachten zu können.
Martin wurde leicht verlegen und wandte sich Karsten zu.

„Du doch auch."

„Also, nicht halb so oft wie du. Und meine Stimme kannst de auch vergessen."
Martin schaute ihn an.

„Für Blues und Soul ist sie doch super!"

„Ja, aber wir machen Country und Blue Grass, oder nich?"

„Bei gutem Country gibt's auch solche Elemente."
Mike hatte seine Ovation gerade nachgestimmt, nahm aber den Blick nicht von seinem geliebten Stück.

„Lasst uns doch einfach alle mal was zusammen machen!"
Ulla jubelte.
„Oh ja!"
‚Endlich darf ich auch richtig mitmachen' dachte sie.
„Deine Klampfe nimmt Charly!"
Abrupt wurde sie von Relk gebremst.
„Mehr Gitarren ha´m wir ja leider nicht hier."
In ihrem Frohlocken eingeschränkt, doch in der Erwartung, gleich sehr gute Musik hören zu können, war Ulla versöhnt und reichte das Instrument zu Martin hinüber.
Der schaute nicht auf, während er gleich an den Wirbeln drehte.
„Ich brauch einen Kapodaster. Plektrum hab ich immer selbst bei mir."
Er bekam das Erbetene mit der Aufforderung doch mit irgendeiner Nummer zu beginnen: die anderen würden sich dann schon hineinfinden.
Für den Nachmittag und bis in den späten Abend war ein blondes süßes Mädchen namens Marika etwas in seinen Gedanken etwas verblasst.
Aber: Die richtige Crew für ein Bluegrass Ensemble war gefunden worden.
Man musste nur noch für Ulla einen Kontrabass besorgen und ihr bei der Aneignung der Fähigkeit ein solches Instrument bedienen zu können, behilflich sein.

—

Es war bereits ein Uhr nachts, als Martin das Fährhaus verließ und mit der U-Bahn zum ZOB fuhr in dessen Nähe er seinen Manta A geparkt hatte.
Als er Marika am Mittag engumschlungen mit einem anderen Mann gesehen hatte, schien vergessen zu sein, ein Auto zu besitzen.
Er schob den Schlüssel ins Schloss, öffnete die Fahrertür, setzte sich hinters Lenkrad und schlug die Tür zu.
Und plötzlich saß der Stachel der kaum begonnenen und schon verlorenen Liebe zu Marika wieder tief in seinem Herzen.
So konnte und wollte er nicht nach Hause fahren.
Auch an Schlafen war nicht zu denken. Ohne zu überlegen, wohin er wollte, fuhr er los.
Sein Weg führte über die Reeperbahn. Dann bog er links ab. Hinter dem alten Fischmarkt standen die leichtbekleideten Mädchen, legten ihre Köpfe schräg, schoben ihre Becken leicht nach vorne und lächelten ihn so verführerisch es ihnen möglich war, an.
An der Körpersprache kann man sie gleich erkennen.

Ihm kam der Gedanke, wer wohl aufrichtiger sei: eine Mädchen, das die Nacht mit dir verbringt, dir dann sagt, es sei so froh, wenn du wieder kämest, um dann einen anderen zu küssen, oder eine Frau, die ihren Körper verpachtet, ihren Preis sagt und dich so genau wissen lässt, woran du mit ihr bist.
Er wollte nicht ungerecht sein. Er müsste noch einmal mit Marika reden.
Als die Damen bedrohlich nahe an sein Auto kamen, startete er durch und fuhr davon.
Sie konnten ja nicht wissen, dass er nichts von ihnen wollte.

- 8 -

Die Sonne schien das Dach der Scheune mit Blattgold zu überziehen.
Die Schatten der Obstbäume hingen an ihren Stämmen.
Es war heiß.
Das Fenster zum Schlafzimmer war noch verschlossen, obwohl es nach Süden zeigte. Im Sommer ein sicheres Zeichen, dass Martin nicht zu Hause oder sehr spät heimgekommen war und noch fest schliefe.
Martin war zuhause.
Allerdings erst seit drei Uhr dreißig.
Er war notorischer Langschläfer. Vor elf Uhr morgens sah man ihn an Wochenenden selten außerhalb seines Bettes. Aber heute hatte der kleine Zeiger die dreizehn schon lange hinter sich gelassen.
Martin drehte sich gerade mit dem Gesicht zum Fenster.
Ein kleiner Sonnenstrahl strich über seine Augen, was die optische Wirkung eines schrillen Weckers haben konnte.
Abrupt wachte er auf und spürte erst jetzt die backofenartige Hitze in seinem Schlafzimmer und ärgerte sich, vor dem Schlafengehen das Fenster nicht geöffnet zu haben. Scheiß auf die Mücken. Er sollte sich ein Moskitonetz anbauen.
Schon von Anfang an störte es ihn an dieser Wohnung, das Schlafzimmer Richtung Süden liegen zu haben. Aber dieser Raum war fast zehn Quadratmeter kleiner als der andere und das Bad grenzte an ihm.

Der Miniflur war gleichzeitig Küche, nur mit einem dicken Vorhang abgetrennt und er besaß drei Türen.
Eine war der Haupteingang.
Die Zweite führte zum fünfundzwanzig Quadratmeter großen Wohnzimmer und die Dritte zum Schlafraum.
Würde man es ändern, grenzte der Zugang zum Klo direkt ans Wohnzimmer.
Für die Gäste ein wahrhaft prickelndes Bild.
Doch die Gegend, in der er lebte, gefiel ihm sehr.
Die Wohnung war jedoch recht unpraktisch.
Für ihn allein war sie okay.
Für ein Paar auch noch akzeptabel.
Aber mit Kindern, oder wenn der Partner tagsüber arbeiten und dementsprechend nachts schlafen wollte, unangenehm, hatte man Gäste.
Und sein Verhältnis zum Vermieter, der mit im Haus wohnte - einem Gutshaus aus dem Jahre achtzehnhundertzweiunddreißig, alt, aber handwerklich bestens renoviert - war blendend.
Man hatte einen sehr guten Kontakt zueinander, aber in seinen vier Wänden seine absolute Ruhe.
Martin sprang aus dem Bett, ging ins Bad, entleerte die Blase und machte sich etwas frisch.
Der Kühlgefrierkombination, die, da das Bad sehr geräumig, dort mit untergebracht worden war, entnahm er eine Tüte Vollmilch, schälte in der winzigen Küche eine Banane und bereitete sich so einen kühlen Shake zu.
Mit einem Glas, dieses von ihm so geliebten Getränks, betrat er sein Wohnzimmer, schaltete das Radio ein und spülte dann den herben Geschmack der letzten Nacht fort.
Es war Sonntag.
Ein Tag, der bei Martin gewöhnlich nur langsam begann.
Zu Mittag aß er meist erst in den Abendstunden, es sei denn, er besuchte gerade seine Eltern, wo spätestens um Dreizehnuhr das Essen auf dem Tisch stand. –
Die Türglocke schellte.
Martin erwartete keinen Besuch, also musste es ein Mitbewohner des Hauses sein.
Er ging zurück ins Schlafzimmer, rief in Richtung Wohnungstür: „Moment" und warf sich, da er nackt schlief, den Morgenmantel über.
Nachdem er die Wohnungstür geöffnet hatte, erkannte er den Sohn des Hausbesitzers.

„Na, doch schon wach?"
Mit einem Lächeln auf den Lippen betrat Hartmut die Wohnung.
„Lange Nacht gehabt, wie."
„Mmh."
Martin war noch recht einsilbig.
„Wir wollen heute Morgen das Heu einholen. Die erste Fuhre ist gleich auf dem Hof. Nun brauchen wir deine Hilfe, um die Ballen auf den Scheunenboden zu schaffen."
„Mmh."
„Hast du Zeit?"
„Klar! - Ich zieh mir eben nur was über. Dann komm ich runter. – Ist der Trecker schon hier oder noch drüben?"
„Ich sag doch: Er ist auf dem Weg; müsste gleich ankommen."
„Okay, bis gleich."
Hartmut verließ die Wohnung und Martin streifte im Gehen den Morgenmantel ab.
Dann schlüpfte er in die abgeschnittenen Jeans, angelte sich ein T-Shirt aus dem Kleiderschrank und ging zurück ins Wohnzimmer, um den Rest seines Bananenmilchshakes auszutrinken.
Er hüpfte die Treppen hinunter zum Hof und bemerkte erst jetzt, dass er die Gedanken an Marika kurz vergessen zu haben schien.
Und er freute sich über die auf ihn zukommende zwar sehr anstrengende aber doch spaßige Arbeit des Heueinfahrens.

- 9 -

Mike hatte die ganze Nacht und den Sonntagmorgen bei Relk und Ulla verbracht.
Sie störten sich nicht aneinander, trotz der Intimität des so nahe

beieinander Schlafens und was da sonst noch in der Nacht passieren konnte.
Man tat, als bemerkte man nichts voneinander.
Um die Mittagszeit verließ er das Hinterzimmer des Winterhuder Fährhauses, fuhr mit der U-Bahn in die Stadt und genehmigte sich Cola und Hamburger.
Karsten war irgendwann in der Nacht gegangen, ohne ein Wort des Abschieds oder um irgendwelche Verabredungen zu treffen.
Man wusste, dass man sich bald wiedersah. Wieso sollte man Versprechungen machen, die man eventuell sowieso nicht einhalten würde.
Mike überlegte, ob er seine Eltern besuchen, zu sich nach Hause zu fahren oder einfach nur so durch die Stadt streifen sollte.
Er entschied sich für die Stadt, ging zum Hauptbahnhof und deponierte seine Gitarre in einem der Schließfächer.
Es war ein ganz normaler Hamburger Sonntag.
Für Geld zu spielen, lohnte sich nicht.
Die Leute, die heute überhaupt in die Innenstadt kamen, gaben ihr Geld nur für Eis oder Hamburger aus.
Er ging zu den Alsterarkaden, sah dort niemanden, den er kannte, wandte sich um und überquerte den Jungfernstieg.
Am Ponton der Weißen Flotte lag die Schwanenwik, von der er sich zum Anleger Alte Rabenstraße schippern ließ.
Er legte sich, wie er dachte, auf einer Wiese in die Sonne.
Die Jogger, die Familien mit ihren Kindern, alte Leute mit ihren Hunden und die Radfahrer, die, wie es schien, die Wiese, statt den Weg zu benutzten, umrundeten ihn, teilweise mit recht mürrischen Blicken.
Bis er endlich bemerkte, dass er nicht die eigentliche Wiese, sondern eine mit Gras bewachsene kleine Insel mitten im Hauptweg des Alsterparks zum relaxen gewählt hatte.
Peinlich war es ihm nicht, denn Mike kannte kaum Hemmungen. Jedoch wollte er nicht mitten diesem, ihn mit mürrischen Blicken bedenkenden ´Sonntagsnachmittagsspazierengehenstrom` liegenbleiben.
So stand er auf und war sich aber noch nicht klar, wohin er sich wenden sollte, als er den Kiosk mit dem Eisverkauf sah.
Sodann empfand er Appetit auf Wallnusseis und wusste, was er zu tun hatte.
Die Schlange war kurz, trotz der Mittagshitze und so kam er schneller als gedacht an sein Eis.
Er nahm die Waffel mit den zwei Kugeln entgegen, suchte sich dieses Mal

einen passenderen Platz auf der Wiese aus und legte sich wieder in Sonne.
Das Eis mundete ihm vorzüglich.
Bei dem Preis war das wohl auch selbstverständlich, wie ihm durch den Kopf ging.
Ihm fiel auf, dass es hier eigentlich viel zu wenige bequeme Sitzgelegenheiten gab.
Nicht einmal einfache Bänke.
Es gab zwar diverse Stühle. Sogar richtige Gartenstühle. Mit hohen Rücken - und Armlehnen, aber die gehörten alle zu den kleinen Restaurants und Kiosken.
Also war man genötigt, etwas zu verzehren, wenn man sich setzen wollte.
Wahrscheinlich waren die Mieten hier an der Alster so gesalzen, dass man so die Menschen zum Konsum animieren musste.
Ihn störte diese Konsumgesellschaft sowieso, aber er wusste auch nicht, wie man es ändern sollte, außer man verließe die Stadt und zog aufs Land.
Aber das ging nicht, wenn man als Straßenmusikant sein Auskommen bestreiten wollte.
Besser wäre es, man würde endlich einmal von einem Produzenten entdeckt werden und könnte seine Musik auf Bühnen gegen besseres Geld darbieten.
Aber das hatte auch den Nachteil, trotz einer etwaigen Unlust, spielen zu müssen.
Je berühmter die Künstler wurden, desto weiter in der Zukunft lagen dann die Termine, was ihm daran natürlich nicht so sehr gefiel.
Aber wenn es auf eine richtige Karriere hinausliefe, würde er sich mit solchen Unannehmlichkeiten leicht abzufinden wissen.
Er sinnierte so vor sich hin und kam zu dem Schluss: Allein würde es ihm nicht so einen großen Spaß machen.
Als er an den gestrigen Abend zurück dachte, wurde ihm bewusst, dass zu einer Bluegrassformation nicht mehr allzufiel fehlte.
Man müsste überlegen, ob er oder Charly die Gitarre mit einem anderen Musikinstrument eintauschen sollte. Vielleicht gegen einen Bass.
Aber darauf könnte sich auch Ulla stürzen.
Dann wäre sie auch mit dabei.
Und das würde sie in Begeisterung stürzen.
Er dachte gelegentlich auch darüber nach, das Relk sich Ulla gegenüber falsch verhielte.
Besser wäre, er würde sie beim Musizieren unterstützen.
Es musste ja nicht gleich das Banjo sein, aber Gitarre zu spielen konnte er

ihr ja auch beibringen.
Dann schlief er ein.
Stunden später fuhr er ausgeruht zum Bahnhof zurück, um seine Gitarre zu holen und nach Hause zu fahren.

- 10 -

Am Montag um fünfzehnuhrfünfzig hatte Martin endlich den Fehler an einem Stereofarbfernsehgerät gefunden und beseitigt.
Er stellte das Niederspannungslötgerät auf seinen angestammten Platz ins Regal zurück, zog den Arbeitskittel aus und wusch sich die Hände.
Der Meister und Chef Fritz Klages vom Radio- und Fernsehreparatur Geschäft Klages und Co. kam auf ihn zu, um ein kleines Tagesabschlussgespräch mit seinem Gesellen zu führen.
„Martin, mach endlich Schluss, es ist gleich vier. – Was macht der Fernseher von Meier? Hast du´s hingekriegt?"
„Ja endlich. - Es war die D601-Diode im UHF Tuner und nicht der 20k Resistor. – War ganz schön schwierig!"
„Tja, ich hätte auch auf den UHF Tuner getippt. – Na, dann können wir das Gerät ja morgen ausliefern. Schreib den Störungszettel noch und dann ab nach Hause!"
Klages ging in sein Büro und Martin dachte: ‚Spinner! Den kann ich auch morgen früh noch schreiben´.
Er liebte seinen Beruf nicht sonderlich, aber irgendwie musste man ja seine Brötchen verdienen.
Fünf nach vier Uhr konnte er endlich den Laden verlassen und Beruf Beruf sein lassen.
Prompt dachte er, als er in den Manta A einstieg, wieder an Marika.
‚Neunzehn Jahre ist sie alt. Fast zehn Jahre jünger als du. - Vielleicht solltest du dich nach etwas Reiferen umschauen', dachte er.
Sie war für ihn sowieso verloren, weil es da ja noch einen Anderen gab.
Aber damit konnte und wollte er sich nicht so schnell abfinden.
Sollte er nicht noch einmal zu ihr gehen und darüber reden?
Aber nein. - Das Erlebte in der Spitaler Straße war so eindeutig, dass sich

das erübrigte.
‚Also vergiss' sie, schlag sie dir aus dem Sinn, du Dummkopf!'
Doch so einfach war das nicht.
Er musste sich ablenken.
Bei der Arbeit hatte er ja auch kaum an sie gedacht.
Martin steuerte den Manta über den kopfsteingepflasterten Privatweg zu dem alten Gutshaus in Francop, in dem er wohnte.
Bedächtig, als habe er körperlich schwer gearbeitet - oder waren es die einhundert und fünfzig Heuballen, die er am Sonntag gestemmt hatte - kletterte er die Treppe zu seiner Zweizimmerwohnung hinauf, um sich seiner verschwitzten Kleidung zu entledigten.
Er nahm eine andere Jeans und ein frisches T-Shirt, ging ins Bad und prüfte, ob der Boiler genügend warmes Wasser enthielt.
Das Wasser genügte und spülte den Schweiß von seinem korpulenten Fünfundneunzigkilokörper hinunter und erfrischte ihn so sehr, dass er neuen Tatendrang verspürte.
Er frottierte sich ab, schlüpfte in die saubere Wäsche – gute Mutter - und verließ die Wohnung. Wusste, er würde am Ende in einem kargen Hinterzimmer des Winterhuder Fährhauses landen.
Es brauchte seine Zeit, wenn man in der Rushhour mit dem Auto durch die Innenstadt wollte, aber wesentlich schlimmer, das sagte ihm ein Blick auf den Gegenverkehr, war es hinaus.
Endlich kam er an, hatte einen Parkplatz gefunden und hob die Faust, um an die Tür zu klopfen.
Er hielt inne.
Es fiel ihm ein, dass er niemals hier hatte jemanden klopfen sehen und betrat ohne anzuklopfen den Raum.
Die Tür war unverschlossen, obwohl er keine Menschenseele bemerkte.
Martin sah sich um.
Nichts, außer einer zerwühlten Steppdecke auf der Matratze, hatte sich hier verändert.
Während er überlegte, zu bleiben oder zu gehen hörte er ein Rascheln. Dann ein leises, kaum vernehmliches Stöhnen und fühlte sich plötzlich beobachtet.
Er drehte sich zur Matratze um und blickte in die runden, großen, tiefblauen Augen Ullas, die gerade mit einer ihr, eigentümlichen Handbewegung das in der Mitte gescheitelte lange braune Haar aus der Stirn wischte.
„Ich hatte, äh… ich dachte, äh, ich wäre allein." stammelte Martin

sichtlich etwas verlegen.
Sie gähnte ausgiebig und hob die Hand in einem theatralischen Bogen zum weit geöffneten Mund.
Dabei rutschte ihr die Steppdecke bis zur Taille herab und zeigte ihre wie in Marmor gemeißelten nackten Brüste.
Martin vergaß seine gute Erziehung nicht und drehte sich alsbald zur Zimmertür, die einen frischen Lack nötig hatte.
„Entschuldige, ich komme später wieder."
Er traute sich nicht, sie anzusehen.
„Nun sei nicht so spießig. Oder hast du noch keine nackte Frau gesehen?"
Ulla zeigte keine Hemmungen und stand auf.
Martin reagierte anders als sie erwartete und ging weiter zur Tür.
„Nun bleib schon hier."
Ulla war wie auf dem Sprung, um ihn zurückzuhalten.
Martin drehte sich wieder um und sah ihren ebenmäßigen Körper. Beine, von denen Mannequins träumten und eine schwarze dichte Scharm, von der er zu träumen begann.
Ulla bewegte sich ganz ungeniert auf ihn zu, drückte ihn auf den einzigen Stuhl und bückte sich nach ihren Kleidern.
Während sie sich anzog, hoffte er stark zu bleiben!
‚Denk nicht an das `Eine´ – sie gehört zu Relk!' dachte er.
Sie hatte Slip und Jeans an, hielt das T-Shirt in der Hand, schien kurz zu überlegen und fragte als redete sie über das Wetter.
„Willst du mit mir schlafen?"
„Nein!"
„Bist du sicher?"
„Nein! - Aber ich werde nicht mit dir schlafen. - Nichts will ich im Moment so sehr! - Aber ich werde es nicht tun!"
Martin schien sich selbst davon überzeugen zu müssen.
„Na, wir werden es ja sehen. - Das wird nicht die letzte Gelegenheit gewesen sein!"
„Du gehörst doch zu Relk, denke ich. - Wenn du mit mir schläfst, will ich, dass auch du zu mir gehörst!"
„Nimmst du immer alles so tierisch ernst? - Heute gehöre ich zu Relk und morgen vielleicht zu dir. - Aber immer gehöre ich in erster Linie zu mir selbst!"
Martin kratzte sich am Kopf.
Solchen Frauen war er nicht gewachsen.

Ein Verhältnis, bei dem er ständig damit rechnen musste, seine Partnerin würde sich vielleicht einem anderen zuwenden, genügte ihm nicht.
„Was glaubst du, wann Mike kommen wird?"
Martin war froh, dass er von dem brisanten Thema ablenken konnte.
„Mike und Relk spielen in der Spi, die kommen frühesten in ein- zwei Stunden. – Ist es das? - Erwischt zu werden!"
Diese Ablenkung hatte also nicht funktioniert.
„Nun hör endlich damit auf. - Wenn du mich willst, musst du dich ganz zu mir bekennen oder auf mich verzichten."
„Ich will dich. – Und ich will dich jetzt!"
Sie hatte das T-Shirt schon wieder abgeworfen und war dabei, die Jeans zu öffnen.
„Tut mir Leid, du musst verzichten!"
Martin hatte die Tür geöffnet, hörte noch ein „du Blödmann", verließ das Zimmer und ahnte, er hatte sich Sympathien verscherzt.
Er ließ den Manta auf dem Parkplatz stehen und erwischte gerade noch eine U-Bahn.
Am Jungfernstieg sprang er durch die sich hydraulisch öffnende Tür der Bahn und erklomm wieder das natürliche Licht des Tages.
Er strebte der Mönckebergstraße zu, als er eine ihm recht bekannt vorkommende Stimme vernahm.
Sie kam aus Richtung Alsterarkaden und war vermischt mit Banjo- und Gitarrenklängen.
Mike und Relk waren schnell erreicht.
Die drei wechselten freundliche Blicke, ohne das die Musik unterbrochen werden musste.
Es hatte sich eine ordentliche Menschenmenge angesammelt und die Stimmung war vorzüglich.
„is it allowed to join that session?"
Der breite amerikanische Slang war unverkennbar.
Die drei Freunde drehten sich der Stimme zu und sahen zwei Gestalten, die unterschiedlicher nicht sein konnten und die etwas wie Pat und Paterchon anmuteten.
„Ick bün Tom!" sagte der Lange und zeigte mit dem Finger auf sich, „und dat ist Jerry!" während er auf den Kleinen deutete.
„Was macht ihr denn?"
Das Interesse packte Mike.
„Lasst mal hören, was ihr könnt!"
Der Lange holte seine verschlissen aussehende Gibsongitarre hinter dem

Rücken hervor, die er dort die ganze Zeit mit dem Gurt wie einen Rucksack getragen hatte und hielt sie mit dem Hals nach rechts über den Arm.
Für Kenner ein eindeutiges Zeichen dafür, dass er ein Linkshänder war.
Jetzt erst sahen sie, dass der Kleine einen Ledergürtel trug, an dem acht kleine Täschchen genäht waren, ähnlich einem überdimensionalen Patronengürtel.
Aus den Täschchen lugten acht Bluesharps, kleine Mundharmonikas ohne chromatischen Aufbau, hervor.
Für jede Grundtonart eine, und eine in Reserve.
Jerry, wie der Kleine hieß, zog die E-Dur Bluesharp aus ihrem Futteral heraus, zauberte einen schmalen Becher mit Deckel hervor und öffnete diesen.
In dem Becher war reines Leitungswasser und dorthinein steckte er die kleine Mundharmonika.
Nach einer kurzen Weile - der lange Tom hatte inzwischen seine Gibson getunt, was so verkehrtherum getragen, für Charly ziemlich befremdend wirkte - öffnete Jerry den Becher, holte die Bluesharp wieder aus dem Behältnis hervor und klopfte sie über Hand und Oberschenkel abwechselnd trocken.
Er hielt sie hinten zu und blies vorn kräftig hinein.
Die feuchte Hand wischte er an seiner Hose ab.
Dann klopfte und blies er noch einige Male, bis er endlich zufrieden war und rief:
„I 'm ready!"
Tom begann in der E-Dur-Tonart Bluesharmonien zuspielen und Jerry legte mit seinem Blasinstrument ein Solo hin, dass jeder, der wusste was hier geschah, nur noch staunte.
Leise hatten Mike und Relk die Saiten ihrer Instrumente nachgestellt und stimmten in die gängigen Improvisationen mit ein.
Charly war richtig sauer, das er seine Gitarre nicht dabei hatte.
Dann begann er zu der Musik willkürlich gewählte Worte auf ihre Melodien zu singen. - Ein spontaner Blues war entstanden!
Auch wenn der Text nicht besonders anspruchsvoll war, war ein wahrhaftes Sessionfeeling über Vollblutmusiker gekommen.
So belebt, wie in diesem Augenblick, waren die Alsterarkaden noch nie gewesen.
Ein blondlockiges Mädchen hatte seine Socken ausgezogen und ging schweigend durch die Mengen.

Niemand ließ sich bitten. Jeder wollte einen Obolus beisteuern.
Und die Socken wurden voll.
Sie spielten danach noch einige bekannte amerikanische und irische Lieder und machten sich alle zusammen auf den Weg zum Fährhaus.

- 11 -

Der Raum wirkte merkwürdigerweise sauberer und ordentlicher als sonst.
‚Ulla muss aufgeräumt haben' dachte Charly ‚hat wohl 'n schlechtes Gewissen gehabt'.
„Was 'n hier los? - Ulla wo bist du?"
Relk schrie es fast, der sich kaum noch auskannte.
„Die Platten falsch sortiert, meine Socken weg, meine Decke, - was ist´ mit der Matratze los? – Wo ist die blöde Ziege bloß? - Ich find´ ja überhaupt nix wieder!"
Relk war außer sich.
„Hab dich bloß nicht so!" meinte Charly und dachte ‚sei doch froh! So sauber war´s hier noch nie'.
Mike grinste nur und die anderen verstanden gar nichts.
„Setzt euch, wenn ihr in der Ordnung überhaupt einen Platz findet."
Relk hatte seinen Humor endlich wiedergefunden.
Er sah sich im Zimmer um, weil er tatsächlich frische Socken vermisste, als sein Blick auf das blondgelockte Mädchen, das ihm gänzlich unbekannt vorkam, fiel, das unter ihnen war.
Keiner hatte so richtig mitbekommen, dass es mit ihnen gegangen war.
„Wer bist den du?" fragte Relk.
„Kennt einer die?"
Die anderen schauten auf, sahen sie entgeistert an und schüttelten die Köpfe.
Mike glaubte, sie sei auch an den Alsterarkaden gewesen, stand mal hier und mal dort herum, als interessierte sie die Musik nicht wirklich.
„Das ist doch wohl…!" empörte sich die Lockige und warf zwei mit

Münzen prallgefüllte Socken auf den Boden, dass es nur so schepperte.
„Da sammelt man den wohlverdienten Lohn für die Künstler ein, und dann sowas!"
Sie wandte sich zur Tür, um zu gehen.
„Meine Socken will ich aber wiederhaben!"
„Was hast du gesammelt und was ist mit deinen Socken?"
Relk glotzte sie an.
„Wer bist du überhaupt?"
Auch Mike starrte sie an.
„Was soll das Ganze hier eigentlich, ich blick überhaupt nicht mehr durch?!"
Das war Charlys Kommentar.
Tom und Jerry, die beiden Amerikaner, die sich der Gruppe angeschlossen hatten, verhielten sich ruhig und äußerten sich gar nicht zu der Sache. Zumal sie nicht einmal die Hälfte des Gesagten und erstrecht nicht dessen Sinn verstanden hatten.
Beate, so hieß die Blondgelockte, war nun an der Reihe, ihre Anwesenheit zu rechtfertigen.
Sie kam von der Tür zurück und stellte sich in die Mitte des Raumes, als wollte sie im Auditorium Maximum ein Referat vor ihren Kommilitonen halten.
„Ich heiße Beate. - Ich studiere Kunst und Musik und hab euch musizieren hören. – Und ich fand das super! - Und da bin ich zu euch und hab meine Socken ausgezogen und hab für euch kassiert! - Na und?"
Sie zeigte auf das prallgefüllte Paar Socken.
„Und das ist das Ergebnis!"
Relk hob die Socken auf, drehte sie in der Luft herum und alle staunten, welch ein Schatz geräuschvoll auf den Boden klimperte und sich dort in alle Richtungen verteilte.
Es sah aus, als sei dieser Münzenregen eine wesentlich größere Summe, als die, die sie an einem ganzen langen Samstag zusammen in mehreren Stunden hätten einnehmen können.
„Du bist ein riesen Schatz, Beate!"
Relk umarmte sie und gab ihr einen dicken Kuss.
‚Hätte er das auch gemacht, wenn Ulla hier gewesen wäre?',
fragte sich Charly in Gedanken.
Ihm wurde langsam klar darüber, welch Stachel Ulla in ihm eingepflanzt hatte.
Er wehrte sich innerlich, konnte aber wohl nicht wirklich etwas dagegen

tun.
Ihm fiel auch nicht auf, dass Ulla ihn dadurch veranlasst hatte, gar nicht mehr sooft an Marika zu denken.
Plötzlich öffnete sich die Tür und als hätte Charly sie herbeigesehnt, trat Ulla herein und mit ihr Karsten Scherer.
Ulla setzte sich auf die Matratze, direkt neben Charly und bedrängte ihn, dass er sich weiter an deren Rand schieben musste.
Karsten blieb stehen.
„Ulla erzählte mir, dass ihr heute wieder spielt. Wenn ihr gut genug seid, können wir's ja mal miteinander versuchen!"
Die anderen machten Kartens Spaß mit.
„Hört, hört!" meinte der Eine und „wie gnädig von dem großen Künstler!" der Andere.
Charly nahm nur wortlos seine Gitarre, tunte sie kurz und stimmte das ‚Duelling Banjo' an.
Als er den Vorspann zum zweiten Mal ansetzte, hatte Karsten endlich gemerkt, wozu er aufgefordert worden war.
Er nahm seine Mandoline und folgte den Gitarre.
Und dabei übernahm er den Part, der eigentlich für das im Frailing Style gespielte Banjo bestimmt war.
Bei guten Musikern sind die Instrumente meist recht exakt getunt.
So auch hier.
Karsten musste nicht nachstimmen. Es passte genau.
Die anderen beteiligten sich nacheinander mit ihren Instrumenten und brachten ein perfektes Finish bei diesem Breakdown zustande. Ohne, das man sich absprechen musste, folgten einige Traditionals, wobei Mike die erste Stimme sang und Charly die zweite.
Es war eine großartige Bluegrassformation geboren worden, bei der schon ein beträchtliches Repertoire an traditionellen Songs vorhanden gewesen war.
Es wurden nur noch ein paar Feinheiten abgesprochen; dann wollte man am folgenden Tag gleich die Publikumsreaktion testen.
Mike schlug vor, sich also um vierzehn Uhr in der Spitaler Straße treffen zu wollen.
Charly war enttäuscht, denn er konnte natürlich dann nicht dabei sein.
Er war der Einzige unter ihnen, der einer geregelten Arbeitszeit nachging.
Ulla wollte er heute auch nicht mehr sehen.
Sie nahm überhauptkeine Notiz von ihm, wie ihm bei diesen Gedanken auffiel.

Und so machte er sich, etwas in trüben Gedanken verfallen, auf den Weg nach Hause.

- 12 -

*E*s war ein Dienstagabend.
Charly hatte sich eine Tütensuppe gemixt, nachdem er von der Arbeit heimgekommen war.
Er trank seinen obligatorischen halben Liter Milch und streckte sich auf dem Sofa aus.
Zum Fährhaus zu den anderen zu fahren, sagte ihm heute nicht recht zu. Dazu wirkte das ‚fünftes-Rad-am-Wagen-zu-sein-Gefühl' von Gestern noch zu sehr nach.
Er wollte lieber faulenzen, als sich der Begeisterung der anderen auszusetzen zu müssen.
Er konnte sich auch so vorstellen, dass es heute in der Spi ein voller Erfolg gewesen sein musste.
Nur, - er war nicht dabei.
Also wurde er auch nicht gebraucht und schlief missgelaunt ein.
Vom nicht enden wollenden Klingeln des Telefons wurde er schließlich wieder geweckt.
Er blinzelte müde, als er die Stehlampe, die ihm irgendwann einmal von seiner Schwester vererbt worden war, anknipste.
Es war schon ziemlich finster draußen und so konnte er das Telefon ohne elektrisches Licht schon nicht mehr erkennen.
Er überlegte, ob er überhaupt abnehmen sollte oder nicht.
Es hatte schon weit über zehnmal geläutet, sodass Charly dachte ‚der gibt wohl niemals auf' und nahm den Hörer schließ doch in die Hand.
„Ja!?!"
„Wo bleibst du denn, was ist mit dir los?" begann Mike etwas genervt, ob des langen Klingelns.
„Wir haben auf dich gewartet. - Gestern warst du so wortlos gegangen. - Wir wollten dann noch das Meeting auf halb fünf verlegen,

weil du ja nicht so früh kommen kannst. Aber da warst du schon weg."
Charly hatte Mikes Monolog nicht unterbrochen.
Die Enttäuschung von vorher war plötzlich verschwunden, nachdem er das gehört hatte.
Als Mike wieder zu Atem gekommen war, schwärmte er weiter.

„Es war super! Ganz große Klasse! Einfach Spitze. - Wir wollen jetzt erst mal in der Weinstube im Fährhaus auftreten. Das ha' m wir schon abgemacht. Danach kommen wir ganz groß raus! Das ist mal klar. - Was meinst du? - Sag doch auch mal was dazu! Wieso bist du eigentlich zuhause und nicht hier bei uns?"

„Wenn ich schon nicht dabei sein konnte, wollte ich mir wenigstens eure Begeisterungsschreie ersparen."

„Aber ich hab doch gesagt...!"

„Ja, ich weiß, ich weiß. - Aber gestern wusste ich das doch noch nicht. – Schau dir doch die Formation einmal an. Ihr braucht mich doch gar nicht."

„Sag mal, spinnst du? - Das Haupt der Gruppe sind wir drei: Ich und du und Relk! Die anderen können doch gar nicht singen. Mal sing ich die Erste, mal du. - Vielleicht könntest du Bass spielen oder so?"

„Ich weiß nicht. So `n Bass ist sau teuer, und `n E–Bass find ich bei Bluegrass nicht so gut."

„Naja, was ist' nu'? - Kommst du noch, oder willst du heut' nicht mehr?"

„Wie spät ist es denn?"

„Halb zehn."

„So spät schon?"

„Ja. – Mensch, nun mach schon! Schwing dich in deine Gurke. Wir sind im Knust."

Abrupt war das Gespräch beendet.

Es blieb Charly fast nichts anderes übrig, als doch noch loszufahren. Die anderen wollten ihn dabeihaben.

Wenigstens Mike und Relk wollten ihn. -

Es sollte eine sehr lange Nacht werden.

- 13 -

Charly bog in die Straße Brandstwiete ein und parkte den Manta schräg gegenüber dem Musiklokal Knust.
Es gab kaum Verkehr vor der Kellerkneipe, doch auf der Straße, direkt vor der Treppe, spielte sich etwas sehr Seltsames ab.
Zwei Männer standen sich breitbeinig gegenüber.
Ein Dritter stand abseits mit einer Kaffeetasse in der Hand und rief:
„Licht fertig? - Ton ab! Und – Action!"
Von einem, der beiden grimmig dreinschauenden Kerlen kam:
„Hands up, fellow! - It's time to die!"
Der andere erwiderte: „It's your turn, you son of a gun! "
Plötzlich rief der Dritte, der mit der Tasse in der Hand:
„Cut. - Klappe. Gestorben! Ist im Kasten!"
Er winkte mit der freien Hand die Szene ab.
„Nichts da!"
Relk, der den einen der Gunmen mimte, war nicht damit einverstanden.
„Erst kommt noch der Topshot!"
Dann griff er an seine rechte Seite, zog symbolisch den Colt hervor und schoss über Daumen und Zeigefinger auf Mike, der die Kaffeetasse in der Hand hielt.
Die Tasse flog in hohen Bogen durch die Luft.
Der Kaffee ergoss sich auf die Straße.
Die Keramik zerbarst und die Hände des vermeintlich Getroffenen gingen zu seinem Herzen und er selbst gekrümmt zu Boden.
Relk und Tom, der den anderen Gunman spielte, krümmten sich auch.
Aber das vor Lachen.
Allen war es egal, dass der Schuss auf Mike völlig irrational war, da der eigentlich den Regisseur darstellte und nicht den Duellgegner. Aber was soll's?
Es zählte nur der Spaß, nicht die Logik!
Ein Auto kam vorbei und musste riskant die verrückte Szenerie umfahren.
Charly sah der ganzen Sache zu und fragte amüsiert:
„Was wird hier eigentlich gespielt?"
Mike sprang auf und sagte sehr lebendig:
„Das sieht man doch! - High noon! - Das große Duell. - Ich bin Gary Cooper!"
Relk grinste über das ganze Gesicht.
„Du wärst Gary Cooper gewesen!"
Nun meldete sich Tom zu Wort.

„Und jetzt bist du totgeschossen!"
Charly sah sich genötigt, die Akteure über den wirklichen Ablauf des alten Filmklassikers, der in allen Volks- und Grundschulen in deutschen Landen vorgeführt wurde, aufzuklären.
„Ihr kapiert gar nix! - Gary Cooper ist der Hauptakteur, der wird gar nicht erschossen. - Der gewinnt. - Erschossen wird auch nicht der Regisseur, den du, Mike eben gemimt hast, sondern der Duellgegner!"
Relk grinste immer noch so jungenhaft.
„Na und, - egal. War doch auch so lustig."
Er schwang den Arm um Mike und sie gingen, noch übermütig von der gesamten nachgespielten Filmszene die Treppe hinunter in die Kellerkneipe.
Tom und Charly folgten ihnen lächelnd.
Das Knust war fast überfüllt.
Alle Tische waren besetzt und ebenfalls die Barhocker.
Einige saßen auf dem Treppenabsatz und andere standen so herum. Sie gingen an den Tischen vorbei, zu den Plätzen direkt vor der Bühne, wo die anderen saßen.
Karsten, Tom und Jerry stiegen auf die Bühne und begannen mit Mandoline, Gitarre und Mundharmonika einige Stücke zu spielen.
Es war zwar erst dreiundzwanzig Uhr, dennoch war das eigentliche Programm schon beendet.
Der arme Junge mit seinem Bandoneon kam mit den französischen Caféhausliedern beim Publikum nicht besonders an.
Aber jetzt wurde ausgelassen mit geklatscht.
Relk, Mike und Charly gesellten dazu, griffen ihre Instrumente und stimmten mit ein.
Nach jedem Titel erscholl erneut frenetischer Applaus und eine Nummer folgte nach der anderen.
Sie hatten sich gesucht und gefunden.
Ein tolles Team.
Ohne viel Übung und ohne große Absprachen spielte jeder seinen Stil und es passte doch perfekt zusammen.
Gewöhnlich leerte sich die Kneipe um Mitternacht, aber bald war es ein viertel vor eins und immer noch wollte kaum jemand seinen Platz verlassen.
Am Ende mussten doch einige Lieder wiederholt werden, denn so groß war das gemeinsame Repertoire nun doch noch nicht.
Die Begeisterung der Leute wurde immer größer, da die Wiederholungen

nur aus den bekannten und beliebten Liedern bestanden.

„So, nun ist Schluss! Ich kann nich' mehr!" sagte Karsten, der erstmals zum Gesangsmikrofon getreten war. Nach hinten zu seinen Kumpanen gewandt fügte er hinzu: „Ich hab morgen früh einen Test an der Uni. Ich muss unbedingt ins Bett."
Aber aus dem Publikum scholl es: „Zugabe, Zugabe! Einen noch. Nun habt euch nicht so!"

„Na gut."
Charly hatte das Mikrofon in die Hand genommen und trat an den Bühnenrand.

„Einen Song spielen wir noch für euch. Dann ist aber ist absolut empty! – Alle! Aus! Vorbei, - jedenfalls für Heute."
Er begann das ‚Duelling Banjo' anzuspielen und Relk und Karsten setzten die Verfolgung zweistimmig an.
Charly blickte die beiden strahlend an.
Sie mussten doch reichlich heimlich geübt haben, denn so einfach war dieses zweistimmige Spielen nun wirklich nicht!
So machte das ganze tierischen Spaß!
Als das Stück aus dem Film ‚Deliverance' - der Kinofilmtitel war `Beim Sterben ist jeder der Erste´ - endete, wurde es auf einem Mal mucksmäuschenstill im Knust.
Nur das Summen des Mikrofonverstärkers war zu vernehmen.
Sie packten ruhig ihre Instrumente ein, stiegen von der Bühne und gingen an ihren Tisch.
Die Stille erzeugte ein etwas beklemmendes Gefühl bei allen.
Beim Publikum und bei den Musikern.
Aber jeder hatte gespürt, hätte man geklatscht, wäre nicht dieses freudig-melancholische Feeling aufgekommen.
Wie auf Kommando erhoben sich die Gäste, bezahlten und verließen das Knust mit Gesichtsausdrücken, die man bekam, wenn man ein Kino nach einem besonders ergreifenden Film verlassen hatte.
Der Pächter des Knusts kam zu den Musikern und ließ einen Fünfzigmarkschein auf den Tisch flattern mit den Worten: „Mehr geht leider nicht, aber die Getränke geh 'n noch auf 's Haus!"

„Ist schon okay."
Mike steckte den Geldschein grinsend in die Hosentasche.
Sie hatten gespielt, auch ohne mit einem Honorar gerechnet zu haben.

„Wo ist eigentlich Ulla?"
Charly schaute sich nach allen Richtungen um, als sie die Treppe empor

zur Straße stiegen.

„Die ist vorhin schon mit Beate abgehauen."

Relk war leicht verwundert, das Charly sich Gedanken um Ulla zu machen schien.

Charly war auf seine Weise befremdet.

„Wieso ist sie mit Beate abgehauen?"

„Die kennen sich von der Uni. - Ich wusste das auch nicht. Jetzt wollen sie sich eine gemeinsame Wohnung suchen!"

„Wie? - Seid ihr nicht mehr zusammen."

„Doch! Aber sie will nicht mehr bei mir wohnen. - Sie ist ausgezogen!"

‚Ob das etwas mit mir zu tun hat? ' dachte Charly.

Im Grunde gefiel sie ihm doch sehr gut.

Plötzlich dachte er an Marika und verglich die beiden Mädchen im Geiste miteinander.

Seine großen Gefühle der Liebe galten immer noch Marika, seiner ach so kurzen und schnell geendeten Liebschaft.

Bei Ulla hatte es mehr mit Sex zu tun, was ihn dabei ansprach.

„Hey, wir fahren jetzt zum Gewinde!"

Mike beendete die Gesprächspause und alle sechs hatten – wie war das nur möglich? - im Manta Platz gefunden.

An der eckigen rot- und gelbbemalten Kneipe angekommen, befreiten sie sich umständlich aus der Enge des Opel Coupés und betraten den von Drogenabhängigen und Dealern bevorzugten Laden am Rande des Karolinenviertels.

Hier war noch Leben!

Wenn man bei Leuten, die high und stoned waren, von Leben überhaupt noch sprechen konnte.

Tom bestellte Bier für alle.

Charly schüttelte den Kopf und setzte sich an einen der Tische.

„Für mich nicht; - ich trink Cola."

Gleich darauf kam ein etwa sechzigjähriger Typ – niemand wusste sein wirkliches Alter – mit schulterlangen weißen Haaren, in alten verwaschenen blauen Jeansjacke und -hosen zu ihm und brabbelte: „Do you have a smoke for me?"

Es war Willie, der alte Engländer, von dem niemand so richtig wusste, wo er herkam und wohin er wollte; - und wovon er lebte.

„Hi, Willie!"

Charly kannte den Alten und seine ungezwungene, aber doch fast aufdringliche Art.

"How are you?"
Er hielt ihm seine Schachtel hin.
Willie bediente sich, nahm gleich zwei Zigaretten, steckte sich eine zwischen die Lippen und die andere hinters Ohr und murmelte: „It couldn´d be better. – I got all what I need! "
„Is it true? "
Charly gab ihm Feuer.
„I thought you haven't any money?"
„That´s right!"
Willie machte eine alles umfassende Handbewegung, während er fortfuhr: „I´ve to clean this clip joint to get a cup of soup or a hamburger. I got my smokes from nice guys like you and …eh, pennen…, I do it on these tables! "
Charly grinste, genau wie Willie.
Er ist glücklich ohne große Bedürfnisse zu haben.
Willie klopfte Charly auf die Schulter und schlenderte ein paar Tische weiter, wo er sich sicherlich sein nächstes Bier schnorrte.
Charly hatte die anderen aus den Augen verloren.
Er stand auf, um sie zu suchen.
Ein Kiffer stolperte aus dem Klo und rempelte ihn an.
„Was willst du Knirps? - Sieh her, ich kann fliegen!"
Der Typ war zu angeturnt, um in irgendeiner Weise davon beeindruckt zu sein, dass Charly fast zwei Köpfe größer war, als er. Wahrscheinlich veranlasste ihn gerade das, Charly Knirps zu nennen. Plötzlich bekam der Junkie von so einem Zuhältertypen einen Schlag in den Nacken, dass er unter den nächsten Tisch segelte.
Der Gangster sah den unter dem Tisch kauernden armen Kerl an.
„Natürlich kannst du fliegen! Und wenn du so weitermachst, fliegst du auch noch hier raus!"
Charly wurde sofort wütend.
Er konnte es gar nicht leiden, wenn der Stärkere seine körperliche Überlegenheit ausnutzte.
„Was soll denn das? - Der hat dir doch gar nichts getan!"
Die Aggressivität schwang in seiner Stimme mit.
Der Dealer aber blieb ganz gelassen.
„Bleib du ganz ruhig! - Ich sag ihnen immer, sie sollen sich zurückhalten, wenn sie auf ihrer Reise sind."

„Du solltest sie lieber ganz und gar in Ruhe lassen, dann geht´s denen bald viel besser! - Nur dir sicher nicht!"
„Halt dich besser zurück! - Hier bin ich der Hausherr!"
Seine Gelassenheit begann zu schwinden.
Mikes Stimme erklang begleitet von Gitarren- und Banjosound von draußen herein.
Charly drehte sich ohne etwas zu erwidern um und ging hinaus.
Und die Situation entspannte sich.
Mike stand auf einem der Tische im Biergarten und sang voller Inbrunst den `Vincent´ von Don McLean.
Das Lied über den Maler van Gogh.
Charly wusste nicht, dass Mike die Nummer draufhatte und beschloss gleich, dieses schöne Lied selbst zu erlernen.
„Ruhe da unten!"
Ein Fenster eines Nachbarhauses in der Karolinenstraße wurde geöffnet und ein verschlafendes Gesicht zeigte sich.
„Sonst ruf ich die Polizei!"
Es war nach zwei Uhr nachts.
Die Leute beschwerten sich verständlicher Weise.
Aber die Reaktion war nicht die Gewünschte.
„Halt die Klappe! – Kunstbanause!"
Und: „Schnauze, alte Hexe!" war zu hören.
Keine viertel Stunde später war die Polizei vor Ort.
Es entstand ein wirres Durcheinander und im Nu waren nur noch Mike, Relk, Tom, Jerry und Charly in dem Kneipenvorgarten zu sehen. Karsten war ja heimgegangen, bevor sie ins Gewinde gefahren waren.
Sämtliche Junkies und auch ihre Dealer konnten nun scheinbar wirklich fliegen.
Die Uniformierten stiegen aus ihrem Einsatzfahrzeug heraus, setzten demonstrativ ihre weißen Dienstmützen auf und betraten den Vorgarten.
„Kommen Sie bitte hier ins Licht und weisen Sie sich einzeln aus!"
Ein Befehlston, der keinen Widerspruch duldete.
Und dennoch verfehlte er seine Wirkung gänzlich.
Zumindest die Gewünschte.
„Warum?"
Relk schaltete immer auf Stur, wenn man ihm etwas zu befehlen versuchte.
„Was heißt, warum? Ausweis raus, oder mit zur Wache!"
„Warum?"
Relk blieb hartnäckig.

Der Polizist schaute zu Seite, wo er Mike entdeckte, der wie ein Monument immer noch auf dem Biertisch stand. Die Klampfe vor dem Bauch.

„Was machen Sie denn da?"

Er ging auf den Tisch zu und schaute hoch zu dem Künstler.

„Runter da, aber schnell. – Dich kenn ich doch!?! Du bist doch der Kobler aus der Spitaler Straße!"

„Nee, da wohn ich nicht."

Mike war und blieb frech.

„Das weiß ich selber! – Dreimal haben wir deine Gitarre einkassiert; dreimal hast du sie wiedergekriegt! Jetzt ist Schluss! – Her damit!"

„Warum?"

Das kam wieder von Relk.

„Wie heißt du? Was machst du? Hast du einen festen Wohnsitz?"

Der Polizist wandte sich Relk zu und wurde langsam sichtbar ungehalten.

Und Charly wurde die Sache allmählich peinlich.

Der zweite Polizist ergriff Relk am Arm und drehte ihn ihm schmerzhaft auf den Rücken.

Tom und Jerry türmten bevor sie selbst ins Rampenlicht gekommen wären.

„Die erwischen wie auch nochmal!" rief der erste Beamte den Flüchtenden hinterher und wandte sich demonstrativ Charly zu.

„Wer sind Sie? - Gehen Sie nach Hause!"

Charly blieb stehen, ohne sich zu äußern.

Der Beamte kehrte sich wieder um.

„Also Kobler, pack die Gitarre ein und her damit!"

Mike gab auf und grinste verwegen.

„Morgen krieg ich die ja sowieso wieder."

„Nee! - So schnell siehst du die nicht wieder. Dafür werde ich sorgen. – Kauf dir man lieber gleich ´ne Neue!"

Dann drehte er sich zu Relk.

„Und du bist dein…, was ist das überhaupt? - Banjo, glaub ich. - Du bist das Ding beim nächsten Mal los!"

Sie nahmen Mikes Gitarre samt Koffer, legten beides in den Fond des Dienstfahrzeugs, stiegen ein, schalteten das Blaulicht, das bis dahin den Biergarten gespenstisch blau erleuchtete hatte, aus und fuhren gemächlich davon.

„Los, hinterher!"

Mike wirkte aufgeregt, wie nie.

„Ich muss unbedingt wissen, von welcher Wache die sind!"

Mit Tom und Jerry zog er los, den Einsatzwagen der Polizei zu verfolgen, während Charly sich anschickte Relk, der sich den verletzten Arm hielt, zu dessen Behausung hinterm Winterhuder Fährhaus zu schaffen.
Langsam belebten die Rauschgiftsüchtigen und ihre Dealer wieder die Gegend in und um der Szenekneipe.

- 14 -

*D*as Licht der Straßenlaterne brach sich in den Fenstern des ersten Stockes der Revierwache vierzehn am Großneumarkt.
Die beiden Beamten, die heute Nacht den Innendienst versahen, saßen an ihren Schreibtischen in dem Zimmer hinter dem spärlich beleuchteten Tresenraum und tranken ihren Kaffee.
Die Tür hinter dem Tresen in der Wachstube, die diese mit dem Schreibzimmer der Reviereinsatzzentrale verband, stand offen.
Der Tresen selbst wurde von einer Strahler Lampe beleuchtet. Ihr Schein beschränkte sich lediglich auf einen Teil dessen Platte.
Nur der trapezförmige Lichtkegel, der durch die geöffnete Tür fiel, erzeugte hinter dem Tresen ein kleines karg beleuchtetes Feld.
Vor der Theke war es dunkel wie im Schatten einer nach Osten zeigenden steil ansteigenden Felswand während des Übergangs zur Abenddämmerung.
Mike, Tom und Jerry standen an der Ecke zur Wexstraße, wo die nun zusammengestellten Biergartentische des Schwenders gestapelt waren und sein Biergarten begann.
Jetzt, um drei Uhr dreißig in der Nacht wirkte der gesamte Großneumarkt wie ausgestorben.
Die Penner, die man hier tagsüber und noch am späteren Abend antraf, waren längst zu ihren Nachtlagern am Bismarckdenkmal oder weiter unten im Hafen verschwunden.
Nicht einmal ein Taxi war zu hören oder zu sehen. Nur ein Kater kauerte unter einem nicht zusammengeklappten Biertisch, an dem die zugehörigen

Bänke und Stühle angelehnt waren.
Wartend auf ein flüchtiges Abenteuer mit einer willigen Katzendame.
„We get it!"
Tom raunte es in seinem Südstaatenslang.
„Wenn deine Ovation hier is', wir kriegen sie!"
Mike zuckte mit den Schultern.
„Mit viel Glück!"
Er überlegt angestrengt nach.
„Aber wie sollen wir es anstellen?"
Tom räusperte sich.
„Jerry und ich müssen die Cops irgendwie ablenken und du schleichst dich einfach vorbei zu die obere Räume. Okay?"
Tom, in seiner bärigen Art, schritt schon forsch auf die Wache zu. Jerry, wie sein Schatten gleich ihm hinterher.
Mike dachte ‚nicht denken, sonst schaffst du's nie'.
Er folgte den anderen und holte sie an den Stufen zum Eingang der Wache ein.
Oben angekommen standen nun die drei an der Tür, zu unschlüssig sie zu öffnen.
Mike reagierte als erster.
Er ergriff den Drehknauf und fiel, einer Eingebung folgend, schnell in die Hocke hinunter, während er die schwere Eichentür aufstieß.
Nach zwei Metern ein zweite Tür, nur leicht angelehnt.
Tom langte mit der Rechten über den knieenden kleineren Mike hinweg und stieß sie ganz auf.
Im selben Moment huschte Mike in den Schatten; vorbei am Tresen zur nächsten Tür, die – Gott sei Dank – offen stand, ins Dunkle des Treppenhauses hinein.
Tom trat vor und flegelte sich auf den Tresen, während Jerry nur gerade die Ellenbogen auflegen konnte.
„Wo geht's denn hier zum Bismarck, da soll ´n Kumpel von mir pennen?"
Tom sprach in seiner flapsigen Art, noch ehe einer der Polizisten auf sie aufmerksam geworden war.
Die beiden Wachmänner schauten sich über ihre Schreibtische hinweg fragend an. Der Eine stand auf und schlenderte betont langsam auf den Tresen zu.
„Was seid ihr denn für schräge Typen! - Ihr wollt uns verarschen, was?"

Bevor einer antworten konnte fügte er noch hinzu: „Wie heißt ihr?"
„Ick bin Tom" sagte Tom, zeigte mit dem Finger auf sich und nickte dann zu Jerry hinunter.
„Und dat is' Jerry!" fügte Jerry hinzu, zeigte mit dem Finger auf sich selbst und lächelte zu Tom hinauf.
Der Beamte begann schon ärgerlich zu werden.
„Und ich bin Walt Disney und buchte euch gleich für achtundvierzig Stunden ein, wenn ihr nicht sofort verschwunden seid!"
Gerade hatte er es ausgesprochen, da drehten sich zuerst der Lange, sofort darauf der Kurze auf ihren Achsen um und stürzten hinaus auf die Straße.
Sie liefen so schnell sie konnten über den Marktplatz hinweg und setzten sich hinter der Zeitungsbude gegenüber der Ersten Brunnenstraße auf den Kantstein.
Völlig außer Atem keuchte Tom etwas in Richtung des ihm folgenden Jerry.
„Komm sie hinterher?"
Er schaute so schwungvoll über die Schulter, dass die Haarspitzen seines strähnigen Schopfes bis zu seinem rechten Auge peitschten.
„No"
Jerry, dem der Herzschlag bis in die Ohren pochte, keuchte ebenso heftig.
Der Polizeihauptmeister, der an seinem Schreibtisch sitzen geblieben war und den Kaffeebecher gerade von den Lippen nahm, als sein Kollege vom Tresen zurückkam, sah auf und fragte: „Die wollten uns verarschen, oder was?"
„Na klar, wollten die uns verarschen! Was denn sonst? Wie blöd muss man denn sein, um so einen Scheiß zu labern?"
Nach einer kurzen Pause fügte er hinzu: „Wie bescheuert sind die? - Wer kommt nachts um halb vier auf die Idee, um zwei Bullen in ihrer Wache zu verarschen?"
Nach einer kurzen Pause des Sinnierens fuhr er fort: „Tom und Jerry…?!?" -
„Tom und Jerry…!"
Sein Kollege wiederholte es gedehnt vor sich hin.
„Müssen wir uns merken!"
„Du glaubst doch nicht, die heißen wirklich so!?!"
Er setzte gerade an, um einen Schluck des fast erkalteten Kaffees zu sich zu nehmen, als sich die Zwischentür zum Vorflur und gleich darauf die Außentür nochmals öffneten und gleich wieder schlossen.
„Die wollten uns nicht verarschen!" meinte der Eine.

„Nee! - Da ist was im Busch!" der Andere.
Das Klappen der Revierwachentür hallte über den Großneumarkt. Tom und Jerry sprangen auf.
Mike hetzte mit seinem Gitarrencase über den Platz, den Freunden entgegen und die Polizisten erschienen erregt im Eingang der Wache. Jedoch ihr Rufen blieb wirkungslos.
„Halt! - Stehenbleiben! - Polizei!"
„Dummer Spruch!" brummte Tom und schon sausten die Drei lachend den Alten Steinweg hinunter zur S-Bahnstation Stadthausbrücke.

- 15 -

Während sich Mike und die beiden Amerikaner bemühten, sich um die Polizei und letztlich auch um die Ovationgitarre zu kümmern, war Charly bei Relk geblieben und versorgte dessen leicht lädierte Schulter.
So ein Polizeigriff konnte schon, wenn er so grob angewandt wurde, wie es der ungehaltene Polizist im Karoviertel getan hatte, sehr schmerzhaft sein.
Relk schüttelte den Arm und drehte ihn immer wieder wie einen Propeller, in der Hoffnung, die Bewegung würde den Schmerz vertreiben, über Kopf und Schulter und maulte vor sich hin.
Charly versuchte den Freund zu beruhigen.
„Du solltest ihn ruhig halten. - Am besten, du steckst ihn in die halb zugeknöpfte Jacke. So wie in einer Trageschlinge."
Relk schien ihm gar nicht zuzuhören.
„Ich werd nie wieder mein Banjo halten können! - Nie wieder!"
Er stöhnte verstimmt, ließ aber den Arm sinken und hielt ihn dann vor seinen Brustkorb.
„Wenn du so weitermachst, wirst du wohl Recht behalten."

Charly nahm des Freundes Banjo, legte es in den Koffer, verschloss ihn und klemmte ihn unter seinen Arm.
Mit der freien Hand packte er Relks gesunden Arm und zog den Jammernden hinter sich her.
„Komm! - Ich bring dich jetzt nach Haus."
Charly parkte, nachdem sie angekommen waren, den Manta am Winterhuder Kai. Um diese Zeit bekam man hier immer einen Parkplatz.
Die Gäste aus dem Winterhuder Fährhaus waren längst nach Hause gegangen; nur in der Weinstube brannten noch einige Lichter.
Von dieser Straße aus war die Tür zu Relks Hinterhauszimmer direkt zu erreichen.
Sie durchquerten den Vorraum, eine Art Abstellkammer, an der auch das Klo grenzte, - Charly hatte irgendwann versucht es zu benützen, aber es war ihm nicht einmal zum ‚im-Stehen-pinkeln' rein genug gewesen – und betraten das eigentliche Domizil.
Relk warf sich vehement auf die Matratze, stöhnte laut auf und schien dann gleich im selben Moment eingeschlafen zu sein.
Charly sah sich um.
Sein Blick fiel auf die Schallplatten.
Die Anzahl war durchschnittlich, die Auswahl eher speziell.
Er stöberte ein wenig, fand fast ausschließlich ihm bekannte Aufnahmen – die meisten besaß er selbst – und schielte zu Relk hinüber.
Das gleichmäßige Heben und Senken dessen Brustkorbes verriet ihm, dass der tatsächlich eingeschlafen war.
Leise verließ er das Etablissement und schlenderte auf seinen Wagen zu. –
„Na!?"
Das kam es vom Fußweg her.
„Schläft Relk schon, oder warum geht's du?"
Ulla lächelte ihn unbefangen an.
Charly hatte sich ihr zugewandt - erschrecken konnte man ihn nicht so leicht - und erfasste gerade noch ihr Lächeln.
Sie wirkte, als wäre niemals so etwas wie ein Verführungsversuch zwischen ihnen geschehen.
„Es ist ja wohl spät genug und dein Freund schläft seit fünf Minuten."
Das `dein Freund´ hatte Charly bewusst oder unbewusst extra betont und wollte sich schon wieder abwenden.
„Eigentlich kannst du mich dann ja nach Hause fahren. - Was soll ich mit einem schlafenden ‚Freund!'"
Ulla betonte das ‚Freund' ebenfalls mit ähnlicher Ironie.

„Wenn dein ‚Freund' nichts dagegen hat."
Charly betonte das ‚Freund' abermals und ärgerte sich sofort, weil ihm das Ganze nun doch zu albern vorkam und er diesen kindischen Redestil selbst begonnen hatte.
Schweigsam gingen sie zum Manta, kletterten hinein und blieben während der Fahrt ebenso schweigsam.
Charly fuhr in die Hudwalker Straße, überlegte, schaute auf die Uhr unter dem Lenkrad und bog dann rechts in die Sierichstraße.
Sie zeigte ein paar Sekunden vor vier Uhr morgens.
- Es war so eine Sache mit der Sierichstraße. Wer fremd in dieser Stadt war, sollte sich genau informieren, wenn er nachts diese Straße durchfahren wollte. Tagsüber übersah man leicht die Brisanz dieser Straßenführung durch den vorhandenen Verkehrsfluss; aber nachts, wenn nur gelegentlich ein Fahrzeug kam, könnte man sich schon ordentlich erschrecken. Denn: Von zwölf Uhr am Tage bis vier Uhr nachts, war sie Einbahnstraße stadtauswärts und von vier Uhr in der Nacht bis zwölf Uhr mittags, umgekehrt stadteinwärts. So wurde man dem sich während der Rushhour morgens und abends wandelnden mächtigen Verkehrsfluss gerecht. -
An der Abbiegung `Zur Schönen Aussicht´, wo die Kuriosität dieser Einbahnstraßenführung wieder endete, machte Charly dem großen `Schweigen der Lämmer´ ein Ende.

„Wohin fahren wir eigentlich, ich weiß ja gar nicht, wo du wohnst?"
„Du fährst genau richtig!" erwiderte Ulla.
„Ich wohne jetzt bei meiner Freundin Beate in St.-Georg."
„Ich hab sie schon mal gesehen, im Fährhaus, bei Relk, als wir von den Alsterarkaden kamen. - So eine Blonde, - die auch Kunststudentin ist, wie du."
„Richtig. - Kunst und Musik. Genau wie ich."
Sie schaute ihn an.
„Aber Schwerpunkt liegt bei uns beiden auf Kunst. - Sonst könnten wir viel besser mit euch zusammen musizieren. – Unser Musikstudium bezieht sich mehr auf Gesang, weißt du?"
„Mmh."
Charly schaute sie kurz an und konzentrierte sich aber gleich wieder auf die Straße.
„Ich hab dich noch nie singen gehört!"
„Ihr lasst mich ja nicht."
„Ich hab das ja gar nicht gewusst! – Das holen wir aber nach!"

Charly trat auf die Bremse, als Ulla auf eines der Häuser deutete.
„So, da wären wir dann. – Also, gute Nacht."
Ulla schaute ihn verführerisch, mit dem Blick von unten herauf, so mit Augenaufschlag, an.
„Komm doch mit rein. Es ist schon so spät. – Du kannst doch bei mir, - oder bei uns – schlafen."
„Meinst du, ich schaffe euch beide?" grinste Charly frech.
„Versuch macht kluch!"
Ulla lachte.
Sie wusste, sie hatte gewonnen!

- 16 -

*D*ie Vorhänge waren schon zurückgezogen.
Sonnenstrahlen schienen durch das Fenster und brachen sich im Glas eines Spiegels schräg der Fensterwand gegenüber.
Charly wachte ganz plötzlich auf, schreckte hoch und sah sich um. Zuerst fand er sich nicht zurecht; wusste nicht, wo er war.
Dann kam ihm siedend heiß der Gedanke, dies alles kürzlich schon einmal so ähnlich erlebt zu haben.
Er schaute zur Tür, ahnend oder hoffend, Marika würde dort gleich erscheinen, als diese sich öffnete und ihn ein blondes, mit sehr lockigen Haaren ausgestattetes Mädchen, erblicken ließ.
‚Ulla?! -
Ach ja, du bist bei Ulla' dachte Charly und schaute nach rechts neben sich.
Ulla lag zusammengekauert in den Federn und schlummerte mit einem glücklichen Ausdruck im Gesicht entspannt vor sich hin.
‚Marika? -
Nein Marika kann ja nicht bei Ulla auftauchen; und sie hatte volles, gewelltes langes Haar bis zu den Schultern' dachte er weiter und wurde allmählich vollends wach.
„Hallo, Beate."
Charly wollte eigentlich aufstehen, nur, er war ja unbekleidet.

Und er teilte sich eine Decke mit Ulla. Konnte sie sich also nicht um den Leib wickeln.
So legte er sich etwas verlegen, die Arme unter dem Nacken verschränkend, zurück.
„Ich bin Charly."
„Ich weiß. - Ich hab dich schon bei Ullas Exfreund gesehen."
„Exfreund? - Wieso Exfreund?"
Charly war überrascht.
„Na ja, wenn ich dich so ansehe, hier im Bett neben Ulla?!? - Eure Klamotten sind überall verstreut…?"
Sie machte eine umfassende Halbkreisbewegung mit der linken Hand.
„Außerdem wollte Ulla letzte Nacht zu Relk und ihm alles erklären."
„Wie, alles erklären?"
Charly verstand immer noch nicht so richtig.
„Na eben, dass sie erst mal nur noch studieren will. - Sie kann dabei einfach keinen Freund gebrauchen."
Beate schaute nachdenklich auf Charly und fügte hinzu: „Was deine Anwesenheit hier in ihrem Bett irgendwie doch widerlegt."
Sie grinste in sich hinein.
„Jetzt muss sie sich wohl was Anderes ausdenken!"
Charly versuchte sich von Ulla abzuwenden, was die dafür viel zu kleine Decke leider nicht zuließ.
„Ach! - Dies hier ist nur ein schneller F…, äh, sozusagen ein One-Night-Stand. - Eine spontane Laune der letzten Nacht."
Charly war der Beinaheversprecher sehr unangenehm.
Zumal es normalerweise überhaupt nicht seine Art war, solche Vulgärvokabeln, wie das F…-Wort, zu benutzen.
Und außerdem war es für ihn mehr als eine Laune.
Er war zwar nicht in Ulla verliebt, jedoch seine Libido verlangte ihre Rechte.
Er hätte es ebenso mit Beate tun können, fiel ihm gerade ein!
– Liebe? –
Heiß wurde ihm klar: Lieben würde er nur Marika! – Marika! –
Er nahm sich vor, sie so bald als möglich aufzusuchen und mit ihr ein klärendes Gespräch zu führen.
So ganz neutral.
Emotionslos!
– Würde das überhaupt gehen? –
Vielleicht war es ja doch irgendwie ein Missverständnis.

Oder sie könnte sich dann doch für ihn entscheiden und den anderen vergessen.
Er, Martin, machte hier ja gerade auch Riesenfehltritte.
Auch, wenn es nicht ungeschehen zu machen war, so war es doch immerhin zu verzeihen.
Beiderseits!
Oder, hatte alles doch überhaupt gar keinen Sinn, - das Ganze!?
Seine Grübelei fand ohne Beistand kein Ende. −
　„Was bist du so nachdenklich?"
Beate hatte ihm für seine Grübelei Zeit gelassen, zumal er nichts von Ullas Trennungsvorhaben gewusst zu haben schien.
　„Stimmt es vielleicht gar nicht, was du eben gesagt hast?"
Charly brauchte eine Weile, um mit den Gedanken wieder zu ihr und zu Ulla zu kommen.
　„Doch, doch. - Du hättest ebenso gut hier neben mir liegen können!"
Charly musterte sie fast unanständig.
　„Du gefällst mir echt genau so gut wie Ulla!" −
　„Ja!?!? − Was is los?"
Die Frage kam erschreckend laut von Ulla, nicht von Beate.
Die verzog sich überraschend schnell ins Bad.
Ulla war beim Klang ihres Namens erwacht.
Sie blinzelte Charly an, fuhr hoch, die Decke gab den Blick auf ihren Körper frei, ganz bis zu ihrer schwarzen, üppigen Scharm und schlang die Arme um seinen Kopf.
Bei der forschen Bewegung wippten ihre Brüste hoch bis an seine Wangen, als wollten auch sie ihn begrüßen.
Er küsste sie flüchtig in die Halsbeuge, stand auf und wandte sich von ihr ab, damit sie die Wirkung ihres erregenden Tuns nicht gleich würde sehen können.
　„Dort, diese schmale Tür führt ins Bad. - Geh ruhig hinein, Beate ist sicher längst fertig."
‚Das denkst du' dachte er.
Sie legte sich wieder hin, kuschelte sich in Kissen und Decke und murmelte etwas vor sich hin, was Charly nur ganz vage verstehen konnte.
　„Verstehst du Leute, die freiwillig früh aufstehen?"
Und dann war sie schon wieder eingeschlafen.
Charly warf noch einen längeren, nachdenklichen Blick auf Ulla, wartete eine geraume Weile und betrat in der Hoffnung, Beate sei nun wirklich fertig mit Duschen, das Bad.

Er hörte das Rauschen der Brause in dem selben Moment, als der Duschvorhang sich öffnete und Beates entblößte Schönheit vor seinem gänzlich verwirrten Blick erschien.
Seine geschwundene Erregtheit kehrte sich explosionsartig wieder ins Gegenteil um.
Beate konnte den Blick nicht von seiner Mannhaftigkeit abwenden, stürzte stolpernd aus der Duschwanne, umarmte ihn, nass wie sie war und ließ kaum eine Stelle seines Körpers aus, mit Küssen und Liebkosungen zu bedecken. –
„Ohhh Gooott!!" stöhnte Charly auf und versank in dem Strudel der aufeinanderprallenden Gefühlen!

- 17 -

*D*er fremde Mann stand Desnachts neben dem Kiosk am Großneumarkt.
In der Dunkelheit war er kaum zu erkennen.
Auch Tom und Jerry hatten ihn nicht bemerkt, obgleich sie keine drei Meter von ihm entfernt am Straßenrand hockten, als sie auf Mike gewartet hatten.
Nun, als die drei zusammen zur S-Bahn gerannt waren und die Polizisten an der Revierwachentür, sich nicht entschließen konnten, die Flüchtigen zu verfolgen, löste der fremde Mann sich aus dem Schatten der Zeitungsbude und trat in die Lichtinsel der Straßenbeleuchtung.
Eigentlich hatte er den Auftrag, die Gegebenheiten und örtlichen Umstände in und um der Revierwache vierzehn zu erkunden.
Doch die hektische Flucht der drei Jungen und das Erscheinen der Wachhabenden an der Revierwachentür vereitelten dies, ließen aber sein Interesse aufflammen und die Idee, Auftrag und Interesse miteinander Verbinden zu können.
Eilig verschwand er in Richtung der Flüchtenden und sah sie auf dem

Bahnsteig der Bahn wieder.
Tom und Jerry trennten sich von Mike, nachdem sie erfahren hatten, wie simpel die Wiederbeschaffung von Mikes liebsten Stückes, seiner Ovationgitarre, insgesamt war. - Er brauchte sie nur einem Zwischenspalt zweier Spinte in einem Nebenraum in der ersten Etage zu entnehmen. - Dann verschwanden sie in entgegengesetzter Richtung zu Mike mit dem einrollenden Zug.
Als die S-Bahn, die Mike benutzen wollte, in den Bahnhof einfuhr, stand der fremde Mann sprungbereit direkt an der Rolltreppe, die vom Haupteingang zum Bahnsteig führte.
Mike stieg ein.
Während des Schließvorgangs der automatischen Wagontüren sprang der andere aus dem Dunkel ins Abteil.
Er setzte sich Mike direkt gegenüber und begann sogleich ein ihn verwirrendes Gespräch zu führen.
„Ist es tatsächlich so leicht, in eine besetzte Polizeiwache einzubrechen und ungeschoren davonzukommen?"
Mike sah ihn nur verständnislos an und grübelte, was nun wieder hier auf ihn zukommen sollte.
Ein ziviler Bulle konnte es nicht sein, denn der hätte nicht solch Umstände des Diskutierens gemacht.
Aber woher sollte dieser Mensch wissen, von wo er kam und was er dort gemacht haben konnte.
„Ich hab euch drei gesehen. - Dich, diesen langen Lulatsch und das Pickelgesicht."
„Wo hast du uns gesehen?"
Mike fand immer noch kein Licht im Dunkel seiner Gedanken.
„Na, auf dem Großneumarkt. - Was habt ihr in der Wache gemacht?"
„Was fragst du? - Wenn du uns gesehen hast, dann weißt du´s doch!"
„Ich hab nur gesehen, wie du die Stufen herunter stürmtest und mit deinen Freunden abgehauen bist. – Und dann die Bullen hinter euch her."
„Die sind uns doch hinterher?"
„Mmh."
Mike kratzte sich den Hinterkopf.
Was sollte er mit diesem Typen anfangen?
Was wollte der eigentlich?
„Eben sagtest du, wir wären eingebrochen. Wie kommst du auf Einbruch?"
„Das war nur so eine Idee, weil ich nicht glaube, dass du aus einer

Zelle ausgebrochen bist. Und weil deine Kumpels eine ganze Weile draußen auf dich gewartet hatten."

Nun wurde es Mike zu dumm.

Einen Sinn in dem Gelaber des Kerls konnte er nicht entdecken.

Und auch sonst gefiel ihm der Typ nicht sonderlich gut.

„'N Bulle bist du nicht, also lass mich in Frieden!"

Der Zug hielt am Bahnhof Jungfernstieg und Mike stürmte hinaus.

Der andere hinterher.

Mike orientierte sich kurz und fand die Treppe hinauf zur U1 Richtung Ohlsdorf.

Er wusste eigentlich gar nicht, wohin er sollte, als er plötzlich die Polizisten sah. - Vier Beamte.

Zwei in Stadtuniform und zwei Bahnpolizisten.

Er geriet in leichte Panik, obwohl es ihm schwerfiel, sich vorzustellen, dass dies wirklich ihm gelten sollte.

So früh am Morgen, fast noch in der Nacht, so einen Aufwand wegen einer ‚Gitarrenrückholaktion' zu machen?!?

Er blickte sich um.

Der andere Kerl war nicht mehr zu sehen.

‚Erst mal weg von hier' war auch sein nächster Gedanke.

Die U1 fuhr ein.

Mike sprang hinein.

Die Polizisten eilten die Treppe hoch.

Aus dem Schatten einer Werbewand löste sich der andere und erreichte in der allerletzten Sekunde Mikes Abteil.

Die Polizisten hatten die Bahn erreicht, schlugen verärgert gegen die geschlossene Schiebetür des Zuges und fluchten wild.

Der andere setzte sich, schwer atmend, abermals Mike gegenüber.

„Siehst du! Das gilt dir. - Da hat dein Ding wohl doch nicht so geklappt, wie du dachtest."

Mike war plötzlich ziemlich fertig.

„Ich hab doch nur meine Klampfe wiedergeholt!"

„Was heißt, wiedergeholt?"

„Na, die Bullen haben mir die Gitarre auf der Straße weggenommen und ich hab sie mir nur wiedergeholt. – Hab denen gleich gesagt, dass ich sie bald wiederhabe."

„Das ist scharf! - Du spazierst da rein, nimmst deine Gitarre und haust wieder ab?"

„Nachts sind alle Bullen blind. - Meine Kumpels haben sie abgelenkt und ich bin am Tresen vorbeigekrochen, dann nach oben – und da stand sie zwischen zwei Spinten!"

„Und jetzt musst du türmen! – Die Bullen mögen es nun mal nicht, dass man ihnen, was sie erst einmal haben, wieder wegnehmen will!"
Immer noch litt Mike unter seiner Einfallslosigkeit.

„Aber, was hast du denn eigentlich damit zu tun?"

„Sagen wir mal, - ich bin kein Freund der Polizei! Und mich interessieren alle, die auch nicht die Freunde der Polizei sind."
Die Bahn lief in die Station Hudtwalkerstraße ein.
Mike stand abrupt auf, nahm sein Case und verließ das Abteil.
Der andere folgte ihm.

„Was willst du jetzt tun?"

„Ich habe hier noch mehr Freunde. – Du könntest mich langsam wirklich mal in Ruhe lassen!"

„Ich will dir doch nur helfen!"

„Ich brauche deine Hilfe nicht. Also, mach´s gut."
Mike drehte sich um, verließ den Bahnhof und ging forschen Schrittes zum Fährhaus.
Unschlüssig blieb der andere stehen.
Er hatte nichts erreicht.
Sein eigentlicher Auftrag war unerledigt und die Schmiere auffällig rege geworden.
Wenn er sich jetzt bei seinem Boss meldete, würde er Ärger kriegen. Wenn nicht, ebenfalls, oder erst recht.
Er entschloss sich also, anzurufen.
Am Bahnhof fand er eine Telefonzelle.
Er wählte die Nummer für Notfälle, bei der er sicher sein konnte, zu so später Nachtstunde, oder besser so früher Morgenstunde, jemanden erreichen zu können. –

„Ja!"
Es meldete sich eine Stimme, ohne zu verraten, wer ihr Besitzer war und ob der müde oder wach sei.

„Jojo hier!"
Der fremde Kerl überlegte, wie er der namenlosen Stimme erklären konnte, was geschehen war, oder besser, dass noch nichts Brauchbares geschehen war.

„Ich musste umdisponieren, ich, äh…."
Schroff wurde er unterbrochen.

„Wo bist du, Mensch? Was machst du? Bist du denn nicht

verschwunden? Ich denk, du bist informiert worden?!"
Die Hektik der Person am anderen Ende der Leitung war nicht zu
übersehen, oder besser zu überhören.
„Worüber informiert, was ist denn überhaupt los? - Die Bullen sind an
mir interessiert, als wären sie meine besten Kumpels."
„Du bist verpfiffen worden. - Die wissen, was du vorhattest. Der Deal
mit dem H. ist bis auf weiteres auf Eis gelegt. Du musst für ein paar
Wochen untertauchen. - Geld liegt im bekannten Schließfach am
Hauptbahnhof. Wo der Schlüssel ist, weißt du. - Lass dich nicht erwischen,
und wenn doch, Mundhalten! – Ich sag nur - ‚Zyankali!'"
Jojo wurde bleich, als er es in der Leitung klicken hörte und das Gespräch
beendet war.
Er wusste, was das bedeutete.
‚Zyankali' war der erfolgreichste Killer der ganzen Organisation.
Wenn der in Aktion trat, würde niemand rauskriegen, weshalb du tot bist.
Nicht einmal du selbst würdest es wissen, wenn es ein Leben nach dem Tod
gäbe.
Die ganz großen Organisationen buchen meist einen freiberuflichen
professionellen Assassinen.
Bei ihnen aber war der Mann fest angestellt, jedoch nicht minder wirksam.
Er hatte schon die Erledigung so schwieriger Fälle, wie den innerhalb eines
Bundesgefängnisses, betrieben.
Lieber lief der Mann, der sich Jojo nannte, vor der Polizei in ganz Europa
davon, als diesem Zyankali ausgesetzt worden zu sein.
Und wenn die Bullen ihn schnappten, würde Zyankali in Aktion treten,
ganz gleich, ob er sänge oder nicht. -
Er wusste zu viel!

- 18 -

*I*m Dunklen schlich sich Mike in Relks Bude.
Er hörte Relks leises Schnarchen, ertastete sich eine Wolldecke und
kuschelte sich in eine freie Ecke des Zimmers, um sogleich selbst fest

einzuschlafen.
Der Mondschein leuchtete durch das Fenster zur Alster und keine Gardine dämpfte sein Licht.
Nur der Schatten einer uralten Kastanie verhinderte, dass der ganze Raum ausgeleuchtet wurde und außerdem ließ ihr mächtiger Stamm den Blick durchs Fenster von der Straße aus nicht zu.
Daher konnte man vom Zimmer her auch die schleichende Gestalt von Mikes unfreiwilligen neuen Bekannten nicht sehen.
Ganz unbedacht dessen, dass die beiden Freunde, Mike und Relk, in tiefsten Schlaf schlummerten.
Der Mann, der sich Jojo nannte, machte sich an der Außentür des Hinterhauses zu schaffen.
Er verbog seinen Dietrich bei dem Versuch, das Schloss zu entriegeln und dachte bei sich, ganz sicher zu sein, dass der Junge mit dem Gitarrenkoffer durch diese Tür entschwunden war.
Nur, er verzweifelte an dem Türschloss!
Leise fluchte er vor sich hin.
Bisher hatte noch jedes Schloss vor ihm kapituliert.
Er wollte schon aufgeben und ließ eine Weile seine rechte Hand auf der Türklinke liegen.
Als er die Hand wegnehmen wollte, stellte er verwundert fest, dass die Tür sich nach innen langsam öffnete.
Er schlug sich mit der Linken grinsend an die Stirn.
Es ist noch niemanden gelungen, eine Tür aufzuschließen, die gar nicht verschlossen war.
Er blieb eine Weile in dem unbeleuchteten Flur stehen, um seine Augen an das Dunkel zu gewöhnen.
Er war geübt, sich nachts in ihm fremden, dunklen Räumen zu bewegen und fand daher schnell die Tür zu Relks Bleibe.
Fast geräuschlos vermochte er sie zu öffnen, fiel nicht noch einmal auf eine nicht verschlossene Tür herein und konnte dank des Mondlichtes nahezu alles in dem Zimmer erkennen.
Die Stereoanlage glitzerte im Zusammenspiel des Windes, mit den Ästen und Blättern der Kastanie und dem Licht des Mondes.
Links sah er die Matratze mit der zusammengeknüllten Decke, unter der man nicht die ein Meter achtzig lange Gestalt Relks vermuten konnte.
Daneben lagen die Musikinstrumente, wie Gitarre, Banjo und Bongotrommeln.
Rechts im Raum stand der einzige Stuhl der Behausung hinter dem, der

mit einer Wolldecke vermummte Mike schlief.
Der Mann, der sich Jojo nannte, nahm den Stuhl, deponierte ihn so, dass er mit leichter Kopfbewegung beide, der Knaben beobachten konnte und machte es sich leidlich bequem.
Nach Stunden, er war einige Male hochgeschreckt, da er einzunicken drohte, bewegten sich fast gleichzeitig die beiden Freunde und machten Anstalten, aufzuwachen.
Das Sonnenlicht eines angebrochenen schönen Tages erhellte die Straße und die Alster vor der Kastanie.
Das Zimmer bekam dank des Blätterwerks des großen Baumes, nur wenig des Sonnenlichtes ab.
Relk öffnete die Augen, konnte sich aber nicht schlüssig werden, wer dort auf dem Stuhl hockte.
Es kam ja bei ihm nicht selten vor, dass irgendjemand ins Zimmer geschlichen war, noch während er schlief und war nicht überrascht.
Doch dieses Gesicht konnte er nicht einordnen und sich beim besten Willen nicht in die Erinnerung rufen.
Sein Blick wanderte umher und erblickte Mike.
„Bringst du jetzt öfters wildfremde Leute mit?"
Mike war ziemlich schnell wach.
„Wie, was?"
„Na ja, da!"
Relk deutete mit dem Kinn zum Stuhl, auf dem sich Jojo grinsend lümmelte und behielt dabei die Hände unter der wärmenden Decke.
Mike schaute auf, bemerkte, dass der Stuhl nicht mehr neben ihm stand, sondern direkt vor der Stereoanlage und erkannte den Wildfremden.
„Sag mal, langsam nervst du richtig! Warum läufst du mir ständig hinterher?"
Relk fand das lustig.
„Ist dir ´n Hund nachgelaufen? Der sieht aber aus, wie ´n Kerl."
Der andere saß noch immer grinsend auf dem Stuhl und rührte sich nicht.
„So kann man´s auch nennen!"
Mikes Erwiderung war an Relk gerichtet.
Endlich hatte der Fremde seine vermeintliche Sprachlosigkeit überwunden.
„Ich will euch doch nur helfen!"
Währenddessen flogen ihm seine Gedanken, wie er Mikes Misere für seine Missstände nutzen konnte, durch den Kopf.
„Uns helfen?"

Relk war verständlicherweise äußerst verblüfft.
„Mir helfen…!?!"
Mike sah zu Relk hinüber.
„Ich erklär dir alles später. Erstmal müssen wir erfahren, was dieser Kerl von uns wirklich will. – Der verfolgt mich schon die halbe Nacht!"
Und Relk blickte argwöhnisch zurück.
Dann schaute er zur Zimmerdecke, als könne er dort eine Erklärung für diese merkwürdige Geschichte entdecken.
Mike wandte sich an den Fremden.
„Ich heiß Mike, das ist Relk und wie heißt du denn nun eigentlich?"
„Ich bin der Jojo. Das ist so ´n rauf-undrunter mit ´nem Band dran. Weil ich so oft auf die Schnauze flieg, aber immer wieder aufsteh."
„Und ´n Band, wenn auch nur ´n kurzes, hast du ja wohl in echt dran."
Keiner lachte über Relks flachen Gag.
Nicht einmal er selbst.
Die Situation der beiden Freunde war irgendwie unwirklich, eher wie im Film.
Mike räusperte sich.
„Wenn du uns helfen willst, dann fang doch erst mal damit an, uns etwas zum Schnabulieren zu besorgen. Am besten Brötchen, Milch und Wurst. - Derweil erkläre ich Relk die Sachlage und wenn du wieder hier bist, beraten wir, wie du uns dann weiterhelfen kannst."
Den letzten Teil des Satzes belegte Mike mit einem zweifelnden Unterton, weil er nicht glauben konnte, dass dieser Jojo ihm überhaupt helfen konnte oder gar wollte.
Jojo war einverstanden, stand auf und verließ das Gefilde.
„Ich blick da nich durch!"
Relk guckte verständnisfrei.
„Du kennst den praktisch nicht, aber er will uns helfen, und wobei? - Du bestellst Frühstück, und er springt auf wie ein Lakai. Und verlangt noch nicht einmal Vorkasse."
„Ich blick da ja auch nicht durch! Alles, was ich weiß, ist schnell erzählt."
Mike berichtete dem Freund die Erlebnisse der letzten Nacht, seit er sich von Relk und Charly getrennt hatte.
Relk konnte nicht glauben, wie schnell Mike seine Ovation zurückbekommen hatte.
„Möglichere Weise hat dieser Brötchen-holende Typ doch Recht und

du solltest für ´ne Weile vor den Bullen untertauchen. – Die Großen lassen sie laufen, die Kleinen scheuchen sie bis in die Hölle!"

„So ist es!"

Mike schaute dem Freunde ernsthaft in die Augen.

„Kommst du mit?"

Wie selbstverständlich der diese Frage bejahte, zeigte sich dadurch, dass Relk schon sogleich mit Plänen für die ‚Untertauchtour´ aufwartete.

„Wir trampen durch Deutschland oder vielleicht mit Güterzügen, wie die Hobos und dann ab nach Südfrankreich."

„Du bist schon unterwegs, was?"

„Ja, so gut wie. - Wir müssen nur noch etwas Kleingeld auftreiben."

Mike hob die Schultern.

Er war sich nicht klar darüber, wo sie dieses Kleingeld herkriegen sollten.

„Ich weiß nicht, wen ich dafür anpumpen könnte? Die haben alle selber keine Knete. Und auf den Straßen kann ich mich im Moment ja nicht blicken lassen."

„Da hast du Recht und darum will ich euch helfen."

Diese Worte kamen von Jojo, der gerade die Tür geöffnet und den letzten Satz von Mike gehört hatte.

Er legte die Plastiktüte mit den Brötchen, der Milch und der Wurst, - er hatte sich alles richtig gemerkt, - aufs Bett und hockte sich neben Relk auf die Matratze.

„Hört mal zu! - Ich hab noch ein bisschen Geld von meinem letzten Job übrig. Wenn wir uns zusammen nehmen, können wir drei damit einige Tage auskommen."

Mike und Relk hörten dem anderen aufmerksam zu.

Wenn es um das Geld ging, das ihnen fehlte, interessierte es sie schon. Sie verstanden es zwar beide nicht, welche Zwecke dieser Jojo verfolgte, aber was soll´s?

Ihnen würde es über die erste Zeit hinweghelfen und dann würde man weitersehen.

„Wir könnten so weit wie möglich trampen. Am Rastplatz Stillhorn finden wir bestimmt einen LKW, der uns mitnimmt."

Relk war sich da sicher.

„Oder Waltershof, wo die Straße über Moorburg nach Hausbruch geht."

Die anderen sahen verwundert auf.

„Waltershof?"

Relk schaute ihn ungläubig an.

„Dort gibt es doch gar keinen Rastplatz!"
Mike kannte sich im Süden Hamburgs aus, denn dort war er geboren worden und aufgewachsen.
„Doch! - An der A7, oder besser, fast unter der A7. - Die ist da ja auf dicken Betonpfeiler gebaut worden."
Mike grinste, denn die Wenigsten kannten den Trucker Treff, der zum Teil unter der, auf hohen Betonsockel geführten, A7 versteckt lag. Jojo meldete sich zu Wort.
„Ja. Ich hab da schon mal eine Shell Reklame leuchten sehen. Direkt an der Abfahrt Waltershof und Finkenwerder in Richtung Süden!"
„Genau! - Es ist zwar etwas kompliziert, da hinzufinden. Du musst so unter der Waltershofer Straße unterdurch fahren, wenn du von der Autobahn kommst."
Mike vollführte mit der rechten Hand eine etwas linkisch wirkende Kreisbewegung.
„Aber die Trucker kennen den Laden schon. - Ihr würdet euch wundern, wie viele LKW-Fahrer dort Rast machen oder übernachten!"

Zunächst wurde stumm gefrühstückt.
Jeder überlegte, ob das Vorhaben für ihn richtig wäre.
Außer Jojo.
Der verfolgte einen ganz bestimmten Zweck, von dem die beiden Freunde natürlich nichts ahnten.
Jojo wusste ganz genau, das die Polizei nicht Mike suchte, sondern ihn selbst.
Er war nämlich kein Unbekannter in der Rauschgiftszene.
Der Anruf bei seiner Organisation hatte ihn alarmiert.
Die Sache, die man vorgehabt hatte, bedurfte einer intensiveren Beobachtung der Polizeiwache am Großneumarkt, aus der Mike seine konfiszierte Gitarre stibitzt hatte und war nun scheinbar der ‚Schmiere', wie dieses Genre die Polizei gelegentlich zu nennen pflegte, ‚gesteckt' worden, wie Jojo wörtlich dachte.
Und dazu mit Erwähnung seiner Person.
Deshalb waren die Polizisten auf dem Bahnhof gewesen.
Und wer weiß, wo noch.
Im ganzen Michaelis Viertel und am Großneumarkt.
Er musste also verschwinden.
Geld konnte er genug aus einem bestimmten Schließfach am Hauptbahnhof erhalten.

Und am besten war es, nicht allein zu verschwinden.
Mit diesen beiden Trotteln, die nichts ahnten und sicherlich nicht als kriminell einzuordnen waren, zu dritt abzuhauen, war für ihn im Moment genau das Richtige. Dafür konnte man ruhig ein paar Mark opfern.
„Nun? - Wie seht ihr die Sache? Wollt ihr verschwinden, ich meine, zusammen mit mir?"
Jojo schaute die beiden jüngeren Männer der Reihe nach eindringlich an.
„Verschwinden müssen wir; das ist uns längst klar. Aber was hast du damit zu tun? - Ich versteh es nicht!" erwiderte Mike.
„Braucht ihr Geld, oder braucht ihr keins?"
Als pure Stille herrschte, fuhr er selbst fort.
„Na also, dann keine Fragen mehr und seid froh!"
Relk meldete sich, nachdem er sich am Hinterkopf gekratzt und sich einmal um die eigene Achse dreht hatte, zu Wort.
„Lasst uns Nägel mit Köpfen machen! - Wann und wo treffen wir uns?"
Mike dachte nach.
„Am besten bei diesem Trucker Treff in Waltershof. - Dort sind die meisten LKWs, die nach Süden wollen."
„Und wie kommen wir da hin?"
„Mit dem Bus! - Die Linie hundertfünfzig oder zweihundertfünfzig, ich weiß nicht genau. – Jedenfalls von Altona aus."
Jojo schloss die Planung ab.
„Ich würde sagen, ihr packt ein paar Sachen und seid gegen sechszehn Uhr vor Ort. Ich muss nochmal nach Hause und besorge dann das Geld. Wenn ich´s schaffe, bin ich auch um vier an dem Trucker Treff."
Er wusste, Geld und Reiseutensilien zu besorgen, war für ihn das gefährlichste Unterfangen.
Aber das konnte ihm keiner abnehmen.
Diese beiden Flitzpiepen schon gar nicht.
Dieses Risiko musste er in Kauf nehmen, denn Geld würden sie auf jeden Fall brauchen. Und seine Kumpel wollte er auch nicht belästigen, sonst würde vielleicht noch jemand Anderes unnötig auf ihn aufmerksam.
Er biss noch einmal ordentlich in seine Brötchenhälfte, stand auf und war im Begriff, Relks Bleibe zu verlassen.
„Seid pünktlich! Nehmt nicht zu viel mit und wartet auf mich, falls das nötig sein sollte."
Dann war er weg. –
„Blöder Kerl! - Als wär er der Chef, bloß weil er die Penunze hat."

Relk ärgerte sich darüber, dass sie wohl auf diesen Macker angewiesen waren.
Mike fühlte sich genauso und nickte.
„Wenn wir erst aus Deutschland raus sind, können wir in größeren Städten auf den Straßen spielen und ´n paar Mark machen."
„Klar, die Musike nehmen wir natürlich mit!"
„Und spätestens dann schieben wir den `Rauf-und-Runter-mit-´nem-Band-dran´ schnellstens ab!"
Sie schauten sich um, damit sie entscheiden konnten, was sie mitnähmen.
Mike überlegte, ob er überhaupt nach Hause musste.
Unterwäsche, Ersatz T-Shirts und eine Jeanshose hatte er irgendwann schon mal bei Relk deponiert.
Für alle Fälle; und dies war so ein Fall!
Plötzlich fiel Relk etwas ein.
„Du Mike! - Ich glaube, der Kerl hat auch was auf dem Kerbholz! - Anders kann ich mir sein Verhalten nicht erklären."
„Ja! – Das denk ich auch; und zu dritt abzuhauen, ist gesünder für ihn, wenn er vielleicht allein gesucht wird."
–
Sie ahnten überhaupt nicht, wie nah sie damit der Wahrheit gekommen waren.

- 19 -

„Ich warte jetzt schon mehr als zwei Stunden! - Wo sind die Beiden denn bloß?"
Tom schaute von Jerry zu Karsten.
Die Beiden hoben unschlüssig ihre Schultern.
Sie saßen in Relks Bude und gedachten eigentlich, Relk und Mike hier anzutreffen.
In der Spitalerstraße und den Alsterarkaden hatten sie die beiden auch schon gesucht. Und wo sonst hätte man sie bei diesem regnerischen Wetter antreffen können?

„Meist schlafen sie um diese Zeit noch!"
Karsten schaute bei diesen Worten auf seine Uhr.
„Ich hab langsam keinen Bock mehr!"
Karsten machte gerade Anstalten zu gehen, als die Tür geöffnet wurde und Ulla hereinschneite.
„Hi Ulla! - Sind Mike und Relk bei dir?"
Karsten setzte sich wieder zurück auf die Matratze.
„Wieso? - Sind sie nicht hier, ich wollt sie auch sprechen?"
Ulla sah sich dabei im Zimmer um.
Es fiel ihr gleich auf, das Relks Banjo nicht an seinem Platz lag.
„Die sind in der Spi oder so! Das Banjo ist nicht da."
Karsten hob den Kopf.
„Da war ´n wir schon. Auch bei den Arkaden. Da sind sie nicht."
„Komisch!"
Ulla wollte sich mit auf die Matratze setzen und stutzte….
„Relks Seesack ist nicht da!"
Sie wühlte etwas herum.
„Die Unterwäsche und seine zweite Jeans fehlen. Und Mikes Reservesachen auch. – Die ham sich abgesetzt. Die sind weg!"
Tom stand vom Stuhl auf.
„Was heißt weg?"
„Weg heißt weg! - Abgereist. Auf Tour. Irgendwohin! - Das wäre ja nicht das erste Mal."
Tom kraulte sich das Kinn.
„Ob das was mit der Sache heute Nacht bei den Bullen zu tun hat?"
„Welche Sache bei den Bullen? - Habt ihr etwa wieder Stunk gemacht?"
Ulla hatte die Fäuste in die Hüften gestemmt.
Sie konnte manchmal sehr resolut und spontan sein.
„I wo!"
Tom und Jerry gaben wie aus einem Mund klein bei.
„Wir waren damals nach die Gig in de Knust noch bei des Gewinde in die Nacht. Und da hat einer die Bullen gerufen! Wegen Lärm und so; and, und die ham Mike die Klampfe stolen - gestohlen."
Tom wackelte in seiner schlaksigen Art, bei dieser für ihn überlangen Rede die ganze Zeit mit dem Kopf hin und her, wobei seine etwas hängenden Wangen hin und her schwangen.
„Und die ham wir dann wiedergeholt!"
Jerry zeigte sich stolz und wollte auch etwas hinzufügen.

„Ick und Tom und Mike!"
Ulla sah die beiden ungläubig an.
„Einfach wiedergeholt? - Und die Polizei hat sie euch auch einfach so wiedergegeben!?!"
„Nee! - Wir sind da rein. Tom hat 'n dummen Spruch gemacht. Mike is geschlichen nach oben und hat die Ovation geschnappt. Wir sind gleich abgehauen und just a moment later, Mike kam hinterher gerannt."
Auch für den stillen Jerry war dies ein halber Roman, aber Ulla wusste nun genau Bescheid.
„Vielleicht haben sie aus irgendwelchen Gründen die Panik bekommen, haben ihre paar Sachen gepackt und sind verschwunden." folgerte Ulla.
Karsten schaute sie an, als wäre er angesprochen worden.
„Keine Ahnung!"
Es herrschte allgemeine Ratlosigkeit.
Ulla stöberte noch weiter in Relks verbliebenen Habseligkeiten umher, nur um irgendetwas zu tun.
Als die Stille unangenehm wurde, meldete sie sich wieder zu Wort.
„Weiß jemand, wo dieser Charly wohnt?"
„Nö", meinte Tom, „ick weiß nicht mal seine ganze Namen!" Karsten überlegte laut vor sich hin.
„Ich glaub, der wohnt irgendwo südlich der Elbe; - Harburg oder so. - Nein, äh, gleich vorne im Alten Land! – Wir hatten immer gefrotzelt, dass er vom Balkan kommt. --Hähähähä."
Keiner von den Vieren kannte sich dort aus.
Für die `echten´ Hamburger, denen, die im Zentrum, zumindest nördlich der Elbe wohnten, war die Elbe die absolute Grenze.
Sie meinten eben, dass südlich davon der `Balkan´ begänne.
Das Gebiet zwischen Norder- und Süderelbe beachtete man dort nur selten.
Und wenn doch, zählte man es zu der Hafengegend.
Dazu gehörten Veddel, Wilhemsburg, Waltershof, Altenwerder, Moorburg, Moorwerder und die Peuteinsel.
In einigen der Dörfer, die sie ja noch vor dem Jahre 1937 waren, lebten auch teils angesehenere Bürger und Bauersleute.
Darüber waren sich viele ‚echten Hamburger' gar nicht im Klaren.
Diesbezüglich galten für sie noch die Grenzen von vor 1937 und deshalb wertete man diese Stadtteile wohl einfach etwas ab.
Zumal doch ab den fünfziger Jahren der Zuzug der ausländischen

Gastarbeiter aufkam.
Die südlichen Elbdörfer Altenwerder und Moorburg und vielleicht sogar Francop, sollten zudem begrenzt, beziehungsweise gar nahezu ganz entvölkert werden, um den Hansaport - ein beträchtlicher Teil des Hafens - zu vergrößern und zu modernisieren.
Ein riesiges Umschlaggebiet ausschließlich nur für Container und nicht für Stückgut.
Computergesteuert und vollautomatisch.
Und auf den elbangrenzenden Arealen dieser Stadtteile, sollten die Containerterminals erweitert werden. Zu dieser Zeit entschied man, dass es mit der Stückgutverfrachtung ihrem Ende zugehen sollte. Diese Erweiterungsplanungen führten in Hamburg dann auch zuerst zu einer Bürgerinitiative, später zu der GAL, der Hamburger Grünen Partei.
Ulla wandte ein, man müsse den Hausmeister des Fährhauses befragen, ob der etwas wüsste. - Schließlich war Relk ja sein Gehilfe und müsste sich eigentlich bei ihm abmeldet haben.
Der Vorschlag wurde befolgt mit dem unbefriedigenden Ergebnis, nichts über Relk und Mike erfahren zu haben.
Dieser Hausmeister blaffte dann auch noch Ulla an.
„Nimm seine restlichen Sachen aus der Wohnung, damit ich sie anderweitig verwenden kann!"
Was erdreistete sich der Kerl?
Ulla war kurz vor dem Ausrasten.
„Wohnung??? - Das ich nicht lache! – Das ist eher eine Abstellkammer!"
‚Und man könne sie auch weiterhin nur als solche betrachten', war Ullas Meinung, erklärte sich dann aber doch bereit, Relks Sachen zu sichern und zu sich nach Hause zu transportieren.
Wer weiß, was dieser Mensch damit noch anstellen würde, wenn alles länger unbeobachtet dort liegen bliebe.
So übereingekommen, trennte man sich, nicht ohne die Adressen und die Versprechen, sich gegenseitig informieren zu wollen, wenn man etwas erführe, ausgetauscht zu haben.

*W*eimarer Straße. −
Charly wusste noch genau, wo sie wohnte.
Die Nummer hatte er vergessen, oder eher sich gar nicht gemerkt. Aber das Haus samt seinem Eingang, würde er jederzeit sofort wiedererkennen.
Er wusste auch noch genau, wie es in ihrem Zimmer aussah.
Und die Aquarelle.
Auch das riesige Himmelbett im Zimmer ihrer Freundin, würde sich nie aus seiner Erinnerung löschen.
Er nahm zwei, auch mal drei Stufen auf einmal, denn eine freudige, fast euphorische Stimmung hatte ihn erfasst.
Als er vor der breiten Wohnungstür stand, überfiel ihn ein Gefühl, als stimme hier irgendetwas nicht.
Als wenn eine Winzigkeit anders wäre, als damals.
Wirklich nur eine Kleinigkeit. - Aber was?
Als er auf die Türklingel blickte, wusste er sofort, was es war.
Eines der beiden Namensschilder fehlte.
Es waren vorher zwei Schilder angebracht.
Das erinnerte er genau.
Die beiden Befestigungslöcher des fehlenden Messingschildes konnte man noch deutlich erkennen.
Er kannte zwar ihren Nachnamen nicht, spürte aber sofort, dass es Marika war, die nicht mehr hier wohnte.
Zögernd setzte Charly seinen rechten Zeigefinger auf die Klingeltaste und eine Sekunde später schwang die schwere Massivholztür nach innen auf.
„Komm rein."
Ein zartes Mädchen stand im Korridor und lächelte ihn an.
„Ich bin Lily!"
Sie streckte ihm die Hand entgegen.
Charly brachte kein Wort heraus.
Konsterniert ergriff er die ihm dargebotene schmale Mädchenhand und ließ sich in die Wohnung führen.
„Woher kennst du mich?"
Charly war gleich klar, dass sie ihn nicht nur einfach so hinein gebeten hätte, wenn sie sich nicht sicher wäre, zu wissen, wer er sei.
„Marika hat mir so viel von dir vorgeschwärmt, dass ich dich sofort erkannt habe."
„Aber, äh...."

Er begann zu stottern.

„Du… äh, - du scheinst mich erwartet zu haben?"

„Das war purer Zufall. - Ich ging gerade zur Küche, als ich deine Schritte hörte und sah durch den Türspion."

Sie lächelte.

„Ich weiß nicht wieso, aber ich wusste auf den ersten Blick, dass du es bist."

„Und wo ist Marika?"

Die Stille, die nun folgte, beunruhigte ihn schon sehr.

„Sie ist ausgezogen. – Schon vor ein paar Wochen."

„Und wo wohnt sie jetzt?"

„Das weiß ich nicht."

„Das kannst du mir nicht erzählen! - Du bist doch so sehr mit ihr befreundet gewesen, dass sie dir so viel von mir erzählte. Und nun willst du mir weißmachen, sie hätte dir nicht gesagt, wohin sie geht?"

Lily starrte Löcher in die Lamperie der Wand.

Dann schaute sie auf.

„Komm erst mal weiter! Wir brauchen das nicht in der Diele zu besprechen."

Lily schloss die Wohnungstür und führte ihn in das Zimmer das einst Marika gehört hatte.

Wenig hatte sich hier geändert.

Das Büfett stand am selben Platz, wie auch der Nierentisch, die Clubsessel und das Sperrmüllsofa.

Nur die Aquarelle fehlten.

Charly setzte sich in die eine Ecke des Sofas. Lily in die andere.

Eine geraume Weile schauten sie sich an.

„Ihr Bruder hat ihr beim Umzug geholfen. Viel war´s ja nicht. - Diese Möbel hat sie mir überlassen, den Rest haben sie in einer Tour mitbekommen."

„Ihr Bruder hat ihr geholfen, sonst niemand?"

Charly war ganz durcheinander.

Er dachte nach.

Wieso hatte ihr Freund ihr nicht geholfen?

„Mit ihrem Bruder ist sie dann abgefahren und seid dem habe ich nichts wieder von ihr gehört."

„Ich denk ihr seid befreundet?"

„Was man so befreundet nennt.- Wir waren uns sympathisch. Wir wohnten zusammen. Halt die Miete haben wir uns geteilt. Das geht nur,

wenn man sich ganz gut leiden kann."
Charly seufzte.
Er schaute Lily in die Augen.
Ihm kam der Gedanke, Marika hätte Lily gebeten, sie zu verleumden, wenn er käme und nach ihr fragte.

„Warum hat sie dir so viel von mir erzählt, wenn sie sonst kaum etwas von sich freigibt? – Wo sind eigentlich die Aquarelle?"
„Welche Aquarelle?"
Lily blickte von Charly zu den hellen Flecken an der Tapete und zurück zu ihm.
„Ach, die. - Die sind von ihrem Bruder. - Die hat sie natürlich mitgenommen."
Sie fuhr mit der Hand über die Stirn und schüttelte eine imaginäre Haarsträhne aus dem Gesicht.
„Ich glaub, sie liebt dich genauso stark, wie sie ihren Bruder liebt. – Erst hat sie immer nur von ihrem Bruder erzählt, dann immer nur von dir. - Dann wieder nur von ihrem Bruder, und dann ist sie ausgezogen!"
„Aber sie muss doch irgendetwas gesagt haben! - Man zieht doch nicht ohne ein Wort aus der gemeinsamen Wohnung aus!"
„Sie sagte, sie müsse weg von Hamburg. Du würdest dich überhaupt nicht melden. Sie wusste nicht, wo du wohnst und… was sollte sie machen. - Du würdest wohl doch nichts von ihr wollen, sagte sie."
„Hat sie nie etwas von einem anderen Mann erzählt; da muss noch ein anderer Mann gewesen sein!"
„Niemals! - Die ganze Zeit, in der wir zusammen wohnten, gab es erst nur ihren Bruder und dann nur dich und dann wieder nur ihren Bruder."
„Ich hab sie gesehen. In der Spitaler Straße. Sie hat ihn geküsst! So innig, wie in der Nacht zuvor mich."
Lily schüttelte ungläubig den Kopf.
„Das kann ich mir nicht vorstellen. Nicht Marika. Undenkbar! – Zuerst dachte ich, sie sei prüde, weil niemals etwas mit Jungs war. Aber, als sie dich kennen gelernt hatte, wusste ich, sie war wohl nur unerfahren. Die Unschuld vom Lande. – Ich mein das positiv!"
Lily holte tief Luft, als überlegte sie, ob sie aussprechen sollte, was sie gerade dachte.
Sie kannte Charly ja auch nicht wirklich.
‚Auch Marika kannte ihn nicht richtig' dachte sie.
Charly war kein ausgesprochener Mädchentyp.
Und wenn eine wie Marika gleich am ersten Tag mit ihm schliefe, dann

spürte sie, dass es der Mann fürs Leben wäre.

„Marika ist der Typ Mädchen, der sich nur einmal richtig verliebt und diesen Mann dann auch heiraten will. Und wenn der nicht bei ihr bleibt, kehrt sie in ihr Schneckenhaus zurück."

„So hab ich sie auch gleich zu Anfang gesehen und ich konnte mich kaum beherrschen, nicht gleich am nächsten Tag wieder zu ihr zu laufen! Und dann sah ich sie küssend mit einem mir völlig fremden Mann, in der Spitalerstraße."

Lily schüttelte wieder den Kopf.

„Das ist mir unverständlich. Ich hätte es ihr nie zugetraut. - Aber, da kann ich dir auch nicht weiterhelfen."

Wie ein getretener Hund stand Charly auf.

Mechanisch ging er zur Tür, schaute sich kurz um, als hoffte er, es würde noch etwas kommen und hob die Hand zum Gruß.

Während er die Wohnung verließ, hörte er noch Lilys:

„Tut mir wirklich leid!"

Dann lief er zur Stiege.

Abrupt drehte Charly sich wieder um.

„Halt! Mir fällt da noch etwas ein!"

Lily öffnete die Tür erneut einen Spalt und schaute ihn fragend an.

Er trat einen Schritt auf sie zu.

„Hast du Fotos?"

„Sicher hab ich Fotos. - Du meinst von Marika!?"

„Und vielleicht mit ihrem Bruder!"

„Mit ihrem Bruder? Nein, - ich glaube nicht. - Aber wir können ja mal gucken."

Sie öffnete die Tür wieder ganz und ließ Charly ein.

Sie holte ein zerschlissenes Album und setzte sich wieder aufs Sofa.

Charly nahm wieder neben ihr Platz, legte den Arm auf die Rücklehne des alten Möbels und schaute in das geöffnete Album.

Lily blätterte zwei, drei Seiten hin und her.

Es gab nur ein paar schöne Fotos von Marika allein und zusammen mit Lily und mit anderen Mädchen. - Ein Mann war nicht dabei!

Lily schüttelte den Kopf.

„Nichts. Tut mir leid."

Charly hob resignierend die Schultern.

„Kann man nichts machen!" sagte er und wollte aufstehen.

Als Lily dabei war das Album zuzuschlagen, fiel ihm etwas auf.

„Wart mal, was ist das?"

Lily schlug das Album wieder auf.
Da war ein Foto mit Marika allein und sie lächelte zum rechten Bildrand hin.
Das Foto hatte eine Besonderheit.
Es war mit einem weißen Rahmen umgeben, wie es früher bei Schwarz-Weißbildern oft üblich war.
Das alleine war nicht die Besonderheit.
So etwas hatte Fotos des Öfteren.
Diesem Foto jedoch fehlte der weiße Rand an der rechten Seite! Genau an der Seite, zu der Marika so liebevoll hin lächelte.
„Können wir das mal herausnehmen?"
„Mmh."
Lily zog das Foto heraus.
Das Bild war in der Mitte geknickt.
„Jetzt erinnere ich mich" lachte Lily.
„Ich hatte damals gesagt, ich will keine Kerle in meinem Album haben; auch nicht, wenn es dein Bruder ist."
Sie hielt das Foto hoch und faltete es auseinander.
„So sieht ihr Bruder aus!"
Charly ging ein Riesenkandelaber auf.
„Das ist er!"
„Wer?"
„Na, der Kerl, den Marika so innig geküsst hatte."
„Tja, ich konnte auch nicht glauben, dass sie so schnell einen anderen Freund haben würde."
Charly fiel ein riesiger Fels vom Herzen.
„Kann ich das Foto haben?"
„Ja, es ist ja sowieso in der Mitte geknickt."
Er erhob sich von dem alten Sofa und bedankte sich.
Ein wenig hatte sie ihm nun doch helfen können.
„Na, dann tschüss."
„Mach's gut."
Jetzt musste er sie nur noch finden! –
In Gedanken versunken, ohne diese ordnen zu können, stieg Charly in den Opel Manta A, bog in die Fährstraße ein und fuhr über die Georg-Wilhelm-Straße in die Harburger Chaussee.
Hier bemerkte er, die falsche Richtung eingeschlagen gehabt zu haben, wenn er nach Hause wollte und entschloss sich, in die Innenstadt zufahren.
Er dachte, wenn er durch die Spitaler Straße schlenderte, träfe er vielleicht

Mike und Relk, die ihn sicher würden ablenken können.
Er fand in der Straße Raboisen einen Parkplatz und wanderte den Gertrudenkirchhof zur Spitalerstraße hinüber.
Beim Burger-King Restaurant erstand einen Hamburger und kam kauend zur Caféhausbrücke, wo eine Ansammlung von Passanten ihm den Weg versperrte.
Über die Köpfe hinweg erspähte er Toms strähniges Haupt und seine Miene erhellte sich in Erwartung, auch Mike und Relk hier anzutreffen. Er konnte die beiden Freunde jedoch nicht entdecken.
Plötzlich packte Ulla ihn an seinem Arm.
Charly fuhr herum, erkannte sie und rief über die Klänge der Musik hinweg:

„Hallo du. - Wo sind Relk und Mike?"

„Genau das wollte ich dich gerade fragen. – Weißt du denn nicht, wo sie sind?"

„Wieso? Sind sie denn nicht bei euch?"
Ulla wirkte leicht verstört.

„Seid Tagen haben wir sie nicht gesehen! Relks Bude hat inzwischen schon einen anderen Verwendungszweck gefunden. Ein paar seiner Socken hat er mitgenommen, der Rest ist bei mir zu Hause."
Charly musterte sie entgeistert.
Damit hatte er nun nicht gerechnet.

„Was ist los bei euch? Kann man euch nicht ein paar Tage allein lassen?"
Charly hatte seinen Humor wiedererlangt.
Ulla erklärte ihm die Lage.

„Die Polizei hatte Mikes Gitarre kassiert…"

„Ich weiß…!" unterbrach Charly sie.

„…die Gitarre ham sie sich wiedergeholt. Und die Bullen sind wohl seitdem hinter ihnen her. Da haben die beiden Brüder Reißaus genommen. – Keiner weiß, wohin! Wir hatten gehofft, das du…!"

„Gott, da müssen wir sie suchen. - Das kann ja wohl nicht wahr sein!"

„Wir haben überall gesucht! - Ich dachte, sie wären bei dir!"
Ulla und Charly schauten sich an.

„Wart ihr bei der Polizei?"

„Du meinst, Vermisstenanzeige, oder so?"

„Quatsch! – Vielleicht haben die Bullen sie schon geschnappt und nur `n paar Tage auf Eis gelegt."

„Ach so. - Nee, aber wer soll denn dort nachfragen, und wie soll er das

machen, ohne aufzufallen?"
Charly überlegte.
„Das kann ich machen, ich weiß auch schon, wie. – In welcher Wache hatten sie sich denn die Klampfe zurückgekrallt?"
„Großneumarkt."
Charly kam in Bewegung.
„Wo treffe ich euch nachher, wenn ich was rausbekommen habe?"
Ulla fasste sich an die Stirn und dachte nach.
„Ich bin ab siebzehn Uhr zuhause und warte dort, bis du kommst."
„Okay!"
Schon hatte Charly sich umgedreht und lief zu seinem Manta.
Tom und Jerry hatten ihren Song zu Ende gespielt und kamen zu Ulla.
„War das eben nicht der Charly?"
„Ja."
„Und warum ist er schon wieder weg? Und wo sind die beiden runaway?"
„Weiß er auch nicht. Er ist jetzt zu eurer Polizeiwache und guckt, ob die sie geschnappt haben und was er sonst noch rauskriegen kann. – Und der kriegt was raus! Da bin ich sicher."
„Meinst du?"
„Ja. Und dann kommt er zu mir nach Hause."

- 21 -

Zufällig hatten an diesem Nachmittag die gleichen beiden Beamten in der Großneumarktpolizeiwache Dienst, wie in der Nacht der Gitarrenrückbeschaffungsmaßnahme.
Charly betrat die Wachstube und lehnte sich auf den Tresen.
Derselbe Hauptwachtmeister, der sich von dem Amerikaner Tom, veralbert gefühlt hatte, schlenderte unmotiviert zu Charly hin, lehnte sich ebenfalls ihm direkt gegenüber auf die Theke und beugte sich zudem noch etwas provokant nach vorn.
„Nun? - Was kann ich für Sie tun? Auto geklaut, oder sonst was weg?

Für Beischlafdiebstahl ist die Davidwache zuständig!"
Wie es schien, nahm er die Würde des Bürgers und dessen Belange nicht mehr so wichtig.
„Nee!"
Charly wurde wachsam und dachte ‚drück dich bloß vorsichtig aus'.
„Ich such zwei Typen."
„Was für Typen?"
„Straßenmusiker."
„Kenn ich nich'."
Charly überlegte.
Mit diesem Polizisten konnte man nicht wirklich reden. Den interessierte wohl gar nichts mehr.
„So gut kenn ich die Beiden auch nicht und keiner weiß, wo die sind."
„Da kann ich auch nicht helfen. – Für eine Vermisstenanzeige brauchen wir wenigstens die vollständigen Namen und eine genaue Beschreibung der Personen. Am besten mit Fotos."
Charly hatte eine Idee.
„Das letzte, was ich von denen gehört hatte, war, dass die Polizei eines Nachts deren Gitarre konfiszierte. Bei der Kneipe ‚Zum Gewinde', oder so."
„Ach, das war in der Nacht, als wir dieses Dealerschwein suchen sollten."
Der Polizist wandte sich seinem Kollegen zu.
„Wie hieß der noch, von neulich, weißt du?"
„Jojo, oder so."
Die Antwort aus dem Hintergrund der Wache kam prompt und der Hauptwachtmeister drehte sich wieder zurück zu Charly um.
„Da waren in der Nacht zwei schräge Vögel hier in der Wache und redeten nur dummes Zeug. So'n Pickelgesicht und so'n langer Lulatsch. - Wir dachten erst, die Beiden gehörten auch zu dem Rauschgiftring, dem wir auf der Spur sind. Aber das war vermutlich nur ein Zufall."
Wieder drehte er den Kopf zu seinem Kollegen.
„Sitzt dieser Jojo jetzt eigentlich ein, oder läuft die Fahndung immer noch?"
Der andere Polizist erhob sich und kam gemäßigten Schrittes nach vorne.
„Die Fahndung läuft noch. Die Spur soll Richtung Süden führen. Vielleicht sogar Südfrankreich, oder so. – Hab ich gehört!"
„Südfrankreich!?!"
Charly stutzte und fügte schnell hinzu:

„Die Beiden haben sicher nichts mit Rauschgift zu tun!"
Beide Polizeibeamte schauten ihn nun sehr nachdrücklich an.
„Was haben Sie eigentlich mit der ganzen Sache zu tun? – Ich glaube, Sie weisen sich besser erstmal aus!"
Charly begann es hinter der Stirn heiß zu werden.
„Sicher kann ich mich ausweisen; aber mit der Sache hab ich überhaupt nichts zu tun. Ich krieg lediglich noch Geld von diesen Typen, das ich denen mal geliehen hatte. - Und keiner kann mir sagen, wo die zu finden sind!"
„Das Geld können Sie in den Schornstein schreiben! - Ist es denn viel?"
„Nein, so schlimm ist es nicht. Aber…. Na da, äh, kann man ja wohl nichts machen. Vielen Dank, erst mal!"
So schnell er konnte, verschwand er aus der Revierwache, bevor ihm hier noch allzu viel Fragen gestellt werden konnten.
Hier saßen Mike und Relk jedenfalls nicht fest.
Und gesucht, wurden sie anscheinend auch nicht. Zumindest nicht von der Polizei!
Und das mit dem Lulatsch und dem Pickelgesicht konnten ja nur Tom und Jerry sein, als sie mit Mike die Ovation zurückgeholt hatten.
Und wie es aussieht, hatten die Beamten Mike überhaupt nicht bemerkt.
Also: Wenn sie zwei Jungens suchen sollten, wären es eher Tom und Jerry, als Mike und Relk.
—
‚Südfrankreich!?! ' dachte Charly.
‚Ob sie tatsächlich aus irgendwelchen Gründen glauben konnten, türmen zu müssen? - Ganz bis an die Côte d' Azur, oder, wer weiß wohin?'

- 22 -

„Du glaubst wirklich, dass Relk und Mike ganz bis nach Südfrankreich getrampt sind?"
Ulla begann zu zweifeln, nachdem Charly ihr alles berichtet hatte.

Zusammen kamen sie auf den Gedanken, dass das Eine mit dem Anderen etwas zu tun haben konnte.
Dass Mike und Relk mit diesem Jojo, wer weiß wie, irgendwie zusammengekommen waren und dass der sie als Fluchttarnung missbraucht haben könnte.
Sicher hatte der Kerl Geld und die Beiden, Mike und Relk, ließen sich bereden.
Ulla und Charly hatten, ohne es wissen zu können, die Lage ganz genau erfasst.
„Wie konnten die Idioten auch nur auf so einen handfesten Ganoven reinfallen?"
Charly kratzte sich am Kopf.
„Du kennst die damalige Situation, in der sie waren, nicht, als sie die Gitarre aus der Polizeiwache holten! Vielleicht waren sie echt in Panik und dachten nur ans Türmen."
Ulla nickte.
„Ja. Da kann wohl keiner mehr richtig klar denken."
Charly schaute sich um.
Die hohen Wände mit den stuckverzierten Ecken und Kanten ließen ihn an Marika denken.
Er dachte, dass es für ihn das Beste wäre, diese Affäre ganz zu vergessen. - Nein, nicht Affäre.
Es war wohl doch eher eine beginnende zarte Liebe.
Aber konnte er das? - Vergessen?
Ihm mangelte es am Verstehen dafür, nach einer einzigen, wenn auch sehr intensiven Nacht, sich so sehr verlieben zu können.
Wie sollte man die Mitmenschen verstehen lernen können, wenn man aus seinem eigenen Tun und Handeln, geschweige denn, seinen eigenen Empfindungen nicht einmal klug werden konnte?
Er war sich sicher: Er liebte Marika nun einmal!
Ja, das war Liebe.
Doch würde er sie jemals wiedersehen? –
Doch hier war Ulla!
Die große, schlanke, dunkle und hübsche Ulla.
Und auch Beate.
Die ebensogroße, üppige, blonde und auch sehr hübsche Beate!
Er mochte sie beide.
Er fühlte sich zu ihnen beiden hingezogen.
Lieben aber, konnte er sie beide nicht.

Nicht, solange es Marika gab!
Aber, begehren konnte er sie!
Beide.
Sehr sogar!
Und sie waren hier in seiner Nähe.
Während Marika in augenscheinlich unerreichbarer Ferne war!
Ulla riss ihn aus seiner Gedankenverlorenheit heraus.
 „Wir müssen sie suchen! – Aber wo sollen wir sie denn suchen?"
Sie verlor gleich wieder etwas von ihrem Elan und hob die Schultern.
 „Erst mal müssen wir uns darüber klar werden, ob sie tatsächlich so weit weg sind. – Südfrankreich...!?"
 „Das traue ich den beiden Chaoten ohne weiteres zu!"
Ulla ließ sich nicht beirren.
 „... und dann müssen wir sehen, wer von uns hinterherfährt."
Sie überlegten, ob das überhaupt Machbar wäre, dachten aber weiter, was man noch würde tun können.
 „Man müsste in der Szene rumhorchen, welcher Dealer verschwunden ist, oder, ob jemand weiß, ob sich so ein Typ, wie dieser Jojo, sagen wir mal, nach Südfrankreich oder so, abgesetzt hat."
Charly fand seine Idee nicht schlecht, dann aber auch wieder ziemlich riskant.
 „Aber es kann echt gefährlich werden, in diesen Kreisen herumzuschnüffeln!"
Ulla sah ihn mit ihren großen blauen Augen, die so stark auffielen, im Kontrast zu ihren dunklen Haaren, an.
Charly konnte kaum mehr glauben, dass dieses unschuldig dreinblickende Kind ihn kürzlich praktisch nach Strich und Faden vernascht hatte.
 „Glaubst du, das bringt was? Und das wir das überhaupt schaffen können?"
 „Vielleicht. – Komm, wir fahren zum Gewinde! Dort weiß ich sicher, dass Junkies und Dealer verkehren."
 „Und den Namen haben wir ja, - Jojo!" setzte Ulla hinzu.

Sie suchten tagelang alle Fixertreffs, die sie kannten und auch alle Musik- und Szenekneipen in Hamburg ab.
Von Ersteren kannten sie nicht so viele.
Außer dem Gewinde nur noch einige Orte um dem Hauptbahnhof, dem Hansaplatz und natürlich ein paar stille Ecken um der Reeperbahn herum.
Sie waren im Dannys Pan, im Knust, im Logo, bei den Riverkasematten und in Kneipen, wo nur gelegentlich musiziert wurde.
Das Onkel Pö hatten sie aufgesucht, aber auch da waren sie nicht. Der Blockhütte auf dem Kiez, hatten sie ebenfalls einen Besuch abgestattet und, so zufällig, wie auch hocherfreut, dem Countrysänger Hank Lorraine eine Weile zuhören können.
„Wo könnten wir sie denn jetzt noch suchen?"
Ulla war mit ihrer Lust und ihrem Elan am Ende und glaubte nicht mehr daran, dass sie sich in oder um Hamburg verborgen hatten.
„Die sind bestimmt doch weiter weg verduftet."
Charly fiel etwas ein.
„In der Nähe vom Dammtor gibt's da doch noch ´n neue Kneipe! – Kanne oder Kanister, oder so."
Sie parkten den Manta in der Nähe der Meckerwiese und betraten die Kneipe im Souterrain eines Bürohauses.
Sie erinnerte einen an das Dannys Pan, nur nicht ganz so gemütlich. Man saß auf einfachen Stühlen an ebenso einfachen Holztischen.
Aber wenn hier gute Leute musizierten, war das egal und dann war es mindestens auch so gut, wie das Knust oder die Riverkasematten. Das Programm heute hieß `American-Folk-Night´ und auf der Bühne stand ein junges Pärchen.
Ein großer schlanker, dunkelhaariger Mann namens Volker und ein quirliges temperamentvolles Mädchen mit langen blonden Haaren.
Die Heidi!
Charly war ihr schon einmal irgendwo begegnet – wo war es doch gleich? - Ja, in Neusüdende, zu Pfingsten im letzten Jahr, bei einem Country-and Folk-Festival.
Sie war dort als Zuschauer, genau wie er selbst, zusammen mit Maggie Wessel, die er aus der Country-Castle in Fuhlsbüttel her kannte.
Das Country-Castle war ein Saloon im hinteren Saal eines Gasthauses in Fuhlsbüttel.
Peter Wehrspan hatte dort seine alten Studioaufnahmegeräte für sein

kleines Plattenlabel `*WAM*´ aufgebaut, das er seinerzeit zusammen mit *Jürgen Maaß* gegründet hatte, der dann später für eine Weile, der erste Leadgitarrist bei Western Union mit dem Sänger Larry Schuba als Frontmann, geworden war.
Dieses kleine Label war außergewöhnlich, denn es wurde hier alles in Kunstkopfstereofonie aufgenommen.
Solche Platten durfte man aber nur mit den Kopfhörern anhören, wollte man zu einem wirklichen Hörerlebnis kommen.
Über die normalen, wenn auch äußerst hochwertigen Lautsprecher hörte es sich eher dürftig an.
Dort gab es auch Platten von dieser Maggie Wessel, die gerne Joni Mitschel Songs sang.
Charly hatte eine LP von ihr in seinem Plattenschrank stehen.
Und vor allem, gab es auf diesem kleinen Label Schallplatten in jener Kunstkopfstereofonie von Bill Clifton and Red Rektor!
Zwei Supertypen aus den USA, die mit Gitarre und Mandoline viele anspruchsvolle Bluegrass- und tolle amerikanische Folksongs spielten.
Und dort gab es auch Aufnahmen von einer Session, an der Charly und Mike einst teilgenommen hatten.
Dieses Pärchen Heidi und Volker sangen Lieder so ganz nach Charlys Geschmack.
Alles Country und Contemporary Folksongs.
Das ist die Art Folklore, die von Bob Dylon verfeinert wurde und nach dem Woodstock-Festival - dem Festival überhaupt - weltweiten Ruhm erlangte.
Leider war dieses Woodstock Festival schon im Jahre Neunzehnhundertachtundsechzig, also vor Charlys Entwicklung zum Musiker, gespielt worden, sonst hätte er vielleicht sogar versucht auf ein Ticket in die USA zu sparen.
Volker sang gerade das schöne, aber auch traurige Lied von Jerry Jeff Walker über den alten Tänzer, Mr. Bojangle.
Charly beschloss sofort, den Song in sein Repertoire zu übernehmen und vergaß für eine Weile den eigentlichen Grund seines Hierseins. Danach sang Heidi den Song von John Denver, der durch Peter, Paul and Marie so populär gemacht wurde: Leaving on a Jetplane.
Heidi war in ihrem Element.
Sie sprang beim Singen von der Bühne, mit einem Beutel voller kleiner Perkussionsinstrumente, - Rasseln, Schlaghölzchen, Trommeln und Tambomarines.
Sie hatte sich zuvor über das mangelhafte Mitmachen des Publikums

beschwert und verteilte jetzt die Holz- und Schlaginstrumente mit den Worten ‚Sitzt nicht so faul rum' oder ‚du siehst auch musikalisch aus' unter den Zuschauern.
Als sie Ulla und Charly erreichte, lächelte sie Charly an.
„Dich kenn ich! Du kannst auch ruhig mitmachen!"
Sie flüsterte noch leise hinzu, „Charly, oder?" und gab ihm ein Paar niedliche kleine Bongotrommeln, die sie unter den Arm geklemmt getragen hatte.
Ihre gute Laune und die große Spielfreude überstrahlte das Volk und die Stimmung schwappte über bis ins Unermessliche.
Charly würde diesen Abend nie vergessen!
Ulla hatte ihm viel Zeit zum lauschen gelassen, erinnerte dann aber endlich nach fast zwei Stunden an Relk und Mike; und sie gingen!
Charly lächelte zur Bühne und winkte kurz.
Heidi verabschiedete sich von ihm mit einem kurzen Augenzwinkern, während sie ohne Unterbrechung Bob Dylons Song ‚Don´t Think Twice It´s Allwright' mit Volker zusammen weitersang.
Ulla und Charly setzten sich in den Manta und fuhren weiter.
Noch einmal in die Karolinenstraße.
Sie waren bis jetzt schon zweimal im Gewinde gewesen, hatten auch das ganze Karolinenviertel selbst durchkreuzt, denn dort gab es unzählige Drogenkonsumenten samt ihrer Beschaffer und hielten sich einige Male in der Hauptbahnhofsgegend auf.
Sie hatten des Öfteren mit den unterschiedlichsten Menschen geredet, konnten aber nichts über die beiden Freunde oder gar diesem Jojo herausbekommen.
Nur ein einziges Mal kannte jemand den Namen Jojo.
Es war so ein abgewrackter Jüngling, schmierig, mit glänzend fettigen, langen Haaren, Jeans und Pullover, die keine Waschmaschine und kein Wasser kannten, wie auch deren Träger kein Waschwasser kannte.
Aber dabei kam auch nichts weiter heraus!
Ulla resignierte fast.
„Die finden wir nie!"
Charly hob die Schultern und ließ sie luftausstoßend wieder sinken.
„Vielleicht liegen sie ja doch in Cannes oder St-Tropéz am Strand und braten in der Sonne."
Ulla juxte mit ein wenig Unsicherheit, ob Charly Recht hätte.
„Na hauptsächlich liegen sie nicht einbetoniert in alten Waschzubern auf dem Grund der Elbe!"

„Du siehst zu viele Krimis. - Al Capone ist längst tot. - Hamburg ist zwar schlimm, aber noch lange kein Chikago!"

„Naja, aber irgendetwas kann ihnen immerhin ja doch zugestoßen sein!"

Charly schüttelte den Kopf.

„Solange keine Polizeimeldung in der Zeitung oder den Regionalnachrichten war, kannst du davon ausgehen, dass ihnen zumindest nichts Schlimmeres passiert ist."

„Hoffentlich hast du da recht!"

Sie hatten den Manta in der Feldstraße geparkt und gingen an der Markstraße vorbei, die Gnadenkirche im Rücken, die Karolinenstraße entlang.

„Es hat doch gar keinen Zweck, noch mal in diese öde Spelunke zugehen."

Ulla sah Charly mit ihren großen blauen Augen an.

„Lass uns doch lieber zu mir gehen!"

Er bemerkte dieses leicht verführerische Blitzen in ihren Pupillen, während sie das sagte.

„Ich würde auch lieber `Beine-hoch-Amerika´ machen und faulenzen, aber…."

„An Faulenzen hatte ich eher nicht gedacht!"

Er ging nicht darauf ein, obwohl er genau wusste, worauf sie anspielte.

„…aber, ich möchte wenigstens noch einmal ins Gewinde. - Vielleicht erfahren wir ja heute etwas."

„Das glaubst du doch selber nicht. - Das sind doch alles Hirngespinste; ich…."

„Du denkst doch immer nur an das Eine!"

„Bild dir bloß nichts ein! - Als wenn ich es nötig hätte."

„Ach was! Ich will es doch auch! - Aber ich hätte keine Ruhe, wenn ich dabei immer denke, wir hätten nicht genug nach ihnen gesucht!"

„Eigentlich sollte ich dich jetzt hier stehen lassen und abhauen!"

Ulla hatte ihre Aggressionen ebenso wenig abbauen, wie Charly sich hatte beruhigen können, als sie die Gartentische des Gewindes passierten und zum Eingang steuerten.

Gerade wollte Charly die Tür zu dem verrufenen `Gasthaus´ öffnen, als ein typischer Abhängiger heraus torkelte.

Dem stellte er dann gleich die, schon sooft gestellte, ihm selbst langsam auf die Nerven gehende Frage: „Kennst du den `Jojo´?", worauf dieser überraschenderweise eine nicht erwartete Antwort gab: „Den hab ich

schon lange nicht mehr hier gesehen!"
Ulla und Charly sahen sich verwundert an; und schon war der Typ verschwunden.
Sie betraten das anspruchslose Lokal, bestellten eine Cola aus der Flasche, die sie sich mit zwei Strohhalmen - zur Sicherheit, denn wer weiß, wie sauber hier die Gläser sind - teilten, erhielten dafür einen grimmigen Blick der Tresenbedienung und setzten sich an einen der freien Tische.
Ein paar Augenblicke später stieß Ulla Charly in die Seite, deutete mit dem Kopf in eine Ecke, in der zwei gefährlich aussehende Kerle mit dem Süchtigen vom Eingang, der den Jojo kannte, tuschelten und flüsterte ihm etwas zu.
„Ich glaube, die reden über uns!"
Charly sah unauffällig in die angegebene Richtung und beugte sich wispernd zu ihr hinunter.
„Sieht so aus! - Hast du Angst?"
„Ja!"
„Dann lass uns lieber schnell gehen."
Er stand auf, bezahlte am Tresen und nahm Ulla, die ihm auf Schritt und Tritt gefolgt war, bei der Hand.
Sie gingen gerade zwischen den Gartentischen hindurch, als jemand sie anrief.
„Hey, ihr! Kommt mal her!"
Überrascht, dass die Kerle so schnell hier draußen sein konnten, blieben sie stehen.
Der Mann, der sie angesprochen hatte, stand im Schatten der großen Eiche vor dem Eingang und war nicht zu sehen.
Charly wandte sich wortlos um und wollte zusammen mit Ulla an der Hand fortlaufen.
Aber plötzlich erschien der zweite Typ hinter Ulla und schob die Willenlose zu dem anderen in den Eichbaumschatten.
Charly gesellte sich freiwillig unfreiwillig dazu, denn er würde sie niemals mit denen allein lassen.
„Was habt ihr mit Jojo zu schaffen?"
Der Kräftigere baute seinen gewaltigen durchtrainiert wirkenden Körper vor ihnen auf.
„Ihr lauft ihm schon tagelang hinterher!" grunzte der andere dazu.
Die Gedanken schossen Charly durchs Gehirn.
Die Typen waren durchtrainiert, sahen rücksichtslos und hart aus.
Im Kampf gegen Beide also keine Chance für ihn, obwohl er einen halben

Kopf größer war, als die Schläger. - Denn das waren sie mit Sicherheit!
Ulla war so eingeschüchtert, dass sie kein Wort herausbekam, und ihm flogen die Gedanken weiter durch den Kopf.
Irgendetwas musste er sagen, bevor diese Schlägertypen rabiater werden würden.
„Was wollt ihr eigentlich von uns?"
Das war nicht gerade das Intelligenteste, aber wenigstens waren die anderen jetzt wieder am Zug und er konnte weiter nachdenken.
„Ihr fragt schon seit Tagen nach Jojo und wisst nicht, was wir wollen?"
„Wir kennen euren Jojo doch gar nicht!" platzte es aus Ulla heraus und sie handelte sich damit einen Stoß in die Rippen und einen festeren Griff ein.
Charly reagierte schnell und stürzte auf den, der Ulla hielt, los.
Der Zweite warf sich dazwischen und hielt ihn mit weit ausgebreiteten Armen auf Distanz.
Charly spürte die ausgeprägte Brustmuskulatur des Kleineren durchs Hemd.
Schon etwas beeindruckt verließ ihn sein Ungestüm und des Anderen Arme senkten sich wieder.
Solange sie Ulla so fest im Griff hatten, konnte er schon gar nichts unternehmen, wie er eben ja gelernt hatte.
Und so ließ er es zu, dass sie mit den Worten: „Es wird hier vielleicht gleich zu ungemütlich. - Lasst uns irgendwo hinfahren, wo wir uns nett unterhalten können" zum Wagen der Schläger geführt wurden.
Sie stiegen in den alten aber aufgemotzten schwarzen Opel Kapitän der Gangster.
Der kleinere der Beiden setzte sich hinter das Steuer und die anderen Drei in den Fond.
Der Zweite hielt plötzlich einen Revolver in der Hand.
Charly und Ulla kannten sich beide nicht mit Schusswaffen aus.
Sie kannten kaum den Unterschied zwischen Revolver und Pistole, geschweige denn den Typ oder das Model einer Waffe und waren entsprechend beeindruckt.
Und so verlief die Fahrt völlig ruhig.
Das Ziel schien der Hafen zu sein, oder das Elbufer.
Als sie den alten Fischmarkt erreicht und die Haifischbar passiert hatten, steuerte der schwarze Opel Kapitän den dunklen Parkplatz an, den die Mädchen der Straße mit ihren Freiern bevorzugten, wenn sie, um ihr

Geschäft zu erledigen, im Auto bleiben wollten.
Der Parkplatz war menschenleer.
Hier war man ungestört, aber Charly konnte dem keine Gemütlichkeit abringen.
Der mit dem Revolver stieg aus und deutete ihm unmissverständlich an, ihm zu folgen.
Widerstrebend tat er, wie geheißen und blickte sich zu Ulla um, die vor Angst in den durchgesessenen Fondpolstern versunken war.
Hätte er Ulla doch nur nicht mitgenommen.
Ihnen beiden war nicht klar gewesen, dass so etwas, wie dies hier, passieren konnte.
Wie naiv waren sie eigentlich!
Wie sollte er weiterleben, wenn ihr etwas geschah?
Vielleicht konnte er mit dem Einen fertigwerden, wenn der einen unaufmerksamen Moment zeigte, aber der andere hatte bestimmt auch eine Waffe. - Und dann?
Der Killertyp weidete sich sichtlich an Charlys steigender Nervosität. Er forcierte es noch, indem er still blieb.
Charly schaute auf das schmutzige Brackwasser der Elbe, als sie den Kai erreichten hatten.
Um diese Zeit war kaum Schiffsbetrieb.
Hier und dort eine vereinzelte kleinere Barkasse, die die fast schon schlafenden Werftarbeiter, froh die Schicht hinter sich zu haben, zu den St.-Pauli Landungsbrücken brachten, um ihr wohlverdientes Arbeitsende zu feiern. Bei deren Job war das Wort ‚Feierabend' wohlweißlich angeraten!
Eine Möwe hatte auch nicht schlafen können und zog schreiend, in der Hoffnung etwas Essbares ergattern zu können, über den Parkplatz, was niemanden ablenken konnte.
Aber doch wurde Charly aus den Gedanken gerissen.
Der andere hatte immer noch nichts gesagt, als plötzlich die Tür des Opelfonds aufgestoßen wurde.
Ulla stürzte schluchzend heraus, stolperte, fing sich wieder und verschwand hinter einer Ecke des Lagerhaus, das den Platz an der einen Seite begrenzte.
Charly nutzte die Verblüffung des stillen Gangsters, schlug mit der Rechten auf die Waffe und drückte gleich darauf die Linke ans Kinn des anderen.
Wut und Hilflosigkeit hatten sich in ihm dermaßen angestaut, dass der

Schlag mit unkontrollierter Wucht sein Ziel erreichen konnte.
Der Revolver fiel zu Boden und den Bruchteil einer Sekunde später ihr Besitzer.
Der Mann hinter dem Steuer des Opels hatte noch schlechter reagiert.
Er kam erst aus dem Auto heraus, als Ulla verschwunden und Charly am Ende des Parkplatzes angelangt war.
Der Gauner hetzte ein paar Schritte hinter Ulla hinterher und drehte sich um, als er bemerkte, dass er seinen Kumpanen und Charly nicht mehr sehen konnte.
Dann erblickte er Charly, der gerade über die Parkplatzabgrenzung hechtete und stolperte über seinen benommen daliegenden Mitstreiter.
Er bückte sich, um ihm aufzuhelfen und Charly war unterhalb des Elbufers verschwunden.
Er hatte den wesentlich beschwerlicheren Weg zur Flucht gewählt.
Das an den Platz angrenzende Gebäude endete direkt an dem Ufer, das mit elefantenkopfgroßen Steinen befestigt war, über die er nun klettern musste.
Als er es geschafft hatte und am anderen Ende der Lagerhalle angekommen war, sah er Ulla hinter zwei Stahltonnen hocken.
Sie hatte sich entschieden, nicht die Straße entlang zu laufen, sondern erst einmal reine Luft abzuwarten.
Sie erschrak entsetzlich und hielt sich die Hände vor das Gesicht, als er sie erreicht hatte.

„Tut mir leid, aber ich konnte dich doch nicht anrufen. Das wäre zu riskant gewesen."

„Schon gut" stöhnte Ulla aufatmend.

„Ich dachte, es wäre einer dieser Verbrecher."
Charly half ihr auf.

„Der Eine kümmert sich um den Anderen. Aber mittlerweile könnten sie wieder hinter uns her sein!"
Gerade hatte er es gesagt, als sich der Opel Kapitän gemächlich die Große Elbstraße entlang Richtung Fischmarkt schob.
Gottseidank konnten sie hier im Schatten des Lagers nicht erkannt werden, doch kurz vor der nächsten Halle stoppte der Wagen und die Männer stiegen aus.
Sie blickten sich fluchend um, bestiegen ihr Fahrzeug erneut, wendeten und fuhren bis zum Ausrüstungskai weiter.
Bis dahin verhielten sich Ulla und Charly still.
Nun hetzten sie zur Straße, verbargen sich zwischen zwei alten Kränen und lugten zu ihren Peinigern hinüber.

Der Wagen bog in den Ausrüstungskai hinein und wendete wieder. Ulla lief schnell über die Straße in das Dunkel der anderen Seite, währen Charly zum Altonaer Anlegeplatz hinunter schaute.
Dann folgte er ihr.
Sie liefen zur Baumannstreppe zwischen Seemannsheim und Haifischbar.
Bald bemerkten sie, dass dies eine Sackgasse war und Charly lief zur Straße zurück.
Ein Blick um die Hausecke herum, zeigte ihm, dass die ehemalige Nobelkarosse des Autoherstellers Adam Opel wartend am Straßenrand verharrte.
Er lief zurück zu Ulla, die auf ein zwei Meter großes Holztor starrte, das zum Hinterhof des Seemannsheimes führte.
Charly überlegte kurz, verschränkte seine Hände vor seinen Oberschenkeln zu einer sogenannten Seemanns- oder auch Räuberleiter zusammen und bedeutete Ulla, da hinauf zu steigen.
Sie legte ihre Hände auf seine Schultern und setze den rechten Fuß auf die Händebrücke.
Er hievte sie hoch, sodass sie sich bäuchlings auf das Tor ziehen konnte.
Dann schob er sie, mit beiden Händen an ihren Hintern fassend, weiter hoch.
Mit einem unterdrückten Aufschrei gewann Ulla das Übergewicht nach vorne, schwang die Beine hoch und landete einigermaßen unbeschadet auf der anderen Seite am Erdboden.
Rasant kletterte Charly hinterher, indem er an der Vorderseite des Tores, mit den Füssen schnelle Laufbewegungen machend, die Oberkannte des Tores mit beiden Händen ergriff, ebenfalls hinübersprang und schon liefen sie durch den verwahrlosten Garten davon.
Von der Großen Elbstraße her führte eine Treppe vorbei an der Fischereiforschungsanstalt zur Palmaille.
Die beiden Flüchtenden erreichten sie genau gegenüber der alten Seemannskneipe `Zum Elbblick´.
Eine Tür mit eingeschlagener Glasscheibe führte an der verdecken Seite des Gebäudes ins Kellergewölbe.
Behände war die Tür geöffnet und so hatten sie ein relativ sicheres Versteck gefunden.

- 24 -

*T*om, Jerry und Karsten hatten soeben die Karolinenstraße überquert und waren im Begriff, den Garten des Gewindes zu betreten, als ein schwarzer Opel Kapitän rasant neben ihnen davonfuhr.
Karsten blickte sich ärgerlich um, denn er war nie ein Freund des Automobils gewesen. Deshalb erkannte er Ulla im Fond des davoneilenden Wagens sofort.
Schnell war ihm klar, dass dort etwas nicht mit rechten Dingen zuging und er stoppte ein Taxi, das gerade vorbeifahren wollte.
„Hey ihr beiden! Kommt her. Ich hab Ulla gesehen!" rief er den Freunden zu und öffnete schon den vorderen Schlag des Taxis.
„What?"
Es kam wie aus einer Kehle der beiden Amerikaner.
Aber sie sprangen doch recht schnell in den hinteren Teil des Mercedes.
„Folgen sie bitte dem schwarzen Wagen da vorne!"
Karsten blickte den Fahrer eindringlich an.
„Wie von der Polizei seht ihr aber nicht aus."
Der Fahrer schaute sie missbilligend an und schaltete betulich den Taxameter ein.
Karsten wurde unruhiger.
Ungehalten forderte er den Taxifahrer auf, sich doch zu beeilen.
„Los, los! Ich glaub, da vorne wird gerade meine Freundin entführt!"
Der `Zweihundertachtzig SE´ schoss jählings mit kreischenden Pneus vor und hatte in kürzester Zeit die Glacischaussee in Höhe des `Heiligen Geistfelds´ erreicht, wo ihnen der Opel Kapitän aus ihrem Blickfeld entschwunden war.
Sie fuhren an der Reeperbahn vorbei die Helgoländer Allee in Richtung Landungsbrücken hinunter und hatten das andere Fahrzeug wieder in ihrem Gesichtskreis.
Gerade konnten sie noch sehen, wie der Kapitän rechts in die St. Pauli Hafenstrasse einschwenkte.
Doch an der Kreuzung angekommen, hatten sie ihn wieder aus den Augen verloren.
Karsten gebot dem Taxifahrer am Fischmarkt anzuhalten und schickte sich an, diese kurze Fahrt zu bezahlen.

Der aber war äußerst bestrebt ihnen bei dieser spannenden Geschichte weiterhelfen zu können und ergriff sein Sprechfunkgerät.
„Ich kann euch über Funk die Polizei rufen."
Karsten wusste nicht, was jetzt das Beste gewesen wäre und überlegte kurz.
„Das machen wir lieber selber, wenn wir Näheres wissen."
Der Taxichauffeur geriet außer sich.
„Ist das nun eine Entführung, oder nicht?"
Karsten grinste verlegen.
Er wollte ja nicht unnötig die Pferde scheumachen.
Denn möglicherweise hatte Ulla nur einen Tipp bekommen und ließ sich von irgendjemand irgendwohin mitnehmen.
„Ich bin mir da nicht mehr so sicher. - Jedenfalls hab ich Ulla noch niemals in einem schwarzen Opel Kapitän gesehen!"
„Vielleicht war sie's ja gar nicht" flapste Tom vor sich hin.
Karsten brüskierte sich ihm gegenüber.
„Ich werde doch wohl noch Ulla erkennen!"
Jetzt erboste sich der Taxifahrer massiv!
„Ich glaub, ich spinn! Wollt ihr mich verarschen? - Und dafür überfahr ich zwei rote Ampeln!"
Es bedurfte eine Weile um ihn wieder zu normalem Atmen kommen zu lassen.
„Zehnmarkzwanzig! - Ohne Trinkgeld!"
Karsten bezahlte.
Natürlich ohne Trinkgeld - hatte der nicht gesagt: ‚ohne Trinkgeld' - und stieg aus.
Nachdem die anderen ebenfalls auf der Straße waren, wendete das Taxi und der Fahrer beugte sich brüllend durchs offene Fenster hinaus.
„Eure Gesichter merk ich mir!!" –
Dann brauste er mit quietschenden Reifen davon.

- 25 -

Charly saß auf einem Stapel alter Jutesäcke und hielt die immer noch

leicht zitternde Ulla in seinen Armen.
Ihre Lippen hatten sich längst gefunden und sie sah ihn mit ihren großen blauen Augen an.
„Wie lange müssen wir hier bleiben?"
Charly stöhne, zuckte mit den Schultern.
Dann reckte er sich und machte es sich bequemer.
Ulla rutschte zu ihm hinunter.
Seine Hand lag auf ihrem Schenkel. Er spürte ihre Hitze durch die Baumwolle der Jeans.
„Wenn's sein muss, die ganze Nacht! - Morgen können wir ganz sicher sein, dass diese Typen weg sind. - Die kommen nie darauf, dass wir so lange hier bleiben würden."
Seine Hand glitt ohne Eile aber unbeirrt weiter auf ihren Bauch.
Sie erreichte den Bund ihrer Hose und öffnete ihn.
Ulla knöpfte mit fahrigen Fingern sein Hemd auf.
Sie verteilten ihre Kleider zu einem bequemen Lager, betteten sich darauf und liebten sich inniglich. −
Später, nach einem Moment des Ausruhens, trafen sich ihre Lippen erneut.
Charly beugte sich über Ulla und sie lächelte ihn liebevoll von unten herauf an.
Frustrierend wurde mit einem Mal ihre gefühlsbetonte Stimmung unterbrochen.
Die Tür zu ihrem Versteck wurde mit einem lauten Ruck aufgestoßen. Sie verhielten sich so still als möglich.
Im Schein der Außenbeleuchtung, der nur spärlich in den Verließ-artigen Keller gelangte, erschienen drei Gestalten!
‚Drei und nicht zwei?!?' dachten sie noch.
Da erkannten sie sie! - Karsten, Tom und Jerry!
Peinlich ertappt sprangen Ulla und Charly auf die Füße und warfen sich eilends die Kleider über, um sich notdürftig zu bedecken.
Allen war natürlich sofort klar, was hier geschehen war.
Charly versuchte, es zu überspielen.
„Wo kommt ihr denn her? - Ich dachte schon…!"
Ulla und er waren tief erschüttert, aber auch erleichtert zugleich. Während Karsten auszurasten begann und auf Charly losstürmte.
„Du Schwein, du…! Nutzt hier Ullas Angst schamlos aus! - Denkst du gar nicht an Relk?"
Er hatte die Faust zum Schlag gehoben, aber Charly war schneller.
Er war zur Seite gesprungen und ließ sein Bein stehen.

Karsten stolperte darüber und fiel auf die Jutesäcke.
Bevor er hochkam, war Charly über ihm. Mit offenem Hemd und offener Hose.
Er kniete mit einem Bein am Boden und hielt Karsten an den Schultern fest.
„Mensch, bleib ruhig! Was soll das Prügeln? Da gewinnt keiner wirklich! - Lass uns reden!"
Karsten verlor ein wenig seine Aggression.
Die anderen ahnten mit einem Mal, dass Karsten wohl heimlich in Ulla verliebt war.
Aber nie hatte er ein Wort darüber verloren.
Er missgönnte Charly den `Erfolg´ bei Ulla.
Er selbst hatte sich nie getraut, sie darauf anzusprechen.
Sein Ego hatte schon einen leichten Knacks bekommen und er versuchte, sein Selbstwertgefühl mit massiven, ja, handgreiflichen Argumenten gegen Charly und für Relk parteiergreifend, aufzubessern.
Tom und Jerry standen mit offenen Mündern da und begriffen gar nichts.
Charly und Ulla durchschauten Karstens Benehmen und zeigten Empathie.
„Karsten…!"
Ulla blickte ihm liebevoll in die Augen.
„Mit Relk verbindet mich schon lange nicht mehr viel!"
„Aber er…."
Karsten deutete auf Charly.
„Er brauchte ja nicht gleich die Situation auszunutzen!"
Charly blieb stumm.
Er wusste, jede Verteidigung seinerseits, würde jetzt von Karsten falsch verstanden werden.
Ulla räusperte sich und blickte ihn weiterhin an.
„Woher willst du wissen, dass Charly die Situation auszunutzen versuchte?"
Karsten verstand sie nicht.
„Wie?!?"
„Die Initiative kam von mir! Und das schon vor ein paar Wochen! – Als ich mich entschlossen hatte, mit Relk Schluss zu machen."
„Das glaub ich dir nicht!"
Ulla nickte vehement.
Karsten blickte zu Charly.
„Ist das wirklich wahr?"
Charly nickte nur und Ulla wandte sich wieder an Karsten.

„Wenn du mir nicht glauben kannst, können wir beide auch niemals Freunde sein!"
Karsten war aufgestanden.
‚Freunde sein', dachte er mit leichter Bitterkeit.
„Ich will mehr, als nur dein Freund zu sein!"
Verschämt blickte er auf den Boden und konnte sich nicht mehr rühren.
„Darüber reden wir ein andermal; allein! - Bald!"
Ulla wechselte das Thema.
„Erzählt mir lieber, wie ihr hierher kommt, und vor allem, wie ihr uns gefunden habt!"
Charly erfasste, dass Karsten keinen Groll mehr gegen ihn hegte.
„Ich versteh das auch nicht! - Wenn die Kerle uns hier gefunden hätten!"
„Nicht auszudenken! Mir zittern noch die Knie. – Nun erzähl schon, Karsten!"
Ulla schaute ihn wissbegierig an.
„Das ist schnell erzählt. – Wir kamen zum Gewinde und da sah ich dich in einem schwarzen großen Wagen verschwinden. Dann ging alles sehr schnell!"
Er blickte auf Tom und Jerry.
„Ich rief die anderen, sah ein Taxi und hielt es an. Dem Fahrer erzählte ich was von ´ner Entführung und das er Gas geben sollte um euch zu folgen. Unten, bei den Landungsbrücken, haben wir euch leider aus den Augen verloren! Wir gingen zu Fuß weiter und wollten gerade aufgeben, da sahen wir euch von weiten über die Straße laufen und neben dem Seemannsheim verschwinden. – Wir liefen zur Treppe, und als wir da ankamen, - nix! "
Er machte eine Pause, holte tief Luft und beendete seinen Vortrag.
„Als wir oben keuchend angelangt waren, ward ihr natürlich weg! – Wir suchten hier alle Ecken ab. Ihr konntet nur über den Hinterhof des Seemannsheimes gelaufen sein. Aber wir konnten euch nirgends finden! - Bis Tom die zerbrochene Scheibe in der Kellertür der alten Kneipe bemerkt hatte. Und da kamen wir auf die Idee, dass ihr euch vielleicht dort in dem Keller versteckt hieltet!"
Es war die längste Rede seines Lebens.
Ulla sah, dass Karsten der Antrieb ihrer Rettungsaktion war.
Sie schritt auf ihn zu und drückte dem Verdutzten einen dicken Kuss auf den Mund.
Als Karsten wieder zu Atem und auch zur Besinnung gekommen war,

meinte Charly, dass es nun wohl ungefährlich sei, diesen ungastlichen Ort zu verlassen.
Tom, Jerry und Karsten gingen hinaus, während Ulla und Charly ihre Kleidung ordneten.
Dann folgen sie ihnen.
Draußen angekommen, stiegen sie die Treppe hinauf zur Königstraße, wo nahebei die gleichnamige S-Bahnstation lag.
Sie nahmen den nächsten Zug und wechselten am Bahnhof Landungsbrücken in die U-Bahn, denn Charly hatte erwähnt, dass er sein Auto in der Feldstraße geparkt hatte.
Sie zwängten sich zu fünft in den Manta und fuhren in die Schmilinskystraße, wo Ulla sich mit ihrer Freundin Beate seit Kurzem eine Wohnung teilte. –

„Glaubst du, dass wir sie noch finden werden?"
Charly wandte sich an Ulla, nachdem die anderen dort, wo sie es sich bequem gemacht hatten, bald eingeschlafen waren.

„Ich weiß es nicht! – Aber merkwürdig finde ich das mit diesen Schlägertypen. - Was wollten die damit eigentlich erreichen?"

„Ja, es ist schon sehr eigenartig. – Lass uns doch einmal die Möglichkeiten durchgehen."
Charly legte sich auf eine der Matratzen, die am Boden lagen, verschränkte die Arme unter dem Kopf und starrte an die Decke.

„Also…! Erste Möglichkeit. Die Typen wissen, wo dieser Jojo ist. Aber, welchen Sinn macht es dann, uns so anzumachen? – Zweitens. Mike und Relk sind nicht mit diesem Jojo zusammen und wissen vielleicht gar nichts voneinander. Dann brauchen wir diese Spur auch nicht mehr weiterzuverfolgen. Oder, drittens. Mike und Relk sind mit dem zusammen, diese Gangster wollten was von ihm und wissen nicht, wo er ist. – Vielleicht auch…, viertens. Genau wie drittens, nur, die Schläger wissen Bescheid und wollen Jojo vor einer Entdeckung oder so, schützen. Weil der bestimmt was auf dem Kerbholz hat! - Also…?"
Ullas Augen leuchteten auf.

„Ich denke, sie hörten, dass wir diesen Jojo suchten und wollten uns ausquetschen, wie viel wissen. Ob wir mehr wissen also sie, oder so."

„Genauso muss es gewesen sein. Nur das ergibt einen Sinn. – Oder, wir haben einfach nur zu viele Fragen gestellt, oder sollten nichts rauskriegen und haben sie langsam genervt."

„Und nun? - Was soll jetzt passieren?"

„Hier in Hamburg können wir sie nicht mehr weitersuchen. Das wäre

jetzt viel zu gefährlich! Wir können froh sein, wenn diese Kerle uns nicht noch zufällig über den Weg laufen!"
Ulla seufzte, rutschte zu ihm hinüber und kuschelte sich eng an ihn.
„Gar nichts können wir mehr tun!"
Er stützte sich auf die Ellenbogen und blickte auf sie hinab, während sie so nah bei ihm lag.
„Was ist mit Karsten?"
„Ich mag ihn."
Ulla schien zu sinnieren.
„Mehr, als ich mir jemals hätte vorstellen können."
Sie blickte ihn mit ihren großen stahlblauen Augen an.
„Was ist mit dir? – Liebst du mich?"
Charly legte sich wieder zurück, mit den Händen unter dem Kopf und starrte erneut an die Decke.
Eine unerträgliche Weile herrschte Stille.
Ulla kuschelte sich wieder an ihn und spürte, wie er kaum merklich mit der Schulter zuckte.
„Mmh???" kam von Ulla und Charly versuchte sich aufzuraffen, etwas zu antworten.
Aber, was sollte er sagen?
Einfach nur nein?
Er hatte mit ihr geschlafen, so gefühlvoll, als wären sie schon seit zehn Jahre zusammen gewesen.
Er konnte auch nicht sagen ‚nein, ich liebe dich nicht'.
Das wäre etwas gelogen, zumindest übertrieben; nicht wirklich der Wahrheit entsprechend.
Er wusste genau, er liebte nur Marika, eine junge Frau, von der er nicht allzu viel wusste.
Nicht einmal, wo sie jetzt war, wo er sie finden könnte.
Aber, sollte er sagen, ‚wie kann ich dich lieben; ich liebe eine Andere!? – Mit dir war es nur einfach schön.' - Das ging auch nicht. Das wäre gemein.
Wahrheit ist selten eindeutig?
Die Wahrheit kann nun mal sehr gemein sein, aber man brauchte sie auch nicht gleich verletzend deutlich auszusprechen.
Das hängt mit Feingefühl und Toleranz zusammen.
Früher tat er es immer, - die Wahrheit sagen – und man meinte oft, er scherzte nur.
Charly hatte aber irgendwann erschüttert erkennen müssen, wie oft und wie sehr er andere damit verletzt hatte und sich dann bemüht, sich zu

ändern.
Mit der Zeit hatte er es auch geschafft.
Zu dem hohen Preis, selbst nun wesentlich verletzlicher geworden zu sein. Sein Haut ist, sozusagen, dünner geworden war.
Nun aber sagte er einfach nur:
„Ich weiß es nicht!"
Sie aber machte es ihm leicht.
„Ich weiß es aber! - Dir geht es genauso wie mir!"
Sie suchte seinen Blick, denn sie wollte ihr Verhältnis mit ihm jetzt völlig klären!
„Ich war und bin es eigentlich immer noch, unheimlich scharf auf dich. Und ich werde, so glaub ich, immer gerne mit dir schlafen wollen. Auch, wenn ich längst verheiratet wäre und zehn Kinder hätte! - Aber, ich liebe dich nicht. - Nicht richtig. - Liebe ist was Größeres!"
Sie setzte sich auf und schlang die Hände um die Knie.
„Mein Gefühl zu dir ist eher ein starker sexueller Drang, für den ich nichts kann. Gegen den ich auch nichts ausrichten kann! - Ich glaube, das Karsten und ich…,"
Sie überlegte, suchte nach den richtigen Worten.
„… wir gehören wohl zusammen. - Das ist mir jetzt klargeworden! Wir haben vorhin darüber gesprochen! Er ist so glücklich und wird mich auf den Händen tragen."
Charly räusperte sich.
„Ich verstehe. - Und du hast Recht. Ich könnte es dir auf der Stelle besorgen, aber…!"
„Dann tu es doch! Worauf wartest du?"
Ulla stöhnte auf und drängte ihren Körper verlangend an seinen. Charly wurde verlegen.
„Nicht hier. Die anderen…! Und außerdem liebe ich doch eine andre!"
„Wer ist es? Beate?"
„Wieso? Hat sie das gesagt?"
Charly wurde der Kopf heiß.
Die Erlebnisse, die er das letzte oder vorletzte Mal, als er hier in dieser Wohnung nächtigte, hatte, kamen ihm in den Sinn.
„Nein. Sie sagte mir nur, dass ihr es miteinander unter der Dusche getrieben habt, während ihr dachtet, dass ich schliefe. Aber ich hatte alles mitbekommen! Dein ‚Ohhh Gooott' und das anschließende Gestöhne und Gestammel war nicht zu überhören!"
„Oh Gott!" entfuhr es Charly erneut.

„Und du hast nie etwas gesagt. Dir nie etwas anmerken lassen!"
„Warum sollte ich? Du gehörst mir doch nicht. Du kannst tun und lassen, was du willst."
„Aber, es hätte dich verletzten können. - Ich glaube, wenn von dir so wenig Herz dabei war, dann passen wir wirklich nicht zusammen!"
„Natürlich hast du mich verletzt!"
Ulla wurde etwas lauter.
„Aber, was hätte es gebracht, wenn ich dich darauf angesprochen hätte? Dir vielleicht sogar eine Szene gemacht hätte?"
Charly zuckte mit den Schultern.
Wesentlich deutlicher, als vor einer Weile, bei der entscheidenden Frage.
Und Ulla fuhr fort.
„Vielleicht hätten wir uns gestritten. Vielleicht wäre es dir peinlich gewesen und du hättest dich verdrückt. - Niemand weiß, wie viele Männer ich schon auf diese Weise verletzt habe."
Er schluckte.
„Du bist so abgeklärt! - Ich werde niemals so kategorisch meinen Geschmack, meine Gefühle, ja, nicht mal meine Meinung äußern können. Was mich aber am meisten belastet, ist, dass ich dir vor geraumer Zeit vorgeworfen hatte, du würdest Relk bedenkenlos hintergehen. - Weißt du noch, als ich mich so zierte? - Was hab ich denn anderes getan. – Jetzt tut es mir Leid!"
Ulla nickte.
Und das Lächeln einer Amüsierten huschte durch ihre Gesichtszüge.
„Es war schon komisch. Ich glaube, damals hätte ich dich nicht verführen können. Später umso einfacher!"
„Du denkst sehr frei und du stehst dazu. Ich bin verklemmt und versuche, mich von diesen Dingen gedanklich zu distanzieren."
Ulla rutschte noch näher zu ihm, beugte sich vor und flüsterte ihm etwas ins Ohr.
Er verstand sie nicht.
„Wie?"
„Ich möchte es jetzt! Sofort! - Bitte! - Nur einmal noch. - Ein letztes Mal!"
Er zögerte.
Sie dämpfte ihre Stimme nicht mehr so sehr.
„Komm Charly! Ein letztes Mal! Mit allem Drumherum. Lass mich dich doch nicht so anflehen!"
„Ich möchte es doch auch. - Aber sieh` dich um! Hier geht es nicht.

Und wenn wir gehen und es woanders tun, setzt du eine fast noch nicht begonnene Liebschaft aufs Spiel. Vielleicht sogar eine werdende große Liebe."

„Einem Abhängigen darf man die Droge auch nicht so plötzlich entziehen. Sonst wird er richtig krank."
„Quatsch!"
Charly lächelte.
„Jeder Entzug ist sowieso eine Krankheit und außerdem bist du nicht abhängig von mir."
„Vielleicht ja doch!"
Ulla wirkte trotzig.
„Dann schon eher vom Sex. Von genau der Art Sex, wie er dir gefällt, bist du vielleicht abhängig."
Karsten regte sich in seiner Ecke.
Er schien jedoch weiterzuschlafen.
„Schluss jetzt! – Er braucht nicht unbedingt dieses Gespräch mitzubekommen."
Charly deutete bei dem Wort ‚er' mit dem Kopf zu Karsten.
Aber Ulla hatte ihren Trotz noch nicht aufgegeben.
„Dann komm eben mit hinaus. Ich bin noch nicht ganz fertig mit dir!"
Sie nahm ihn bei der Hand, stand auf, zog ihn hoch und dann mit sich hinaus.
Charly folgte ihr, vorrübergehend willenlos, zottig, wie ein tapsiger gutmütiger Bär.
Draußen stellte sie sich auf ihre Zehenspitzen, schlang die Arme um ihn und küsste ihn leidenschaftlich.
Charly stöhnte außer Atem.
„Du schaffst mich! Bist du denn jetzt endlich mit mir fertig?"
„Noch lange nicht!"
Ulla wurde energischer.
„Entweder gehen wir jetzt in Beates Bett, oder wir fahren zu dir nachhause!"
„Wo ist Beate eigentlich? Das ist mir bis jetzt noch gar nicht in den Sinn gekommen, dass Beate nicht hier ist."
„Sie ist für ein paar Tage bei ihren Eltern. - Komm!"
„Nicht hier!!!"
Ulla presste ihren Körper an ihn und keuchte fast:
„Einmal nur noch; ich verspreche dir, es ist das letzte Mal!"
„Du hast gewonnen! - Aber, keine Versprechungen! Wer weiß, ob wir

sie halten können?" –
Der Manta brauste in die Nacht.
Beide waren still und aufgeregt, als suchten sie im pennälerhaften Alter eine Bleibe für den allerersten Versuch, die körperliche Liebe kennenzulernen.
Der Weg schien Ulla unerträglich weit.
Sie war noch nie in Francop gewesen und wollte gerade ihr Unverständnis anmelden, dass jemand so ‚weit vom Schuss' leben könne, wie er, - im tiefsten Balkan -, als Charly dann doch endlich links einbog und sie das alte Gutshaus, auf das sie zukamen, wie ein ruhiger Schatten zu verschlucken meinte.
Er parkte den Manta in dem linken Carport, das er mit gemietet hatte und sie stiegen aus.
Die Außenleuchte war ausgeschaltet, der Mond hinter einer Wolke. Man konnte, jetzt, wo die Scheinwerfer des Autos nicht mehr leuchteten, die Hand nicht vor den Augen sehen.
Er ging um den Wagen herum und ergriff ihren Arm.
Sie tastete sich näher zu ihm und hakte sich richtig bei ihm unter. Wie zwei angetrunkene Heimkehrer tappten sie in die Richtung, wo Charly die hintere Haustür des Gebäudes wähnte.
Zur aktiven Zeit des Gutes, hatte das Gesinde hier ihren Eingang. Jetzt führte er zu den Mietwohnungen, die der Besitzer einstmals eingerichtet hatte.
Charly stieß mit dem Fuß an die unterste Stufe der kurzen Treppe, die zum Eingang führte und konnte sich endlich orientieren.
Er schaltete die Außenlampe ein und öffnete die Tür zum Treppenhaus.
Als Ulla seine Wohnung sah, war sie überrascht.

„Von der Vorderfront des Hauses bin ich ja schon begeistert. Das Fachwerk, die großen alten Linden an der Zufahrt und die teilweise mit bunten Rabatten bepflanzten Rasenflächen, die sich im Lichtkegel der Autoscheinwerfer erkennen ließen. Alles konnte ich ja nicht sehen in den kurzen Momenten, aber was ich sah, war toll. Von hinten sieht das Haus eher erbärmlich aus, vermute ich. Aber deine Wohnung ist super! Das Fachwerk mit Gips und so…."

„Das Fachwerk ist imitiert! Sieht aber echt aus, nicht?"

„Ja, das erkennt man nicht. Und die niedliche Küche! - Wo ist denn das Schlafzimmer?"
Charly führte sie hinein.
Sie schaute sich um und nickte zufrieden.

„Und wo ist das Bad? – Ich muss mal!"
Er wies auf die kleine Tür links neben dem Fenster, am Ende des Schlafraumes, hinter der sie hurtig verschwand.
Charly ging in die Küche und setzte Wasser auf, um einen Tee aufzubrühen.
Als das Wasser kochte, schaltete er den Herd wieder aus und fragte sich, was sie wohl so lange im Badezimmer aufhielte.
Er nahm nach angemessener Zeit das Teesieb heraus und stellte die Teekanne auf das Stövchen.
Dann ging er ins Schlafzimmer und wollte an die Tür des Bades anklopfen.
Sie stand offen.
Das Licht brannte noch.
Charly lugte um die Ecke und fand das Bad leer.
Verwundert drehte er sich um und sah sie sich rekelnd auf dem großen, selbstgebastelten französischen Bett liegen.
Ohne Kleidung.
Wie die Natur sie geschaffen hatte.
Er stemmte die Hände in die Seiten, schüttelte leicht den Kopf und betrachtete lange und bewundernd die ihm dargebotene ebenmäßige Schönheit.
Sein Blick wanderte von den langen Beinen, um die jedes Mannequin sie beneiden würde, über ihre samtene Haut, vorbei an dem dicht- und schwarzbehaarten Dreieck, das er so begehrte, über das liebliche Grübchen ihres Nabels, die gleichmäßigen festen Wölbungen ihrer Brüste, zu ihrem von schwarzer Haarpracht umrahmten Gesicht und versank in ihren so tiefen, fast alles durchdringenden, blauen großen Augen.
Der Tee war vergessen.
Die Vorsätze, die er zu machen sich vorgenommen hatte, auch!
„Wer ist die Andere, die du liebst? Kenn ich sie?"
Ulla war emporgekommen, aus dem Teich der Gefühle, in dem Charly immer noch selig schwamm und niemals empor zu kommen gedachte.
 Seine Hand lag auf ihrer Scham.
Er entfernte sie zögernd und führte sie an seine Stirn.
„Wie kannst du mir jetzt eine solche Frage stellen? - Jetzt bin ich noch nicht fertig mit dir!"
„Erzählst du es mir hinterher?"
„Du kennst sie nicht. Sie heißt Marika und wohnt auch südlich der Elbe!"
„Hier, bei dir?"

„Nein, in Wilhelmsburg. Das heißt, dort hatte sie gewohnt. - Wo sie jetzt lebt, weiß ich nicht!"

„Ist sie schwarzhaarig, so wie ich?"

„Nein, blond, und sie ist viel kleiner, als du."

„Und im Bett?"

„Ulla, - was soll das? Du bist doch nicht eifersüchtig, oder? - Vergiss nicht, ich gehöre nicht dir und du gehörst nicht mir. - Hast du gesagt!"

Sie schwang sich über ihn und gurrte:

„Vergiss es. - Und sie! - Für einen Moment wenigstens. - Keine ist im Bett so gut wie ich!"

Und sie bewies es ihm erneut, indem sie beide untertauchten, in ihren großen dunklen Teich der Seligkeit.

—

Am nächsten Morgen, als die Sonne noch nicht in dem nach Süden zeigende Fenster des Schlafzimmers erschienen war, erwachten sie. Fast gleichzeitig.

Wortlos erfrischten sie sich im Bad.

Der Tee war stark, tiefschwarz und noch handwarm, denn das Teelicht im Stövchen, war neugewesen und von gutem Wachs und hatte ihn lange warmgehalten.

Sie nahmen nur wenige Schlucke, denn er war nicht nur stark, sondern auch recht bitter.

Sie zogen ihre Kleider an und verließen das Gemach.

Die Straßen waren sehr belebt, die Rushhour in vollem Gange. Beinahe eine Stunde benötigten sie zu Ullas Wohnung.

Beim Bäcker in der Nachbarstraße holten sie Brötchen für fünf Leute und von der Telefonzelle neben an, entschuldigte er sich bei seinem Arbeitgeber und bat um ein paar Tage Urlaub.

Kein Thema, wie Klages meinte, denn die Auftragslage war zurzeit nicht die lukrativste.

Dann betraten sie wieder das Haus.

In der Wohnung bewegte sich noch nicht sehr viel.

Die Toilettenspülung rauschte, sonst war nur Toms Schnarchen zu hören.

Sie setzten sich an den Küchentisch und sogleich gesellte sich Karsten wortlos zu ihnen.

Charly konnte sowieso nicht glauben, dass ihr stundenlanges Fernbleiben unbemerkt geblieben sein sollte und Ulla sagte überflüssigerweise: „Wir haben Brötchen geholt!"

Denn die knusprig braunen Teigbällchen lagen längst in einem Korb

mitten auf dem Küchentisch und es glaubte sowieso niemand, dass es das Einzige war, was sie getan hatten.
Karstens Blick wanderte auch gleich ausdruckslos dorthin und verweilte ein Moment.
Dann ging sein Blick auf die Suche nach Ullas, den er auch bald fand und wollte eine Gewissensregung erkennen.
Doch es geschah nichts.
„Zu zweit?" murmelte er leise und resigniert.
Keine Antwort.
Die Stille war erdrückend.
Charly stand auf und schlenderte unschlüssig zum Bad; obgleich ihn kein entsprechendes Bedürfnis drängte.
Nur, um irgendetwas zu tun, wusch er sich die Hände und betrat das Wohnzimmer, in dem Tom und Jerry vor sich hin dösten.
Als er sich setzte, schlugen beide die Augen auf und Tom sprach ihn mit seinem ihm eigenen Slang an.
„Hört ihr besser auf damit. Ihr werd ihn fertigmachen. Den Karsten. Er is sooo verliebt!"
Toms Augen verdrehten sich, gleich einem ohnmächtig Werdenden, nach oben.
Charly schaute ihn konsterniert an.
„Es ist vorbei! - Das war der Abschied. Ein für alle Mal!"
„Hoffentlich! - Ihr seid euch doch enslaved, beide hörig! Wie kann man sein so scharf aufeinander und sich doch nicht lieben?"
„Das Eine hat mit dem Andren wohl manchmal nur sekundär zu tun."
Jerry blickte weg und kicherte in sich hinein. Er sagte jedoch nichts, zumal er nur selten zu irgendetwas Stellung bezog. Und so überhörte man auch gleich sein Kichern.
Charly begann von neuen.
„Ich könnte mich mit der Zeit sicherlich in sie verlieben. Aber erstens liebt Karsten sie. Zweitens mag sie ihn auch sehr, wenn sie ihn vielleicht nicht sogar liebt. Und drittens gibt es für mich auch eine Andre. Ich weiß bloß nicht, wo sie jetzt ist und ob sie mich überhaupt liebt!"
„Dann bist du auch eine von die traurige Gestalt, oder wie heißt es?"
Charly fand es müßig und oberlehrerhaft, Toms unvollkommenes Deutsch zu korrigieren und die falsche Auslegung des Don Quichottes geradezustellen.
Deshalb unterlies er es gönnerhaft.
„Was soll's? Wir hatten Spaß und wir waren glücklich! Nirgends steht

geschrieben, dass wir nicht glücklich sein dürfen."
Tom war aufgestanden, nahm sich ein paar Weintrauben aus der Schale, die auf dem Tisch stand und setzte sich in einen der Sessel.

„Much important, - viele wichtiger is, just this moment, wo sind die Mike und die Relk? - Und können wir noch was tun oder nur warten, bis sie kommen zuruck?!"

„Ich weiß nicht. - Hier können wir wohl nichts mehr tun. Das ist mir zu gefährlich."

„Mmh" machte Tom nur, hatte aber auch keine Idee.
Charly dachte an seinen Besuch in der Polizeiwache am Großneumarkt.

„Höchstens, einer von uns macht sich frei und dreht 'ne Runde an die Côte d' Azur!"

„Du meinst, there they are?"

„Ich bin mir da jetzt fast sicher! - Oder irgendwo in dieser Richtung. Die Bullen erwähnten sowas - Südfrankreich. Und wenn dieser andere Kerl, dieser Jojo hier in der Gegend um Hamburg wäre, hätten die Verbrecher, die uns jagten, uns gar nicht nötig gehabt. Dann hätten die ihn allein gefunden."

„Ja, wenn du meinst. Jerry and me, wir sind sowieso frei. - Nicht Jerry?"
Der war aufgestanden, ergriff sich ebenfalls einige Weintrauben und setzte sich in den anderen Sessel.

„Naja, an die Côte wollte ich schon längst mal wieder."

„Du warst doch noch nie in deine Leben an die Côte d' Azur, you silly ass!"
Tom schalt ihn auf seine burschikose Manier.

„Naja, an die Côte d' Azur wollte ich immer schon mal!"
Jerry tat so, als hätte er eben zuvor überhaupt nichts gesagt.
‚Der hat `n Rad ab! Ist aber trotzdem doch ganz in Ordnung,' dachte Charly, ‚nur irgendwie `n bisschen planlos ohne Tom.'
Charly überlegte weiter.

„'n bisschen Geld können wir wohl sicherlich für euch zusammenkratzen."

„'n büschen Geld wär ganz gut. Aber wir komm auch ohne aus."
Tom hatte sein ganzes Leben von der Hand in den Mund gelebt und einer geregelten Arbeitszeit ist er noch nie nachgegangen.
Und so hatte er auch niemals eine richtiges Einkommen gehabt.
Doch irgendwie brachten sie, er und Jerry sich immer durch!
Im nächsten Moment betraten Ulla und Karsten den Raum, in einträchtig

humorvoller und guter Laune.
„'n bisschen Geld ist immer gut! - Für jeden!"
Karstens Gesicht strahlte wie die Morgensonne an einem kalten Februar Tag.
„Wir sind uns einig!"
Ulla sagte es ungeachtet dessen, als ob das alle Unstimmigkeiten klären könne und schaute Charly vielsagend an.
Und Charly antwortete ihr genauso klar-unklar, mit wissenden Blick zu Ulla.
„Karsten und Ulla klingt sowieso viel melodischer!"
„Genug davon, das Thema soll vom Tisch!" brummte Karsten, den Grollenden spielend und nahm Ulla in den Arm, die es liebend gern gestattete, sich sogar eng an ihn schmiegte und Charly damit einen merkwürdigen kleinen Stich in der Herzgegend versetzte.
„Was ist nun mit Mike und Relk?"
Karsten beendete mit dieser Frage das prekäre Thema nun schlussendlich.

- 26 -

*D*as Telefon läutete.
Charly quälte sich aus der Kissenburg seines Sofas und ächzte zum Apparat hin.
Seit nun Ulla fest mit Karsten ging, - sie hatten sogar vor zusammenzuziehen, wenn sie sich mit Beate arrangieren könnten - fehlte es Charly reichlich an Antrieb.
Er war launischer geworden, wenn nicht melancholisch oder gar depressiv.
Seine Kraft reichte gerade aus, geregelt seiner Arbeit nachzugehen, aber nicht, um wirklich zu leben.
„Hier Tom, sonst nix!"
So tönte es aus dem Hörer.
„Okay, mach's gut."
Charly hatte das schon so oft erwidert.
Die Telefonate waren kurz und einsilbig geworden.
Seit fast drei Wochen waren Tom und Jerry nun schon unterwegs.

Sie hatten vier Tage benötigt, um mit Trucks und freundlichen Limosinenfahrern bis nach Frankreich zu kommen.
Ein Lkw nahm sie mit nach Grass, dem Mekka der Duftstoffe.
Hier hatten sie das Pech, über zwanzig Kilometer laufen zu müssen bis sie wieder einen fahrbaren Untersatz fanden, um Cannes erreichen zu können.
Der Tourismus übervölkerte zu dieser Zeit noch die ganze Küste.
Das erschwerte die wohlmöglich nie mit Erfolg gekrönt werdenden Suche nach den beiden Freunden doch erheblich.
Sie zogen zuerst über Antibes, wo Picasso im Château Grimaldi einmal ein Atelier hatte, und Cagnes sur Mer bis Nizza und Monacos Grenze, wofür sie fast eine ganze Woche gebraucht hatten und dann mussten sie noch retour in die andere Richtung.
Ihr zusammengesammeltes Geld war lange zu Ende und sie mussten sich zwischendurch mit Musizieren den Unterhalt finanzieren.
Das Geld zum Überleben wollte erst einmal besorgt sein.
Die Reichen, die hier ihren verfrühten Lebensabend verbrachten, waren nicht allzu bereit ihren Mammon zu teilen.
Nicht einmal dazu, einem Musikanten eine kleine Münze in den Hut zu werfen.
In Nizza sahen sie viele Tramps, Gammler und Straßenkünstler, aber keinem von ihnen waren die beiden Verlorengegangenen aufgefallen. Tom und Jerry hatten überlegt, noch weiter bis nach Monte Carlo zu pilgern, ließen es aber dann doch sein, da sie meinten, es sei nicht Mikes und Relks Stil, in eine Stadt des Reichtums und Glücksspiels zu gehen.
Dann schon eher nach Cannes, der Stadt der Künste, oder St-Raphaël.
Und so zogen die Suchenden eben zurück nach Nizza und dann weiter bis Cannes.
In Nizza hatten sie einige junge, moderne Leute kennengelernt, die mit schnellen Sportwagen durch die Lande cruisten, genug Kleingeld in den Taschen, verrückten Ideen in den Köpfen und viel, viel Zeit. Spröße reicher Eltern, die sie irgendwann beerben wollten. Gestalten, die man schon seit mehr als hundert Jahren an der Côte treffen konnte.
Sie fanden Interesse an Tom und Jerry, hörten gespannt deren Geschichte über Mike und Relk zu und luden sie zu einer Spritztour ein, entlang der drei Corniches bis nach Monaco und wieder zurück.
Nichts und niemand waren zu finden, außer Tourismus und verplante Natur.
Die jungen Leute setzten sie am Cap d' Antibes wieder aus, wo sie sich ein paar Tage faul in die Sonne legen wollten.

Da Tom und Jerry eine mutlose Phase erreicht hatten, legten sie sich dazu.
—

Es war ein Sonntagmorgen.
Besser gesagt, fast Sonntag Mittag.
Charly lag schon lange wach und grübelte vor sich hin.
Mittlerweile war er wieder bei dem hassgeliebten Thema ‚Sinn des Lebens'
angelangt, obwohl er vor Jahren schon zu der Überzeugung gekommen
war, dass es Unsinn sei, über diesen Sinn nachzudenken. Aber, wie sagte
einmal jemand treffend: ‚ich grüble nicht, es grübelt in mir'.
Es ist wie mit dem Fürchten.
Es kommt von außen.
Man fürchtet sich nicht, es fürchtet einen! Korrekt ausgedrückt.
Wobei es auch Menschen gibt, die sich doch selber zu fürchten wissen,
obwohl eigentlich gar kein Grund dafür vorlag; es könnte aber einer
eintreten!
Da waren nun die Gedanken über den Sinn des Lebens.
Und er dachte, dass der Sinn eines Menschenlebens nicht viel höher
anzusehen wäre, als der eines Seidelbast-, Farnkraut-, eines Heuschrecken-
oder Elefantenlebens.
Fast alle Menschen würden dem sicherlich widersprechen, aus Gründen
der intellektuellen Überlegenheit, der Ethik oder aber eher aus egoistischen
Gründen.
Egoismus scheint die stärkste Antriebskraft im menschlichen Leben zu
sein.
Mancher meint, es sei der Ehrgeiz; aber Ehrgeiz entsteht aus Egoismus,
denn das Erheischen von Ehre ist pure Eitelkeit.
Und die Eitelkeit ist eine Tochter des Egoismus.
Und wer altruistisch, also selbstlos ist, fast frei von Egoismus, wer Wert
und Wohl eines jeden Nächsten, nicht nur der eigenen Familie oder dem
Menschen überhaupt, über sich zu stellen versucht, der erkennt, dass jede
Form von Leben einen Sinn hat!
Oder auch keinen.
Und es darf nicht nur der Sinn des Fressens und Gefressen-werdens sein.
Denn irgendwann wird wieder eine Existenz erscheinen, für die der
Mensch zum Nahrungsprofil gehören könnte und die ihr Überlebensrecht
zu wahren weiß. - Wenn der Mensch sich bis dahin nicht selbst zerfleischt
hatte.
Wir dürfen nicht wieder auf den ehemals gewünschten arischen

Übermenschen und derer, die für ihn plädieren oder sich gar für ihn einzusetzen bereit wären, warten!

Er wusste, dass ihn solche und ähnliche Gedanken in eine tiefe Melancholie stürzen konnten, in der er nur durch das Bewusstsein, seinem eigenen Leben selbst ein Ende zu setzen nicht das Recht zu haben, überleben konnte.

Er lebte weiter, wo so viele starben, die gerne weitergelebt hätten. Bei dieser Grübelei verlor er die Kraft, aufzustehen, um den Tag zu beginnen, obschon er wusste, aufzustehen würde am ehesten diese schwarzen Gedanken vertreiben können. −

Es klingelte an der Tür.

Ein leichter Schreck ließ ihn hochfahren.

Er warf sich den Morgenmantel über und lief zur Wohnungstür.

Dort stand Hartmut, der Sohn des Hauses.

„Es gibt heut dein Leibgericht! Willst du runterkommen und mit uns essen? - Lässt meine Mutter fragen."

„Ja, welches gibt es denn?"

„Ach ja. - Du hast ja so viele Leibgerichte! - Gulasch mit Nudeln und Kartoffeln und, ich glaube, Rotkohl dazu."

„Ahh, mein Leibgericht"

Hartmut lachte und dachte, ‚er hat trotz melancholischer Phase, den Humor nicht verloren'.

„Also, bis gleich, Martin! Pünktlich, wie üblich, viertel nach zwölf!"

„Ja, bis gleich."

Charly schloss die Tür und ging zurück ins Schlafzimmer.

‚Wie feinfühlig Herta doch ist' dachte er.

Herta hatte gespürt, dass mit ihm irgendetwas im Argen sei und darauf mit der Einladung zum sonntäglichen Familienessen reagiert?

‚Sie ist wie eine Mutter!' dachte er und ‚meine eigene Mutter hätte das auch so gemacht', duschte schnell und zog sich an.

- 27 -

Es war Sonntagnachmittag. Besser gesagt früher Abend.
Charly hatte vorzüglich gespeist, eben sein Leibgericht, wie immer, wenn man bedenkt, Essen sei ja sein Leibgericht, hatte sich ein wenig unterhalten, ziemlich oberflächlich eigentlich und dann ein Mittagsschläfchen gehalten.
Ganz ohne die schwarzen Gedanken.
Er war ausgeschlafen von selbst aufgewacht und fühlte eine Spur Unternehmungslust.
Das Telefon klingelte und aus dem Hörer klang: „Hier Tom, sonst nix!" und er erwiderte: „Okay, mach's gut" und wollte auflegen.
„Das heißt...!"
„Ja...?" unterbrach Charly ihn.
„Wir sind am Cap d' Antibes. Ham paar Leute kennengelernt und woll´n hier paar Tage faul sein. Ich meld mich erst Wochenmitte wieder! Okay?"
„Okay, mach's gut."
Es klickte in der Leitung. Die Verbindung war unterbrochen.
Charly zog sich um, sprang in den Manta und brauste los.
Er schaute kurz ins Kinocenter, fuhr an die Binnenalster, fand keinen Parkplatz, wie immer, und fuhr dann zum Grindelpalast.
Nichts lief nach seinem Geschmack, wie so oft und er verlor die Lust ins Kino zu gehen.
Also fuhr er in die Schmilinskystraße, um Karsten und Ulla kurz zu berichten, was er neues wusste. Von Tom und Jerry.
Auf der Straße, vor dem Gebäude, stand ein Kleintransporter, vollbepackt mit Wohnungseinrichtungsgegenständen.
Am Steuer saß ein Mädchen mit langem, blonden, lockigem Haarschopf.
Charly stieg aus dem Manta, nachdem er einen Parkplatz gefunden hatte und ging zu dem Haus, in dem Ulla und Beate wohnten.
Oder wohnten hier schon Ulla und Karsten zusammen?
Die Beiden kamen aus dem Haus und liefen zu dem Transporter, der immer noch dastand.
„Hast du jetzt alles?" fragte Karsten.
„Ja!" kam es aus dem Transporter heraus.
Ulla beugte sich kurz durch das offene Fahrertürfenster und hauchte der Fahrerin einen Kuss auf die Wange. Dann ging sie wieder einen wieder einen Schritt zurück.
„Du musst verstehen, wir müssen unbedingt noch büffeln, heut!"
„Ich versteh schon...."

Charly war herangetreten und erkannte in dem blonden Mädchen am Steuer Beate, die so gar nicht zu so einem Möbelkleintransporter passen wollte.

„Hallo Charly!" kam es im Chor von den Dreien.

„Hallo ihr. - Sieht das hier etwa nach Umzug aus?"

„Beate zieht aus und Karsten ein."

Ulla schaute erst zu Charly, dann zu Beate.

„Wir müssen noch zu Karsten nach Hause, einige Sachen holen und dann lernen! - Wir können echt nicht mit dir kommen!"

Beate schaute zu ihr hin und lächelte.

„Ja, ich weiß. Ich werd´s schon irgendwie allein schaffen. Vielleicht helfen mir ja doch meine Eltern ein wenig. Soweit sie´s können."

Charly schaute hin und her und verstand langsam die Misere.

„Was ist los, wo brennt´s denn?"

Ulla schien ungehalten.

„Das siehst du doch. Der Wagen ist vollgepackt und muss auch wieder ausgeladen werden!"

Charly blickte Beate an und grinste.

„Moment Beate! Ich komm gleich mit. Ich muss den beiden nur schnell was erzählen."

„Das wäre ja echt lieb von dir."

Beate fiel ein Stein von ihrem Herzen.
Ihre Eltern waren alt und krank.
An Knien, Rücken und, wer weiß, an was sonst noch!
Die konnten nicht wirklich helfen.
Und sie selbst würde wahrscheinlich nicht einmal ihren Sessel alleine tragen können.
Sie hätte also warten müssen, bis einer aus der Nachbarschaft Zeit gefunden hätte, ihr zu helfen.
Da war Charly wirklich die Rettung!
Der hatte sich zu Ulla und Karsten umgedreht und berichtete ihnen in aller Kürze über den aktuellen Stand der Dinge um Tom, Jerry, Mike und Relk.
Sie nickten beide und meinten, man müsse halt Geduld haben und abwarten.
Nachdem er von Beate erfuhr, dass es nach Fliegenberg an die Elbe ginge, lief er zu seinem Manta und fuhr los.
Als sie zu der alten Süderelbbrücke kamen, betätigte Beate die Lichthupe.
Am Südufer angekommen, bog Charly links ab und hielt bei der Kneipe `Zur alten Elbbrücke´ im Neuländer Hauptdeich an.

Er stieg aus und lief zu dem hinter ihm anhaltenden VW-Transporter.
„Was ist denn?"
„Weißt du denn überhaupt, wo wir langfahren müssen?"
„Ja! Ich kenne das ganze Gebiet südlich von Hamburg sehr gut. Gehört alles zum Kundenkreis unserer Firma."
„Naja, okay. Dann blinke ich wieder, wenn wir am richtigen Haus angelangt sind."
Sie lächelte und wartete, bis er eingestiegen und losgefahren war.
‚Patenter Kerl, und so lieb' dachte sie, startete den VW Bulli und fuhr ihm hinterher, froh, da sie selbst den Weg nur mit Stadtplan gefunden hätte.
Sie zog zwar in das Haus ihrer Eltern, aber es war deren gerade fertiggewordener, frischbezogener Neubau, den sie noch gar nicht kannte. Das kleine Haus in Harburg, in dem sie zuvor wohnten und in dem Beate die ersten achtzehn Jahre ihres Lebens verbracht hatte, konnten sie gut verkaufen.
 Es brachte so viel, dass sie das neue Haus barbezahlen und den Umzug von professionellen Möbelpackern erledigen lassen konnten. −
„Das ist also dein Freund! - Netter Junge."
Beates Vater legte Charly die Hand auf die Schulter und führte ihn hinein. Die Mutter lächelte dazu, bis sie alle das Haus betreten hatten, das nun wohl Beates neue Bleibe werden sollte.
„Es ist *ein* Freund; was ihr meint, habe ich im Augenblick gar nicht."
Sie war leicht pikiert, als schämte sie sich für ihre Eltern.
„Aber der ist doch so nett!"
Die Mutter bat ins Wohnzimmer und darum, dass man sich setzen sollte.
„Wir wollen erst noch den Bulli ausladen. Es ist schon spät."
Beate zog Charly hinaus zum Transporter.
„Wir würden ja gerne helfen, weißt du, aber seit Vater Invalide ist… - du weißt ja…!"
Die Entschuldigung der Mutter blieb unvollendet und der Vater setzte sich stöhnend in einen der Wohnzimmersessel.
Die Treppe zum Obergeschoss, das für Beate vorgesehen war, begann gleich rechts hinter der Haustür.
Die kurze Diele daneben, wurde durch die Tür zur Kellertreppe, der Wohnungs- und der Küchentür vervollständigt.
Nach über zwei Stunden und mehr als zehn Treppenwanderungen, war der Transporter geleert und die beiden Möbelpacker zerschlagen und müde.
„Du kannst gerne hierbleiben, wenn du keine Lust mehr hast, noch nach Hause zu fahren." bot Beate an, ohne ihn anzusehen.

„Och, was heißt Lust? So spät ist es nun auch wieder noch nicht."
Charly hatte sich auf dem breiten Armsessel hingeflegelt, den sie kurz zuvor unter Ächzen und Stöhnen über das Treppengeländer gehievt hatten und der die Schlepperei dann endlich beende sollte.

„Ich hätte nie gedacht, was alles in so eine alten VW Pritsche reingeht."
Charly hauchte die Luft aus und ließ die Arme über die Lehnen baumeln.

„Wenn du das geahnt hättest, wärst du bestimmt nicht so dumm gewesen, mir deine Hilfe anzubieten!"
Beate bot ihm etwas zum Trinken an, das sie aber erst von den Eltern besorgen musste, denn zum Einkaufen war sie an diesem äußerst beschwerlichen Wochenende nun einfach nicht gekommen.
Nach geraumer Weile stand Charly auf und deutete somit seinen Aufbruch an.
Beate stand ebenfalls auf, ging zögernd auf ihn zu, legte die Arme um seinen Hals und flüsterte ihm etwas ins Ohr.

„Bleib bei mir heut Nacht. Ich mag hier noch nicht allein sein!"
„Wenn du hier heute nicht allein sein kannst, kannst du es dann morgen oder nächste Woche?"
„Ich weiß es nicht!"
„Ich mag dich sehr, Beate! Aber ich werde nicht hier bei dir einziehen! - Schon wegen deiner Eltern nicht."
„Meine Eltern…. So konservativ, wie sie wirken, sind sie nicht."
Beate ließ ihn los und wandte sich um.

„Wenigstens heute Nacht; oder ein paar Tage. - Bitte!"
Dann schaute sie ihn wieder an.
Charly verstand es nicht. - So ein Supermädchen!
Wenn er nicht Marika lieben würde…, keine Sekunde würde er zögern. Aber er meinte zu spüren, dass es wohl nicht nur seine Person war, die sie hier haben wollte.
Nein! - Es war eher die Furcht vor aufkommender Einsamkeit, trotz ihrer Eltern im Parterre.

„Ich…, äh, ich werde leicht einsam."
Beate sprach Charlys Gedanke aus.

„Meine Eltern können mir da auch nicht helfen. Die leben in einer ganz anderen Welt."
Charly zögerte immer noch.

„Ich weiß, da gibt es ein anderes Mädchen, " überraschte sie ihn.
„Aber das Verhältnis zwischen euch kann auch nicht so toll sein. Sonst

hätte sie schon einer von uns mal gesehen oder was von ihr gehört."

„Du hast recht", sagte Charly „aber deswegen darfst du noch lange nicht die Lückenbüßerin sein."

„Ich bin gern die Lückenbüßerin! - Bei dir, nicht bei jedem! Und außerdem profitieren wir doch beide davon. – Wenn du bei mir bist, wie soll ich da einsam werden. Und außerdem…! Erinnerst du dich noch an die Sache in der Dusche bei Ulla?"

Sie warf ihm einen koketten Blick zu.

„Wie kann ich das vergessen?! Aber trotzdem…. Ich weiß nicht recht."

„Ich mach dir einen Vorschlag. - Wir treffen ein Abkommen! - Mal schlafen wir hier bei mir und mal in deiner Wohnung. Wenn einer nicht mehr will, bleibt er einfach, ohne Gründe nennen zu müssen, zuhause. - Was meinst du?"

„Wenn das so einfach wäre! Vielleicht machst du dir doch Hoffnung, mit der Zeit, oder so. Und wenn ich dann Marika wiedersehe, kommt zu deiner Einsamkeit die Eifersucht oder der Liebeskummer noch dazu."

„Ganz bestimmt nicht!"

„Oder ich verliebe mich in dich und dann löst du dieses lockere Verhältnis auf."

„So haben wir eben beide ein Risiko dabei."

Ihre wasserblauen Augen glitzerten feucht und seltsam.

„Okay. Heut Nacht bleib ich bei dir."

Charly hatte es noch nicht ganz ausgesprochen, da sprang ihn die kleine Raubkatze an und warf ihre Arme um seinen Oberkörper wie eine Fessel. Er verlor das Gleichgewicht, stolperte rückwärts und konnte den Fall nicht verhindern, jedoch aber auf die Matratze, die als Schlafstatt dienen sollte, lenken und wurde mit ihren Küssen bedeckt.

Am Morgen danach empfand er die quälenden, kaum zu ertragenden Kopfschmerzen als Strafe der Fügung, für sein möglicherweise doch etwas unmoralische Verhalten.

Oder war es das schlechte Gewissen Marika gegenüber?

Konnte man eigentlich drei Mädchen gleichzeitig lieben?

Mehr oder weniger?

Bei diesen Gedanken hatte er gar nicht bemerkt, dass Beate längst aufgestanden war.

Als sie zurück ins Zimmer kam, sah sie ihm das Leid sofort an.

„Dir geht's nicht gut!"

Da gab es für sie keinen zwei Meinungen.

„Kopfschmerzen."
Charly nickte vorsichtig dabei.
„Wie spät ist es?"
„Halb acht. Brötchen sind schon da."
„Scheiße! Ich hätte um sieben in der Firma sein müssen!"
„Oh!"
„Am besten, ich meld mich krank."
„Sag mir die Nummer; ich lauf schnell zur Telefonzelle und ruf da an. Wir haben hier noch keinen Anschluss."
Charly ließ sich stöhnend zurücksinken.
„Die Nummer ist siebenundsiebzig, elf, elf."
„Du siehst auch echt krank aus! Mach´s dir wieder bequem, ich komme gleich wieder. - Steh ja nicht auf!"

- 28 -

„Dein Telefon läutet fast ständig!"
Hartmut hatte sich breitbeinig vor das Auto gestellt, als Charly den Manta in den Carport einparken wollte.
„Wo treibst du dich eigentlich immer rum?"
„Wie?"
Charly hatte das Fenster heruntergekurbelt, aber kein Wort verstanden. Dann stieg er aus.
„Dein Telefon klingelt andauernd."
„Ach so. - Wenn´s nochmal klingelt, nehm ich einfach den Hörer ab."
Hartmut war schon immer neugierig, wie ein Waschweib gewesen.
„Du warst ja wohl volle drei oder vier Tage nicht hier. Wo treibst du dich rum?"
„Ich werd dir Namen und Adressen nicht nennen, sonst kommst du mir noch in die Quere."
„Ich hab´s mir fast gedacht."
Während sie miteinander sprachen, betraten sie das Haus.
Als Charly seine Wohnungstür geöffnet hatte, rief Hartmut von seinem

Zimmer hoch: „Wann lern ich sie kennen?"
„Keine Ahnung!" bekam er als Antwort.
Charly hatte sich gerade auf das Sofa gesetzt, als der Telefonapparat sich wieder meldete.
Er nahm den Hörer ab.
„Ja?"
„Das wäre jetzt wohl das letzte Mal gewesen, dass ich anruf! Ick hab wohl hundert Mal klingeln lassen." –
Tom!
„Das ist auch schon anderen hier im Haus aufgefallen!"
„Hä?"
„Das Klingeln des Telefons hat die Nachbarn gestört. – Was gibt´s; habt ihr sie gefunden?"
Charly hatte die Aufregung in Toms Stimme gleich heraus gehört und dachte sich, dass da etwas Wichtiges sei, da Tom es so oft versucht hatte, ihn zu erreichen.
„Nicht gefunden, aber was gehört!"
Charly lauschte gespannt.
„Wir lagen doch am Cap in der Sonne und da kamen zwei Freaks. Die war´n auf so´ner Insel vor der Küste, weiter westlich, und die meinten, sie hätten Mike und Relk dort getroffen. Auf Ile d' Port-Cros. - Nach der Beschreibung war´n sie das bestimmt! - Sie hatten dort bei die Fischer geholfen, und so. Für zum Essen!"
„Den Fischern geholfen?"
Charly hatte geglaubt, nicht richtig gehört zu haben.
„Ja, bei die Fischer geholfen. Und die soll´n immer noch da sein, sagen die."
„Wer?"
„Na, die andern, die Typen, die uns das erzählt hatten."
„Und was jetzt? - Seid ihr noch am Cap d' Antibes?"
„Das war Sonntag. Heut ist Mittwoch! Wir ham ja schon drei Tage versucht, dich anzurufen!"
„Du wolltest aber erst heute anrufen."
„Äh, ja, aber…."
„Schon gut. - Und wo seid ihr jetzt?"
Charly hatte die drei Tage bei Beate verbracht und sich sehr gut mit ihr verstanden.
Er dachte zwar häufig an Marika, schon, weil sich die beiden Mädchen optisch recht ähnlich waren, nur Marika war etwas kleiner.

Aber ein schlechtes Gewissen, hatte er kaum.
Und wenn doch, dann eher allen beiden gegenüber.
„In Le Lavandou."
„In wo?"
„ Le Lavandou. Ich stottere nicht. Das heißt so!"
„Das kenn ich nicht."
„Macht nix, aber von hier geht die Ferry nach Ile de Port-Cros. - Aber wir ham kein Geld mehr."
„Und nu´?"
„Jerry is´ am Anleger und beobachtet die Leute. Wenn Relk und Mike rüberkomm´, sieht er sie. Und in ein paar Tagen ham wir Geld zusammengespielt und fahr´n selbst rüber. - Dann meld ich mich wieder, okay?"
„Okay, mach´s gut!"
Charly zog sich aus und schleppte sich zur Dusche.
Die Kopfschmerzen waren mit zwei Aspirin schnell verflogen.
Er hatte aber trotzdem die meiste Zeit im Bett verbracht. Jedoch die Wenigste davon, hatte er zum Schlafen gebraucht.
Denn Beate war dieser Tage ebenfalls zu Hause geblieben und ihre Eltern hatten sich auch nur ein paar Mal gemeldet, um zu fragen, ob ihnen irgendetwas fehlte.
Sicherlich immer mit neugierigen, aber nicht vorwurfsvollen Blicken.
Möglicherweise wurde er schon als vermeintlicher Schwiegersohn angesehen.
In ihren, wohl doch etwas konservativeren Augen, hatte eine junges Fräulein von fünfundzwanzig Jahren in die Ehe zu gehören, wollte es nicht dafür prädestiniert sein, zu einer ‚alten Jungfer' zu werden.
Das war auch der Hauptgrund, weshalb Charly Beate verlassen hatte, obwohl seine Lust noch einige Tage gereicht hätte.
Nicht unbedingt auch seine Kondition.
Als er zuerst das warme, eine halbe Minute danach das kalte Wasser der Duscharmatur zudrehte, schien seine Kondition die Lust wieder eingeholt zu haben.
Er frottierte sich ab und ging wieder ins Schlafzimmer, nur, um sich eine kleine Weile noch einmal auf das Bett zu legen. –
Er erwachte vor Hunger, als es längst dunkel war.
So viel zur frischerwachten Kondition!
Nach ein paar Butterbroten und einem halben Liter Milch, war er gesättigt und schaltete den Fernseher ein, was schnell die Müdigkeit erneut

aufkommen ließ und ihn zurück ins Bett trieb.
Am nächsten Morgen wollte er doch frisch und ausgeschlafen in der Firma erscheinen.

- 29 -

Die Sonne schien schon über dem Mönckebergbrunnen in der Spitalerstraße.
Charly hatte einige Einkäufe erledigt und schlenderte an den Auslagen der Geschäfte vorbei.
Dieser Donnerstag war sehr arbeitsreich, da er drei Tage gefehlt hatte.
Aber er hatte ihn doch nicht so sehr ermüdet. Und so verspürte er keine Lust, sich sofort nach Hause zu begeben.
Einige Schaufenster von ihm entfernt ging: SIE!
Neben ihr ein anderes Mädchen.
Charly war überrascht, hielt es aber für selbstverständlich, dass er sie von hinten erkannt hatte.
In seinem Kopf fand nur ein Gedanke Platz, bevor er reagieren konnte.
–
‚MARIKA…, *MARIKA*!'
Zuckten ihre Schultern nicht kurz zusammen?
Sonst aber war keine Reaktion zu erkennen.
Täuschte er sich vielleicht doch? - Konnte er sich täuschen?
‚Niemals!' dachte er und beschleunigte seine Schritte.
Am Ende der Spitalerstraße trennten sich die beiden Mädchen. Marika lief nach links, hinüber zur Mönckebergstraße, drehte sich kurz um, - sie war es! Wie konnte er zweifeln? - winkte der Freundin nach und verschwand in einem kurz anhaltenden Auto mit einem Mann am Steuer. – Einem Mann am Steuer!?!
Jetzt konnte er sie ganz vergessen!
Da war ein anderer und von ihm wollte sie nichts mehr wissen!
‚Halt, die Autonummer!' schoss es ihm noch durch den Kopf.
‚Was soll's! Wozu? Ich kann sie ja doch nicht mehr lesen.' dachte er

weiter.
Oder war es doch ihr Bruder!
Es arbeitete wie wild in seinem Hirn.
Er hatte ja nur ein Foto von dem.
Hastig zerrte er es hervor und betrachtete es eindringlich.
Sein Blick fiel immer auf die linke Fotohälfte, denn dort sah er Marika!
Und eine kleine Träne kullerte über seine Wange und benetzte seinen Bart.
Dann sah er wieder auf den Mann.
Konnte der Typ in dem Wagen dieser Bruder sein?
Oder nicht!?
Er grübelte, ließ seine Fantasie spielen.
Er kam immer wieder zu dem Schluss, dass der Augenblick in dem er den Mann hatte sehen können, viel zu kurz war.
Aber möglich war es.
Es konnte der Bruder gewesen sein. –
Hätte er doch nur die Autonummer lesen können, dann könnte er wohl irgend etwas herausbekommen.
‚Hoffentlich lässt mich der Zufall sie bald wiedersehen!' dachte er und konnte nicht ahnen, was er noch alles durchleben würde, bevor er Marika wiedersehen sollte! –
Abgesehen von einem ganz kurzen Moment, in dem er von der Bühne des *Dannys Pan* herunter, einen Blick auf sie werfen konnte, während sie den Laden jedoch gleich wieder verließ. –
Plötzlich wirkte sich die viele Arbeit, die er heute geleistet hatte, doch aus.
Er war so zerschlagen, dass er nur noch ins Auto und nachhause wollte; und er war so verwirrt, dass ihm nicht gleich einfiel, wo er den Manta geparkt hatte.
Als er endlich den Wagen gefunden hatte, sah er einen Zettel an der Windschutzscheibe unter dem Wischer stecken.
‚Scheiße! Seit wann ist das hier Halteverbot? ' dachte er und zog das Papier hervor.
Es war eine handgeschriebene Notiz in einer, ihm nicht ganz unbekannten, kalligrafisch nicht uninteressanten Klaue geschrieben.

- Hallo Charly! Wie geht´s? -
‚Gut oder, beschissen ist geprahlt' dachte er.
- Wir sind wieder da! -

- Unbeschadet, und mit neuen Ideen! -
- Komm bitte schnellstens ins Fährhaus. -
DRINGEND!

Und dann stand da noch ‚*Gruß, Mike - Donnerstag -*‘
Das war alles.
Das war allerhand!
Aber wieso Fährhaus?
Hatten sich die Kerle den Raum wiederergattert?
‚Zuzutrauen, wäre es ihnen!' dachte Charly, ‚diese Brüder'.
Hauen einfach ab und kommen so mir-nichts-dir-nichts zurück, als wäre nichts geschehen.
Charly setzte sich in den Manta und fuhr auf den kürzesten Weg zum Winterhuder Kai.
Wie sooft der Zufall es wollte, waren die anderen auch alle schon dort, als Charly den ständig unverschlossenen Wohnraum im hinteren Teil des, schon teilweise baufälligen alten Winterhuder Fährhauses betrat.
„Ihr seid doch wohl echt nicht ganz dicht!"
Charlys Verärgerung war nur noch gespielt.
Eigentlich war die Wut längst verflogen.
Die allmählich verblassenden Sorgen, wegen des Unwissens über den Verbleib der beiden Freunde, konnte ihn nicht mehr aggressiv erregt sein lassen.
„Ohne ein Wort des Abschieds und der Gründe, weshalb ihr verschwindet, haut ihr einfach ab! - Eine einfache Postkarte oder ein ähnlicher Zettel hinterm Scheibenwischer, hätte doch genügt. - Ganz schön link von euch!"
Ein wenig Rüge musste sein.
Mike grinste nur.
Halb amüsiert, halb verlegen.
Nach einer Gedankenpause antwortete ihm Relk.
„Wir hatten echt Angst! Es musste alles so schnell gehen. Die Bullen hatten einen ganz schönen Aufwand gemacht, um uns zu suchen. Und dann war da noch so ein aufgeblasenen Affe, der sich aufspielte und uns ganz schön durcheinander gebracht hatte."
Charly lächelte und erzählte ihnen sein Wissen über diesen `*Affen'*.
„Dieser `*Affe'* war das eigentliche Ziel der polizeilichen Fahndung! Ein Dealer, der irgendein Ding gedreht, oder noch vor sich hatte."
„Aber er hatte die Flucht aus Deutschland raus organisiert und

finanziert!" meldete sich Mike zu Wort.
Ulla meinte: „Wahrscheinlich brauchte er euch nur sozusagen zur eigenen Tarnung!"
Und Karsten nickte dazu.
Für Charly war die Geschichte nun praktisch nicht ganz erledigt. Denn eines fehlte ja noch.
„Wir müssen jetzt sehen, wie wir Tom und Jerry zurücklotsen. Die sitzen vor einer Insel namens Port-della-noch-was in Südfrankreich!"
Mike und Relk lachten lauthals auf.
„Ile d´ Port-Cros heißt diese Insel. Wir waren eine ganze Weile dort und haben den Fischern geholfen und die ham uns durchgefüttert."
„Vor ein, zwei Wochen sind wir da schon weg!" fügte Relk noch hinzu.
Charly schüttelte den Kopf.
„Tom und Jerry suchen euch jetzt dort! Seit Anfang der Woche."
„Könn´n sie lange suchen."
Mike konnte gerade noch ein erneutes Lachen unterdrücken, wonach dann ausnahmslos alle, wie sie da waren, in prustendes Grölen verfielen.
Man einigte sich, dass Charly möglichst bald nachhause fahren sollte, um sein Telefon zu besetzen.
Weil das die einzige Kontaktmöglichkeit war, Tom und Jerry informieren zu können.
Aber nicht, bevor man über die ‚tollen, neuen Ideen' gesprochen hatte.
-
„Eine ganz starke Sache!"
Mike und Relk konnten ihre Begeisterung nicht mehr bremsen.
„Echt!"
„Wir besorgen uns alte Klamotten, möglichst ausgefallene…"
„…und bunte!" unterbrach Relk den Mike.
„…und dann denken wir uns kleine Geschichten aus, verrückte, ausgefallene…"
„…und lustige" wurde er wieder von Relk unterbrochen.
Mike hielt die Luft an und warf ihm einen garstigen Blick zu, als wollte er fragen ‚erzählst du, oder ich' und sagte, die Luft ausstoßend, dass es wie ein Zischen klang:
„…Geschichten."
Es herrschte eine Stille, die man berühren zu können glaubte. –

„Das findet ihr gut? Wie Schmierenkomödianten auf der Straße umherzulaufen; das Gesicht voller Farbe! - Ohne mich!"
Charly war enttäuscht von diesen ‚tollen' neuen Ideen.
Mike und Relk wiederum, waren enttäuscht über die Erkenntnis, dass Charly deren Begeisterung nicht teilen konnte.
„Wir haben das gesehen! - In Paris, in Cannes. Überall in den Einkaufszonen und auf den Promenaden!"
„Wir sind doch keine Franzosen! - Ich weiß nicht!"
Charly zuckte mit den Schultern und wandte sich zum Gehen.
„Charly! – Martin!"
Mike hatte ihn noch nie bei seinem richtigen Vornamen genannt!
Er war sich nicht einmal sicher gewesen, das Mike ihn gekannt hatte.
Aber Mike hatte damit erreicht, was er wollte.
Charly drehte sich wieder um und begann etwas einzulenken.
„Man kann ja nochmal darüber reden. - Ich werde darüber nachdenken, und dann reden wir nochmal darüber. - Okay?"
„Okay. - Grüß Tom und Jerry von uns Allen."
Der Manta brauste los und brachte Charly quer durch Hamburg über Norder- und Süderelbe ins Alte Land.
‚Tüddelkram' dachte Charly, ‚zwei Spinner sind das!'
Aber die anderen hatten sich überhaupt nicht dazu geäußert! –
Er lag ausgestreckt auf seiner Couch im Wohnzimmer und ließ sich diese ‚tollen neuen Ideen' noch einmal durch den Kopf gehen.
Gar nichts, aber rein gar nichts, konnte er diesem Vorhaben abgewinnen.
Und die anderen hatten nichts, aber auch gar nichts dazu gesagt.
Waren sie sich alle schon einig gewesen?
War er wieder der Außenseiter?
Wie sonst meist auch?
Querulierte er vielleicht nur? –
Er wollte ihnen nichts in die Wege legen, aber bei so einer Clownerie machte er nicht mit.
Da mussten sie eben auf ihn verzichten!
Begriffen sie alle denn gar nicht, welche Möglichkeiten sie hatten?
Sieben, acht ziemlich gute Musiker, und sogar Frauen dabei!
Und einige konnten gut singen.
Ulla sogar mit fast ausgebildeter Stimme.
Und keiner redet darüber!
Bluegrass, Countryrock oder –swing!

Vielleicht würden sie sogar echten Erfolg damit erringen!
Aber nicht mit solchem Kasperkram.
Niemals! - Basta!
Ohne mich!
Dann war er eingeschlafen.
—

„Hier Tom, sonst nichts" tönte es von Tom etwas genervt durch den Telefonhörer.
Das Gerät musste schon sooft geklingelt haben, dass er im Begriff war, wieder aufzulegen, als Charly sich endlich und reichlich verschlafen gemeldet hatte.
Tom wollte erst tatsächlich auflegen, aber....
„Ick dachte schon, du bist wiedermal verschüttgegangen!"
„Nein, nein, ich war nur eingeschlafen...."
Charly gähnte ausgiebig und überhörte fast Toms - ‚okay, mach´s gut', was ja eigentlich Charlys Textpart gewesen wäre.
Er hörte nur noch ein Klicken in der Leitung und dachte, ‚Scheiße! Jetzt ruft er erst Morgen oder Übermorgen wieder an.'
Charly legte den Hörer aufs Telefon und setzte sich zurück.
„So´n Mist!"
Sagte er laut und ging in die kleine, niedliche Küche, um sich einen halben Liter Milch mit zwei Bananen zu mixen.
Er hatte gerade die Früchte von ihrer Schale befreit, gestückelt und in den Mixer gestopft und wollte nun die Milch hinzugießen, als es erneut klingelt.
„Gottseidank!" murmelte Charly und lief zum Telefon.
Bevor er seinen Text runter leiern konnte, meldete sich eine andere Stimme.
„Ham sich die Beiden schon gemeldet?"
„Hallo Mike. - Ja, aber Tom hat so schnell wieder aufgelegt, dass ich ihm gar nichts weiter sagen konnte."
„Wie das? Versteh ich nicht!"
„Ich hatte gepennt und es hat wohl ziemlich lange geklingelt. Vielleicht hatte er auch nicht genug Münzgeld gehabt. Was weiß ich!?"
„Naja, kann man nichts machen. Der meldet sich schon irgendwann wieder. - Hast du schon nachgedacht? - Ich mein, über die neuen Ideen."
„Tja, - Mike, hör mal...."
„Wart erst mal Toms Anruf ab und komm dann vorbei. Lass uns

lieber in Ruhe darüber reden. - Okay?"

„Okay."

Charly hatte den Hörer kaum auf die Gabel gedrückt, da läutete es schon wieder.

„Fleischmann!"

Charly dachte nicht, dass es wieder einer seiner Kumpel sei. Eher seine Eltern, oder eines seiner Geschwister.

„Hä?"

Tom glaubte fast, sich verwählt zu haben, fuhr dann aber fort: „Mein Kleingeld war alle. Für´n längeres Gespräch musste ich erst Münzen besorgen."

„Dacht ich m...."

Tom unterbrach ihn schnell.

„Wolltest du noch was sagen?"

„Ja! Gut das du noch mal anrufst. Die beiden Idioten sind schon wieder hier."

„Waas???"

Tom war erstaunt und zog das Wort sekundenlang hin.

„Ja" sagte Charly.

„Sie waren auf dieser komischen Insel, sind aber schon bevor ihr in Le Lavandou ankamt, wieder weggewesen."

„Scheiße!"

„Wieso Scheiße? - Die sind wieder hier und ihr könnt auch wieder losziehen."

„Scheiße, weil wir, haben die Tickets für die Fähre schon bezahlt."

„Scheiße! - Und was wollt ihr nun tun?"

„Die Dinger werden wir nicht wieder los. Ich glaub, wir fahr'n ers´ma ruber. - Muss Jerry ma fragen."

„Ist Jerry nicht bei dir?"

„Nö. Der ist anne Ferry, guck´n, ob die ruberkomm! Ich werd gehen hin und reden mit ihm."

„Was meinst du, wann seid ihr wieder hier?"

„Rechne nicht vor zwei Wochen mit uns. Paar Tage zum Ausruh´n und die Rest zum Zurucktrampen. - Okay?"

„Okay, macht´s gut!"

- 30 -

*B*is auf Charly hatten sich alle im Hinterzimmer des alten Winterhuder Fährhauses getroffen.
Es war für Relk ein Klacks gewesen, nach seiner Rückkehr sein altes Domizil wiederzuerlangen.
Der Hausmeister des Fährhauses hatte sowieso keine andere Verwendung für die Bude gefunden und war froh, dass Relk mit seiner Hilfe bei der Hausverwaltung wieder eingestiegen ist.
Und Ulla hatte inzwischen zusammen mit Karsten Relks gesamtes Inventar wieder zurücktransportiert.
Relk hatte sofort begriffen, dass sich etwas zwischen ihr und Karsten entwickelt hat. Das spürte Ulla gleich.
Ob er etwas von dem Techtelmechtel mit Charly ahnen würde, hatte sie nicht herausbekommen können.
Auf ihre Erklärungsversuche über Karstens und ihrer Liebe, hatte Relk nur lapidar reagiert.
„Lass stecken, Ulla. Ist schon okay."
Er wollte sich nicht weiter zu dem Thema äußern und wollte auch nichts mehr davon hören.
Dass es ihm so wenig zu bedeuten schien, tat Ulla schon einen kleinen Stich im Herzen.
Schließlich waren sie fast fünf Jahre beieinander gewesen. - Seit er sein Elternhaus verlassen hatte.
Aber möglicherweise ist diese Wortkargheit seine Art solche Erlebnisse verarbeiten zu können.
Sie saßen auf den Matratzen und auf dem Boden.
Sie tranken Fruchtsäfte und sie rauchten.
Karsten klimperte ganz leise auf seiner Mandoline vor sich hin.
Die anderen wurden von Mike und Relk mit ihrer Begeisterung für das Projekt Straßentheater angesteckt.
Sie hatten alles, was sie benötigten, schon zusammengesammelt.
Alte, bunte Kleider, von den Eltern, Verwandten und Bekannten geschenkt bekommen oder aus den beigen Rot-Kreuz-Sammelbehältern geklaut.

Ulla hatte sogar zusammen mit Beate das ganze Zeug im Waschsalon gereinigte und gebügelt.

„..., außerdem sind Ulla und Beate mit ihrem Kunststudium super geeignet für so´ne Sache, wie´n Straßentheater!" schloss Mike seine Ausführungen gerade.

„Naja" erwiderte Beate, „unser Schwerpunkt liegt auf Kunsterziehung, grafische Darstellung und Design. Aber trotzdem wird es uns unheimlichen Spaß machen, nicht Ulla?"

„Natürlich, ich freu mich schon drauf."

„Wir hatten so´ne gute Bluegrassgruppe!" murmelte Karsten vor sich hin.
Ulla schaute ihn an.

„Wir können zwischendurch immer noch gute Musik machen! - Glaube mir, es wird uns Spaß machen!"
Karsten war nicht so begeistert, wie die anderen, aber er war bereit, alles für Ulla zu tun und außerdem konnte er sich Gedanken über die Geschichten machen, die sie spielen wollten.

—

„Was habt ihr für tolle neue Ideen, wie Charly mir sagte?"
Tom und Jerry platzten in die Runde und ein lautes, ausgelassenes Hallo entstand.
Man küsste und umarmte sich überschwänglich und setzte sich dann, so bequem als möglich, auf Matratzen, Stuhl und Fußboden. Mike und Relk informierten Tom und Jerry und Tom sagte:

„Mir is egal dat egal! Ick mach alles mit!"

„Ick auch!"
Das kam natürlich von Jerry, wie nicht anders zu erwarten war.
Als dann Tom überredet wurde, einige der buntgeflickten Klamotten überzuziehen, die ihm an Armen und Beinen viel zu kurz waren, schien das Gelächter und Gealbere nicht enden zu wollen.
Nachdem der Lärm verebbt war, wollte Tom wissen, wie die Flucht der beiden Freunde überhaupt zustande kam und wie sie verlief.
Mike erzählte ihm in kurzen Worten, wie sie diesen Kerl kennengelernt hatten.

„.... Wir hatten dann schnell gemerkt, was dieser Jojo für´n schlimmer Finger war und an der französischen Grenze ham wir uns von dem abgesetzt."

Mike schaute zu Relk hinüber, um zu sehen, ob der auch etwas zu dem Bericht beisteuern wollte.
Aber der war schon damit beschäftigt, sich Hose und Hemd, möglichst grellbunt aus dem Berg der Textilien herauszusuchen.
„Gleich hinter der Grenze hatten wir echt Glück! Da kam so'n Trucker vom Klo und sprach uns an, als er die Klampfe sah, ob wir damit auch umgehen könnten. - Als wir dann in seinem Laster war'n, zeigten wir es ihm und es stellte sich heraus, das er an die Côte wollte. - Er hatte Fischzerlegungsmaschinen, oder sowas Ähnliches, geladen und wollte nach Le Lavandou. - Er erzählte von der Ile d'Port-Cros und das er auf dieser Insel geboren worden und aufgewachsen war. - Später ging er dann nach Marseille, wo er Probleme mit einer Art französischer Mafia bekommen hatte und noch später wurde er in Orange Truckfahrer."
„Konntet ihr euch denn überhaupt mit einander verständigen?" warf Ulla ein.
Mike lehnte sich zurück.
„Oh ja. - Der konnte perfekt englisch. Sogar mit amerikanischen Akzent."
Diesen Akzent fand Mike so cool, dass er ihn mit zunehmender Perfektion nachahmte.
Relk hatte im Klamottenhaufen gefunden und zur Seite gelegt, was ihm gefiel, nahm sein Banjo auf den Schoß, begann darauf zu improvisieren und wollte dann doch auch seinen Beitrag zu ihrem Bericht geben.
„Sein Vater war amerikanischer GI in der Befreiungsarmee und dem wurde dann auf spezieller Weise gedankt."
„Und prompt hat er 'n kleinen Franzosen gemacht. Dann ist er wieder in die Vereinigten Staaten verschwunden!" führte Mike weiter fort.
Die anderen lachten ungläubig.
Mike war enttäuscht.
„Echt! Genauso hat Jean es erzählt! Stimmt's nicht, Relk?"
Der nickte.
„Doch, doch!"
Mike richtete sich auf.
„Später hat sein Vater sich besonnen. - Hat ihn und seine Mutter des Öfteren besucht und auch jedes Mal Geld dagelassen. Und einige Zeit hat er ihn mit nach drüben genommen. Da hat er dann so gut Englisch gelernt."

Relk legte das Banjo zur Seite und fuhr fort.

„Jean, so hieß der Trucker, nahm uns mit bis nach Le Lavandou und von dort rief er seine Familie auf der Insel an. Die holten Mike und mich dann da rüber, dass wir dort ein paar Tage bleiben konnten."

„Die ham uns mit so 'nem richtigen Fischerboot abgeholt. Wir wurden aufgenommen wie Freunde oder Verwandte." ergänzte Mike. Er nahm einen Schluck aus einer Seltersflasche, die gelegentlich die Runde machte.
Gläser kannte man hier nicht; die mussten ja abgewaschen werden.

„Ihr hättet mal sehen sollen, wie die sich begrüßt haben. Richtig abgeknutscht haben die sich. Und bei uns fingen sie dann auch noch damit an. Links auf die Wange, rechts auf die Wange und dann noch mal links. - Oder umgekehrt?!?"
Dann redete wieder Relk.

„Bloß die Verständigung mit den Fischern war schwierig. Kein Deutsch und kein Englisch. - Wenn Jean nicht da war, zum Übersetzen, redeten die einfach drauf los. Und wenn wir mit den Schultern zuckten, sagten sie das Selbe noch mal. - Wir verstanden kein Wort."
Jetzt war Mike wieder dran.

„Einmal, da wollten sie uns wohl fragen, was wir essen wollten. Fisch oder Wurst und Käse...."

„Käse heißt vorn Arsch oder so!"
Warf Relk ein und Ulla verbesserte ihn, dass es Fromage hieße.

„... ja, aber wir verstanden nix. Und da ham sie uns einfach am Arm in die Küche geführt, den Fisch im Topf und in den Schränken andere Lebensmittel gezeigt und noch mal das Gleiche gefragt."

„Wir haben uns dann für Baguette mit Wurst und vorn Arsch entschieden. – Der Fisch sah irgendwie, ... ich weiß nicht, wie... aus!"
Relk schüttelte sich bei den Worten.

„Ja."
Mike schüttelte sich ebenfalls, als widerte es ihn immer noch an.

„Wie 'ne Mischung aus Suppe und Sauce hollandaise mit dicken fetten Stücken drin! – Brrr!"

„Fische gehören ins Wasser!" murmelte Karsten vor sich hin und rückte näher zu Ulla, um den Arm um sie legen zu können.
Ulla schmiegte den Kopf an seine Schulter.

„Wart ihr denn auch mal mit zum Fischen auf dem Meer?"
Sofort sprudelte Mike los.
Anscheinend war es ein großes Erlebnis.

„Ja! - Meistens ging es nachts los. Mit großen Scheinwerfern und komischen Netzen, die von einem Balken am Mast runter hingen. Wie hier bei den Krabbenfischern. Das Licht lockte die Fische nach oben und dann brauchte man sie einfach nur raus heben, oder so! – Büschen komplizierter war es wohl, sah aber jedenfalls so aus."
Relk stand auf, ging zum Plattenspieler und legte eine Langspielplatte auf.
Er wollte wohl nicht weiterreden.
Tom fragte, wann sie dann auf die Idee kamen, wieder abzuhauen und sah, wie Relk den Kopfhörer aufsetzte.
Mike aber war bereit, weiterzuerzählen.
„Die ham uns richtig in ihre Sippe eingespannt. Ab und zu haben wir Musik gemacht und sie wollten uns gar nicht wieder los lassen. Irgendwann fühlten wir uns dann richtig beengt, konnten kaum Luft kriegen. - Zwei Wochen waren wir wenigstens da, nicht Relk?"
Er hatte nicht mitbekommen, dass der sich nur noch von der Musik berieseln ließ.
Die Lautsprecher waren abgeschaltet, man konnte nur das Dröhnen der Bässe und das Rasseln des Schlagzeugs über den Kopfhörer hören.
Mike schaute hinüber und ließ sich nicht in seinem Elan beirren.
„... vielleicht auch drei. - Dann wollten wir einfach weiter. Das heißt, wir wollten nach Hause. Wir erzählten ihnen was von Heimweh. Das wirkte sofort. Das verstanden sie."
Er kratzte sich am Kopf, denn nun hatte auch er keine Lust mehr, zu erzählen und machte es jetzt kürzer.
„Jean rief seine Spedition an und organisierte für uns eine Mitfahrgelegenheit in einem LKW nach Paris. Dort sahen wir dann auch das beste Straßentheater, das du ihr euch vorstellen könnt, - mit Pantomime und so. Wir verkauften den Fisch, das Brot und den Käse, all das, was die Fischer uns mitgegeben haben; und mit dem Spielen auf der Straße hatten wir bald Geld genug, um bei einem Studenten, der nach Hamburg wollte, mitfahren zu können."
Mike ließ sich nach hinten auf die Matratze fallen und tat so, als schliefe er ein.
Karsten fragte: „Wie geht´s denn nun weiter? - Ich mein, wann fangen wir mit dem Straßentheater an?"
Sofort schien Mike wieder wach zu sein.
Auch Relk hatte den Themawechsel mitbekommen und die Kopfhörer zur Seite gelegt.

Man beratschlagte nun.
Diskutierte über die einzelnen Rollen und ob sie sich selbst Geschichten ausdenken sollten oder Bücher und Texte über Rollenspiele ausleihen.
Oder beides.
Die ganze Nacht hindurch wurde geredet.
Mal schlief die Eine ein bisschen, mal der Andere.
Als der Morgen graute und das Licht der einsamen Glühlampe, die an einem Kabel von der Decke herunter hing, die Helligkeit in dem Raum nicht mehr zu verstärken vermochte, lagen alle irgendwie hingekauert und schliefen.
Und ihr Schnarchen vermengte sich zu einer grauen Melodie.

- *31* -

Charly war auf dem Weg in die Innenstadt noch einmal an der Weimarer Straße, wo Lily wohnte, vorbeigefahren.
Er konnte sich nicht erklären, wieso er erst jetzt darauf gekommen war, nach Marikas Nachnamen zu fragen, aber das zu wissen, war doch eine gute Möglichkeit, sie zu finden.
Er hatte die Klingel betätigt und starrte wehmütig auf die beiden leeren, recht dunkel wirkenden Bohrlöcher, an denen Marikas Namensschild befestigt war.
Er fieberte auf Lilys Antwort, obwohl er sich einer positiven Aussage Lilys sicher fühlte und frohlockte fast darüber, Marika mithilfe des Nachnamens finden zu können.
Umso enttäuschter fuhr er von dannen, nachdem er Marikas Nachnamen gehört hatte: Meier! - M-E-I-E-R!
Mit e-i, oder vielleicht Meyer mit e-y, oder Maier mit a-i.
Oder gab es auch Mayer mit a-y?
Das alles wusste Lily nicht so genau. Sie wusste nur Meier!
Wie sollte er herausbekommen, wie viele Leute namens Meier, ganz gleich welcher Schreibweise, es im Großraum Hamburg überhaupt gab. Vielleicht sogar im Süden Schleswig-Holsteins und im Norden

Niedersachsens. Und wie viele Meiers hatten dazu noch eine Tochter, die Marika sein könnte! Hatten diese Meiers überhaupt alle Telefon und wie sollte er die Telefonate denn nur bezahlen?
All diese Fragen machten ihn unsagbar mutlos und er schlenderte maßlos traurig, nachdem er den Manta geparkt hatte, durch die Spitalerstraße auf den Mönckebergbrunnen zu.
Mike und die anderen waren nicht zusehen, dafür aber eine Clown-hafte Gestalt mit hohem schlanken Zylinder, wie Abraham Lincoln einen trug, fast zwei Meter groß, die, nach Charlys Empfinden, ziemlich albern auf eine Gruppe buntgekleideter Figuren hampelte. Grellweiß geschminkte Gesichter, mit schwarzen Ränder um die Augen und schwarzen Punkten darunter, wie Tränen.
Eben Toms Art von Pantomime!
Die anderen Figuren stoben ebenso hampelnd auseinander und jeder Einzelne tat so, als würd er sich vor dem schwarzen Mann mit dem dunklen Chapeau zu verstecken suchen.
Charly überlegte, ob er umdrehen oder vielleicht einfach vorbeigehen sollte, jedoch es war ihm eigentlich zu blöd.
Daher beobachtete er sie erst einmal. Womöglich entdecken sie ihn ja. Er hatte schon vor einigen Wochen mit Mike und Relk allein darüber geredet, was er von dieser Geschichte halten würde.
Man hatte sich geeinigt, gelegentliche Anrufe abzuwarten, beziehungsweise sich in der Spi zufällig zu treffen und trennte sich freundschaftlich, aber vorerst einmal endgültig.
Charly hatte gehofft, dass einige der anderen auf seiner Seite stünden und der Wunsch auch bei ihnen, gute Musik zu machen, überwiegen könnte.
Aber bei der Unterredung in der ganzen Gruppe hätte er lediglich Karsten dazu bewegen können.
Seitdem hatten sie sich weder gesehen, noch gesprochen.
Und nun sah er sie in natura hier, am Brunnen vor dem Schallplattengeschäft. In diesen grellen, bunten Rot-Kreuz-Kleiderspenden gehüllt!
Als Charly erkannt hatte, dass die gesamte Gruppe zu sehr in ihrem Handel und Tun vertieft war, um ihn überhaupt zu bemerken, bog er nach links in die Mönckebergstraße ab, schlenderte weiter zu seinem Auto und fuhr an die Elbe, um übers Wasser zu starren und es in sich Grübeln lassen zu können.
Er überlegte kurz, ob er über den Fluss heimwärts fahren sollte, denn

am Bubendayufer, dort, bei dem Lotsenturm, konnte man das vortrefflich genießen.
Und ebenso die Schiffe beobachten; und man war ziemlich ungestört dabei.
Lediglich der eine oder andere Gleichgesinnte traf sich dort ein.
Er entschied sich aber dann für den Parkplatz, hinter dem Fischmarkt, wo das Abenteuer mit den Rauschgiftgangstern stattgefunden hatte, weil er dann, später am Abend, die eine oder andere Musikkneipe aufzusuchen noch vorhatte.
Nahe am Wasser, wo die elefantenkopfgroßen Findlinge das Ufer befestigten, fand er einen guten Stellplatz, blickte hinüber zu den Docks der großen Werft, streckte sich, lehnte sich auf das Lenkrad des Mantas, fand aber die Stellung recht unbequem und drehte den Liegesitz ganz hinunter.
‚Nur ein bisschen dösen', gerade hatte er es gedacht und schon war er eingeschlafen.
Die Dämmerung zog langsam auf.
Die Schatten der Kräne und Schiffe ließen die Konturen der Trockendocks verschwimmen.
Man konnte kaum die Schlote und die Brücken der verschiedenen Schiffe unterscheiden.
Das letzte Licht warf kleine, glitzernde Flächen auf die Wellenkämme, ließ das Wasser sauberer erscheinen, als es in Wirklichkeit war. Und doch wirkten die Massen jetzt dunkel und unheimlich.
Ein energisches Klopfen am Fenster der Fahrertür des Opel Mantas holte Charly aus einem Albtraum, in dem es um prügelnde Dealer, einem unbescholtenen Radio- und Fernsehmechaniker und dessen Begleitung ging, heraus.
Er blickte verstört auf das Wasser, musste sich erst orientieren, schaute durchs Glas links von sich und kurbelte mit der Linken das Fenster hinunter.
Mit der Rechten drehte er gleichzeitig die Sitzlehne hoch und erkannte eine brünette und zu stark geschminkte, ehemalige Schönheit, die neben dem Auto stand.
„Wissu hier spannen, oder uns den Arbeitsplatz streitig machen, hä?"
Die Dame aus dem Milieu blaffte ihn in einer Mischung aus so etwas wie Hochdeutsch und Hamburger Missingsch, eben der Sprache, die im tiefsten St-Pauli vorherrscht, an.

„Was soll´n das?" gab Charly, sichtlich noch recht verschlafen, zurück.
„Hasse gepennt, oder was?"
Die Aussprache verriet die Herkunft der Frau.
Sie war keine Zugereiste; sie musste auf dem Kiez aufgewachsen sein.
„Mmh!"
Charly gähnte und fragte: „Wie spät isses denn?"
Dann reckte er sich wohlig.
„Hab keine Uhr, muss aber nach Acht sein, denn da fängt meine Schicht an."
Charly schaute die Dame möglichst desinteressiert an und sie begann zu lächeln.
„Pennt der hier und dann noch alleine! - Is nich waahr!"
Sie schaute ihm direkt in die Augen.
„Was is? - Wissu heut mein erster sein? - ´n Fuffi für´n Quickie, nur mit Höschen runter und zwei für mit Alles. - Aber nur mit Tüte!"
Ihr Lächeln wurde ernster.
„Ja! - Gummi muss sein, da geht gar nix! – Sonst kossa´s zwei Hunnis!"
„Nein danke!"
Charly legte die Hand an den Zündschlüssel und startete.
„Dann hau hier ab, Mann! - Das isser ruhigste Platz auf´n ganzen Gelände, Mensch."
Raunte sie mit dumpfer Stimme, drehte sich um und wackelte demonstrativ mit ihrem knackigen Hintern, während sie einige Schritte weitertrottete.
Charly legte den Rückwärtsgang ein und kleine Steinchen flogen Richtung Ufer oder schlugen an das Bodenblech des Mantas, als er anfuhr und wendete.
Beim Verlassen des Platzes sah er im Rückspiegel, wie die Nutte an ihren Anschaffungsplatz zurücktrippelte.
Sie trug nur ein ‚heißes Höschen' und ein BH-ähnliches Shirt.
‚Das Ausziehen der beiden klitzekleinen Kleidungsstücke, ist bei der genauso teuer, wie ´ne ganze schnelle Nummer!'
Dachte Charly bei sich und verließ die Fischmarktgegend.

„*D*u kannst éut íngehön, wo du willst, Charly. Die Zeitön werdön immör schleschtör!" murmelte Maurice seinem Gegenüber zu.

„Knust, Rieverkasemattön, Klimpörkastön. - Was du willst. Zähn odör zwanzik Löite pro Abönd! - Daffon kann keinör lebbön. - Isch gä bald nach áusö! - Isch wolltö eigöntlisch ein Jarr längör bleibön, abör, isch gä nach áusö! - Mein Studium ist diesös Jarr zu endö und dann is finie!"

„Siehst du nicht zu schwarz? Vielleicht ist das nur ein momentaner Zustand. - Was studierst du eigentlich? Ich hab´s vergessen."

„Germanistiek und Grafiek."

„Germanistik, ist das nicht die deutsche Sprache?"

„Ja, auch."

„Gehört da nicht die Aussprache dazu? Lernt ihr die denn nicht auch dabei?"

„Oh doch! Wenn ich mich anstrenge, kann ich sie auch: Heute, Häuser, Hamster! Aber mein Akzent kommt bei den Mädschön so gut an! Du glaubst nischt, wie die ´äs-chön darauf fliegön!"

„Doch. Ich glaub´s. Aber nur, wenn er echt ist. Ich würd mir die Zunge dabei brechen."

„Gölernt ist gölernt!"

Maurice nahm einen Schluck aus seinem Pernodglas.

„Apropos ´äs-chön, oder besser ´amstör. Kennst du den Typen, der ´eute hier spielt?"

„Nich wirklich, wieso?"

„Naja. Der verstellt seinö Stimmö immör beim Singön wie ein petite Bébé. Der singt Liedör, die eigöntlisch ein ´amster singön sollte. Ganz niedlisch klinkt das. Abör für einön ganzön Abönd ist es langweilisch."

„Hab ich noch nie gehört."

Charly leerte sein Glas und sagte: „Noch einen!"

„Du ´ast doch schon drei! Isch denkö, du ´örst immör nach dreiön auf?!"

Maurice klang besorgt, mixte ihm aber dennoch einen vierten Cola-

Rum, wischte mit einem Tuch in der linken Hand über die Theke und platzierte dann den Longdrink direkt vor Charly.

„Ich hab heut den Frust! Danach fahr ich gleich nach Haus und leg mich hin."

„Sei vorsischtisch und lass disch nischt erwischön!"

Charly lauschte der piepsigen Stimme und dem niedlichen Texten des Sängers eine Weile zu, dachte, ihn bei besserer Stimmung interessanter finden zu können und stand auf.

Er kramte in der Hosentasche, legte einen Zwanzigmarkschein auf den Tresen und wandte sich um.

Er dachte an Marika.

Vielleicht…, – das könnte eine Möglichkeit sein!

Ungestüm drehte er sich zurück zum Tresen, schaute Maurice an und wollte gerade beginnen, ihn etwas zu fragen, als der ihm zuvorkam.

„Vier Mark Trinkgeld ist zu viel! Du brauchst eigöntlisch über'aupt nischt Trinkgöld gebön. Wir sind doch Freundö!"

„Ach, lass nur. Ich hab's doch. - Aber, ganz was Anderes! - Da war doch mal eine kleine, blonde Bedienung für kurze Zeit hier. Marika! - Weißt du, wo die jetzt ist oder was sie macht?"

„Marika? - Niedlisch nischt? Ja, die konntest du wohl gutt leidön, hm?"

„Nun sag schon! Spann mich so lange auf die Folter!"

„Leidör weiß isch kaum ötwas. Sie studierte. Was weiß sich nischt. Sie wohnte in 'arburg, oder so, mit einör Freundin zusammön und lebbt jetzt bei ihrön Eltörn. - Ach ja, und mit Nachnamön 'eißt sie Meiör!"

„Scheiße! Das weiß ich schon alles. - Aber, wo sie genau wohnt, weißt du nicht, oder?"

„Bei ihrön Eltörn! Aber wo die wohnön, - das weiß isch auch nischt!"

Charly ließ die Schultern hängen, flüsterte: „Tschüss" und wollte gehen.

„Du liebst sie?!?"

Charly nickte.

„Glaub ja."

„L`amour! - Ja, die Liebö."

Maurice sang die Worte förmlich.

„Isch kann leidör weitör nischts für disch tun. - Au revoir!"

Auf dem Heimweg dachte Charly ‚Scheiße! - Ich kann dieses süße, kleine, niedliche, blonde Mädchen mit dem verträumten Blick für mich wohl ganz vergessen, wenn nicht ein wunderbarer Zufall geschieht. – Ach!'
Marika, - Marika, - *M-A-R-I-K-A!* –
Er lenkte in den kopfsteinbepflasterten Anfahrtsweg zu dem alten Restgut in Francop ein und freute sich darüber, endlich einmal wieder ausschlafen zu können.
Es war ja noch recht früh am Abend.

- 33 -

*D*as Telefon klingelte schrecklich laut und weckte Charly dann doch nach einem Augenblick.
Er drehte sich auf den Bauch und überlegte, ob er sich das Kissen über die Ohren halten, oder doch den Hörer abnehmen sollte.
Seit Wochen hatte er sich in die Arbeit gestürzt; die Spi und die Musikkneipen hatte er gemieden.
Morgens vom Bett zur Arbeit, abends von der Arbeit ins Bett.
Sein Chef war froh, dass Charly bereit war Überstunden zu machen, da das Geschäft derzeit sehr gut lief.
Abends war er dann immer so zerschlagen, dass ihn spätestens acht, halb neun Uhr das Bett zu sich rief.
‚Wie spät ist es denn? ' dachte er und schaute auf die Leuchtziffern des Radioweckers.
Einundzwanzig Uhr dreißig!
Der Anrufer hatte eine Engelsgeduld!
Er griff zum Hörer und meldete sich verschlafen.

„Ja???"
„Grad wollt isch auflegön, Charly. 'ast du schon geschlafön?"
„Ja! - Bist du's, Maurice?"
„Na, wer denn sonst! Isch 'ab disch langö nicht gesehön. Was 'ast du die ganzö Zeit gömacht?"
„Gearbeitet. Überstunden und so."
„Du wirst noch mal ein Millionär. - Pass mal auf! - Du schwingst disch jetzt in deinön Manta und kommst 'ier 'er, zum Dannys Pan. Und bringö deinö Klampfö mit."
„Warum? Ist was Besonderes los?"
„Es iest! - 'eutö iest dör letztö Tag! - Dör Ladön macht discht!"
„Wieso, wer macht dicht? - Ich dachte, das *Dannys Pan* lebt länger als ich! - Oder zieht ihr wieder um?"
„I wo. Die Zeitön sind schlescht. Isch 'ab es dir vor Wochön gesagt. - Es ist Schluss! - Endgültig!"
„Ich kann's nicht glauben. Und was wird weiter?"
„O, - zwei Lesbön übernehmön die Ladön und wollön so Spetzikneipö draus machön. Nur für Frauön, glaub isch. Abör 'eutö ist Abschiedsparty mit Session und so. - Geschlossönö Veranstaltung, - du verstehst?"
„Alles klar! Ich komme. - Sind schon viele da?"
„Ziemlisch voll, abör noch keinö Riesenstimmung. - Bis gleich!"
„Okay, bis gleich."

—

Acht, oder neun durchschnittliche, bis sehr gute Musiker standen eng beieinander auf der kleinen Bühne der Szenekneipe und hielten ihre ausnahmslos akustischen Instrumente in den Armen. Wo ein fußfreies Plätzchen war, stand ein Mikrofonstativ.
Im Hintergrund standen die beiden Brüder Bernd und Elmer von New Rivertrain.
Hermann und einige von seinen Mannen von den Emsland Hillbillies, sangen, begleitet, unter anderem, von Karsten mit seiner Mandoline, als Charly das Podium betrat.
Ohne ein Wort der Begrüßung stimmte er in den Song mit ein.
Er trug seine Yamaha am Ledergurt und brauchte nicht zu tunen. Die anderen nickten ihm lächelnd zu und überließen ihm die erste Stimme.
Die Dannys Pan-Nation jubelte ihren regionalen Local-heros zu und war begeistert.
Jede anerkannte Livemusikkneipe hatte einen festen Stamm an

Musikern und Kleinkünstlern; im Dannys Pan jedoch, hatte fast jeder schon einmal gespielt.
Auch große Namen waren schon dort vertreten gewesen!
Wie, zum Beispiel Georg Danzer oder der ebenso exzentrische, doch völlig anderer Typ Gunter Gabriel.
Otto Walkes war sehr oft hier aufgetreten und Mike Krüger hat hier mit ‚Mein Gott Walter' seine Karriere begonnen.
Die Brüder Günter und Michael Hoffmann hatten noch am Vorabend ihres ersten Fernsehauftritts in der ZDF-Drehscheibe, als Gesangsduo Hoffmann und Hoffmann mit ‚Himbeereis zum Frühstück', hier im Dannys Pan Songs von Simon & Garfunkel in Perfektion dargeboten.
Als Danny Marino mit Bruder und Schwägerin die Kneipe noch selbst geführt hatte, erst in seiner Wohnung im ersten Stock eines Mehrfamilienhauses, dann in einem kleinen umgebauten Laden in Eimsbüttel, waren alle Stilrichtungen einschließlich Jazz und seiner heißgeliebten und auch von ihm selbst vorgetragenen französischen Chansons, auch ins Deutsche übertragen, vertreten.
Ein Klavier stand seinerzeit ständig bereit.
Nachdem der Laden erneut umgezogen war, in ein Kellerlokal in der Nordkanalstraße, nahe der Ecke zum Heidenkampsweg, konnte Danny sich bald seinen Jugendtraum verwirklichen.
Er träumte solange er denken konnte davon mit einem Einhandsegler um die Welt zu fahren.
Nicht allzu lange nach dem Umzug des Dannys Pans, begann er die große Reise und man hörte nie wieder etwas von ihm, ausgenommen ihm näherstehende Menschen. Leider ging nämlich sein Traum nicht in Erfüllung. Er war in Agadir, Marokko hängen geblieben und starb später, völlig verarmt, am 16. September 2003, nach langer Krankheit, im Eppendorfer Universitätskrankenhaus. Danny wurde im Friedhof Ohlsdorf ohne Grabstein beerdigt. Jahre später, nachdem das bekannt wurde, sammelten alte Freunde und Musiker, um einen Stein setzen lassen zu können.
Die Ära dieser legendären Musikkneipe sollte nun tatsächlich zu Ende gehen und Charly war bei der Abschiedsparty dabei!
Und er kam aus sich heraus, übertraf sich selbst, beflügelt, von der hochkarätigen Begleitung in dieser Session, bis…!
Ja, - bis er zum Ausgang schaute und, umarmt von einem männlichen Begleiter, Marika die Kellerkneipe verlassen sah!
Verkrampft beendete er den Song und ließ die Hände sinken.

Jeder bemerkte, dass mit ihm etwas Unerklärliches geschehen war und blickte ihn verständnislos an.
Eine kurze und peinliche Pause entstand, bis er sich ein wenig gefasst hatte.
Dann begann er, von Traurigkeit erfüllt, den Gospelklassiker ‚Amazing Grace' zu singen, obschon der Text seine Stimmung nicht widerspiegelte, die melancholische Melodie aber wohl.
Voll der Emotionen und in sich gekehrt, sang er zuerst ganz ohne Begleitung den gottesfürchtigen Text des weltbekannten Liedes.
Karsten setzte in der Versmitte mit der Mandoline eine zweite Stimme an und bald darauf spielten und sangen alle auf der Bühne stehenden Musiker aus Leibeskräften den gefühlvollen Song mit.
Das ergab ein ergreifendes Soundfeeling, wie bei einem Auftritt des Golden Gate Quartetts mit Gospelchor als Backgroundgruppe!
Der Funke sprang über und entzündete Publikum, Musiker und Bedienungspersonal.
Alle sangen mit, soweit sie den Text kannten und die anderen summten die Melodie.
Charly ließ seinen Tränen ihren Lauf.
Sie bahnten sich ihre Wege über seine Wangen und nässten seinen Bart, seinen Hals und das T-Shirt.
Keiner verstand ihn, aber fast jeden infizierte seine traurige Stimmung und diverse Schauer liefen über ebensoviele Rücken oder Unterarme.
Während die Leute alle Verse, die sie kannten nacheinander folgen und dann von vorne beginnen ließen, verließ Charly stumm das Podium und schlenderte, traurig wie er war, hinunter zum Musikerraum hinter der Bar.
Er warf sich auf den Plüschsessel und verbarg das Gesicht mit den Händen.

„Isch wusstö gleich, was mit dir los iest!"
Maurice blickte ihn empathisch an und hielt ihm ein Longdrinkglas hin.

„Was?"
Charly schaute auf, sah das Glas, das ihm sehr gelegen kam, nahm es und machte dem Trunk den Namen Longdrink streitig, indem er es in einem Zug hinunterstürzte.

„Du kannst mir gleich noch einen Cola Rum geben, Maurice. - Heute brauch ich das!"

„Isch ´ab sie auch gesehön; und, sie ist gegangön so schnell, ohne disch zu begrüssön. - Abör, das ist doch kein Grund, zusammönzubreschön!"

„Ich dachte, sie liebt mich! - Und jedes Mal, wenn ich sie sehe, ist der andere Kerl bei ihr. Sie hat mich belogen! Vielleicht wollte sie nur mit mir spielen! Erst dachte ich, sie ist noch so jung, und dabei ist sie so abgeklärt."

„Isch versteh disch nischt! Warum redöst du nischt mit ihr?"

„Jetzt ist sie weg, und, wo soll ich sie finden? Und außerdem hat sie immer diesen anderen Kerl bei sich!"

„Der mit ihr hienausgieng?"

„Ja."

„Das war ihr Brudör!"

- 34 -

*D*as Freizeichen brach ab und eine dunkle männliche Stimme meldete sich.

„Meyer!"

Charly stellte zum wiederholten Male dieselbe Frage.

„Haben Sie eine Tochter namens Marika?"

„Wer spricht denn da?"

„Haben Sie nun eine Tochter namens Marika, oder nicht?"

„Ich hab gar keine Tochter…."

Charly hatte den Hörer einfach auf die Gabel gelegt und strich resigniert erneut einen Namen Meyer in seinem Telefonbuch durch.
Meier mit `i´ hatte er schon vollständig durchtelefoniert.
Meyer mit `y´, über die Hälfte.
Bei den relativ wenigen Maier mit `a i´, hatte es noch Spaß gemacht; jetzt ödete es ihn an, wenn es nicht längst schon nervte. Es fehlte nicht mehr viel, dass er die Hoffnung verlieren würde. Denn es gab ja auch noch die Meier, Maier oder Meyer, ganz gleich, welcher Schreibweise,

die keinen Telefonanschluss besaßen. Und an die nächste Telefonrechnung für seinen eigenen Anschluss durfte er erst gar nicht denken.
Charly versuchte es noch einige Male und gab auf.
Er legte sich auf´s Sofa, verschränkte die Arme hinter dem Kopf und schlief, nach einiger Zeit des Grübelns, ein.
Die Telefonaktion hatte nichts gebracht; beim Einwohnermeldeamt wollte man ihm mit den kargen Informationen gar keine Auskunft geben.
Und außerdem kam ihm der Gedanke, dass Marika, hätte sie denn es gewollt, viel bessere Möglichkeiten gehabt, ihn ausfindig zu machen.
Und so versuchte er, sie sich aus dem Kopf zu schlagen.
Aber das schien nur mittels eines Vorschlaghammers von mindestens dreitausend Gramm zu funktionieren.
Glücklicher Weise hatte er so einen Hammer nicht zur Verfügung. Und er hätte so eine Aktion auch nicht ausgeführt.
Nach monatelanger Zeit des Grübelns, vieler und ausgiebiger Arbeit am Tage und übermäßigen Alkoholkonsums des Abends, kam er endlich zu dem Schluss, dass es mit der Hammermetode wesentlich schneller ginge, zu erreichen, was er ja gar nicht erreichen wollte und entschied sich, endlich einmal wieder am Abend aus dem Haus zu gehen, ohne sich mit Rum zuzudröhnen. Er fuhr durch die Nordkanalstraße am ehemaligen Dannys Pan vorbei, doch die Leuchtreklame entfremdete ihn dermaßen, dass er gar nicht erst ausgestiegen war, um einen Versuch zu machen, die neue Kneipe kennenzulernen.
Er merkte sich nicht einmal den neuen Namen.
Ein Besuch im Logo und im Knust endete frustrierend und deprimiert landete er dann im Winterhuder Fährhaus.
Das Hinterzimmer war, wie immer, nicht verschlossen und auch unbeleuchtet.
Es war niemand daheim.
Er ging um das alte Gemäuer herum, um zu sehen, was auf den Plakaten stünde.
 ‚Werner Lämmerhirt'
Stand quer über ein mit spärlichen Bartwuchs gezeichnetes Gesicht auf dem großformatigen Aushang.
Charly sah auf die angegebene Anfangszeit, dann auf seine Taschenuhr und stellte fest, dass das Konzert gerade erst begonnen hatte.

Er kaufte sich spontan eine Karte und betrat den gut besuchten kleineren Saal des Fährhauses.
Er fand in einer der ersten Stuhlreihen einen einzelnen freien Platz und setzte sich.

„Na?! - Lange nicht gesehen!"
Erstaunt blickte Charly neben sich und der trübe Ausdruck seines Gesichtes erhellte sich für einen Moment.

„Was machst du denn hier?" entfuhr es ihm, ohne zu bedenken, wie dumm die Frage eigentlich war und doch so oft gestellt wurde.

„Das sollte ich eher dich fragen!"
Beate zeigte ihr fröhlichstes Lächeln.

„Du schienst dich ja gerade vergraben zu haben!"
„Du hast recht. - Mir ging´s in der letzten Zeit nicht so gut!"
„Ich kann´s mir denken!"
Beate holte sich ein Tempo aus der Tasche.

„Krank!"
Sie schnäuzte hinein.

„Krank vor Liebe!"
Er blickte betreten.

„Was soll´s? - Es wird schon irgendwann wieder."
„Bist du heut das erste Mal wieder in der Szene?"
„Welche Szene? - Ohne das Dannys Pan gibt es für mich keine Szene mehr in Hamburg!"

„Ich meine ja auch, ob du heut das erste Mal aus deinem Loch gekrochen bist."

„Ja, das stimmt."
„Echt?"
Beate schüttelte den Kopf.

„Ich hab dich auch Monate nicht gesehen."
„Das kann schon hinkommen, aber irgendwann musste die Sauferei ein Ende haben. So, oder so!"

„So sensibel?"
Sie empfand großes Mitleid für ihn.

„Wenn ich das geahnt hätte, hätte ich dich aufgesucht, um dich bisschen aufzuheitern. Aber ich hatte so viel zu tun, weißt du?"
Beate setzte sich vor, als sie sah, dass Charly fragend schaute.

„Ach, du kannst es ja noch gar nicht wissen! - Ich hatte doch mein Hauptaugenmerk im Studium auf Grafik gelegt. Und als ich fertig war, mit dem Studium, mein ich, hab ich mich gleich selbstständig gemacht.

Das hat auftragsmäßig voll rein gehauen!"

„Echt? - Willst du jetzt die dicke Kohle machen?"

„Irgendwann schon. - Noch läuft´s mit den Einnahmen nicht so toll. Aber einen Aushilfszeichner könnt ich schon gebrauchen."

Charly lächelte und freute sich über ihren Erfolg.

Beate schaute ihn direkt an.

„Hast du nicht Lust?"

„Woher willst du wissen, dass ich zeichnen kann?"

„Du bist ein kreativer Mensch! Das weiß ich! Und kreative Menschen können zeichnen. Sagte mein Professor immer, oder sie können es lernen."

„Da ist wohl was dran. Ich bin zwar kein Riesentalent, aber wenn du mir ein paar Tipps gibst, könnte es schon klappen."

„Und? - Hättest du Lust?"

„Lust schon, aber, - wird es denn reichen? Ich mein, mit deinen Aufträgen."

„Na ja, im Moment schaff ich es so grad eben noch alleine, aber, wenn sich die Sache so weiter entwickelt, wie ich es mir vorstelle, könnt ich dich schon bald gut gebrauchen."

„Du meinst…, nur das Zeichnen, oder…?"

„Wie du es willst. Du kennst meine Einstellung dazu."

„Spaß beiseite, - Also, wenn du mich wirklich brauchst, ruf mich einfach an. Dein Arbeitstag wird ja wohl nicht um sechzehn Uhr enden, nehm ich an?!"

Die empörten Blicke der Zuhörer um sie herum häuften sich, obwohl sie sich extrem leise flüsternd unterhalten hatten.

Gerade hatte Lämmerhirt eine Pause eingelegt und, wie die meisten Leute, den Saal verlassen, um zu rauchen oder zu trinken, da rief jemand aus einer der hinteren Reihen: „Jetzt könnt ihr sabbeln!"

Lämmerhirt war in die Weinstube gegangen.

Charly stand auf, sagte: „Komm" zu Beate und sie folgte ihm.

Als die Beiden die Weinstube betraten, fanden sie die meisten Plätze in dem Lokal schon besetzt vor.

Am dem Tisch, an dem Werner Lämmerhirt saß, sah Charly noch zwei freie Stühle und ging darauf zu.

„Dürfen wir?"

Lämmerhirt lächelte sie an.

„´türlich."

Er deutete mit der Zigarette in der Hand auf die freien Plätze. Beate und Charly setzten sich und winkten der Kellnerin zu. Lämmerhirt steckte die immer noch kalte Zigarette in den Mund und schaute Charly an.

„Hast du Feuer?"

„Moment."

Charly kramte in der Tasche nach dem Feuerzeug und seinen eigenen Glimmstängeln.
Er bot Beate eine Zigarette an, schob sich selbst eine in den Mund und gab allen dreien Feuer.

„Sehr gut, dein Picking! - Muss man schon virtuos nennen."

Charly blies den Rauch an die Decke.

„Danke. - Gelernt is gelernt."

Lämmerhirt grinste ihn an.

„So viel habt ihr ja nicht mitgekriegt, denk ich."

Charly blickte kurz zu Beate, dann wieder zu Werner.

„Ist wohl doch aufgefallen, dass wir uns lange nich gesehen ham."

Beate versuchte die aufgestiegene Röte in ihrem Gesicht zu verbergen.
Der Liedermacher grinste weiterhin und blies den Rauch ebenfalls zur Decke der Weinstube.

„Kann man so sagen."

Der Musiker streckte sich.
Die Zigarette baumelte beim Sprechen in seinem Mundwinkel.

„Aber so ein Kompliment aus deinem Mund schmeichelt mir mehr, als von irgendeinem Durchschnittszuhörer."

Charly begann zu stottern.

„W, w, wie…?"

„Ich bin kein Hellseher…!"

Lämmerhirt grinste erneut.

„…, ich hab dich mal gesehen. - Und gehört! - Im Dannys Pan. Vor einiger Zeit."

„Also, ich hab dich da nie als Zuhörer gesehen."

„Ich war vor meinem ersten Gig dort, um ein Feeling von dem Laden zu kriegen. War aber die meiste Zeit unten an der Bar, bei Maurice. - Und da warst du gerade auf der Bühne am Performen."

„Na, aber trotzdem kann ich mich nicht mit dir vergleichen!"

„Auf der Gitarre wohl nicht, aber mit dem Gesang ist es genau anders rum."

„Mag sein. Danke. - Aber an der Gitarre bin ich grad mal Durchschnitt."

„Pass mal auf! - Ich mach dir einen Vorschlag. - Nach der Pause kommst du mit auf die Bühne, ich stell dich vor, und dann machen wir was zusammen. – Stell ich mir super vor."

„Du spinnst wohl, wir beide, ohne Probe! - Und außerdem hab ich meine Klampfe gar nicht bei mir."

„Na und? Du nimmst meine Martin, die ist normal getunt und spielst deine Sachen einfach wie immer; - und dann lass mich man machen. - Ich bin schließlich Sessionprofi, von der Pike auf gelernter Studiomusiker. - Die könn´n überall dazu spielen."

Sie rauchten zu Ende und verließen die Weinstube.

–

„Hallo Leute, das ist Charly, der Störenfried von vorhin!"
Charly schaute verlegen zur Seite, während Lämmerhirt fortfuhr.
„Er wird euch zeigen, dass er mehr kann als nur reden."
„Wird sich zeigen…!" machte sich ein Zwischenrufer laut und ein ihm zustimmendes Gelächter machte die Runde durch die Menge.
Lämmerhirt schaute zu Charly, der sich mit der herrlichen Martin vertraut gemacht hatte und nickte.
Der begann mit seinem Repertoire und eine begeisterte Stille begann sich breitzumachen.
Er brachte die Standards, wie ‚Take Me Home Country Roads' oder Bluegrass-Specials, wie ‚Wabash Cannon Balls'.
Die Leute wurden wieder lauter, sangen und klatschten mit.
Dann versuchte Charly ein Experiment.
Er zupfte ganz langsam die ersten Takte des Gitarrenparts von ‚Duelling Banjos' und Lämmerhirt bewies seine Meisterhaftigkeit, indem er auf seiner, speziell getunten Fünftausend-Mark-Gibson Gitarre, dem Banjo Part des Klassikers verfolgte.
Ein gelungenes Experiment, bei dem der einsame Meister und Sieger des Breakdowns, wer hätte es gedacht, Werner Lämmerhirt hieß.
Zumal er noch den schwierigeren Teil zu spielen hatte.
Wie auch in dem Spielfilm ‚Deliverance', der von einer gefährlichen Flussfahrt erzählt, bei dem in einer Szene das `Duell´ zweier Musiker, einem Gitarristen und einem Banjospieler, den ein geistig behindert aussehender Jungen darstellte, gezeigt wird, bei dem der behinderte Junge auf seinem Banjo im Frailingstyle wesentlich schneller und sauberer spielte, als der Gitarrist.
Die Zuschauer sprangen von den Stühlen und tollten, johlten und schrien ihre Begeisterung hinaus, dass manch einem Angst und Bange

um das alte Gemäuer des Fährhauses wurde.
Charly nutzte den Sturm der Freude, sich vom Podium zu schleichen und Werner Lämmerhirt damit die Gelegenheit zu bieten, sein eigenes Programm zu vervollständigen und zu beenden.
Als er sich zu Beate gesetzt hatte, nickte Lämmerhirt ihm zufrieden zu und sprach mitten in sein Lied hinein, die Worte, ‚Wir trinken nachher noch einen, - klar!?! '.
Charly nickte zurück und Beate schmiegte sich an ihn, flüsterte: „Du bist in jeder Beziehung super!" und lächelte eindeutig - mehrdeutig zu ihm hoch.

- 35 -

„Kannst du die beiden Plakatentwürfe noch zur Druckerei vorbeibringen, Martin?"
Sie arbeiteten seit Monaten zusammen und hatten sich gegenseitig inzwischen einiges von sich erzählt.
Sie hatte sich angewöhnt, ihn Martin zu nennen, nachdem sie seinen richtigen Namen erfahren hatte. Und ihm war es egal. Sobald sie ihn zu sich rief, war er nach seiner eigentlichen Arbeit bei dem Fernsehtechniker Klages, zu ihr geeilt und hatte sich inzwischen einiges dabei hinzu verdienen können.
„Na klar, das ist überhaupt kein Umweg."
Das war kein Problem für ihn. - Dann viel ihm etwas ein!
„Halt! Stopp! - Ham die denn jetzt noch geöffnet, um diese Zeit?"
Es war wieder einmal nach zehn Uhr abends geworden, als sie soweit waren, dass man nach Hause gehen konnte, ohne, dass zu viel liegengeblieben wäre.
„Nee! Das nicht. Aber ich hab ein Abkommen mit dem Hausmeister, der dort wohnt. Bis abends um elf Uhr, kann ich jederzeit kommen."
„Um was zu tun?"
„Ferkel! - Was du immer denkst. Natürlich nur, um meine

Arbeiten abzugeben."

„Dann ist er wohl auch nicht enttäuscht, wenn nur ich erscheine."

„Nee, du Blödmann. - Übrigens, könntest du morgen gleich nach der Arbeit zu mir kommen und bis ‚open end' bleiben?"

„Morgen ja, aber dann muss ich wohl wieder kürzertreten."

„Wieso? - Grade jetzt, wo's aufwärts geht, durch die neuen Werbeaufträge, lässt du mich im Stich!?"

„Ich lass dich nicht im Stich! - Ich hab dir immer gesagt, Musik geht vor!"

„Ja und?"

„Ich hab neulich Mike und Relk getroffen. Mit ihrer Kaspertruppe."

„Ach die. - Gibt´s die immer noch?"
Beate grinste.
Sie wusste, dass er da nicht mitmachen würde.

„Das ist doch wirklich ein echter Kasperkram, was die machen. - Aber, was haben die jetzt mit mir zu tun?"

„Na, die Truppe hat sich inzwischen aufgelöst, nachdem Tom und Jerry mit ihrer Aufenthaltsgenehmigung Probleme kriegten und abgeschoben wurden. - Außerdem war Straßentheater wohl doch nicht das Wahre für unsere Breiten. Wir sind hier ja nicht in Frankreich. - Jedenfalls wollen wir uns treffen und schnacken."

„Wer?"
Beate wusste genau, wen er meinte und ebenso über was sie reden wollten!

„Mike und Relk und Karsten und Ulla! Und ich." führte er gedehnt aus.

„Und Tom und Jerry wollen auf jeden Fall wiederkommen, wenn sie das Geld für die Flugtickets zusammen haben."

„Und dann?"
Beate tat immer noch so, als verstünde sie ihn nicht.

„Mach´s mir doch nicht so schwer! - Du weißt doch ganz genau, was ich meine! - Sieben Leute ergeben eine super Bluegrassformation."
Beate schaute ihn an, als überlegte sie.
Dann ging sie zum Tisch, tat so, als müsste sie eine Zeichnung vervollständigen, kam zurück und schaute ihn wieder an.

„Was soll´s! - Ich muss sowieso bald jemanden einstellen. Du hilfst mir ja eh nur abends aus und trotzdem schaffen wir es alleine einfach nicht mehr."

„Das wird das Beste sein, wenn du jemanden suchst. - Ne ehemalige Kommilitonin, oder so."

„Näh, - das Beste wär, ich würd dich einstellen. Du weißt genau, worum es hier geht."

„Mich?"

„Klar!"

„Hör doch auf! Ich bin doch nur ein Gelegenheitszeichner!"

„Deine technischen Fähigkeiten können wir verfeinern. Aber mir gefallen dein Stil und vor allem, deine Ideen."

„Beate! - Das reicht doch nur für 'n Steckenpferd! Und nicht als Hauptberuf."

Sie setzte sich und seufzte.

„Ich kann dich also nicht überreden?"

„Nein! - Und solange eine Hoffnung aufs Musizieren mit den anderen besteht, auf keinen Fall!"

Das war sehr deutlich und Beate wusste nun Bescheid.
Aber sie war nicht beleidigt.

„Wenn dieser ungebildete Haufen unzuverlässiger Tagediebe wieder auseinander fällt, dann melde dich bei mir. - Dann stelle ich dich immer noch ein!"

Sie baute ihren Frust dadurch ab, über die anderen herzuziehen.
Martin legte die Arme um sie und lächelte sie an.

„Ich werd mich auch so mal bei dir melden."

„Wer's glaubt!"

- 36 -

Das Licht im Saal erlosch.
Das Publikum verstummte. Es war unheimlich still.

„Es ist immer das Gleiche, wenn am Anfang das Licht ausgeht," flüsterte Mike seinen Freunden zu.

„Jeder hält den Mund."
Hinter Charly raschelte es.
‚Auch immer das Selbe,' dachte er, denn Ulla zog sich, wie zu Beginn eines jeden Gigs, die Hansaplast-Streifen fester um Zeige- und Mittelfinger.
Zarte Mädchenfinger leiden nun einmal stärker, als die, eines Kerls unter den dicken Saiten eines Kontra-Punkts.
Ulla zupfte an ihrem Standbass einen halben Takt voraus, dann setzten gleichzeitig Banjo, Mandoline und Gitarren ein.
Nach dem Grundthema der Melodie folgten die Breaks.
Im Publikum schienen einige Insider zu sitzen, denn es wurde nach jedem Break geklatscht, wie beim Jazz nach jedem Solo.
Mike raunte Charly etwas zu.
„Die erste Nummer entscheidet meist über das Gelingen des gesamten Gigs." worauf der nur nickte. −
Was hatte sich in der letzten Zeit nicht alles ereignet?!
Man sprach nur noch von Tunes und Gigs und Breaks; man sprach nur noch von Musik, vom nächsten Auftritt und wie man es schaffen konnte, die Instrumente heranzuschaffen.
Charly dachte ernsthaft über die Möglichkeit, den Job als Radio- und Fernsehtechniker sausen zu lassen, um dann nur noch hauptberuflich in Musik zu machen, nach, denn die ersten Agenturen sprachen schon vor, ohne dass sie Demos eingesandt hatten.
Wenn sie irgendwelche Verträge unterschrieben, dann müssten sie alle jederzeit präsent sein.
Dieses Konzert entwickelte sich wie die meisten der vorhergegangenen.
Erst Stille, dann Stimmung, Jubel und Begeisterung.
Zum Schluss Euphorie und Ausgelassenheit und dann Zugabe nach Zugabe nach Zugabe.
Es gab Abende, an denen die Zeitdauer der Zugaben fast an die eines zusätzlichen Sets herankam.
In Deutschland war musikalisch in dieser Sparte nicht mehr viel Steigerung möglich, wie Mike jüngst bemerkt hatte.
Professionell und finanziell, vielleicht, aber, was die deutsche Bluegrassbegeisterung und die Zahl der Fans anging, war hier in unserem Land eben nicht mehr zu erreichen, als sie längst erreicht hatten.
Sie hatten schon Termine in der Schweiz, den Niederlanden und Dänemark, wo die Freude an Country und Bluegrass Musik regional

deutlich ausgeprägter war, veranstaltet.
Nur Charly bekam immer häufiger zeitliche Probleme mit seinem Chef, denn der war nicht gerade begeistert darüber, dass er fast seinen ganzen Urlaub auf die Montage und Freitage zu verlegen versuchte.
So kam man dann eines Tages überein, ein Jahr Trennung auf Probe zu vereinbaren.
Charlys Meister nahm sich einen Mitarbeiter auf Zeit und er selbst Urlaub ohne Bezüge. Zumal der Wunsch der ganzen Gruppe, einmal nach Nashville zu gehen, immer größer wurde.
Sie hatten sich bei Zeiten einen alten Postpaketlastwagen und einen ebenso alten VW-Bus zugelegt; und nach jedem Konzert wurden einige Märker zurückgelegt, um die bandeigene Musikanlage erweiter zu können.
Und bald durfte die Gruppe ‚Deliverance', wie sie sich mittlerweile nannten, auf keinem entsprechenden Festival in Europa fehlen. Jeder Insider kannte sie.
Roadies bemühten sich um Jobs bei Deliverance, aber das lohnte nicht beim Equipment einer Bluegrassband.
− Diese Roadies waren im Grunde genommen junge, talentierte Nachwuchsmusiker, die für ein paar Mark mit einer Band reisten, die Verstärkeranlage und Instrumente auf die Bühne trugen, nur, um ihren ‚Stars' nahe zu sein und das Musikhandwerk, dadurch, ihnen zuzuschauen, besser erlernen zu können. −
Der Bandname basierte auf den Filmtitel ihres Lieblingsfilmes, aus dem der Bluegrass Klassiker *'Duelling Banjo'* stammte, den jede dieser Musikgruppen zu dieser Zeit in ihrem Programm führte.
„Wir sollten umsteigen!"
Mike saß mit gekreuzten Beinen auf dem Boden des umgebauten Paketwagens und sinnierte vor sich hin.
„Sind wir hier bei der Bundesbahn?"
Keiner lachte über Karstens Witz, denn sie ahnten, dass hier sich eine entscheidende Frage anbahnte.
„Umsteigen auf Countryrock. Da hast du viel mehr Möglichkeiten! - Echt!"
Mike war wieder dabei, die anderen von etwas Neuem zu überzeugen.
Relk war sowieso meist seiner Meinung.
Jerry wartete immer, bis Tom sich geäußert hatte und Karsten lehnte sich immer an Ullas Ansicht an.
Also würde Mike eigentlich nur Ulla, Charly und eventuell noch Tom

überreden zu müssen.
Aber dieses Mal war es nicht so schwierig.
Es war gleich ein jeder einverstanden.
Countryrock war auch in Europa im Kommen und einige Bluegrassnummern konnte man immer noch im Programm belassen.
Die Zeiten, dass in der Grand-Ole-Opry elektrisch verstärkte Instrumente verpönt und nicht zugelassen wurden, waren längst vorbei. Musikinstrumente wie Pedal Steel Guitar, waren nun Standard geworden.
Von den Gewinnen der folgenden Konzerte hatte man dann E-Gitarren und E-Bass finanziert.
Ulla hatte ihrem Kontra-Punkt doch die eine oder andere Träne nachgeweint, aber es wäre einfach zu umständlich gewesen, dieses riesige Geschütz immer mitzuschleppen, nur um damit einige wenige Bluegrassnummern, die sie noch spielen würden, perfekt begleiten zu können.
Und der Verkauf des guten Stücks, brachte noch einige D-Mark in die Mannschaftskasse.
Mikes Ovation und Charlys kürzlich erworbene Takamine, wurden natürlich behalten und mit neuen Pickups bestückt.
Es wurden neue Songs einstudiert und Tag und Nacht geübt.
Mal übten alle zusammen, mal jeder für sich.
Zuerst klang es noch ein wenig unbeholfen, außer bei Ulla.
Sie kam mit dem E-Bass gleich viel besser zurecht, als vorher mit dem großen Standbass.
Auch die Hansaplast Bandagen konnte sie weglassen. Aber ein Plektrum wollte sie trotzdem nicht benutzen.
Jedoch bei jeder Probe hatten Mike und Charly das Gefühl, irgendetwas stimme hier nicht.
　„Ich weiß, woran es liegt!" sagte Mike eines Tages zu den anderen.
　„Die Lösung ist ganz einfach. - Es fehlte das Schlagzeug!"
　„Ich hab auch schon daran gedacht." stimmte Charly zu und Karsten schaute auf.
　„Wir sind noch zu sehr Folkloremusiker! Wir müssen uns wirklich umstellen. Auch in der Spielweise."
Alle schauten Ulla an und grinsten.
Sie legte den Arm um ihn und räusperte sich.
　„Ich will aber trotzdem den Takt angeben. Wenn schon nicht mit dem Bass, dann bediene ich die Schießbude."

Das war ein Machtwort.
Wer nun den Bassmann machen sollte, war ihr egal.
Relk, Karsten und Tom fielen aus. Banjo und Mandoline wollten sie behalten.
Und für Tom müssten sie ja einen Spezialbass für Linkshänder anschaffen.
Und wenn sie jetzt ein gutes Schlagzeug anschafften, war die Kasse erst mal nahezu leer. - Also blieb nur noch Jerry.
Und der wollte nicht.
„Warum können nicht Mike oder Charly den Bass spielen?"
Tom sah ihn zornig an.
„Die Beiden sollen singen und neue Songtexte auswendig lernen. Da können sie sich nicht auch noch aufs Bassspielen lernen konzentrieren!"
Das erste Mal in seinem Leben, widersetzte Jerry sich Tom.
„Ich will sowieso wieder nach Hause! Da brauch ich euch nicht auch noch den Bassmann mimen. - Und außerdem bin ich Bluesharpman!"
Die anderen verstummten betreten.
Eine Weile hätte man eine Maus pupsen hören können.
„Ist das dein Ernst? - Ich meine, dass du in die Staaten zurück willst?"
Ulla hatte mehrmals geschluckt.
Damit hatte keiner gerechnet.
Außer Tom.
Und er antwortete für seinen kleinen Freund.
„Da redet er schon länger von. He is homesick! - Er hat nämlich Heimweh!"
Mike stand auf, umarmte den stillen Jerry und drückte ihn.
„Das könnte uns allen so gehen, im umgekehrten Fall."
Dann nahm er seinen Arm zögernd zurück und wandte sich an alle.
„Ich hab´s euch noch nicht gesagt. Aber vor ein paar Wochen schon, hat mich ein Barry Vant von einer hier unbekannten Künstleragentur angesprochen. Er hat mich eigentlich auf die Idee mit dem Umsteigen gebracht. Er meinte, wenn wir Countryrock spielen würden, könnte er uns nach Nashville bringen. Nur, - wir müssten unsere Zelte hier natürlich ganz abbrechen!"
Es war wieder still geworden.
Und die anderen waren doch schon ordentlich empört.

„Warum hast du uns das denn nicht gleich gesagt!" war die einhellige Antwort.
„Ich war der Meinung, dass wir erst unbeschwert üben sollten. Aber wir sind inzwischen so gut, dass wir jederzeit zusagen könnten!"
„Wir sind aber keine kleinen Kinder."
Karsten war noch ganz schön sauer.
„Ihr habt ja Recht. - Ich war eben der Meinung. Jetzt tut es mir Leid. Wir hätten gleich darüber reden sollen!"
Charly kratzte sich den Hinterkopf und schaute nacheinander jeden an.
„Schwamm drüber! - Außerdem war es besser, dass sich jeder frei und unbeeinflusst für den Stilwechsel entscheiden konnte."
Jerry meldete sich wieder zu Wort.
„Ich will aber nicht nach Nashville! - Ich will nach Hause. - Nach New York!"
Tom wurde zornig.
„Man! - Was gib es da denn an Countrymusik? - Man!"
Jerry reagierte betreten.
„Dann muss ich eben alleine gehen!"
„Jerry! - Fünfzehn Jahre tingeln wir zusammen. - Und da willst du nun einfach gehen?"
„Nicht einfach! - Du könntest ja mit mir gehen! - Für ‚the big success' sind wir doch gar nich geschaffen!"
„Jerry! - Ich hab da doch immer von geträumt. Das weißt du genau!"
„Ja, ja! - Weiße Villa, Strandparty und neunundfünfziger Cadillac! - Du spinnst doch!"
„Dann geh doch! - Ich bleib!"
So ein emotionales Gespräch hatte noch nie zwischen den Beiden stattgefunden.
Jerry stand auf und Beide fielen sich in die Arme.
Der Abschied war beschlossen und gefühlsmäßig auch schon fast abgeschlossen.
„Dann spiel ich eben den Bass!" sagte Mike, „mit der E-Gitarre kann ich mich sowieso nicht so richtig anfreunden. - Die können wir wieder verkaufen!"
Er blickte Charly an und blies die Luft, die er gerade kräftig eingeatmet hatte, mit einem Stoß, der wie ein Seufzer klang, wieder aus.

„Die meisten Songs singst ja du. Und wenn ich sing, nimmst du den Bass und ich spiel meine geliebte Ovation. - Okay!?!"
„Okay!"
Und das kam einstimmig!

- 37 -

*D*er Regen schlug gegen die Glasscheibe des einzigen Fensters in Relks Behausung.
Die Bude war voll, denn inzwischen wohnten alle Sechs in diesem einen Zimmer.
Jerry hatte man einen Direktflug nach New York spendiert und eine Handvoll Dollars gegeben. Dafür verzichtete er auf seinen Anteil an dem Instrumentenfundus.
Sie hatten gemeinsam Jerry nach Fuhlsbüttel gebracht und ihm einen gebührenden Abschied beschert.
Jerry hatte von der Gangway noch einmal gewunken und dann war er entschwunden.
Nun saßen sie alle wieder in dem Hinterzimmer des alten Winterhuder Fährhauses und lauschten dem Klatschen der dicken Regentropfen an die Glasscheibe des einzigen Fensters in Relks Behausung.
„Ist ganz schön eng hier drinnen!"
Ulla war etwas unwohl bei dem Gedanken auf unbestimmte Zeit mit all den anderen in diesem einen Zimmer leben zu müssen.
„Für mich als Frau, nicht gerade die angenehmste Situation!"
„Ich weiß...."
Karsten zeigte Verständnis für sie, teilte sich aber etwas unvollständig mit, wobei sich Relk leicht genervt zeigte.
„Wir hatten uns doch geeinigt! Jeder gibt sein altes Leben auf, und wir wohnen hier zusammen, bis wir die Tickets nach Nashville kriegen. - Das Geld, das wir für Miete und so, sparen, werden wir irgendwann noch bitter nötig haben!"
Ulla zuckte mit den Schultern.

„Ich weiß. Aber das kann noch zwei Monate oder länger dauern. - Ich möchte mit Karsten auch mal alleine sein."
„Das war klar! Dass die Nummer folgt. - Wir können ja alle so lange rausgehen, bis du mit dem Schmusen fertig bist."
Konnte Relk etwa doch noch etwas eifersüchtig sein?
Mike äußerte nur cool: „Es regnet, da geh ich nich raus!"
Charly stand auf, ging zum Plattenspieler, wendete die LP und legte den Arm mit der Nadel auf die Scheibe.
„Leute, das Geld, das wir sparen, können wir drüben wirklich gut gebrauchen, denn vermutlich liegt dort die Kohle doch nicht auf der Straße, wie es immer heißt. - Wir sollten lieber noch 'n bisschen üben und möglichst viele Gigs hier in Hamburg und Umgebung abmachen."
Sie spielten in kleinen Städten links und rechts der Elbe.
Orte, wie Stade, Buxtehude, Buchholz oder Winsen im Süden.
Oder Pinneberg, Glückstadt und Lauenburg im Norden.
Sie spielten auf dem Schützenfest in Schleswig und dem Krabbenpulwettbewerb in Husum.
Zwei Wochen vor dem vermutlichen Termin in die USA zu starten, kam Karsten aufgeregt aus der Stadt und fragte Mike, der sich als Finanzverwalter herauskristallisiert hatte:
„Wie viel Kohle ham wir im Sparstrumpf?"
„Auf den Pfennig genau? - Müsste ich erst ausrechnen."
„Nee! So übern Daumen."
„Nachdem wir den VW-Bus verkauft haben, zirka dreizehn, vierzehn Tausend! Und wenn wir den Paketlaster an den Mann gebracht haben, kommen wohl sechs, acht Tausend dazu. - Also demnächst sicher zwanzig- oder zweiundzwanzig tausend, oder etwas mehr! - Warum denn?"
„Ich hab da so'n Kerl getroffen, der seinen Eierschneider verkaufen will!"
„Eierschneider?"
Ulla sah zuerst ihn fragend an und dann in die Runde.
„Schatz, das ist 'ne Pedal-Steel-Guitar!"
„Ach so! - So'n Ding hast du dir doch schon länger gewünscht."
„Ja. - Aber für mich allein ist das viel zu teuer."
Mike mischte sich ein und alle anderen lauschten gespannt der Geschichte.
„Wie viel will der Typ denn haben, und vor allem, hast du die Klampfe schon gesehen und angefasst?"

„Klampfe? Spinnst du? Das ist ´ne PEDAL-STEEL-GUITAR! - Mit zwei Stimmungen, fünf Pedalen und allen Schikanen! - Neu kost die mindestens acht, wenn nicht zehntausend!"
„Wie viel?!?!?"
Mike wurde unruhig.
„Fünf."
„Fünftausend?"
„Vielleicht können wir ihn auf vier, oder viereinhalb Tausend runterhandeln. - Aber billiger kriegen wir sowas nie!"
Mike schaute in die Runde.
„Was meint ihr?"
Charly hob die Schultern.
„Wenn er sich so´n Eierschneider schon so lange gewünscht hat. Warum nicht?"
„Das sagst du einfach so, wo gerade du doch immer vom Sparen sprichst!"
„Für mich gehört ´ne Pedal Steel Guitar zum Countryrock dazu! - Hauptsache, er kann mit dem Teil auch umgehen und schnallt vorher, ob das Ding in Ordnung ist. - Teuren Metallschrott könn´n wir nich gebrauchen!"
Karsten streckte sich und man merkte ihm seine Vorfreude an, denn er hatte wohl anscheinend gewonnen.
„Kein Problem! - Die lässt sich ähnlich wie ein Dobro spielen. Und immer, wenn bei Music City eine Steel aufgebaut war, bin ich hin und hab probiert!"
„Von mir aus."
Charly und jeder der anderen waren auch einverstanden.
Und dann später, bei der ersten Probe, als das Teil aufgebaut und angeschlossen war, empfanden sie alle solch eine Begeisterung, dass es ein Gejohle und Gejauchze war!
Denn Karsten bediente das Instrument schon so, als wäre er damit geboren worden.

—

Sie saßen wieder in dem kleinen Raum im hinteren Anbau des alten Winterhuder Fährhauses zusammen, als Ulla plötzlich aufsprang und hinauslief.
Die Diskussion um den neuen Namen der Gruppe war gerade beendet.
Relk hatte sie ausgelöst, nachdem er eingeworfen hatte, dass Deliverance der Name der Bluegrassband war.

Und sie waren nun eine Countryrockband!
Da war es klar, dass man einen neuen Namen benötigte. - Das war allen klar!
Man rief sich interessante englische Wörter zu, denn englisch, eher amerikanisch musste es klingen.
Es war eine schwer lösbare Aufgabe, aber ein neuer Name musste her!
Da war man sich einig.
Mike sinnierte vor sich hin.
„Das ist echt schwierig. Es muss schon was Besonderes sein, denn die Sache in den Staaten wird eine wirkliche Herausforderung sein!"
Als Tom das Wort `Herausforderung´ hörte, äußerte er cool dessen Übersetzung.
„Herausforderung heißt Challenge. - Dann sind wir die Challengers."
- The Challengers -
Oder besser noch, man einigte sich auf
   `The German Country Challengers´
„Das ist es!"
War die einhellige Meinung.
Sie waren sich noch etwas unschlüssig, aber Challengers sollte schon dabei sein; - nein, sie waren sich doch einig.
Denn sie waren die Herausforderer!
Außer, vielleicht Ulla.
Niemand schien bemerkt zu haben, dass sie den Raum verlassen hatte.
Sie saß draußen unter der Kastanie und weinte.
Charly war der Einzige, der sie in dieser Situation vermisste und nun bemerkt hatte, dass sie verschwunden war.
Er folgte ihr und sah, wie sie dort unter dem Blätterdach eines dicken Astes des Baumes saß und sich die Augen wischte.
„Die Seele wird rein, wenn man weint, aber die Augen werden traurig."
Versuchte er im Plauderton sie zu trösten.
„Was macht die Welt denn so traurig? - Willst du darüber reden?"
Ulla sah auf.
„Was willst du? Lass mich!"
Ulla wollte Charly rüde vertreiben, aber der sah, dass es ernster war, als es zuerst für ihn schien.
„Nun sag schon! - Oder soll ich Karsten herholen?"

„Nein, bloß nicht! - Nicht Karsten!"
„Wie? - Was? - Habt ihr Probleme?"
„Nicht wir! - Ich!"
„Ach was. Du hast in letzter Zeit vielleicht etwas zugenommen, aber das ist doch nicht so schlimm! - Das kann Karsten doch wohl nicht stören! - Außerdem auch nur am Bauch und der Taille. Im Gesicht bist du immer noch so schlank wie früher."
Ullas Tränen waren versiegt.
Sie wischte sich noch einmal über die Augen, wollte aufstehen und wieder hineingehen.
Charly hielt sie an ihrem Arm fest.
„Was ist nun der Grund für deine Tränen?"
Sie schaute ihn an mit einem Ausdruck der Überlegenheit und einer Art der Resignation.
„Ihr Männer merkt auch gar nichts!"
„Was sollen wir nicht merken?"
„Ich hab an Bauch und Hüfte zu genommen; mir ist andauernd schlecht, und Akne hab ich auch wieder…!?"
„Heißt das, dass du…?"
„Ja, das heißt es!"
Charly lachte fröhlich auf.
„Das ist doch toll für dich und Karsten! - Aber auch…, Scheiße!"
„Jetzt hast du's begriffen!"
Eine paar kleine Tränen schimmerten wieder in ihren blauen Augen.
„Ihr müsst ohne mich nach Nashville fahren!"
Charlys Miene verfinsterte sich sofort wieder.
„Wieso ohne dich? - Wir verschieben das Ganze. Oder, du kriegst unser Baby drüben!"
„ ‚Unser Baby' das hört sich ja toll an!"
„Das wird doch unser Baby. - Unser aller Baby! - Nun komm wieder mit rein. Die anderen müssen es auch erfahren!"

—

Jeder freute sich über die Neuigkeit, war aber auch betrübt, denn im Endeffekt war es das Beste, dass Ulla so lange in Hamburg bliebe, bis das Baby geboren und aus dem gröbsten raus war.
Dann erst würde sie zusammen mit dem Kind folgen können.
Die erste Zeit in Nordamerika würde für alle sicher recht schwierig werden.
Wie sollte es dann für eine schwangere Frau und danach mit einem

Säugling werden.
Ulla war zwar sehr traurig, aber auch fair genug, nicht von Karsten verlangen zu wollen, bei ihr in Hamburg zu bleiben, sondern bei der Band.
Sie zog wieder bei Beate, die seit einiger Zeit erneut in der alten Wohnung in Hamburg lebte, ein, half ihr bei den Werbegrafiken und verdiente sich so ihr ausreichend Brot.

—

Am vorletzten Abend vor der Abfahrt in die Staaten, saßen Mike, Charly, Tom, Karsten und Relk zusammen und begannen zu üben. Nach einigen Takten hielt Mike inne und starrte Charly mit großen Augen an.
Auch den anderen war schnell aufgefallen, dass mit Charly irgendeine Veränderung vorgegangen war.
Mike sprach es aus.
„Was ist mit deinen Händen los? - Hast du heimlich geübt? Du hältst die Rechte ganz anders und die Finger der Linken sind irgendwie viel schneller geworden. - Du spielst ganz anders. Viel feiner, sauberer! Und vor allem, viel schneller!"
Auch Relk meldete sich.
„Du spielst nicht mehr nur mit Plektrum; du zupfst auch gleichzeitig mit dem Mittel- und dem Ringfinger."
„Ich weiß auch nicht. - Vielleicht habe ich mich ja endlich an die E-Gitarre gewöhnt."
Charly ließ einige Läufe und Riffs über die Saiten gleiten, die er früher nicht so schnell hätte schaffen können. Nicht einmal halb so schnell. Dann legte er das Plektrum zur Seite, faltete die Hände über den Gitarrenhals und sprach, ganz langsam und bedächtig, wie ein Märchenerzähler, auf die anderen ein.

—

„Ich hatte einen Traum!"
„Ja, ich hatte letzte Nacht einen Traum!
Ich stand mitten auf der Kattwykbrücke.
Es war starker Nebel.
So dicht, dass ich die Brückenpfeiler nicht mehr sehen konnte.
Es war kalt.
Sehr kalt!
Der Nebel wurde noch dichter.
Ich konnte die Hand vor den Augen nicht mehr sehen. -

Dann hörte ich ein Lachen.
Ein grässliches, meckerndes Lachen.
Plötzlich hob sich die Brücke und ich mich mit ihr.
Ich konnte meine Füße sehen.
Sie berührten aber den Asphalt gar nicht.
Die Hubbrücke schob sich mit mir über den Nebel, und dann wurde es heiß, sehr heiß und immer heißer.
Die Sonne brannte mörderisch.
Ich hatte auf einem Mal meine neue Fender Stratocaster Gitarre in meinen Händen.
Das Lachen verstummte und ein Schwarzer stand vor mir. -
‚Ich wusste gar nicht, dass der Teufel ein Farbiger ist', ging es mir durch den Sinn.
‚*Der Teufel ist schwarz - und weiß - und rot- und gelb. - Er hat alle Hautfarben, wenn er will!*' sagte der Schwarze.
Plötzlich hatte ich das Gefühl, fliehen zu müssen, aber ich konnte mich nicht bewegen.
Mein ganzer Körper war wie gelähmt; nur meine Finger nicht.
Sie glitten, nein sie flogen über die Saiten, so wie eben.
Teuflisch schnell und sauber! -
‚*Wenn du immer so spielen können willst, wie jetzt*' sagte der Teufel, der nun ein Weißer war, ‚*dann musst du hier unterschreiben!*'
Und er deutete mit einem krallenartigen krummen Finger auf eine ganz bestimmte Stelle in einem schneeweißen, mich derart blendenden Vertrag, dass ich nicht eine einzige Zeile lesen konnte.
Ich versuchte angestrengt den Vertrag lesen zu können.
Konnte es aber nicht."

—

Niemand bewegte sich.
Jeder hatte zugehört, als vernahm er die spannendste Geschichte seines Lebens.
Und Charly fuhr fort.

—

„Der Teufel sah jetzt aus wie ein Chinese und sagte: ‚*Man kann einen Teufelsvertrag nicht lesen! - Du musst vertrauen! - Das Kleingedruckte bedeutet, dass du jederzeit wieder aussteigen kannst und höchstens so gut spielst, wie vorher! - Aber…*', er machte eine Pause.
‚*Aber, - wenn du zu früh stirbst…! -*
Wenn du stirbst, bevor du aus dem Vertrag ausgestiegen bist…! - Dann

gehörst du mir!'
Sein krallenartige Finger tippte an meine Brust. -
Und ich unterschrieb! -
Mit meinem eigenen Blut. -
Das grässliche, meckernde Lachen setzte wieder ein.
Der Teufel sah jetzt aus, wie ein Indianer, sagte, dass wir nun Blutsbrüder seien und ich ihm gehörte, wenn ich zu spät ausstiege!
Ich hörte noch sein meckerndes… ‚dann *gehörst du mir!'* und… - ich erwachte! -
Ich stieg aus meinem Bett, nahm die Gitarre und spielte. -
Und…! - Ihr seht es ja!"

—

Mike und die anderen hatten wie gebannt zugehört und kriegten ihre Münder nicht mehr zu.
Charly setzte die Gitarre wieder an und spielte, nein, er flog mit den Fingern über die Saiten, dass die Freunde nur so staunten. – Mysteriös! Aber wahr!
Und keiner zweifelte, oder sagte ‚du spinnst'! '
Am nächsten Morgen traf sich Mike mit diesem Barry Vant, um die Tickets für den Flug abzuholen.
Grinsend kam er wieder zurück ins Fährhaus und war doch auch so aufgebracht.

„Dieser Typ spinnt! - Echt! - Ich dachte, der gibt mir die Flugtickets und nennt mir die ersten Termine in irgendeinem Aufnahmestudio, oder wo wir auftreten sollen; und was macht der? - Der sagt, wir sollen nach Italien fahren, mit der Bahn, oder trampen, - wie, ist ihm egal. - Hauptsache, wir sind übermorgen da. - Mit Sack und Pack! - Wir sollen uns dann dort auf irgend so einem Kreuzfahrtschiff einfinden. Den Namen, und wo der Dampfer liegt, hab ich mir aufgeschrieben."
Sie redeten alle durcheinander.

„Was soll'n wir auf'n Kreuzfahrtschiff?"
„Zum Nachmittagstee aufspielen!"
„Oder, ist das vielleicht so eine Einkaufsfahrt?"

Relk war direkt wütend geworden.
Er wollte nie auf Galas spielen, geschweige denn, auf einer Kreuzfahrt.
Charly beruhigte ihn.

„Mensch Relk! - Da spielst du zwei-, dreimal in der Woche, wirst vom Trinkgeld 'n reicher Mann und reißt wie im Urlaub die Weiber auf!"

„Echt? - Weiber aufreißen war immer schon mein Lieblingssport!"
Relks Stimmung war sogleich wieder umgeschlagen.
Ulla lachte auf.
„Spinner! - Du wirst bloß seekrank und hängst dann den ganzen Tag zum Kotzen an der Reling!"
„Ziege!"
Grinste er zurück.
Und Tom schimpfte: „Lass die Mama von unser Baby in Ruh!"
Man einigte sich dann darauf, mit dem gelben, für ihre Zwecke umgebauten Paketpostwagen bis Genua zu fahren, um das Equipment samt Mannschaft hinzuschaffen und Ulla fühlte sich stark genug, den Daimlerlaster nach Hamburg zurück zu fahren und dann dort zu verkaufen.

- *38* -

*D*ie Fahrt zu dem historischen Hafen, war relativ langweilig, sah man von schönen Landschaften ab, die man im Vorbeifahren beobachten konnte und verlief auch ganz ohne besondere Vorkommnisse, auf der Autobahn, wie auch an den Grenzen.
Nun standen sie vor der Gangway des Luxusliners ‚Mauritius' am Port Andrea Doria und sollten in eine ganz andere Richtung fahren, als diese gleichnamige Insel.
‚Gottseidank!' dachte Charly, sah auf die von Touristen übervölkerte Gangway und ging zu einem Matrosen, der nur mit dem Daumen auf eine kleinere flachere Rampe weiter zum Heck hin deutete.
Sie schleppten ihre Instrumente und Flightcases und sonstige Kisten, Taschen und Kästen zum Dienstboteneingang.
Hier im Schiff angekommen, wurden sie dann nun doch etwas freundlicher, als erwartet, vom Zahlmeister empfangen und willkommen geheißen.

Er wies ihnen zwei Viermannkabinen zu, wo sie für sich und die komplette Anlage ausreichend Platz finden konnten.
Zunächst aber wurden sie dann in einen Vorraum der Kombüse geführt und, zwar ohne vornehme Bedienung, aber doch vorzüglich mit erlesenen Speisen und Getränken versorgt.
Gleich am ersten Abend wurden sie gebeten, kurz einen Begrüßungsgig abzuliefern; dann hatten sie einige Tage Ruhe und konnten sich an einem der Decks in die Sonne legen.
„Was meint ihr, wozu das noch gut sein kann, wenn wir drüben in einer so gesunden, tiefen Sonnenbräune erscheinen werden?"
Charly legte sich auf eine freie Sonnenliege und kreuzte die Arme hinter dem Kopf.
„Hoffentlich versauern wir nicht in Faulheit!" unkte Relk.
„Auf gar keinen Fall. Wir haben hier eine Aufgabe!" meinte Mike und definierte diese sogleich.
„Wenn wir dran sind, spielen wir zwischen zwanzig und null Uhr für maximal zwei Stunden. An den andren Tagen üben wir mindestens genau so lange. Ich hab uns schon einen Platz in einem der Unterdecks besorgt. Vermutlich in Maschinenraumnähe, wo wir Krach machen können. Der Zahlmeister hat auch gleich eingesehen, dass wir täglich üben müssen. Um diese Zeit boxt der Pabst jeden Tag auf dem Tanzdeck und den Salons, und wir stören nicht."
„Äih! Du bist ja das verdammte, geborene Managertalent!" ulkte Karsten.
An solche Ausdrücke, wie Manager mussten sie sich erst noch gewöhnen, denn, bald würden sie wohl nicht mehr ohne einen solchen auskommen können.
Es hatte sich mittlerweile bei den aufmerksameren Passagieren längst herumgesprochen, wo sie zu üben pflegten.
Und so hatten ‚The German Country Challengers' auch dort immer ein ordentliches Publikum, zusammen mit dem dienstfreien Bordpersonal, das hier in der Nähe auch ihre Kabinen hatte.
Die siebzehn Tage der Kreuzfahrt auf See vergingen wie im Flug und in Miami, Florida heuerten sie mit einem kleinen Extrascheck ab.
Sie kamen mit einem Abendflug auf dem Nashville International Airport an.
Das Equipment wurde vorher bei einer kleinen, günstigen Spedition zwischengelagert, um es später, wenn sie wussten, wo sie leben und spielen würden, nachsenden zu lassen.

Sie nahmen sich ein Taxi zu einem billigen Hotel der Unterklasse und machten sich am nächsten Morgen vergeblich auf die Suche nach einer Agentur namens Barry Vant.
Nicht einmal ein einfaches Büro dieses Namens, hatten sie finden können.
Der Name schien in ganz Nashville unbekannt zu sein.
Sie sprachen in fast allen Schallplattenfirmen und Studios vor, sofern man sie überhaupt vorließ.
Meist blockte sie ein Concierge, Empfang oder Pförtner schon vorher ab.
Wenn sie dann doch weiter vorstießen konnten, wurden sie ausgelacht, denn auf ähnliche Weise, wie dieser, waren schon sehr viele Musiker hereingefallen.
Dieser Möchtegernmanager, dieser ominöse Barry Vant, hatte sicher nur bei der Reederei des Kreuzfahrtschiffes abkassiert und, - nach ihm die Sintflut!
Sie waren beinahe am Resignieren, denn der Inhalt der Bandkasse schrumpfte sichtbar, und die Zukunft sah nicht rosig aus.
Doch dann, in einem relativ kleinen Privatstudio waren sie von dem Chef persönlich empfangen worden, und der ließ sich wenigstens eine Probe ihres Könnens vorführen.
„Let´s make a small sound recording!"
Sagte er und bediente seine Aufnahmegeräte selbst.
Er war einigermaßen begeistert und antwortete auf Mikes Frage, wie es denn nun weitergehen sollte mit: „Let´s wait and see! Something´s happend!"
Und: „See you tomorrow or in a year!" –
Sie wussten nicht genau, wie sie das verstehen sollten und riefen diesen Menschen ein paar Tage später an, nur um ihm ein ‚nothing happend' heraus zu locken und vergaßen das Ganze.
„Wir müssen langsam anfangen zu Tingeln und unseren Erfolg ganz von unten herauf aufbauen!"
Mike machte sich schon Sorgen über den finanziellen Abbau ihrer Kasse.
Sie suchten Kneipen und Countryclubs auf, um erfahren zu müssen, dass in Nashville an jeder Ecke eine Spitzenband am Verhungern war.
Die ersten Stimmen wurden laut, doch wieder nach Hause zu fahren, sodass Mike sie in die Realität zurückholen musste.
„Unser Zuhause haben wir verkauft! - Hier ist nun unser

Zuhause!"
Zu Hause fühlten sie sich noch lange nicht, da musste noch einiges geschehen.
Nur Tom fühlte sich zuhause, denn ihm fehlte ja die Sprachbarriere.
Er leaste einen alten Ford und fuhr mit Mike über die Dörfer.
Die anderen spielten derweil auf den Straßen für ein paar Dollars. Als Mike und Tom dann zurückkamen, hatten sie einige wenig versprechende Auftrittsmöglichkeiten in kleinen Country Saloons und Highway Truck Stopps ergattern können.
In einer verrauchten Bierkneipe, in einem Vorort von Nashville, hatten sie endlich ihren ersten richtigen Auftritt auf amerikanischen Boden.
Der Wirt bestand darauf, dass sie über die angeblich hochwertige kneipeneigene PA-Anlage spielen sollten, mit seinem talentierten Sohn als Toningenieur am Mischpult, um möglichst wenige Umstände zu machen.
Das täten alle Gruppen, die hier auftraten.
Sie standen auf der Bühne mit hervorragend getunten Instrumenten, außer dass Tom das ‚hochwertige kneipeneigene Schlagzeug' benutzen musste.
Die Hill Billys hielten ihre Viertelgallonengläser Budweiserbier halb in die Höhe und glotzten mit aufgerissenen Augen und geöffneten Mündern hinauf, zu ihnen, warteten die ersten paar schräg klingenden, schlecht abgemischten Töne ab, setzten erst die Gläser an die Lippen, soffen die Biere beinahe in einem Zug aus, um dann einen bahnhofswartesaalähnlichen Lärm anzustimmen, der die hochwertige kneipeneigene Anlage um Längen zu übertönen vermochte.
Sie brachen bald diesen Auftritt ab und waren froh, nicht das bandeigene Equipment abbauen zu müssen, sondern die so ‚hochwertige kneipeneigene Anlage' benutzt zu haben.
Trotzdem war es eine äußerst peinliche Affäre.
Sie hatten nicht die Spur einer Chance an das Publikum heran kommen zu können und fuhren extrem frustriert, nicht zuletzt, weil sie natürlich keine Gage erhalten hatten, ins Hotel zurück.
Nach einem letzten Anruf in dem kleinen Privatstudio, mit der fast ebenso frustrierenden Antwort ‚nothing happend', fuhren sie am nächsten Tag zu dem Truck Stop, bei dem Mike und Tom zuerst waren, als sie Aufträge gesammelt hatten, wo sie auf ziemlich engen Raum mit ihrer Musik die ersten amerikanischen Fans gewinnen konnten.

Man ließ sie bis zum Ende spielen, mit Zugaben, aber am Ende kamen nicht die Bezahlung, sondern die Ausländerbehörde mit der Frage nach Ausweisen und Aufenthalts-, bzw. Arbeitserlaubnissen.
Da außer Tom natürlich niemand nachweisen konnte, in den USA arbeiten zu dürfen, waren sie aufgefordert worden, mitzukommen.
Sie durften ihr gesamtes Equipment zusammenpacken, wurden aber aufgeklärt, gegen irgendwelche Zollbestimmungen verstoßen zu haben, wegen der illegalen Einführung von im amerikanischen Ausland erworbenen Geräte und Instrumente.
Man stellte ihnen in Aussicht, astronomisch hohe Geldstrafen zahlen zu müssen, oder des Landes verwiesen zu werden, als dann am nächsten Tag, nach einer Nacht hinter Gittern, wo sie auf roh gezimmerten, harten, schmalen Holzpritschen hatten schlafen müssen, ein Staatsbeamter mit einer halbjährlich befristeten Arbeits- und Aufenthaltsgenehmigungen hereinkam, die von einem kleinen amerikanischen privaten Tonstudio beantragt wurden.
Tom hatte sie gerettet, indem er noch einmal dort angerufen und dem Studioinhaber die Misere seiner Freunde geschildert hatte. Es musste nun nur noch die Sache mit den Gewerkschaften geklärt werden. Aber da hatte sich Tom informiert: Die Band musste als Unternehmen deklariert werden mit Tom, der ja einen amerikanischen Pass besaß, als Geschäftsführer. –
Sie spielten nun mehrmals wöchentlich in den Vororten Nashvilles in Kneipen und Truck Stops, hatten sich eine Art Mobilheim am Stadtrand gemietet und lebten gerade so von der Hand in den Mund.
Die Ersparnisse aus Deutschland sollten, wenn möglich, nicht angegriffen werden, reduzierten sich aber doch zusehends, wenn zu oft eine Saite riss oder eine Sicherung platzte, geschweige denn, ein ganzes Gerät zu Bruch ging. Dann wurde es schon einmal kritisch mit den Finanzen.
Zwei Tage, bevor die befristete Arbeitserlaubnis ablief, war Mike in den Wohnwagen gestürzt und schrie förmlich den entscheidenden Satz:
„Schaltet sofort das Radio ein!"
Nachdem sie endlich den ortsbekannten Sender gefunden hatten, konnten sie gebannt auf ihre eigenen Stimmen im Radio hören! Eine Weltpremiere für sie und für alle Andren ebenfalls.
　　„Wir sind in einem Radiosender in Nashville, Tennessee zu hören, Leute!" sagte Charly feierlich, fast mit Tränen in den Augen.
　　„Und niemand hat ein Tonbandgerät eingeschaltet!"

Sie lauschten ergriffen, wie bei der Ankündigung eines Supergaus und wussten nicht, dass ihr eigener Song, von Charly komponiert und Tom und Jerry noch in good old Germany getextet, schon mehrmals täglich im Radio gespielt worden war.
Immerhin schon eine Nummer sechsundvierzig in den Country Charts, wie sie später erfuhren, und niemand kannte ‚The German Country Challengers'!
Aber jetzt würde jeder sie kennenlernen!
Sie fuhren zu dem kleinen privaten Aufnahmestudio und der Chef winkte ihnen schon gleich mit dem Vertrag in der Hand zu.
Im Vorraum seines Büros fiel ihnen sofort dieser hinterhältige, kleine Möchtegernmanager Barry Vant auf, der laut rief:
„Ich hab Vorrechte für einen Vertrag! - Ihr müsst bei mir unterschreiben!"
Außer ihm begannen alle zu lachen und der Studiobetreiber fiel erleichtert mit ein.
Mike grinste zu Barry Vant hinüber.
„Deine ‚Vorrechte' hast du verspielt, als du uns hier so richtig im Stich gelassen hast."
„Im Stich gelassen? Ich?"
Barry Vant tat empört und beleidigt.
„Ich hab euch nicht im Stich gelassen! Ich hab euch hierhergeholt! Ich hab die Vorrechte. Es gab schließlich Absprachen!"
„Absprache war, dass du uns bei dem Start hier behilflich sein würdest. Aber nicht einmal in dem genannten Laden, oder noch irgendwo anders, war dein Name überhaupt bekannt. - Außerdem, oder vielleicht leider, gibt es nichts Schriftliches. - Sei froh und hau ab! Sonst reden wir mit Anwälten über diese Absprachen!"
Auf wunderbarer Weise war dieser aufdringliche Kerl verschwunden und ward nie wieder gesehen.
Sie schlossen mit dem kleinen Studio einen Vertrag über ihren ersten kleinen Hit ab und erhielten etwas später von einem ortsansässigen Plattenlabel, das einen der größten Marktanteile hier hielt, einen Dreijahresvertrag.
Fortan wurden ihre Titel nur noch in den first-class Studios der Plattenfirma aufgenommen und sie traten bei Prominenten Galas auf, wo zum Beispiel einmal die kompletten späteren Highwaymen zu Gast waren und den ‚German Country Challengers' zuschauten und applaudierten.

„Erst wollte ich nur noch nach Hause, und heute ist es so, als hätten wir Raketen in den Ärschen und sausten zum Mars!" grinste Mike überschwänglich, worauf Charly erwiderte:
„Hoffentlich stürzen unsere Raketen nicht ab!"

- 39 -

Noch im ersten Jahr ihres Amerikaabenteuers hatten sie ihren ersten Nummer-zwanzig-Hit; in dem Zweiten fand die Gala statt, bei der die Highwaymen, Cash, Kristofferson, Nelson und Jennings, ihnen applaudierten.
Und so etwas wie Arbeits- bzw. Aufenthaltserlaubnisse waren für sie jetzt kein Thema mehr!
Denn das letzte Zertifikat, das sie bekamen, war unbefristet.
–
Zur gleichen Zeit erhielten sie ein Telegramm aus Deutschland:

, 8:46, 1.Juli   -Stopp-
Baby, Tom geboren   -Stopp-
Mutter u. Kind wohlauf -Stopp-
liebe euch alle   -Stopp-
Ulla'

Es wurde ein mörderisches Fest gefeiert und Karsten ist vor Begeisterung in ein Riesenfass gestürzt.
Noch wollten sie warten, um Ulla und das Baby in die USA zu holen, denn ihr Leben war zurzeit rasend schnell und das ständige Reisen würde ihm sicherlich nicht so gut bekommen.
Sie fuhren von einem Festival zum nächsten und bald hatten sie nur noch eigene Tourneen.
Sie hatten einen Reisebus zu eine Art Caravan umbauen lassen und einen Chauffeur eingestellt.
So konnten sie während der langen Fahrten schlafen, oder andere

Dinge tun, die man sonst nur im Hotel oder zuhause tun konnte.
Ihre alte Anlage hatten sie verkauft und neue Geräte und teilweise auch neue Instrumente angeschafft.
Um den Rest, einschließlich Roadies, Lightshow und mobile Bühne, kümmerte sich jetzt ein Roadmanager.
Überhaupt machte man nichts mehr wirklich selbst.
Für alles gab es einen Manager.
Sogar für das Beschaffen von Klopapier gab es einen eigenen Assistenten.
Charly konnte sich nicht vorstellen, woher das ganze Geld dafür stammte, von dem dieses quirlige Drumherum finanziert wurde, aber solange für die Bandmitglieder und ihn so viel übrigblieb, war es ihm egal und er zufrieden.
Mike, der immer noch die direkten Finanzen der Gruppe regelte, hatte sogar schon bei einer Schweizer Bank ein Nummernkonto einrichten lassen. Das hatte der Steuerberater, ohne den sie längst nicht mehr auskamen, geregelt.
Nach zwei Jahren reduzierten sie die Anzahl der Tourneen und beschränkten sich auf Arbeiten in ihrem mittlerweile eigenen Aufnahmestudio und einigen Veranstaltungen auf imposanten mobilen Bühnen in Sportstadien mit dreißig-, vierzigtausend Zuschauern.
Riesige Events, bei denen sie sich nur noch um das Musikalische zu kümmern hatten.
Eine Agentur organisierte alles andere.
Sie mussten nur rechtzeitig auf der Bühne stehen und ihre Songs darbieten. –
Meist kamen von Tom die Texte.
Mike und Charly waren ein starkes Team als Komponisten für die Melodien.
Auch verkauften sie Songs für andere Interpreten; manchmal komplett mit Copyright, ohne auch nur als Autor in Erscheinung zu treten. Das brachte ihnen viel, zum Teil sogar steuerfreies Geld ein. So konnte nicht nachgeforscht werden, wer der eigentliche Urheber war.
Aber oft machten sie das nicht und sie hatten es auch sowieso nicht nötig. Außerdem war ein selbst erdachtes Lied so etwas wie ein eigenes Kind. - Das sollte man nicht verkaufen.
Das Kind von Ulla und Karsten sahen sie dann zum ersten Mal in ihrem dritten Jahr.
Baby Tom war zweieinhalb.

Ein strammer Junge mit glatten gesträhnten Haaren, die von Karsten, sowohl als auch von Ulla herrühren konnten.
Jeder der Beiden glaubte, seine Erbanteile fortgepflanzt zu haben. Nur von wem die dunklen, braunen Augen stammen konnten, wusste man nicht zu deuten.
Karsten war längst der vernarrte Vater.
Er flog mindestens zweimal im Jahr, bevor Ulla zu ihnen stieß, nach Hamburg, um sie und den kleinen Tommy, wie der Spross zärtlich gerufen wurde, zu bewundern. - Wenn ihre Termine es zuließen.
Tom war mächtig stolz gewesen, dass man den Jungen nach ihm benannt hatte.
Kam Karsten zurück, schwärmte er den anderen dann jedes Mal von seiner jungen kleinen Familie vor, als hätte er sich gerade frisch in Ulla verliebt und wäre ebenso frisch Vater geworden.
Der perfekte Vater!
Vielleicht mit dem kleinen Fehler, nur alle zwei, drei Monate mit der Familie zusammen sein zu können.
Ulla hatte das scheinbar nicht gestört.
Jedenfalls hatte sie sich nie beklagt, dass die anderen sie nicht sahen, auch nicht in den Briefen, die sie regelmäßig für jedes Bandmitglied samt Fotos dem Karsten mitgegeben hatte.
So hatte jeder, der ‚Challengers' ein genaues Bild von Tommy vor seinen Augen.
Nun, nach seinem letzten Besuch in Hamburg, hatte er Ulla und Tommy mitgebracht.
So zu sagen als Familienzusammenführung!
Dafür musste er Ulla heiraten und den kleinen Tommy adoptieren. Die Adoption war schwierig genug, ging aber, dank der guten Anwälte, die ihr Manager besorgt hatte, gut von statten und diese arrangierten es auch, die Aufenthaltsgenehmigung, die ja auch Tommy und Ulla benötigten, zu besorgen.
Ulla war nun hier und wollte auch bleiben.
Der Junge sollte zweisprachig aufwachsen.
Sie wollte die gute Seele der Band sein, aber eigentlich nicht mehr unbedingt in das große Musikgeschäft mit einsteigen.

‚The German Country Challengers' machten nur noch höchstens eine Tournee und eine LP pro Jahr, mit ein bis zwei Single Auskopplungen, die sich etwa in der Mitte der Charts platzieren konnten.
Bis Charly, ‚the-Flying-Fingers-Fleischmann, wie seine Fans ihn hier nannten, - bis Charly der Song ‚Rika My Dear' einfiel.
Eine Geschichte, die von seiner unglücklichen Liebe zu Marika erzählte, die er, wiederzufinden einfach nicht fähig war und von seiner Eifersucht auf einen Anderen, der sich dann als ihr Bruder entpuppte. Und eben auch auf seine verzweifelte Suche nach ihr, die an der Gewöhnlichkeit ihres Nachnamens scheitern musste.
Er hatte sich für den Song-Text hier in den Staaten lieber für den Namen Smith entschieden, der hier wohl noch geläufiger und auch häufiger war als Meier und das Problem der Schreibweise einfach vernachlässigt.
Die Häufigkeit des Namens Smith in den USA machte die Suche nach dem Mädchen schon schwer genug.
Die Lyrics hatte er mit einer gefühlvollen, wehmütig erscheinenden Balladenmelodie unterlegt.
Mit vielen Moll-Akkordübergängen.
Der Song stieg in die Charts in den Vierzigern ein und kam dann auf Platz fünf.
In der dritten Woche nach seinem Erscheinen, hatten sie nun endlich ihren ersten Platz-Nummer-eins-Hit! −
Nach diesem Erstplatzierten waren bis zu ihrem fünften Amerikajahr noch zwei Weitere gefolgt.
Beide von Charly allein geschrieben und beides Lovesongs.
Der eine von seiner, eher pragmatischen Liebe zu Beate handelnd, und der andere war eine zärtliche Hymne auf die gute Seele der Band. − Ulla!
In der Folgezeit hatte sich ein gewisser Unmut in der Band entwickelt. Mike lag rücklings auf dem Studiosofa und starrte an die schallgedämmte Decke.

„Irgendwie hab ich gar kein Bock mehr!"

Charly wusste sofort, was er meinte.

„Ich hab da auch schon drüber nachgedacht! - Vielleicht sollten wir in den Life Gigs ´ne Runde echten Bluegrass einbauen. So, unplugged, versteht ihr?"

Karsten war sofort Feuer und Flamme.

„Du meinst, so richtig handmade? - Ich bin dabei!"

„Ist aber nix für´n weltbesten Pedal Steel Guitar Player!" grinste Relk ihn an.

„Dafür kann ich dann öfters mein Dobro benutzen. - Spiel ich fast genauso gern!"

Relk nahm sein Banjo auf den Schoss, gab einige gängige Rolls zum Besten und meinte: „Und ich kann endlich wieder genauso oft auf diesem Ding trommeln!" –

Eine beschlossene Sache!

Sie kam beim Publikum so super an, dass wegen der so großen Kartennachfrage Zusatzkonzerte angesetzt werden mussten.

Nach ihrem ersten, fast deprimierenden halben Jahr in Amerika, war ihnen dann nahezu alles gelungen.

An seinen mysteriösen Traum von damals dachte Charly natürlich nicht mehr.

Und, das dieser geträumte Vertragsabschluss mit ihrem Erfolg etwas zu tun haben könnte, kam ihnen natürlich auch nicht in den Sinn.

Sie alle träumten nur den alten amerikanischen Traum und wie er sich bei ihnen im Grunde ja verwirklicht hatte.

Sie waren, dank dieses blöden Barry Vant's, beinahe als einfache Straßenmusiker - wen interessierte hier schon europäischer Erfolg - ins gelobte Land gekommen und trotzdem gab es nach gut fünf Jahren nicht mehr *so* sehr viele Superstars in der Countrymusik, die über ihnen standen.

- 41 -

Charly hatte Marika nie vergessen - wie könnte er das -!

Jedoch hatte er mittlerweile häufig sogar in jedem Arm eine junge Schönheit liegen.
Sie boten sich ihm an.
Nicht nur Groupies, die ihnen seit einigen Jahren schon beständig folgten, von denen er jede Stunde seines Tages ein anderes hätte beglücken können.
Auch ganz bürgerliche Mädchen, die ihre Konzerte besuchten, schickten ihre aktuellen Boyfriends vorzeitig nach Hause und schoben ihre Becken vor, wenn sie es geschafft hatten, bis zu ihm vorzustoßen.
Einmal, er lag noch vor dem Konzert, nur mit einem Slip bekleidet, allein in seiner unklimatisierten, überhitzten Garderobe eines alten Konzertsaales, als sich die metallene Tür öffnete und ein ebenso langhaariges, wie -beiniges Mannequin-Typ-Mädchen in ihrem Rahmen erschien.
Gerade mal erst sechzehn Jahre alt.
‚Die Wachmannschaft übervölkert wohl das Klo' dachte Charly, ‚sonst wärst du nie so weit gekommen, Mädchen'.
Da stand es nun!
Den Oberkörper schräg nach hinten, den Kopf leicht zur Seite geneigt, das Becken verführerisch, wie es meinte, nach vorn geschoben und lächelte stolz, mit ihren wohl sechzehn Jahren.
„Da bin ich!"
Charly stützte sich auf die Ellenbogen und lächelte zurück.
„Und nun?"
„Ich will dich!" sagte das Mädchen.
„... noch mal singen hören, oder was?" neckte er es.
Charly versuchte in ähnlichen Situationen zuerst solche Mädchen zu veräppeln, auf den Arm zu nehmen.
Die Kleine löste sich aus ihrer Haltung, wandte sich um und verschloss die Tür hinter sich.
Sich langsam zurückdrehend, kam sie auf ihn zu.
Geschickt die Jeans fallen lassend, zog sie ihr T-Shirt über den Kopf.
Charly wollte aufspringen und ihr Vorhaben unterbinden, doch, ... es war zu spät!
Trotz ihrer Jugend hatte ihr aufreizendes Tun die, von ihm jetzt in diesem Moment unerwünschte Wirkung längst erreicht.
Die, wenn er jetzt aufstünde, bei seinem Outfit zu deutlich ersichtlich gewesen wäre!
„Lass deine Klamotten an!"

Stöhnte er auf, während er sich zurückfallen ließ und sie gerade ihre dichte, schwarze Scharm entblößte, in dem sie aus ihr Höschen schlüpfte.
Charly spürte das schmerzende Stechen in den Lenden, wusste, sie hatte gewonnen. - Ihr Ziel erreicht.
Er war machtlos dagegen.
Nun beugte sie sich leidenschaftlich über ihn, schob ihre Hand in seinen Slip und umfasste seinen prallen Phallus.
„Wie alt bist eigentlich?" lallte er gerade noch; dann war er überwältigt.
In gewisser Weise konnte auch manch starker Mann vergewaltigt werden.
„Siebzehn!" log sie ihn an.
„Hast du...?"
Er wollte sich nach ihrem Ausweis erkundigen, dachte ‚So´n Mist' und fragte, ob sie noch Jungfrau wäre, denn das fehlte ihm noch in der Sammlung: Ein Mädchen, das sich unbedingt von ihm entjungfern lassen wollte.
Sie entrüstete sich, stemmte energisch ihre niedlichen kleinen Fäuste in die Hüften und klärte ihn auf.
„Ich bin siebzehn! - Da ist man keine Jungfrau mehr!"
Er fasste sie an die Unterarme und zog sie sanft aus ihrer Verkrampfung zu sich herunter.
Während sie sich küssten, wurde ihm eines klar: Dieses Mädchen brauchte beim Sex keine Nachhilfe mehr.
Und er beruhigte sich etwas.
Als sie neben ihm lag und sie sich an allen möglichen Körperstellen streichelten, waren all seine Bedenken, des Alters betreffend, aus seinem Kopf vertrieben.
Nachdem sie: „Komm! - Nun komm endlich!" stöhnte, legte er sich über sie und versuchte, in sie einzudringen.
Sie war sehr bereit!
Und ihm strömte der Schweiß über den ganzen Körper.
Aber irgendetwas ging nicht so, wie sonst.
Das Tor zur Glückseligkeit war bei ihr doch noch nicht geöffnet worden!
Er war so überrascht, als hätte er vorher niemals einen Gedanken darüber verschwendet, ob sie noch Jungfrau sein könnte.
Doch sie war es. - Eindeutig!

So erfahren, wie sie sich zeigte, konnte sie also gar nicht sein.
Jedenfalls in der Praxis konnte sie das, was sie sich zu können wähnte, nicht erlebt haben.
Er zog sich zurück, legte sich auf den Rücken, verschränkte die Arme unter dem Kopf und starrte an die Decke, wie jemand, der sich, nach vorübergehender Impotenz, zurückzog.
Was durchaus zu stimmen schien, da er gerade nicht mächtig war, dieses Törchen öffnen zu können.
Sie schluckte und fing an zu weinen, denn sie spürte, sie hätte ihm vorher die Wahrheit mitteilen müssen.
Sie verfiel ins Wimmer und er griff zum Beistelltisch nach den Kleenex, nahm sie in den Arm und reichte ihr eines der Tücher.

„Ich will dich trotzdem!" schluchzte sie.
„Ich will, dass du es bist!"

Dabei versuchte sie mit dem weichen Tuch, den kullernden Tränen Herr zu werden.

„Du bist noch so jung! - Da kommen noch tausend Jungen, die es wert sind, der Erste zu sein!"
„Aber ich lebe nur noch dafür, dass du es bei mir bist!"

Sie erhob sich leicht und sah ihn offen in die Augen.

„Du brauchst ja nicht der Letzte zu sein, aber ich hab es schon so oft im Traum erlebt, dass ich am Morgen danach mit dem Finger fühlen musste, ob es nun geschehen war, oder nicht."

Er seufzte!

„Ach, Mädchen! - Was soll ich mit dir nur anfangen?"
„Genau das, was du eben begonnen hattest!"

Charly legte sich auf die Seite, stützte den Kopf mit der einen Hand und mit der anderen streichelte er ihren Bauchnabel.
Gedehnt antwortete er: „Wenn du es dir so sehr wünscht, soll es geschehen."

„Ich wünsch es mir noch viel stärker, als du denken kannst!"

Wieder schauten sie sich in die Augen.

„Aber, - dann müssen wir es anders machen."
„Wie anders?"
„Du gibst das Tempo an und die Richtung!"
„Und wie soll das gehen?"

Er legte sich auf den Rücken und sagte nur: „Komm!" –
Sie verstand.

Sie hockte sich über ihn und er war sofort wieder bereit.
Und dann übernahm sie die Führung.
Sie führte ihn in sich ein und verstärkte den Druck langsam steigernd.
Sobald es ihr zu sehr schmerzte, ließ sie ihn nach.
Und so wurde die Kleine auf zärtlichste Weise defloriert, denn er streichelte sie fortwährend dort, wo es ihr gefiel.
Auch für ihn war es die erste Entjungferung.
Und es war sehr schön, aber es sollte doch auch seine letzte sein, denn es war auch ein einziger Stress, weil er ihr nicht wehtun wollte und es zwangsläufig doch tat.
Er sah in ihr überglücklich strahlendes junges Gesicht und verfiel ins Träumen.
Als er wieder zu sich kam, war sie verschwunden.
Er wusste nicht einmal ihren Namen! –
Nach einer halben Stunde Schlaf stand er auf und stellte sich unter die Brause.
Erfrischt und einigermaßen wach, verließ er angezogen das Bad und warf einen Blick in den Korridor, um die Bodyguards zu checken.
An jedem Ende des Flurs stand eine muskelbepackte männliche Gestalt.
Eigentlich hatte Charly vor, ihnen einige deutliche Worte zu sagen, doch andererseits war er auch froh über deren Nachlässigkeit, denn er wollte dieses Erlebnis nicht missen.
Er spendierte ihnen ein Lächeln und schlenderte in die Cafeteria.
Dort sah er die üblichen Gesichter.
Mike und Relk saßen beim Bier, Tom hinter einer Flasche hochprozentigen Bourbon.
Karsten war sicherlich noch bei Ulla.
Der liebende Familienvater hatte noch zwanzig Minuten bis zum ‚warm up'.
Die Roadies waren gerade mit dem Aufbau des Equipment fertig geworden und der Tontechniker hatte sicherlich schon heiße Finger.
An einem der Tische abseits der Pantry, saß eines, der sie ständig begleitenden Groupies und grinste ihn schelmisch an.
Er lächelte seinen Freunden zu, verschwendete einen kurzen Gedanken über das gefährliche braune Gesöff, an dem sich Tom gütlich tat und darüber, dass er die Whiskyflasche immer häufiger in Toms Nähe entdeckte, während er sich zu diesem fröhlich lächelnden Mädchen setzte.

„Na Su!"
„Na du." antwortete sie.
„War sie gut?"
Die Gedanken jagten durch sein Hirn.
‚Was meint sie' dachte er, ‚war das alles abgekartet?'
„Was meinst du?"
„Stell dich nicht so dumm! - Denkst du, die Bodyguards hätten sie durchgelassen, wenn ich den Beiden nicht eine super Show abgeliefert hätte?"
„Du hast die Aufpasser abgelenkt, damit die Kleine zu mir kommen konnte?"
„Na klar! - Sie tat mir so leid."
„Was heißt, ‚sie tat dir so leid'?"
„Na ja. - Bei mir hatte es genauso angefangen. - Ich verliebte mich unsterblich in einen bekannten Musiker. Mit ihm hab ich nie geschlafen, aber ich war praktisch ´ne Nutte, als ich all die durchhatte, die mir versprachen, mich mit ihm zusammen zu bringen. - Das wollte ich ihr ersparen! - Jetzt wird sie wohl wieder zur Schule gehen und zu Mami und Papi ‚Amen' sagen."
„Und wie heißt die Kleine eigentlich?"
„Keine Ahnung! - Vielleicht auch Su oder Emmy oder Maggie. Ist doch völlig egal. - Hauptsache, sie geht wieder nach Hause; jedenfalls, nach dem Konzert und bleibt nicht in diesem Sumpf stecken!"
Flüsternd fügte sie hinzu: „Ich bin dreißig und werde wohl nichts Anderes mehr lernen, als euch zu dienen."
„Ich glaube, du solltest dir selber leidtun, niemand anderen."
„Dazu ist es zu spät."
Charly schüttelte mit dem Kopf und schaute zu Mike und den anderen hinüber.
Mike grinste, denn er glaubte wohl, Charly würde mit Su ein Treffen abklären, für ein nettes, kleines Erlebnis nach dem Konzert.
Und Tom hatte die halbe Flasche geleert.
Vor dem Konzert!
„Warum bleibst du denn eigentlich hier, bei uns, Su, wenn es für dich so ein Sündenpfuhl ist?"
„Ach du, mein kleiner süßer Träumer!"
Su säuselte die Worte mit einem mütterlichen Lächeln förmlich hinunter.
„Ich glaube manchmal, du wüsstest gar nicht, was hier alles um

dich herum geschieht!"
„Du hast wohl recht! - Wenn ich alles mitbekäme, würde ich sicherlich aussteigen. - Oder auch nicht. - Ach, ich weiß nicht!"
Sie schauten sich eine Weile in die Augen, fast, wie zwei alte Verliebte und Su beendete das Ganze.
„Auf der anderen Seite liebe ich dich und auch Mike, und Relk und Tom und auch Karsten, aber der liebt ja eine Andere. - Aber vor allem liebe ich eure Musik und deine Gitarre und deine schnellen Finger!"
Sie hob und senkte die Schultern.
Und seufzte: „Und alles andere auch!? - Und wenn du jetzt nicht bald auf die Bühne gehst, spielt deine Gitarre ohne dich und mindestens zwei Mädchen sind totunglücklich!"
—

Charly stand ganz in schwarz gekleidet, eine Ehrung an Johnny Cash, den er einmal kurz sprechen durfte, bei einer Gala am Anfang ihrer Karriere, und den er, da Charly die Überzeugung hegte, das Mr. Cash jemand sei, der unheimlich viel für diese Musik und deren Nachwuchskünstler getan hatte und immer noch tat, sehr verehrte.
‚The German Country Challengers' begannen mit einigen Traditionals, Roy Rogers, Gene Autrie und Hank Williams Senior. Songs, die in Amerika immer ankamen, denn sie waren so etwas Ähnliches, wie in anderen Ländern, die Volkslieder waren; und Charly schaute dabei in die Menge und versuchte in dem grau schwarzen Dunkel vor der Bühne ein hübsches junges Kind unter den Lichtkegeln der Scheinwerfer zu finden.
Es gelang ihm aber erst dann, als ihr leuchtendes Feuerzeug, bei dem Song, Rika My Dear, ihr junges niedliches Gesicht erhellte.
Er lächelte sie an und sie fühlte sich als Rika und dachte, dass er nur für sie allein spielte.
Als wären die anderen zehn Tausend Leute nicht da, was in ihrer Fantasie wohl auch stimmte.
Er warf ihr verstohlen einen Handkuss zu, nachdem er ihren ersten Nummer-Eins-Hit geendet hatte und begann sich auf den Rest des Konzertes zu konzentrieren.

- 42 -

*E*s vergingen die Wochen und Monate.
Mädchen, wie das von dem Groupie Su protegierten, gerieten in Vergessenheit oder wurden zumindest in das hinterste Schubfach des Gedächtnisses gesteckt.
Die Wohnstätten der Band waren feudaler geworden.
Man hatte sich relativ luxuriöse Häuser mit Billardrooms und Swimmingpools gekauft.
Man wurde satter und anspruchsloser, was die Qualität der Musik betraf, und auch egoistischer.
Einige nahmen sich immer wichtiger und stellten sich vor die anderen.
Nicht unbedingt innerhalb der Bandmitgliedern, aber gegenüber der Fans.
Das Publikum, so dachten einige, sollte nur noch zahlen für Tickets und dem Merchandising.
Als Relk schon so selbstherrlich geworden war, Autogramme nicht mehr schreiben und abgesprochene Autogrammstunden ignorieren zu wollen, was man nur mit einer Krankheitslüge erklären konnte, war Charly der Kragen geplatzt und er berief eine Krisensitzung ein.
Sie hatten sich alle in Charlys Hobbykeller getroffen.
Eine Art Partyraum mit Tischtennisplatte, Billardtisch, Bartresen und Sauna.
Für Sessel mit Rauchtischen war auch genügend Platz darin. Im angrenzenden Raum war ein Swimmingpool installiert.

Alle waren gekommen.
Ulla, Karsten und Tommy. Tom, Mike und Relk.
Sie waren alle eindeutig in Partystimmung, konnten sich unter Charlys Ankündigung, ‚ich will mit euch reden‘, nichts Wirkliches vorstellen und tranken sich zu.
Der kleine Tommy, der nun bald in die Schule gehen sollte, sprang gerade in den Swimming-Pool, als Charly im ruhigen Plauderton

begann zu reden.

„Ich will mit euch reden! - Und zwar ist mir da etwas aufgefallen, was mir ganz und gar nicht gefällt! - Ich weiß nicht, ob ich mir auch schon solche Allüren zugelegt habe, wie Relk, der das Publikum und die Fans offensichtlich nicht mehr allzu ernst zu nehmen scheint."
Relk stürzte in einem Zug sein Bier hinunter und rief entrüstet:

„Wieso ich? - Was hab ich denn schon Ungewöhnliches getan? - Die sind doch schon glücklich, wenn sie ′n Foto von mir in der Hand halten! Was soll ich denn da noch die Hände schütteln?"

„Siehst du, Relk! - Genau das meine ich! - Darüber will ich mit euch reden!"
Jeder, außer Tommy, der mit seinen Tauchübungen beschäftigt war, schaute nun Charly an.

„Es ist zwar gut, wenn man selbstbewusst ist. Und Erfolg macht selbstbewusst! - Nicht nur selbstbewusst, sondern aber auch überheblich! - Jedenfalls einige Menschen! - Und mit selbstherrlichen und überheblichen Menschen möchte ich nicht zusammen arbeiten! Schon gar nicht zusammen Musikmachen! - Und wenn sich das nicht ändert, dann geh ich und ihr könnt euch einen anderen Sänger und Gitarristen suchen!"

„Charly...!"
Kam es von Ulla und „das war deutlich!" von Mike.
Relk war die Spucke weggeblieben, sodass er vom Bier auf den Whisky umstieg und Toms obligate Flasche bald geleert worden war.
Nachdem Relk sich wieder gefasst hatte, wurde er verlegen und flüsterte leise vor sich hin: „Ist es wirklich so schlimm? - Bin ich echt so′n Arsch geworden?"
Mike sagte es ihm.

„Ich glaub, du bist auf dem besten Weg dorthin."
Betretene Stille war gefolgt.
Jeder besann sich auf sich selbst.
Mehr oder minder, war jeder nicht ganz mit sich zufrieden und Ulla sagte, was sie dachte, während sie Karsten ansah.

„Wir haben uns alle ziemlich verändert!"

„Wieso siehst du grad mich dabei so an? - Ich hab mich auch früher schon nicht um die Leute gekümmert, warum sollte ich es heute tun? - Ich mochte diesen Fanrummel noch nie!" verteidigte sich Karsten, weil Ullas Augen nur ihn anzusehen schienen.

„Aber um uns! - Du hast dich früher mehr um Tommy und auch

um mich gekümmert! - Heute gibt es für dich doch nur noch Dobro und Pedal Steel und Country!"

„Das ist unfair!" entrüstete sich Karsten.

„Ihr seid für mich mindestens genauso wichtig! Aber unsere Musik hat inzwischen ein so hohes Niveau erreicht, dass ich täglich mehrere Stunden üben muss! Und dann kommt noch das Abstimmen mit den anderen dazu. - Das ist nicht fair!"

Ulla wollte darauf reagieren, doch Charly unterbrach sie.

„Entschuldige Ulla; das ist nicht das Problem der Band! Und ich glaube, du meinst es nicht ganz so, wie es sich anhört. - Aber das eigentliche Thema muss vom Tisch, sonst gibt's hier wirklich personelle Veränderungen!"

Jetzt wurde es Relk etwas zu bunt.

„Also, alles kannst du auch nicht bestimmen!"

Charly hob zusehends genervt die Augenbrauen hoch und sah Relk direkt an.

„Da verstehst du mich falsch! Eine personelle Änderung ist es auch, wenn ich gehe."

„Willst du damit die anderen erpressen, damit sie mich rausschmeißen?"

Charly verstand den Freund nicht mehr.

„Jetzt fang nicht ganz zu spinnen an, Relk!"

Mike blickte seinen Freund an.

„Charly will hier ganz bestimmt niemanden erpressen, er hat eben nur einfach keine Lust darauf, wenn einige in der Band zu überheblich werden. - So einfach ist das! - Oder auch nicht!"

Relk setzte sich zurück, wollte einen Schluck aus seinem Whiskyglas nehmen, als er bemerkte, dass es leer war, füllte er es erneut, stürzte es halb hinunter und sagte: „Okay, okay! - Ich versuch mich zu ändern! - Aber, wenn es mich erneut packt, dann holt nicht gleich wieder die große Keule raus. - Dann müsst ihr mir ganz zärtlich auf die Füße treten."

Mike grinste.

„Wenn's weiter nichts ist; - das übernehm ich!"

Auch wurde kurz der übermäßige Alkoholkonsum angesprochen und sie redeten noch über einige belanglosere Dinge. Später wechselten sie Jeans und T-Shirts gegen Badesachen und stürzten sich zu Tommy in die, wenn auch recht flachen, Poolfluten.

- 43 -

*O*bwohl der Himmel wolkenlos und extrem blau war, konnte Charly die Sonne nicht sehen.
Die Maschine stieg in einem Winkel, der ihm dies schier unmöglich machte.
Die zehnsitzige Beechcraft King Air 200, aus dem ersten Baujahr des Typs, 1972, sollte sie nonstop nach Tampico in Mexiko bringen, wo sie, in einem Sportstadion für mehrere zehntausende Zuschauer, ein Konzert spielen sollten.
Eigentlich mochte Charly so etwas überhaupt nicht.
Nicht, dass es ihn störte, so viele Fans zu haben. - Nein, im Gegenteil.
Aber da die Mangagementagentur ermittelt hatte, dass die Fangemeinde in Mexiko immer mehr zunahm, waren sie quasi gezwungen, solch ein Riesenkonzert zu starten.
Am liebsten spielte er eher vor drei- oder fünfhundert Leuten, aber dass das nicht mehr oft praktiziert werden konnte, war ihm auch völlig klar. - Man musste die Mitte finden.
In den Staaten hatten sie die Publikumsgröße auf Circa zehntausend Menschen reduziert. Das genügte eigentlich schon längst nicht mehr, aber sie wollten lieber Zusatzkonzerte bringen, als vor noch größeren Menschenmassen spielen.
Doch in Mexiko - es war ihnen selbst gar nicht so bewusst geworden, dass dort so viele Leute auf sie warten könnten - wollten sie die Fangemeinde wenigstens einmal live beglücken.
Jedoch störte es ihn schon sehr, dass die meisten der Zuschauer von einer Langspielplatte, oder einer Compact Disc, wie sie seit Anfang der achtziger Jahre immer öfter produziert wurde, vielmehr haben würden, als wenn sie sich für mehr Geld in so ein dichtes Gedränge stürzten. - Die hinteren Reihen, manchmal schon ab Mitte des Zuschauerraumes, konnten die Akteure auf der Bühne, kaum erkennen. Manch einer hatte sogar ein kleines Fernglas dabei, als wäre

er in einem Opernhaus.
Und die Musik wurde mit so viel Dezibel und Watt in die Luft geschleudert, dass man Gehörschäden riskierte, nur, damit jeder einzelne Ton auch bis zum letzten Platz vernommen werden konnte.
Dazu das Phänomen, dass das geballte Stimmenvolumen so einer Menschenmenge jeden anderen Geräuschpegel übertönen konnte, worauf grundsätzlich das Mainvolumen während eines Konzertes immer höher geregelt werden musste. –
Sie waren bis Florida mit einem Linienflug gekommen und hatten, nach einer Woche gemeinsamen Strandurlaubs in Miami Beach, dann dieses kleinere Flugzeug - eine Turbopropmaschine - gechartert, um etwas abenteuerlicher, aber dennoch unauffälliger nach Tampico zu gelangen.
Es war auch ein Versuch, dem Ansturm der Fans entgehen zu können, denn so ein Geschäftsflug musste nicht als solches auf der großen Tafel im Ankunftsbereich des Airports angezeigt werden. Lediglich nur mit der Flugnummer.
Die Linienflüge konnte man deutlicher erkennen und sich wohl ausrechnen, wann die Künstler die Stadt erreichen würden.
Der Flug begann erst interessant zwischen Karibik und Golf von Mexiko über Key West aufs offene Meer hinaus, wurde dann aber eintönig und einschläfernd.
Die beiden Piloten hatten zuerst die Küste im Blick gehalten, mussten dann aber auch von Kuba abdrehen, bis der Himmel sie in allen vier Richtungen blau überspannt hatte. - An den Horizonten im Wechsel, mit den anderen Blautönen des Meeres.
Am Anfang war es für sie ein tolles Bild, nur verschiedene blaue Farben um sie herum zu sehen.
Sie flogen nicht sehr hoch, wegen der Temperaturen und des Sauerstoffes.
Die Maschine war auch nicht für allzu hohe Flüge ausgerüstet.
Die Piloten flogen mit ihrem eigenen Flugzeug meist normale Fracht wie Stückgut oder Versorgungsausrüstungen.
Aber die Mindesthöhe mussten sie einhalten, wegen des Radars der Flugkontrolle.
Nach einer Weile wurde es so eintönig, als flöge man über endlose Sandwüsten.
Alle, außer die Piloten, alberten herum.
Sie erzählten dem imaginären Tommy, der zuhause bei seiner Nurse

geblieben war, was sie alles um sich herum sehen konnte. Auch Dinge, die gar nicht vorhanden waren. Wie Wale, Inseln oder historische Segelschiffe, Drei- oder Viermaster, mit Freibeuterkapitänen.
Das Tommy zu Hause bleiben musste, war eine kurzfristige Entscheidung, da er stark erkältet war und Karsten seit einiger Zeit kaum einen Schritt ohne Ulla zu tun bereit war.
Jede Möwe, jedes hochfliegende Linienflugzeug, dessen weißen, sich langsam ausbreitenden Kondensschweif, sie entdecken konnten, wurde kommentiert und bot eine kleine Abwechslung von den Blautönen des Himmels und des Meeres.
Sonst sahen sie nur blau in blau in blau in blau!
Nur winzige weiße Schaumwipfelchen auf den flach wirkenden Wellenkämmen, die sie erkennen konnten, bildete, wenn auch selten, kleine Kontraste.
Dann kam dem großen Tom auf eine folgenschwere Idee!
„Hey, Flieger!" rief er zu dem kleinen Cockpit hinüber.
„Könn´n wir nich ma weiter runtergehen?"
Relk war gleich höchst begeistert und stimmte in den Tenor mit hinein.
„Ja! - Vielleicht sehn wir dann wenigstens ein paar Fische. - Haie am besten!"
„Geht nicht!" sagte der eine Pilot wortkarg.
„Da rutschen wir aus dem Radarstrahl!" fügte der Zweite erklärend hinzu.
Die Beiden waren enttäuscht und Tom stichelte:
„Stell dich nich so an. - Kriegst schon keine nassen Füße!"
„Nee, nee! - Geht nicht! - Kommt nicht in Frage!" –
Der Pilot blieb hart.
Und Tom und Relk redeten weiter auf den Flugzeugführer ein, bot ihm Extrageld an und so fort.
Aber der Pilot blieb eisern!
Bis ..., bis sie ihn an seiner Fliegerehre gepackt hatten.
„Stürzt das Flugzeug ab, weil es dann zu langsam ist, oder findest du den Weg dann nicht mehr?"
Relk schlug Tom in die Bresche.
„Oder kannst du mit dem Teil gar nicht so richtig umgehen?"
Charly blickte entrüstet auf und ermahnte die Beiden, vernünftiger zu sein.
„Relk! - Tom! - Jetzt geht ihr zu weit!"
Tom schaute nach hinten zu ihm, dann nach vorn zu den Piloten und

dann Relk an.
„´tschuldigung, war nicht so gemeint!"
Der Pilot blickte kurz nach hinten über seine Schulter, meinte „ist schon gut" und begann eine Schleife nach schräg links einzuleiten.
Dann senkte sich plötzlich das Flugzeug gemächlich herab.
Der Co-Pilot schreckte auf und rief überlaut: „Spinnst du???"
Relk und Tom grinsten, wie Schüler nach ihren ersten Küssen von süßen Mitschülerinnen, als sie bemerkten, dass sie doch noch gewonnen hatten.
Der Pilot sagte zu seinem Zweiten, dass es nur für einen kurzen Moment sei und schon nichts passiere! –
Jeder wurde von dem Erlebnis begeistert!
Es war wie Achterbahnfahren! Jedoch immer geradeaus.
Wie mit dem Jet durch den Grand Canyon, stellte man sich die Felsen kleiner und auch aus Wasser bestehend, vor.
Ein Gefühl, als würden sie jeden einzelnen Wellenberg in rasendem Tempo besteigen und wieder hinab brausen.
Einfach super, - unbeschreiblich!
Auch Charly schien besänftig.
Man glaubte gar ein Kitzeln an den Füßen spüren zu können, wenn ein besonders hoher Wellenkamm auf sie hinzukam.
Erst jetzt erkannten sie, wie viel Bewegung doch in diesem mal dunkel und mal hell erscheinenden, kobaltblauen Meer war.
Kein ruhiges Gewässer, wie sie dachten.
Kein glatter Spiegel.
Nein!
Meterhohe Wellen türmten sich unter ihnen auf.
Von weiter oben sah das Meer fast glatt aus.
–

„Wo kommt diese Insel her???" schrie der steuernde Pilot plötzlich!
Er zog die King Air 200 hoch.
Viel zu schnell!
Das Heck sackte nach unten.
Er beschleunigte die Maschine und senkte die Nase wieder. Dadurch kamen sie gefährlich tief auf das einsame kleine Eiland zu. Ein flacher bewachsener Hügel ragte am Ende der Insel empor. Nicht hoch. - Weit unter hundert Meter.
Aber doch einen halben Meter zu hoch! –

Das Flugzeug machte einen Satz zu Seite.
Niemand konnte sagen, in welche Richtung.
Und auch nicht, ob das Blau, das man durch die Fensterscheiben erblickte, zum Himmel, zum Meer oder zur Hölle gehörte.
Erst als das Blau undenkbar schnell auf sie zugerast kam, wurde ihnen allen klar, dass es das Blau des Meeres war und doch auch der Eingang zur Hölle zu sein schien.
Etwas stieß Charly hart gegen den Hinterkopf und er sah und fühlte einige Momente nichts mehr, bis er sich endlich im Wasser, an einem Wrackteil geklammert, wiederfand.
Seine Reaktionen mussten eigenständig funktioniert haben.
Von den anderen sah er nichts.
Auch vom Flugzeug und den Piloten konnte er, außer diesem Flugzeugwrackteil, an dem er klammerte, nichts entdecken.
—

„Er stirbt!!!"
Tom stöhnte auf. Mit Tränen in den Augen.
„Ach, er stirbt uns einfach weg. - Siehst du das denn nicht?"
Tom krallte sich mit beiden Händen in Charlys Schultern und schüttelte ihn mit einer Kraft, die Charly dem schlaksigen Kerl nie zugetraut hätte.
„Er atmet kaum noch, Charly! - Siehst du das nicht?"
„Doch Tom! - Ich sehe es!"
Er löste sich von Toms Händen, um sich in den strahlendweißen Sand zu setzen.
„Ich seh es! - Und Karsten ist tot! - Und Ulla ist tot! - Und Mike sitzt nur da und heult!"
Später übermannten auch Charly die Tränen.
Seine Schultern schüttelten sich schluchzend noch stärker, als vorher, durch Toms Ankrallen.
Er ließ sich einfach nach hinten fallen, drehte sich auf den Bauch um zu weinen.
Und er weinte.
Alle lagen am Boden und weinten!
Charly lag da, die Tränen liefen ihm an den Wangen hinunter und bildeten dunkle Flecken im Sand.
So schlief er ein.
Und im Halbschlaf, grade wie im Traum, kam ihm die Erinnerung der letzten Stunde, die beinahe wirklich auch seine letzte Stunde geworden

wäre, wie ein Film in den Sinn.
Zuerst, gleich nach dem ersten Aufprall auf dem Meer, löste sich die Halterung des Verbandskastens.
Er sah das Kästchen auf sich zukommen, konnte den Kopf nicht weitgenug aus dessen Flugbahn herausdrehen und wurde hinten, am Nacken, mit einer Wucht getroffen, dass er vorne Sterne sah.
Benommen schlug es ihn zwischen die Sitze.
An der Schwelle zur Bewusstlosigkeit schwebend, klammerte er sich an die Sitzhalterungen, beobachtete die Geschehnisse um sich herum, unfähig, Gedanken zu erfassen oder auch nur irgendetwas zu verstehen, wartend, auf dass das nasse blutige Ende des Fluges auch ihn erreicht hatte.
Er sah, wie Karsten ins Cockpit stürzen wollte und von einem Draht, der den kleinen Vorhang hielt, der die Pilotensitze vom Gastraum abtrennte, regelrecht stranguliert wurde.
Er musste sofort tot gewesen sein.
Ulla wurde von dem Notfunkgerät erschlagen!
Inmitten des Gesichtes traf es sie, zeitgleich mit dem zweiten Aufschlag des Flugzeuges auf die Wellen.
Ullas Blut vermischte sich in Sekundenschnelle mit dem Meerwasser.
Ein kurzes Farbenspiel der Blau- und Rottöne, die ebenso schnell verblassten, durch den Druck des Wassers, das von außen hereindrang.
Relk war von einer Kiste, die das Notproviant und einem Trinkwasserbehälter enthielt, eingeklemmt worden und konnte sich nicht befreien.
Charly selbst fühlte sich unfähig seinen Gliedern eine Bewegung zu befehlen, denn die Bewusstlosigkeit rettete ihn davor, den Verstand verlieren zu müssen.
Die Piloten, Mike und Tom hatte er nicht mehr sehen können. −
Als Charly sich an dem Rest einer Tragfläche klammernd, im Wasser schwimmend, wiederfand, hatte er sein volles Bewusstsein wiedererlangt und sah Relk, wie er aus den Fluten auftauchte.
Der Zufall musste ihn befreit haben, denn Mike und Tom schwammen schon in Richtung des malerisch gestalteten, weißen Strand der kleinen Insel, die, wie es schien, vermutlich nicht einmal auf einer der Seekarten verzeichnet gewesen war.
Von dem Flugzeug, außer dem Wrackteil, an dem Charly sich festgehalten hatte, samt seiner Piloten, und von Karsten und Ulla, war nichts mehr zu finden.

Charly hatte Relk an die Schultern gepackt und auf das Tragflächenstück gezogen.
Mühsam schob er, nur mit den Beinen Schwimmbewegungen ausübend, diesen Verband langsam vor sich her, auf die Bucht zu.
Tom und Mike, längst am Strand angelangt, wandten sich zum Meer zurück, sahen, wie Charly sich abquälte und sprangen zurück, um ihm helfen zu können.
Endlich am Ufer angelangt, zerschlagen von dieser unglaublich kräfteverzehrender Schwerarbeit, sah Charly auf dem Rücken liegend, zum Himmel.
Auf einer kleinen Wolke, des sonst wolkenlosen Firmaments, saß ein Farbiger, ein Aborigine, und rief ihm fies grinsend etwas zu: *‚Da bist du dem Satan gerade noch einmal von der Schippe gesprungen! – Häh, Häh, Häh!'*
Dann wedelte er, meckernd lachend, mit dem Teufelsvertrag.
Charly wischte sich mit der Hand über die Augen und der Aborigine war samt der kleine Wolke unversehens verschwunden.
Er stand auf, ging zu Tom und hörte ihn stöhnend schreien: „Er stirbt! Ach, er stirbt uns einfach weg. - Siehst du das denn nicht?"
—

Mit dem Blech des Tragflächenwrackteils schaufelten sie die Grube, in die sie Relk legten.
Mit Palmenblättern bedeckten sie ihn, damit der weiße Sand nicht direkt auf sein Gesicht und seinen zerschundenen Körper rieseln konnte.
Sie schoben das Grab zu und legten Steine, die sie an einem Palmenhain gefunden hatten, als Grabmal zu einem Haufen getürmt, darauf.
Eine Rede hielt niemand, denn sie alle glaubten nicht an so etwas, wie einen Gott. - Sie glaubten an andere Dinge, wie die Natur, an Menschlichkeit, vielleicht, die leider immer seltener wurde. -
Es fiel ihnen nichts wirklich Feierliches ein, was man sagen konnte.
Außer Charly, dem ein Zitat von dem Physiker Friedrich Dessauer, aus einem entsprechenden Sachbuch, das er kürzlich gelesen hatte, durch den Sinn ging: *‚Man muss loslassen können, wenn man abgerufen wird…. Der Tod ist leichter, wenn der Mensch loslassen kann'*.
Oder die südafrikanische Weisheit: *‚Man kann Weinenden nicht die Tränen abwischen, ohne sich die Hände nass zu machen'*.
Ob es passte, war ihm egal, Hauptsache irgendeiner sagte irgendetwas.

- Also zitierte er, was ihm eben eingefallen war.
Sie waren körperlich und seelisch zerschlagen.

–

Die meiste Zeit der nächsten Tage verbrachten sie in einem Zustand aus einer Mischung zwischen Ruhen und schlafen.
Charly hatte nicht gewusst, wie lange man in einer solchen Verfassung verharren konnte.
Als sie endlich richtig erwachten, um den Wahrheiten ins Auge schauen zu können, zogen sie eine Bilanz.
Das Flugzeug mit den Piloten war fort.
Unauffindbar am Grunde des Meeres.
Karsten und Ulla und Relk waren tot.
Nicht mehr unter ihnen.
Nie mehr!
Tom, Mike und Charly hatten mit ein paar kleinen Blessuren, wie Hautabschürfungen, leichten Prellungen und vermutlich einer schwachen Gehirnerschütterung, die durch die seelischen Schmerzen, nahezu verblassten, überlebt.
Proviant war da!
Wie durch ein Wunder, war die Notproviantkiste an Land gespült worden.
Mit Wasserkanistern, Konservendosen, Tuben, bzw. Päckchen mit Trockenmahlzeiten und sonstigen brauchbaren Utensilien.
Sie hatte Relk vermutlich das Leben gekostet und würde nun das Ihre retten!
Zusammen mit dem Mark der Kokosnüsse, deren Milch und den vielen anderen Früchten, die hier im Busch wuchsen, konnten sie monatelang durchhalten. –
Die Insel war in zwei Tagen einigermaßen erforscht.
Knapp einen Kilometer im Durchmesser, zu je einem Viertel mit dem dichtem, undurchdringlichem Urwald im Osten, mit dem felsigen Hügel im Westen, mit einer saftigen Grassteppe im Norden und mit dem malerischen Sandstrand im Süden ausgestattet.
Nur den Urwald konnten sie bisher nicht durchqueren.
Ohne Haumesser schien es schier unmöglich zu sein.
Eine Süßwasserquelle hatten sie bisher auch nicht entdecken können, was ihre Überlebenszeit merklich begrenzte.
Nach einer Woche hatte sie sich eine brauchbare, kleine Hütte aus

Ästen, den Lianen des Urwalds und Palmenblättern gebaut, die etwaigen kleinen Unwettern trotzen können würde.
Sie bot ihnen Schutz vor Wind und Sonne.
Ob sie sie vor Sturzbächen von Regen oder orkanartigen Stürmen schützen könnte, wussten sie natürlich nicht, denn hier hatte es nicht geregnet, seit ihrem Unglück und ihrer Ankunft auf diesem unbekannten Eiland.
Ihr Plan war, sich täglich eine Mahlzeit aus den Fertiggerichten zu zubereiten.
Dazu benötigten sie etwa gut einen Dreiviertelliter von ihrem so kostbaren Trinkwasser.
Jeder trank einen halben Liter Wasser am Tag, schon wegen der Hitze.
Den restlichen Flüssigkeitsbedarf mussten sie mit der Milch der reichlich vorhandenen Koksnüsse decken.
Insgesamt verbrauchten sie an vier Tagen reichlich neun Liter Frischwasser.
Fünfzig Liter beinhalteten die beiden Behälter in der geretteten Notproviantkiste, und etwa fünf Liter tranken sie schon am ersten Tag, nur, um den Salzgeschmack aus Mund und Rachen los werden zu können.
Summa summarum ergab die Rechnung etwa zwanzig Tage frisches Wasser.
Und wie schnell zwanzig Tage vergehen konnten, hatten sie gemerkt, nach einigen Tagen des Einlebens auf der Insel.
Danach würden sie nur mehr Kokosmilch trinken und den morgendlichen Tau von den Blättern lutschen müssen.
Es brauchte nur wenige Tage, bis sich Durchfallerscheinungen einstellten.
Und die Fertignahrung konnte auch nur, mangels Frischwasser, einzig mit der Kokosmilch, zu schwer genießbaren Gerichten zubereitet werden, was den Durchfall, wegen des erhöhten Früchteanteils noch verstärkte.
Die Versuche, die Trockengerichte mit der Milch der Kokosnüsse anzufertigen, wurden bald verworfen, da diese Mahlzeiten unerträglich schmeckten.
Und ganz ohne Flüssigkeit waren sie nun völlig ungenießbar, was ein einziger Versuch bewies!
Außerdem wären auch die Trockenpulver in einigen Tagen zur Neige gegangen.

Und überhaupt! - Kokosnüsse, immer nur Kokosnüsse!
Sie träumten schon von Kokosnüssen.
Nach einem äußerst beschwerlichen Gang zur Notdurftgrube, die sie mit dem Tragflächenblechspaten gegraben hatten, ging Charly zu den anderen, um dieses Problem mit dem Wasser besprechen
zu können.
Säubern konnte man sich zur Not vorübergehend auch im Meerwasser, aber auf die Dauer würde selbst das zu großen Schwierigkeiten führen.
–
„Es muss hier irgendwo trinkbares Wasser geben! - Ich kann nicht glauben, dass es hier keine Quelle gibt! So viele Pflanzen gibt es hier. Die können nicht vom Meerwasser versorgt werden!"
Tom und Mike stimmten ihm bei.
„Nur vom Regen, wenn es hier überhaupt einmal regnet, könn´n die nich leben!"
„Ihr habt Recht! Wasser muss es geben. Wir müssen uns durch den Urwald kämpfen. Da muss eine Quelle sein!"
Sie waren sich einig und versuchten, aus den Resten des Tragflächenbleches Haumesser zu bauen, die sie wie Macheten benützen konnten.
Mit kurzen geraden dicken Ästen, an einem Ende mit Schlitze versehen, in die dann spitze längliche Blechteile gesteckt und mit dünnen Lianen umwickelt wurden, mit Steinen an den Kanten glattgeschlagen und geschliffen, ist es ihnen dann irgendwann befriedigend endlich gelungen.
Mit Kokosnussbehältern, das Kokosmark aus kleinen Löchern herausgekratzt, bis zum Rand mit der milchwasserartigen Flüssigkeit wieder gefüllt, mit Lianenranken zusammengebunden, um die Schulter getragen und mit ihren Haumessern bewaffnet, zogen sie los, in den Wald hinein.
Vom ersten Schritte an, war es die beschwerlichste Reise ihres Lebens.
- Vom zweiten Schritt an, wurde es fast dunkel.
Nach dem dritten oder vierten Schritt, konnten sie die Sonne und nach dem Zehnten die Richtung nicht mehr erkennen.
Nach zwanzig Schritten hatten sie das Gefühl, jemand würde hinter ihnen die freigehauenen Zweige und Blätter irgendwie wieder zusammendrapieren.
Angst hatten sie nur vor Entzündungen verbreitenden Insekten und Kriechtieren, die ihnen unbemerkt in die Hosenbeine und in

irgendwelche Körperöffnungen krabbeln könnten.
Die Anwesenheit größerer Tiere hätten sie, in Anbetracht der geringen Größe des Urwaldes, sicherlich längst bemerken müssen.
– Und gefährliche Raubtiere?
Wer hätte hier auf dieser unbewohnten Insel zum Beuteschema eines gefährlichen Raubtieres gehören können?
Höchsten Fuchs- oder Dachsartige Tiere könnte es geben, falls Nager, wie Mäuse vorhanden seien.
Und alles hatten sie bisher nicht gesehen.
Selbst der Urwald, den sie jetzt etwa fünfzig Schritte kannten, schien bar an Lebewesen.
Außer ihnen selbst.
Auch Insekten, so schien es, mieden diesen Wald.
Die Gefahr, sich in diesem kleinen, vielleicht knapp fünfhundert mal fünfhundert Meter großen Areal, zu verlaufen, hielten sie für lächerlich.
Das in diese Fläche fast dreihundertfünfzig durchschnittliche Fußballplätze passten, war ihnen nicht so bewusst.
Und diese wären dann auch noch mit tausenden, ihnen unbekannten Pflanzen bewachsen.
Hätten sie das bedacht, würde es ihnen doch die Großspurigkeit genommen haben.
Ja! - Sie hatten sich arg getäuscht.
Nach einhundert Metern konnten sie die Schneise, die sie geschlagen hatten, keine fünf Meter zurückverfolgen.
Die Schlingpflanzen und Farne hatten sich schnell wieder verschlungen und verwoben, sodass Mut und Entschlossenheit begannen, sie zu verlassen.
Der Waldboden war, von Moosen und Blattkompost, so weich und federnd, dass sie nach dem zweiten Schritt, den Abdruck des ersten nicht mehr erkennen konnten.
Das Licht war abgedunkelt durch das Blätterdach der höheren Bäume.
Nur selten hatten sie die Möglichkeit, einen kleinen blauen Flecken des Himmels und einen winzigen Sonnenstrahl erspähen zu können.
Nach über zweihundert Metern, meinten sie einen kilometerlangen Weg geschafft zu haben und hatten nicht bemerkt, schon über die Hälfte der Strecke im Kreis gegangen zu sein.
Die Chance, den Waldrand wiederzuerlangen, war jedoch nicht so gering, obwohl sie die Orientierung als Stadtmenschen vollends

verlassen hatte.
Endlich erkannten sie gelegentlich an den etwas dickeren Lianen Haustellen, die sie selbst geschlagen hatten. Und so erkannten sie immerhin, im Kreis gewandert zu sein. −
Plötzlich schrie Mike: „Iiiih!"
Charly blickte aufgeschreckt zu ihm nach Vorne.
„Hat dich was gebissen?"
„Nein! - Ich hab nur nasse Füße!"
Groß war der Jubelschrei.
Sie hatten eine Quelle, oder zumindest einen Süßwasserweiher gefunden.
„Siehst du!"
Charly klang euphorisch.
„Ich wusste, es gibt hier eine Quelle!"
Der Tümpel hatte einen Durchmesser von über zehn Metern, roch nicht faulig und das Wasser sah erheblich klarer aus, als sie es erwartet hatten.
Mit einem ‚Jipeeh' sprang Tom hinein und Mike und Charly schrien im Duett: „Vorsicht!"
Charly wollte ihn noch am Hemd erreichen und flüsterte betreten: „Du weißt doch gar nicht, was da alles drinnen ist!"
Als Tom triefend und lachend wieder herausgekrochen war, meinte er nur: „Stellt euch doch nicht so an. Jedenfalls ist das Wasser nicht giftig, denn ich hab mindestens zwei Liter getrunken."
Nachdem sie ihren Kokosnussbehältervorrat gefüllt hatten und sich auf den Weg zurück machen wollten, begann sich Tom an Rücken und Beinen zu scheuern.
Lauter Blutegel waren ihm in die Hosenbeine und unters Hemd gekrochen.
In seiner euphorischen Begeisterung darüber, endlich Trinkwasser gefunden zu haben, hatte er sie gar nicht gespürt. - Erst, als sie begannen sich vollzusaugen.
Inzwischen hatte Tom begonnen vor Schmerz zu schreien und Mike und Charly nahmen ihre selbstgebastelten Macheten, um vorsichtig damit die Blutsauger abzuschneiden.
Es blieben ihm scheußlichen kleine Wunden, aber das Viehzeug konnte entfernt werden. Und Wundsalben waren im Notfallkasten auch vorhanden.
Zu ihrem Glück erkannten sie bald überrascht, dass ihre Quelle nur

etwa dreißig Meter vom Urwaldrand entfernt lag und keine fünfzig von ihrem Startpunkt.
Und so konnten sie mit relativ geringem Aufwand, dadurch, dass sie mehrfach liefen, schnell eine größere Menge Wasser an ihrem Lagerplatz bevorraten.
Sie hatten sich an einem vorwiegend schattigen Platz eine runde Grube ausgegraben, in die sie eine Kunststoffplane, die ehemals in der Beechcraft King von der Polizei die Notproviantkiste abgedeckt hatte, hineinlegten und am Rande mit Steinen befestigten.
Auf diese Weise hatten sie einen Bottich-artiges Behältnis geschaffen, das den Wasservorrat, sogar bei üppigen Verbrauch, auch für mehrere Tage beinhalten würde können.
Nun war auch daran zu denken, sich einmal den ganzen Körper mit Süßwasser zu waschen, ohne dass diese störende Salzschicht nach dem Trocknen zurückblieb.
Man konnte sich an ein Leben, wie dieses gewöhnen, wenn da nicht….
Ja, wenn da nicht mindestens drei Dinge fehlen würden! – Frauen, Tabak und vor allem, ihre Musikinstrumente.
Am meisten aber fehlten ihnen Ulla, Karsten und Relk so sehr!
‚The German Country Challengers' gab es seit dem eigentlich nicht mehr!
Denn die gute Seele der Band und vierzig Prozent der Musikanten fehlten.
Mit Ulla, Karsten und Relk war auch diese Band irgendwie auch gestorben! –
Es war Abend.
Ein laues Lüftchen wehte spielend über die Lagune, die die kleine Bucht begrenzte und ließ ein bläuliches Leuchten durch die Flammen des kleinen Lagerfeuers schimmern.
Es war das erste Mal, dass sie sich feierlich um ein solches Feuer gesetzt hatten.
Sie misstrauten ihrer Rechnung zwar ein wenig, aber hatten sich entschieden, diesen Tag als den letzten Tag des dritten Monats anzusehen.
Ein viertel Jahr war also schon vergangen und niemand hatte sie bisher gefunden!
Mike schluckte, musste sich zusammennehmen, bevor er sprach.
„Ich…, ich will hier nicht alt werden, und auch nicht hier sterben!"

„Dann lass uns los!" entgegnete Charly.
Tom fing an, fast hysterisch anmutend, zu lachen und wie eine Infizierung begann damit ein haltloses lärmendes Gelächter aller Drei.
In das eine geraume Weile anhaltende Lachen, prustete Mike hinein: „Lass uns los! - Lass uns endlich losfahren; - ich glaub wir werden so langsam alle verrückt hier!"
Charly versuchte ihn zu beruhigen und schaute in die Runde.
„Ich sag das nicht einfach nur so. - Ich mein es ernst!"
„Wie?" und „Häh?" waren die Kommentare der anderen Beiden.
„Ja! - Wir bauen uns ein Boot oder ein Floß, packen unsere sieben Sachen darauf und schippern los!"
„Einfach so? - Du meinst…."
„Ja, einfach so."
Tom grinste über sein ganzes Gesicht.
„Logisch! Einfach so."
Charly sammelte sich.
Die beiden anderen merkten, er hatte die Sache längst durchdacht.
„Wir haben hier wirklich nichts zu verlieren. Ihr sagt es selbst. Hier wollen wir nicht alt werden und auch nicht sterben. Vielleicht ´n Kurzurlaub, mehr aber nicht. - Und wenn jemand, der uns in der letzten Zeit gesucht hatte, auf die Idee gekommen wäre, dass wir auf einem einsamen Eiland überlebt haben könnten, hätte er uns auch längst gefunden! - Auch, wenn wir vielleicht ein paar Meilen vom Kurs abgekommen sind! - Die suchen uns nicht mehr! - Jetzt müssen wir selber suchen."
Stille! −
„Ja!"
Mike klang in gewisser Weise erleichtert.
„Jetzt suchen wir, - und zwar einen Weg nach Hause! - Ich brauch endlich wieder meine Gitarre in den Armen und ein Mädchen auf dem Schoss!"
Sie lachten wieder alle.

—

Seit Tagen sammelten sie Palmenblätter, dünne, biegsame Äste und Lianen, die sich zum Binden eigneten und nicht zu dicke Stämme für den Boden ihres Gefährtes.
Die Stämme fanden sie teils als umgefallene Bäume, deren Geäst sie mühsam entfernen mussten.
Die meisten aber mussten sie unter Aufwand ihres spärlichen

Werkzeuges und Geduld, viel Geduld, und Kraft, erschöpfende Kraft, in irgendeiner Weise zu Fallen bringen.
Gelegentlich gelang es ihn nur mit roher Gewalt.
Gemeinsam traten sie von einer Seite gegen die Stämme nachdem sie zuvörderst mit den Macheten, von denen sie bei der Einen mit mäßigen Erfolg versucht hatten Sägezähne einzukerben, eine Solbruchstelle eingeschlagen und gesägt hatten.
Mit Stoffresten, mit den dünnen Ästen und den Lianen banden sie die Stämme zusammen.
Die Ritzen zwischen den einzelnen Stämmen verschmierten sie mit einer harzigen Substanz, die sie an einem buschartigen Baum entdeckt hatten.
Etwa in der Mitte des Floßes hatten sie einen besonders geraden Stamm so eingebunden und unter dem gesamten Boden mit einem quergelegten Baumstück gekontert, das er senkrecht aufragend als Mast dienen konnte.
Einen dünneren, ebenso geraden Stamm hatten sie quer unter die Mastspitze platziert, an dem sie die Kunststoffplane, aus ihrer selbstgezimmerten Trinkwasserkuhle, als Segel befestigten.
Mit einigen Nylonseilen, die sie in der Notfallkiste gefunden hatten, und dünnen Lianen, hatten sie Mast und Segel befestigt.
Die Seitenränder des Floßes waren mit zusammengebundenen Stämmen und dickeren Ästen, zwei am Bug und Heck sogar mehr lagig, erhöht worden.
Damit sollte erreicht werden, dass nicht jede Welle über das Gefährt hin überschwappen konnte.
Alles, was sie an wasserdichten Behältern besaßen, wurde mit Frischwasser und verderblichen Lebensmittel gefüllt und in der Nähe des Mastes und im Heck angebunden.
Seitliche Ausleger sollten die Kenterungsgefahr verringern und der Bug war so vorgesehen, dass mit zwei Stützen und einigen großen, übereinander lappenden, zusammengebundenen Palmblättern, leicht einen brauchbarer Sonnenschutz errichtet werden konnte.
Nachdem ihre Überlebensarche soweit fertig geworden war, dass alle Drei, unter Berücksichtigung des Mangels ihrer seemännischen Fähigkeiten, Vertrauen zu ihrem Fahrzeug fassen konnten, rollten sie es über quer zum Strand liegende Stämme zum Wasser hinunter. - Das Vertrauen schwand sehr schnell, als das Floß Wasserkontakt erhalten hatte.

Es war so schwer, das, sobald alle Drei aufgestiegen waren, nur noch sie, der Mast und das Segel, samt Rigg, den Wasserspiegel überragte. Mit Gepäck wäre es sicherlich völlig versunken.
Sie zogen ihr Floß zurück an den Strand und resignierten für zwei Tage.
„Wir schaffen es niemals nicht, von dieser Insel zu verschwinden", klagte Tom, bäuchlings auf dem Sand liegend, den Kopf auf die Hände gestützt.
„Für ein schweres Floß braucht man Auftriebskörper!" sinnierte Mike.
„Wo kriegen wir Auftriebskörper her?"
Charly setzte sich auf, zog die Hacken an den Hintern und schlang die Arme um die Knie.
„Die Behälter brauchen wir alle für das Trinkwasser! - Je mehr Wasser wir bunkern, desto länger halten wir durch!"
„Aber wenn das Boot gleich ab buddelt, komm wir gar nich weg von dem Kaff!" mischte sich Tom ein, ohne den Kopf von den Händen zu nehmen.
„Wenn wir mit unseren Behältern Auftrieb schaffen, bleibt uns nichts für unser Frischwasser! - Wir haben nicht genug Kanister und nichts, was wir als Ersatz nutzen könnten. - Scheiße, Scheiße, Scheiße!" Mike war wiederum am Resignieren.
Und Charly, in seiner unbequemen Sitzposition verharrend, dachte weiter nach.
Seine Augen blitzten auf.
„Ich hab´s!"
Zwei Augenpaare wurden fragend auf ihn gerichtet.
„Wir sammeln zweihundertfünfzig, oder dreihundert Kokosnüsse... "
„Oder Zehntausend, oder Hunderttausend, oder wie?"
„Nein, im Ernst! - Zwischen zwei Stämmen passt immer eine Reihe Kokosnüsse. - Wir bohren in jede Nuss zwei Löcher, oben und unten, und lassen die Flüssigkeit rauslaufen. - Dann kratzen wir so gut es geht, das Mark raus...."
Tom schaute zweifelnd und unterbrach ihn.
„Wie willst du die Dinger befestigen, die schwimm doch weg?"
„Mit den Lianen aus dem Wald."
Auch Mike traute dem Vorschlag nicht sehr.
„Und wie wollen wir verhindern, dass die voll Wasser laufen?"

Charly hatte sich auf die Knie vorgehockt, damit er seine Erklärungen mit den Händen untermalen konnte.

„Passt auf! - Wir bohren oben und unten die Löcher in die Nüsse, ungefähr so groß, dass sich die Lianen gerade eben noch durchziehen lassen. - Saugend, schmatzend. - Dann verschmieren wir die Löcher um die Lianen herum, mit dem Harz aus dem Wald. Und dann befestigen wir diese Perlenketten jeweils zwischen zwei Stämmen an der Unterseite des Floßes. Wenn es sein muss, sogar in mehreren Lagen!"

„Zeit und Kokosnüsse haben wir ja genug! - Nichts haben wir soviel wie Zeit und Kokosnüsse!"
Mike grinste freudig über seine Weisheit. –
Gesagt, getan!
Es dauerte weitere drei bis vier Wochen mit dem ungenügenden Werkzeug, das sie sich herrichten konnten, bis diese Arbeit erledigt werden konnte.
Aber.... Das Boot oder besser Floß schwamm wie ein Schwan auf dem Wasser!
Fast stolz lag es da.
Aus dem Rest des Tragflächenteiles des Wracks, hatten sie drei Stücke von circa zwanzig mal fünfzig Zentimeter geschnitten, wobei die eine Machete endgültig zerstört worden war.
Drei, etwa einhundert fünfzig Zentimeter lange, bambusartige, gerade Stangen wurden im unteren Teil der Länge nach aufgeschlitzt und durchbohrt.
Zusammengefügt und mit dünnen Lianen gebunden, ergab es drei brauchbare Paddel.
Und sie paddelten!
Und paddelten, auf ‚Teufel, komm raus'…, denn der Wind ließ auf sich warten.
Zuerst ließen sie das Segel noch stehen.
Da sie erkannt hatten, ohne Wind bremste es eher ihre Fahrt, refften sie es ab.
Viel brachte es nicht, aber es sparte etwas ihre Kräfte. –
Der Abschied von der Insel, war kurz und schmerzlos, das Fortkommen schon um einiges schwieriger.
Die, der Insel vorgelagerte Lagune musste überwunden werden! Bei ihrer Ankunft war es kein Problem, da die Sandbank, die es erst zu einer Lagune machte, nur knapp bis unter den Wasserspiegel gereichte, wo sie schwimmend hinübergeglitten waren, ohne es bemerkt

zu haben.
Nun, mit dem schweren Floß, bot sie eine echte Herausforderung, denn der Tiefgang ihres Gefährtes, lag weiter unten, als ihre Bäuche beim Schwimmen.
Sie mussten aussteigen und ihren ‚Schwan' hinüber schieben, ja, nahezu hinübertragen.
Dank ihrer Vorsicht und Bedachtsamkeit, hatten sie es irgendwann geschafft.
Auch ohne eine der Perlenketten am Unterboden des Floßes zu verlieren.
Ein letzter Blick zurück zeigte ihnen am Rande des Urwaldes ihre kleine Hütte, mit den riesigen Palmenblättern als Dach und die Stelle, wo sie sich immer zu den Mahlzeiten aufgehalten hatten. Und dort links, an der Biegung des Waldes, wo Urwald und Wiesensteppe sich trafen, sah man, schwach zu erkennen, drei Häufchen von faustgroßen Steinen, die der letzte benennbare Kontakt zu Ulla, Karsten und Relk waren.
Das erste Vierteljahr ihres traurigen Abenteuers des Verschollen-Seins auf diesem unbekannten Eiland, hatten sie sich auf ein oder zwei Tage genau errechnet.
Ab dem Tag, den sie sich als den ersten des vierten Monats entschieden hatten, zählten sie die Tage nicht mehr nur im Sinn. Sie hatten sich ein Palmenholz geschnitten, in das sie jeden Morgen eine kleine Kerbe schnitzten.
An jedem siebten Tag kam eine etwas längere Kerbe, an jedem dreißigsten, respektive, einunddreißigsten Tag, die Längste.
Die ersten Wochen ihrer Odyssee, hatten sie verkürzt nachgetragen, um Platz zu sparen, indem sie nur Wochen- und Monatskerben eingetrieben hatten.
Über die Kerbe ihres Abreisetages hatten sie ein kleines Loch gebohrt.
So wussten sie, dass sie seit zehn Tagen etwa in Richtung West gepaddelt waren, als endlich der Wind aufkam.
Ein starker Wind!
Gottseidank kein Sturm, denn diesen, so fürchteten sie mit ihren fehlenden nautischen Kenntnissen, überlebten sie nicht.
Tom und Charly stemmten sich in die Seile, die an der Mastspitze und an den Segelkanten befestigt worden waren, damit der Druck des Windes nicht den Mast brach, und Mike versuchte mit dem sichersten, gelungensten Paddel so gut er konnte, am Heck die Richtung zu lenken.

Doch die wirkliche Richtung gebot der Wind.
Nichts, so glaubten sie in diesem Augenblick, konnte stärker sein, als ein Wind.
Grenzenlos erschien ihnen seine Kraft.
Obwohl es sicherlich noch nicht einmal ein echter Sturm oder ein Orkan, war.
Es war ein reines Glücksspiel, zumal niemand von ihnen auch nur das kleinste seemännische Wissen besaß.
Und so befahlen sie sich den Elementen.
Mit ihrem Gefährt, dem bootähnlichen, dank ausgeprägten Bug und Heck, konnten sie aber nicht gegen den Wind kreuzen, denn das Segel ließ keine Schrägstellung zu und sie wussten ja auch nicht, was man dabei zu tun hatte und was man brauchte, bzw. hätte ändern müssen.
Einfach nur vor dem Wind fahren, war ihr Los!
Aber dafür war die Geschwindigkeit recht passabel.
Zwei volle Tage und zwei ganze Nächte hielt der Wind in seiner Stärke durch und trieb sie stetig gefühlt in ein und dieselbe Richtung.
Welche Richtung es war, konnte von ihnen niemand mehr sagen. Denn seitdem der Wind blies, schien die Sonne nicht mehr.
Und es konnte sich natürlich auch niemand mehr daran erinnern, wo die Sonne stand, als der Wind aufkam.
Nicht einmal daran, ob es vor oder nach Mittag, morgens oder abends gewesen war.
„Wisst ihr was?"
Charly stellte die Frage erst, als der Wind leicht nachgelassen hatte, da die anderen ihn so überhaupt erst zu verstehen vermochten.
„Wir wissen nicht einmal, ob der Wind uns immer in die gleiche Richtung geschoben hat."
Mike schüttelte ungläubig den Kopf.
„Doch! Das hätten wir bemerkt, wenn der sich gedreht hätte."
„Äh, äh. - Genau wissen wir nur, dass der Wind in unserer Lage immer von Hinten wehte!"
Charly schaute seine Freunde ernst an.
„Denk mal an eine Windhose! - Da würde er auch immer von hinten kommen, aber doch in einem großen Kreis wehen!"
„Du willst uns doch nicht erzählen, dass wir von einer Windhose im Kreis geschoben wurden, häh, häh?!?"
Mike lachte meckernd.
„Nein!" antwortete Charly gedehnt.

„Höchstens von einer riesig großen. - Stellt euch vor, der Wind bläst in einem verdammt riesigen Kreis!"

„Daran will ich einfach nicht denken! - Da sind wir ja vielleicht einmal ganz um unsere Insel geschippert und haben es nicht mal bemerkt."

Tom meldete sich endlich auch wieder zu Wort.

„Nun hört endlich auf damit. - Alles ist möglich, und wir könn´n sowieso nix machen!"

—

Ein bisschen Glück hatten sie nun wirklich doch einmal verdient, denn, was nützte das Glück, den desaströsen Flugzeugabsturz überlebt zu haben, um hier, auf dem Meer, dann jämmerlich zu ertrinken, zu verdursten oder zu verhungern.

Die eine Vorstellung war erschreckender, als die Zweite oder die Dritte. Charly vermochte nicht daran zu denken, wie groß das Glück zu sein hatte, allein auf diesem großen Teich zufällig gefunden zu werden, wenn sie mit den Suchtrupps, die zweifellos unterwegs gewesen waren, doch unentdeckt geblieben sein mussten.

Dieser Gedanke erschreckte ihn maßlos!

Sie waren zwar nicht auf dem Atlantik, dem Pazifischen oder dem Indischen Ozean, jedoch, war die größte Entfernung wohl auch in diesem Meer so gegen zweitausend Kilometer, wie er vermutete.

Er hatte vor dem Flug von Miami nach Tampico gehört, dass diese beiden Städte über tausendeinhundert und vierzig Seemeilen voneinander entfernt lägen.

Es war immerhin der Golf von Mexiko und das Bermudadreieck war auch nicht so weit weg.

Und was hatte man da nicht schon an tollen, dramatischen Geschichten gehört?

Auch erinnerte er sich an Seeräuberfilme, vorwiegend aus dieser Gegend, in denen zu sehen war, wie große Segelschiffe, mit mehreren Masten, aneinander vorbei fuhren, ohne sich zu entdecken!

Wie hatten sie nur daran glauben können, gefunden zu werden? Sonst hätten sie nach diesem Achtundvierzigstundenturn irgendetwas sehen müssen! - Oder?

Aber, wie hätten sie überhaupt was sehen können, wenn die ganze Welt um sie herum Grau in Grau verhangen war.

Wieder war Charly der Resignation nahe, denn auch ihr Trinkwasservorrat hatte sich mehr reduziert, als vorher berechnet

worden war.
Sie waren sehr durstig, hier ständig auf dem Meer.
Es war zwar bewölkt und stürmisch, aber trocken, warm und schwül.
Auch den anderen erging es wie Charly.
Apathisch lagen sie in ihren Ecken, grübelten über ihre Lage nach und verhielten sich leise und ruhig. −
Urplötzlich riss der Himmel auf, nachdem sich der Wind wieder etwas gelegt hatte und ein Sonnenstrahl, wie ein rotgelber Finger zum Horizont weisend, das weiße Segel einer Yacht aufblitzen ließ.

- 44 -

*D*as Akkordeon ließ bayrische Volksweisen erklingen.
Collin bearbeitete eine Bongotrommel und die anderen schlugen und klopften und rasselten auf Tisch, Stühlen und Campingtöpfen den Takt dazu.
Sie waren ausgelassen und freuten sich wie die Kinder.
Die Einen, weil sie Retter, die Anderen, da sie Gerettete waren. Collin war ein recht erfolgreicher Fotograf, der sechs Monate im Jahr durch die ganze Welt jettete, um mit hübschen Mädchen und Burschen schöne Bilder zu erschaffen und verdiente damit sein Geld für die zweite Hälfte des Jahres.
Seine Frau Ellen besserte, während Collins Zeit des Fotografierens, ihr Taschengeld in den Londoner German Pubs, mit Akkordeon spielen, auf.
Die anderen sechs Monate verbrachten sie beide in einem ehemaligen Fischerhäuschen an der Küstenstraße bei Punta Frances auf der Insel Isla de la Juventud, die zu Kuba gehört und südlich der Hauptinsel gelegen ist. Von hier aus kreuzen sie mit ihrer großen Zwölfmeteryacht in der Karibik und dem Golf von Mexiko umher.
Dieses Mal waren sie auf einem Turn zur Campeche Bank weit nordwestlich von Yukatan, wo es kleine, bewachsene Inseln gibt, die durch den Kalksand der Korallenriffe, von den Stürmen über die

Jahrhunderte zusammen geweht und gespült, entstanden waren.
Doch das Schicksal hatte anders entschieden!
Sie sollten Lebensretter werden und waren zurück nach Punta Frances, zu ihrem Haus gesegelt.
Mit den Verunglückten und ihrem merkwürdigen Gefährt im Schlepptau. –
Nun feierten sie die Rettung, während sie auf die Agenturleute und den Manager der ‚German Country Challengers' warteten, die sie über das Satellitentelefon allarmieren konnten.
Diese erklärten überschwänglich und begeistert, dass sie darauf bestünden, sofort zu ihnen, nach Kuba reisen zu wollen.

- 45 -

„Cajun...!" sinnierte Charly vor sich hin.
„Was sagst du?"
Die anderen starrten erst ihn, dann blickten sie sich untereinander an.
Charly schien nicht gehört zu haben. Er schaute anscheinend blicklos um sich herum.
Wie aus einer Trance erwacht, setzte er sich auf, nahm sein Glas, trank, setzte den Drink wieder ab und dann sah er den Freunden nacheinander direkt in die Augen.
Ellen hatte derweil ihre schwermütigen, gefühlvollen Lieder weitergespielt.
Ihr Akkordeon klang wie eine leichte Brise, die über die Wellen der Karibischen See strich, mit den irischen und schottischen Volksweisen, die Ellen nun gewählt hatte.
„Wenn ich dem Akkordeon zuhöre, denke ich an Cajunmusik." erwogt Charly.
Mike lächelte. - Er wusste Bescheid und konnte Charlys Gedanken schnell folgen.
„Cajun! - Find ich super! - Ich verstehe."
Charly hatte sich verkehrtherum auf einen Stuhl gesetzt und seinen

Kopf auf die vor der Brust verschränkten, auf der Rückenlehne verweilenden Arme gelegt, schaute nun durch die anderen hindurch und sah ihre neue Zukunft.
Nach schwirrenden Gedanken, die seinen Kopf erfüllten, richtete er sich wieder auf.
 Erneut sah er die anderen nacheinander noch einmal an.
„Ich glaube, Cajun finden wir alle gut. Und darum sollten wir diesen Musikstil in unser zukünftiges Programm mit einbinden!"
Tom bekam einen wehmütig traurigen Glanz in die Augen.
„Ich kann nicht denken an eine Zukunft! - Karsten und Relk sind tot. - Und vor allem Ulla!"
Auch Charly schluckte.
Und Mike fing still zu Weinen an.
Minutenlang herrschte eine erdrückende Ruhe.
Ellen und Collin spürten die lähmende Trauer und fühlten mit ihnen, obwohl sie die Verblichenen überhaupt nicht gekannt hatten.
Nach einer unermesslichen Zeit der Stille, versuchte Collin sie aus dieser, jede Initiative tötenden, trauernden Lethargie zu befreien. Er wusste, jedes Wort, das nun folgte, war das Falsche.
Und es fielen ihm auch nur die Standartsätze für solche Momente ein.
Er wusste aber auch, dass irgendjemand irgendetwas sagen musste.
Ganz gleich, was es war!

„Eure Freunde sind tot, das ist schlimm, aber, könnte man sie fragen, und könnten sie auch antworten, so würden sie euch sagen: ‚macht weiter! - Seid so gut, wie wir immer sein wollten!'"
Collin sah sie der Runde nach an.
„Lasst die ‚German Country Challengers' nicht mit uns sterben!"
Er machte eine Pause.
„‚Wenn es einen Grund dafür gibt, dass wir sterben mussten, dann muss es irgendetwas mit einer Änderung der Musik zu tun haben'. - Das würden sie euch sagen!"
Tom erwachte aus seiner Trance.
Die Worte hatten ihn angesprochen.
„Ulla hatte mir irgendwann einmal gesagt, dass sie in ihrer Kinderzeit Akkordeon gespielt hatte. Und, dass sie das mal fortsetzen wollte."
Mike glotzte ihn an.
„Echt? - Warum hat sie das nie uns gesagt? Das hätten wir doch

alle unterstützt!"
Charly blickte zu Ellen.
„Vielleicht ist es eine Fügung, dass gerade Ellen und Collin uns retten sollten."
Alle drei starrten Ellen an.
Ihnen war klar, was gemeint war. Fast wie im Chor sprachen sie es aus.
„Hättest du Lust, das zu tun, was unsere Ulla wohl schon immer tun wollte?"
Ellen lächelte betreten und wusste nicht, was sie von sich geben sollte.
Die drei Anderen riefen wieder wie im Chor:
„Du musst bei uns einsteigen und dein Akkordeon spielen!"
„Ja!" ergänzte Charly.
„Ein Cajunakkordeon gehört dazu. - Und das musst du spielen!"
Ellen blickte immer noch verlegen.
„Ich weiß doch gar nicht, ob ich gut genug spiele, - für euch!"
Sie sah sich hilfesuchend zu ihrem Mann um.
„Wenn du diese Musik magst und da richtig mitmachen willst," sagte Collin ernst, „dann tu es! - Tu es richtig! - Gut genug bist du alle Mal! Für mich bist du die Beste. Und du hast meine volle Unterstützung dabei!"
Ellen fiel ihrem Geliebten um den Hals und lachte immer noch etwas verschämt.
„Dann werd ich eben die Grand Ma sein in eurem Bunde werden. - Ich muss aber erst einmal lernen, was Cajunmusik eigentlich ist! Und wie man sie spielt!"
„Wir auch!" sagten die Drei, „wir auch!"
Aber in diesem Augenblick, so war ihnen allen klar, sollte eher keine endgültige Entscheidung gefällt werden.
Doch die Richtung war klar!
Es würde in der Folge Cajunmusik gespielt, zumindest ins Programm integriert werden.
Nur der Zeitpunkt, zu dem sie überhaupt wieder als ‚The German Country Challengers' vor ihrem Publikum auftreten würden, konnte noch nicht festgelegt werden.
Jetzt war die Zeit des Relaxens angesagt.
Ellen und Collin hatten ihnen ihr Haus zur Verfügung gestellt und wollten selbst in allernächster Zeit ihren Segelturn erneut starten. So hatten sie nur einige wenige Tage noch zusammen. Danach war für die einen das Relaxen und vielleicht das große Vergessen dran, für die

anderen das große Segeln.

„Ihr hättet die unreiferen Nüsse nehmen sollen. Da ist noch nicht so viel Milch entstanden und das Wasser drinnen, ist fast so gut wie Süßwasser!"

Sie hatten das bootartige Floß über den Strand und die Küstenstraße bis an den Pinienhain gezogen, wie damals, bei der Abfahrt von ihrer Insel, mithilfe von dünnen Baumstämmen.

Die geraden Pinienstämme hier auf der Jugendinsel von Kuba waren viel besser geeignet dafür.

Nun standen sie davor, glücklich, diese anstrengende Leistung vollbracht zu haben und fachsimpelten.

Dieser Pinienhain gehörte zum Teil zu dem Grundstück, das Ellen und Collin zu der geräumigen Fischerhütte, die ihnen gehörte, dazu gepachtet hatten.

Bequeme Gartenstühle und ein kleines Tischchen, hatten sie in einiger Entfernung des Floßes angeordnet, saßen nun gemütlich bei einander und fachsimpelten.

Collin ergänzte seine Ausführungen den anderen gegenüber.

„Es gibt im pazifischen Ozean bewohnte Inseln ohne Süßwasserquelle; und die Leute können nur wegen des Wassers in den Kokosnüssen überleben!"

„Hätt ich nie gedacht!"

Charly war erstaunt, aber etwas anderes interessierte ihn wesentlich mehr.

„Aber, wovon lebt ihr hier eigentlich? - Ich meine nicht wegen des Wassers. - Wasser habt ihr ja genug hinter den Pinien! - Ich mein, wovon bestreitet ihr euren Lebensunterhalt überhaupt?"

Collin lächelte und setzte sich weiter zurück.

„Wieso? - Ellen macht doch ihre Musik! - Nein, Spaß beiseite! Ich tu auch was. Ich bin Fotograf. Zirka sechs Monate knipse ich hübsche Mädels irgendwo auf der Welt, wo es schön ist. Das heißt, wo die Sonne richtig gut scheint."

Gebannt sahen die Freunde ihn an und Ellen schaute zufrieden.

Sie dachten, dass dies ein nahezu perfektes Leben sei, denn den Rest konnten sie sich denken.

„Ja, während ich unterwegs bin, spielt Ellen in einigen Pubs in London, damit das Geld reicht!"

Ellen nickte und gab zu Protokoll: „Es gibt in London Pubs, sogenannte German Pubs, in denen ich bayrische Volkslieder spielen

kann. - Sowas, was ich auf der Yacht schon vorgespielt habe."
Sie erinnerten sich.
Auch daran, dass sie ihren Ohren nicht trauten, als sie gerettet wurden, und sie dachten schon, verrückt geworden zu sein, als sie das gehört hatten.
Charly war begeistert über so eine Lebenseinstellung.
Sie selbst hatten natürlich auch ein besonderes Leben zu führen begonnen, sah man von den letzten Ereignissen, die Ellen und Collin gerne erfahren würden, ab.
Und so geschah es auch, dass Collin einen neuen Versuch machte, ihnen Einzelheiten über das Unglück zu entlocken.

„Meint ihr nicht doch, dass ihr über die Sache endlich einmal etwas berichten solltet?" sagte also Collin so belanglos, wie möglich, dahin.

„Nicht, dass ich neugierig wäre, - bestimmt nicht, das könnt ihr mir glauben! - Und Ellen auch nicht! Aber, es würde euch selbst helfen, wenn ihr euch endlich entschließen könntet. - Reden hilft! Glaubt mir."
Er schaute Mike und Tom und Charly der Reihe nach an.
Die reagierten erst mit Schweigen.
Charly änderte endlich seine Meinung.
Nicht, dass er weniger trauerte, als die anderen, aber ihm wurde bewusst, dass Collin und Ellen ein Recht darauf hatten, die Einzelheiten zu erfahren. Und mit dem Rest hatten sie wohl auch recht.

„Ich will es kurz machen, denn ich will keinen Roman darüber schreiben. Da würde ich verrückt werden! − Wir machten Urlaub am Strand von Miami. Das nächste Konzert sollte in Tampico, in Mexiko gespielt werden. Vor echt großen Publikum. Mehrere Zehntausend. Ich mag das eigentlich nich. Lieber spiel ich vor Fünfhundert, als vor Fünfzigtausend. Das Equipment wurde mit LKW hingefahren und wir hatten ein Geschäftsflugzeug gechartert. So ´ne Beechcraft, oder so. − Ein paar von uns ham es dann doch tatsächlich geschafft, den Piloten dazu zu bringen, weiter runter zu gehen. Also mit dem Flieger knapp über den Wellen zu tanzen. − Und dann war da so plötzlich dieses Eiland!"
Er schluckte.

„Das hätte da gar nicht sein dürfen, laut Karte! - Nicht groß, nur so höchstens ein Quadratkilometer. Mit ´ner kleinen Erhöhung. Nur so ´n Hügel, mehr nich! – Aber, der war zu hoch…!"
Charly und die anderen konnten die Tränen nicht zurückhalten. Auch

Ellen benötigte die Papiertaschentücher.
Collin schluckte immer wieder, bis…, ja, bis Charly endlich fortfahren konnte.
„…, der war einfach zu hoch! - Dann ging alles so schnell. − Irgendwas knallte gegen meinen Hinterkopf. Es war, als wäre ich gelähmt. Aber im Unterbewusstsein hatte ich alles mitgekriegt. Hinterher fiel mir alles wieder ein. Ich hab genau mitbekommen, wie die …, die Ulla, der Karsten …."
Er schluckte schwer.
„… und Relk war fest eingeklemmt, als das Wasser da überall war! − Ich will euch die genauen Einzelheiten ersparen!"
Und wieder schluckte Charly.
„Dann konnten wir uns auf die Insel retten, - ich mein, Tom und Mike und ich. Und Relk hatten wir noch bis an den Strand bekommen. Aber, - da ist er dann gestorben! − Den müssen wir da noch wegholen und wo anders begraben!"
Wieder schluckten und schnieften sie und die Tränen liefen herab, über Wangen und Bärte, oder sie hingen an Nasenspitzen.
Niemand sagte mehr etwas.
Es war allen klar, dass Relk nicht dort bleiben konnte.
Er gehörte nicht dahin!
Ulla und Karsten auch nicht, aber die würde man wohl nicht wiederfinden können.
Immerhin hatten sie ein gemeinsames, wenn auch sehr feuchtes Grab gefunden.
„Was war mit den Piloten?"
Ellen dachte, dass sie über sie noch gar nicht geredet hatten.
Mike war der Erste, der die Tränen hinunterschlucken konnte.
„Wissen wir nicht! − In Sekundenbruchteilen waren die Piloten samt dem Flugzeug weg. - Gesunken. - Wie im Sturzflug durch die Wassermassen Richtung Grund des Meeres."
Charly nickte und fuhr fort: „Karsten und Ulla waren schon hinaus gespült worden, so wie ich!"
Nach einer längeren Pause sprach Mike doch noch einmal das Desaster an.
„Was ich einfach nicht verstehen kann…, wieso wussten die Piloten nicht, dass da eine Insel ist? − Die ist zwar sehr klein, aber mit Urwald drauf und ′nem Hügel und so."
Charly und Tom sahen es genauso.

Sie wussten sich keinen Rat.
Wie konnte es sein, dass zwei professionelle, anscheinend doch so erfahrene Flugzeugführer nicht wissen, dass in dieser Gegend so eine Insel sein kann?
Collin versuchte, soweit er konnte, eine Erklärung abzugeben.
„Die Isla Desterrada ist eine Insel, die in der Campeche Bay, bei Yukatan im Laufe der Zeit, und ich meine nicht nur hundert Jahre, sondern Tausende, also, die durch Wind und Aufspülungen der Riffablagerungen, wie Kalksandstein und ähnliches, entstanden ist. - So ähnlich muss es auch mit eurer Insel gewesen sein."
Er schaute in die Runde und dozierte weiter: „Davon gibt es sehr viele dort in der Gegend! - Die Meisten sind noch kleiner. - Manchmal nur eine ganz klitzekleine, gelbe Sandhaube, die aus dem Wasser ragt und bald wieder weggespült worden ist. – Die richtigen Insel, die bewohnten und bewachsenen sind mit an Sicherheit grenzender Wahrscheinlichkeit alle bekannt und in den Seekarten eingezeichnet. - Die kleineren, unbewohnten Inseln sind vielleicht aber nicht in den Flugkarten vermerkt! - Denn, - seid mir nicht böse, aber welcher Idiot fliegt im Golf von Mexiko auf hundert und weniger Meter übers Wasser herunter?"
Alle zuckten mit der Schulter.
„Beim Recherchieren über unseren Turn nach Desterrada, hab ich einiges gelesen: Der Golf ist gar nicht überall so sehr tief. Die Küsten hier, haben zum größten Teil eine mehrere Kilometer lange Kalksandsteinfortsetzung, eine Art Schelf wie an der Halbinsel Yukatan, die Campeche Bank. Sie ragt hundert, oder mehr Kilometer in den Golf hinein! - Fast alle Staaten, die an Meeren liegen, haben einen Küstenschelfstreifen, und viele Küstenstaaten sind deshalb reich, weil da oft Öl und Gas darunter lagert. - Und auf diesen können eben solche Eilande entstehen."
Er blickte in die Runde, ob er nicht als Klugscheißer oder Oberlehrer wirken würde.
„Und nicht jeder blöde Pilot weiß, wo die sind und lässt sich dazu überreden, such bloody Shit zu machen!"

—

An diesen Abend sagte niemand mehr ein Wort.
Einer nach dem anderen verschwand in seine Schlafecke, konnte schlafen oder auch eher nicht. Und niemand zeigte sich vor dem doch sehr späten gemeinsamen Frühstück.

An einem der nächsten Tage wurde ein großes Grillfest mit Schwein und Mediterranes gefeiert.
Nachbarn, die schon seit Tagen neugierig, ob der neuen Gesichter und der neuen Lieder, die gespielt wurden und ob des seltsamen Gefährts, das an dem Pinienhain lag, um die Ecken blickten, waren auch dabei.
Es wurde wirklich groß gefeiert, denn der Turn zur Campeche Bank und der länglichen Inseln, Isla Desterrada, als Endziel, sollte für Ellen und Collin nun endlich losgehen.
Sie hatten bei Wein und Rum, mit etwas Zuckerwasser verdünnt, beschlossen, dass die beiden Weltenbummler ihr Vorhaben endlich ausführen sollten, um dann auf dem Rückweg die Überlebenden des Flugzeugunglücks aufzunehmen und alle zusammen einen Transfer nach Miami begehen sollten.
Dort sollte die Yacht in eine Werft nahe der Marina vor Ort zur Inspektion, die eigentlich erst zum Ende ihres Aufenthalts rund um Isla de la Juventud, der Insel der Jugend, für dieses Jahr, erledigt werden müsste.
„Schaut mich an!"
Schon reichlich Wirkung des Rumkonsums zeigend, prahlte Collin.
„Ich bin weit über sechzig, bin zwar rund, wie ´n Medizinball, aber fit wie ´n Turnschuh!"
Die anderen verstanden nicht, was er damit sagen wollte.
„Das kommt alles von dieser Insel – rülps -, denn dies ist die Isla de la Juventud! - Die Insel der Jugend! - Rülps -! Für alle, die ´s nich wussten! - Rülps -!"
Ellen sah ihn mit einer Mischung aus Verlegenheit und Böse-sein an.
„Collin! - Geh ins Bett!"
Collin stand auf.
„ -Rülps!- Nacht!"
Er wandte sich dem Haus zu.
Erst ein, zwei schwankende, dann sicherere und geradere Schritte, als wäre er doch nüchtern.
Nur das schwach wahrnehmbare ‚Rülps', war noch zu hören.
Dann war er um die Hausecke verschwunden.
Die Nachbarn nahmen es als Aufbruchssignal und auch die anderen blieben nicht mehr allzu lange sitzen. –
Es war eine schöne Abschiedsparty!

- 46 -

Nachdem sie alle wieder zu Hause waren, der Fotograf und seine Akkordeonspielerin auf ihrer Yacht und die restlichen Musiker von ‚The German Country Challengers' in Nashville und Umgebung, nachdem sie den Nerv tötenden Presserummel hinter sich gebracht, - Ellen und Collin waren verschont geblieben, weil sie ja auf See waren - und die toten Freunde symbolisch begraben und eine umfangreiche, stressreiche Befragung und Untersuchung der Behörden über sich ergehen lassen hatten - die Leichen konnte man, bis auf Relks, nicht mehr bergen – nachdem sie das alles hinter sich gebracht hatten, beschafften sie sich alle Literatur über Cajunmusik und deren Interpreten, die sie finden konnten und fraßen sie in sich hinein.
Sie baten Jimmy C. Newman, einen der führenden Cajunmusiker aus Louisiana, und Shorty Leblanc, einem hervorragenden Akkordeonspieler in dieser Musikrichtung, ihnen doch bei ihrem Start zu helfen.
Und sie taten es!
Sie brachten sogar noch Rufus Thibodeaux, einem der führenden Cajunfiddlespieler, mit.
Rufus sollte später einige Gastauftritte bei ihnen absolvieren. Jimmy C. war Mitglied der Grand Ole Opry und konnte ihnen auch so noch vieles beibringen.
Das sichere Auftreten und das Moderieren zwischen den Songs.
Ellen zeigte sich besonders wissbegierig, saß nächtelang mit Shorty zusammen und war eine äußerst gelehrige Schülerin, trotz ihres weit jenseits der Fünfzig liegenden Alters.
Jimmy zeigte ihr nebenbei die Grundzüge des Autoharpspielens. Und so mauserte sie sich mit der Zeit zu einem unsagbar wertvollen Bandmitglied.
Beim Musizieren konnten sie die toten Freunde zwar nicht vergessen, aber sie bewältigten dabei den Schmerz des großen Verlustes.
Sie hatten ein Ziel!

Und solange sie es nicht erreicht hatten, wirkte der Weg zum Ziel bei ihnen besser, die Verluste der Freunde zu verkraften, als Morphium gegen starke Schmerzen.
Sie schrieben ein paar Songs, die nach ihren Vorstellungen in diese, für sie neue, Musikrichtung zu passen schienen.
Und natürlich begingen sie Stilbruch, denn echte Cajunmusik wurde französisch gesungen, oder besser noch in akkadischem Französisch, der Sprache die die französischen Einwanderer an Nordamerikas Nordostküste seinerzeit bevorzugt hatten.
- Diese Sprache des ehemaligen Akkadiens reifte schon im sechszehnten und siebzehnten Jahrhundert heran, als die ersten Franzosen aus der Gegend um Loudun, südwestlich von Nantes, aus der Bretagne und Teilen der Normandie in die Regionen des heutigen Nova Scotia, Brunswick und Maine übersiedelten.
Während sich englische Ausdrücke in der späteren Zeit zu dieser eigenen Sprache dazugesellt hatten, entwickelte sich der heute bekannte Volksname `Cajun´ nach der britischen Vertreibung der französischen Akkadier von ‚Acadians' zu `Cajuns´. – Und so auch die Bezeichnung dieses Musikstils -
Aber jeder, der diese neuen Stücke in dem Repertoire der ‚Challengers' hörte - Produzenten, wie Agenten der Plattenfirma oder auch Freunde der Band, wobei Freunde natürlich auch Producer oder Agenten sein konnten - war begeistert von diesen für die Fans der ‚The German Country Challengers' neuen Hörgenuss.
Allein von den Akkordeonparts, die Ellen gefühlvoll, als wäre sie selbst aus Frankreich und nicht aus England in die Staaten gekommen verschaffte Begeisterung.
Sie übten noch wochenlang, schrieben weitere Songs in dieser Richtung und dann vergruben sie sich erst einmal in ihrem Studio.

—

„Ich weiß, Honey, wir sehen uns kaum noch. - Aber das bleibt doch nicht immer so, oder?!?"
Charly sah, wie Ellen ihren Collin nach dieser Aussage mit verliebten und um Entschuldigung bittenden Augen anschaute.
Charly war gerade am Mischpult, um einige Einstellungen zu überprüfen, die sie kürzlich vorgenommen hatten.
Ellen und Collin standen in der Schleuse zwischen Aufnahme- und

Vorraum.
Die Beiden wussten nicht, dass diese Schleuse akustisch und optisch, durch ein kleines Fenster und mit versteckten Mikrofonen überwacht werden konnte, damit niemand unbeaufsichtigt in eine Aufnahme hineinplatzen konnte.
Charly schien erst nicht klar zu sein, dass diese Überwachung aktiviert war. Und so wurden die Beiden relativ unbeabsichtigt beobachtet und belauscht.
Er hatte schon die Hand an dem Deaktivierungsschalter, als er nach den ersten Worte begriff, was besprochen wurde und hielt dann doch inne.

„Ich will mich ja nicht beschweren." fuhr Collin fort.

„Ich hab dir zugeredet, zu dieser Sache und dazu stehe ich auch weiterhin, aber ich konnte doch nicht ahnen, wie sehr diese Art zu Musizieren dermaßen unser Leben verändern würde!"
Collin senkte seinen Blick über seinen runden Bauch zu Boden, während er dies sagte.
Sie schlang die Arme um seinen Hals, senkte ihre Stimme und wisperte ihm etwas ins Ohr, jedoch so, dass Charly es mit etwas Anstrengung soeben noch vernehmen konnte.

„Ich will auch nicht, dass sich unser Leben entscheidend verändert. Schließlich haben wir sehr viel dafür getan, dass es so ist, wie es ist!"
Collin hob seinen teils fragenden, teils frohlockenden Blick empor.

„Willst du damit sagen, dass du aufhörst?"
Charly erschrak leicht.
Es ging doch gerade erst los. Wollte sie tatsächlich aufhören?
Dass sie nicht ewig mitspielen würde, war ihm klar.
Und so war es ja auch nicht geplant.
Aber so früh? –
Ellen schaute Collin verlegen an.
Er ahnte, was kommen würde und versuchte ihr zuvorzukommen.

„Wenn du aufhören willst, musst du es aber ohne Wehmut tun!"
Er wusste, dass sie jetzt noch nicht aufhören würde.
Ellen schüttelte langsam den Kopf.

„Nein, das will ich damit nicht sagen. - Das heißt, nicht jetzt sofort!"
Sie belastete abwechselnd erst den linken und dann den rechten Fuß, in der Körpersprache ein klares Zeichen von mangelnder

Entschlussfähigkeit. Dann fuhr sie fort.

„Ich mach dir einen Vorschlag! - Ich mache diese Platte bis zum Ende mit, dann gehe ich mit auf die dazu gehörige Tournee und in einem halben Jahr, oder ein oder vielleicht zwei Monate später, gehen wir beide wieder auf unsere Insel der Jugend. - Mit ein paar weiteren Erfahrungen mehr, die unser Leben bereichern."

Collin schluckte schwer und dachte ‚dein Leben vielleicht', als er erwiderte: „Das bedeutet vielleicht noch ein dreiviertel Jahr!"

„Ja! - Höchstens"

„Ich werde dann aber nicht ständig bei dir sein! - Das stehe ich nicht durch!"

Jetzt senkte Ellen ihren Blick.

„Da weiß ich jetzt nicht, ob ich das durchstehe! Aber, - versuchen wir es."

„Du bist doch nicht die einzige Akkordeonspielerin, Ellen! - Jeder kann ersetzt werden!"

„Collin! - So einfach ist das nicht! - Irgendwie bin ich doch, oder sind wir doch, die Auslöser für diese ganze Geschichte! - Ich bin ein Teil davon. – Und, kann ich bei dir so einfach ersetzt werden? - Ich bin ja auch nicht die einzige Frau!"

Sie erschrak über das, was sie gerade sagt hatte.

„Entschuldige! So hab ich das nicht gemeint."

Collin schaute verlegen weg und schüttelte den Kopf.

Jetzt wankte er von links nach rechts.

Nach einem Augenblick hatte er sich entschieden.

„Nein! Du hast doch Recht! - Meine Gefühle haben mich zu weit getrieben."

Wieder umschlang sie seinen Hals. Diesmal, um ihn leidenschaftlich zu küssen.

Sein rauschender grauer Vollbart wippte dabei unter ihrem Kinn.

Er machte sich von ihr frei.

„Ich werde nach England fliegen und hole meine komplette Fotoausrüstung. - Und dann mache ich eine Reportage von eurer Tour! – Wie wär das?"

„Super! - Aber darüber müssen wir noch mit den anderen reden."

„Klar!"

Hand in Hand gingen sie hinaus.

Charly war hin und her gerissen über sein Verhalten und schämte sich sehr wegen dieser heimlichen Belauschungsaktion.

Aber er war doch froh zu wissen, woran sie mit Ellen waren.
Abgesehen davon, hatte er insgeheim wohl doch schon geahnt, dass diese Verbindung von nicht allzu langer Dauer sein würde, da die Beiden sonst ja immer alleine auf ihrer Jugendinsel lebten.
Und Collins Vorschlag mit der Fotoreportage, war einfach Spitze!
—
‚Nicht von Dauer' ging ihm durch den Sinn.
Wie oft und überraschend etwas nicht von Dauer war, hatten sie alle schmerzlich erfahren müssen, bei ihrem Flug über den Golf von Mexico!
Charly wurde traurig.
Er lehnte sich auf dem Stuhl zurück und kreuzte die Arme.
Sein Blick haftete an einem Knast in einem Brett der Holzdecke und wich keinen Augenblick von ihm.
Während er sinnierte und grübelte, entwickelte sich in ihm die Idee zu einem Song, die der Verlust der geliebten Freunde gebar.
Der Titel stand gleich fest.
 - `And It Hurts` - `Und es tut weh´ -
Es war das erste Mal, dass Charly einen Text verfasste, bevor er die Musik komponierte.
Er erzählte von ihrer Countrymusikerfamilie, jedoch nicht nur über den traurigen und katastrophalen Tod der drei verblichenen Familienmitglieder, nein auch darüber, dass Klein-Tommy nun zu einer Vollwaise geworden war!
Er wusste, dass es eine Ballade sein würde und dass alle Bandmitglieder ihre Gefühle mit in die Melodie hineinlegen werden müssen.
Er wusste natürlich noch nicht, dass diese Nummer als einzelne Auskopplung der CD innerhalb einer Woche ein Nummer-Eins-Hit in den Countrycharts werden würde.
Ihm war klar, dass dieses Lied nichts mit Cajunmusik zu tun hatte, aber doch auf die CD gehörte, da durch diese Geschichte die Idee zum Cajun ja erst geboren worden war.

„Ladies and Gentlemen - Guys and Girls! Liebe Country Fans!"
Der Tournee Producer stand neben den Monitorboxen auf einer der größten transportablen Open-Air-Bühnen, die es gab und kündigte die neue Bandformation an.

„We proudly presents! - *Wir präsentieren ihnen stolz -*
the one and only - *die Eine und die Einzige! -*
one of the best Country groups - *Eine, der besten amerikanischen Countrymusikbands! -*
`*The-New-Country-Challengers*!´ "
—

Sie hatten sich auf den neuen Bandnamen geeinigt, weil die deutschen Mitglieder nicht mehr überwogen und vor allem, weil die Gruppe ohne die fehlenden verstorbenen Ulla, Karsten und Relk nicht mehr ‚The-German-Country-Challengers' sein konnten!
—

„Ich schaff das nicht! - Ich geh da nicht raus!"
Ellen war im Begriff ihr kleines, neues, dunkelblaues, diatonisches Cajunakkordeon, ihre `Cajunquetsche´ abzuschnallen.
Sie alle standen um Ellen herum und sagten Dinge, wie ‚du schaffst es', - ‚nur Mut' oder ‚ohne Lampenfieber kannst du auch nicht gut sein'.
Sie alle kannten dieses Gefühl nur zu gut.
Gerade vor so einem großen Publikum von über vierzigtausend Leuten in diesem riesigen Footballstadion.
Ellen zitterte am ganzen Leib und vor allem in den Knien und drohte gleich umzufallen, als Collin in den Backstagebereich stürmte, um sie in die Arme zu nehmen.

„Ich.., ich d…, ich denke, du bist vorn um zu fotografieren?" stotterte sie.

„Es ist mir zwar spät eingefallen, aber ich kenn dich doch!"
Sie legte ihre Arme, so gut es ging, um seinen Hals.
Akkordeon und Collins runder Bauch behinderten sie arg dabei.

„So!" sagte er, „nun gehst du mit deiner und meiner Kraft da raus und spielst den Leuten ein bisschen was vor!"
Sie dachte ‚hätt ich mich doch bloß nicht bereit erklärt, zuerst allein hinauszugehen und das Intro zu spielen', während sie sich von Collin nach vorne schieben ließ.

Charly war drauf und dran das Programm umzuwerfen und die Band geschlossen hinausgehen zu lassen, als er sah, dass Ellen zur Bühne hinschlich, stumm vor ihr Mikrofon trat, um dieses tolle Intro zu intonieren.
Wie Tom es später nannte: „That was an awfully good Solo with her 'Cajunquetsche!'"
Das Publikum lauschte mäuschenstill.
Das Akkordeon erfüllte, mit etwas Hall- und Delayeffekt im Verstärkungsweg des Mikrofons, das ganze Stadion und kam so gut an, dass der Bass, der den Part folgen sollte, seinen Einsatz um einen Vierteltakt lang, verpasste.
Dieser ursprüngliche Fehler unterstrich das Akkordeonvorspiel und sie behielten diesen ungewollten Patzer in den zukünftig folgenden Konzerten bei.
Noch nie wurde, vermutlich, ein Konzert so bestimmend mit einem Akkordeon begonnen.
Man veränderte sogar eine spätere ganze CD-Auflage dahin gehend, dass dieses vermeintlich fehlerhafte Liveintro in die Aufnahmen eingespielt wurde.
Und nach diesem Intro, bei diesem Riesenkonzert, war Ellens Lampenfieber wie verflogen!
Bis zum nächsten Konzert.
Dieses Erste allerdings war ihr Bestes.
Nur..., nach den Zugaben wurde Charly tief traurig.
Denn während des Auftritts, spätestens beim Singen seines Balladenhits, ‚And it hurts' war ihm das Fehlen Karstens so immens in den Sinn gekommen, dass er kaum die Tränen zurückhalten konnte.
Sie hatten zwar einen sehr guten Studiomusiker an der Pedal Steel Guitar verpflichten können, aber dessen Stil, dieses Instrument zu spielen, unterschied sich doch spürbar von dem des nun toten Freundes.
Und so war er noch trauriger geworden, als er den Ablauf des Konzertes revuepassieren ließ.
Während sie so dasaßen in der Garderobe und keiner auch nur ein einziges Wort sagte, wurde auch Ellen traurig.
Jedoch wurde sie es aus einem ganz anderen Grund.
Sie bezog das bedrückte Schweigen auf sich selbst, als dachten alle, sie hätte alles verpatzt.
„Du warst super, mein Schatz! Ich bin so stolz auf dich!"

Collin glänzte vor Freude, als er den Musikerraum im hinteren Backstagebereich betrat.

„Das denkst du! Aber die hier denken, ich hätte nur Mist gespielt!"

Mike sprang empört auf und starrte sie an.

„Sag mal spinnst du? Wie kommst du auf sowas?"

Tom wandte sich ihr zu.

„Du warst echt super! Das Beste, was uns seit langen widerfahren ist!"

Ellen war den Tränen nahe.

„Aber es sagt doch keiner ein Wort! Ich dachte, ihr schweigt euch alle aus, weil sich niemand traut, mir die Wahrheit zu sagen."

„Quatsch!"

Mike schaute verlegen zu Boden.

„Es ist ganz anders! – Wir sind alle nur so traurig, weil uns während des Konzerts, das Fehlen von Relk und Karsten so glasklar spürbar wurde"

Charly nickte.

„Dieser Bob ist sehr gut an der Pedal Steel, aber ganz anders als Karsten. - Und Relks Banjo fehlt uns auch!"

Er hatte seine Traurigkeit in den Griff bekommen und räusperte sich.

„Du kennst diesen Unterschied einfach nicht, aber wir mussten uns alle beherrschen, um nicht on Stage loszuheulen."

„Ach so."

Ellen war jetzt betrübt, weil sie so eine Möglichkeit nicht bedacht hatte.

„Ich verstehe!"

Collin nahm sie in den Arm und flüsterte leise: „Komm! - Wir lassen sie alleine."

Dann ging er mit ihr hinaus.

- 48 -

„*D*a war irgend so eine Behörde, die wollte Tommy abholen! In ein

Heim, oder so!"
Die Nurse war immer noch ganz aufgeregt.
Charly glaubte, nicht richtig zu hören, als er wieder in sein Haus kam.
„Wer hat Tommy in was holen wollen?"
„Eine Behörde, ich weiß nicht, welche, - in ein Heim."
Charly registrierte es noch nicht so richtig.
„Ich hab mich an ihn geklammert, dass sie keine Chance hatten, unseren Tommy wegzunehmen! Aber sie sagten, sie kommen wieder, wenn du zurück wärst! - Du sollst dich gleich bei denen melden. - Die Telefonnummer hab ich aufgeschrieben."
„Danke Sara, das hast du super gemacht! Mach dir keine Sorgen mehr, ich wird gleich morgen zu meinem Anwalt gehen."
Charly war verwirrt.
Mit so etwas hatte er nun gar nicht gerechnet.
Er war in solchen Dingen wohl etwas weltfremd, denn er hatte über Tommys Zukunft bisher überhaupt noch nicht nachgedacht.
Für ihn und auch für die anderen, war es klar und völlig logisch, dass Tommy zu ihnen gehörte.
Zur Großfamilie der Band.
Ob nun Karsten und Ulla noch lebten oder nicht.
Außerdem hatte Tommy, wie es scheint, das Fehlen seiner Eltern erstaunlich cool verkraftet. Oder noch eher gar nicht wirklich realisiert.
Er sah die Beiden ja auch nicht so oft!
Und wenn er sie sah, dann waren sie ja im Grunde alle seine Familie.
Deshalb vermieden sie es jetzt auch, mit ihm darüber zu reden.
Tommy war jetzt schon in die zweite Klasse gekommen und Charly war durch seine musikalischen Aufgaben so sehr in Anspruch genommen, dass ihm nicht einmal in Erinnerung war, wie er denn eingeschult worden war.
Er blickte Sara an.
„Entschuldige, - aber, Tommy ist nun schon in der zweiten Klasse und ich weiß nicht einmal, wann und wie er eingeschult wurde!"
„Oh! - Das war schon schwierig genug!"
„Hmm?"
Charly war sich nicht wirklich bewusst, wie lange sie denn nicht mehr zu Hause gewesen waren.
Es mussten mit allem, mit dem Urlaub und dem vorherigen Konzert, mit ihrem Unglück und ihrem Verschollen sein auf der Insel, mit ihrer

Rettung durch Ellen und Collin, der Rückfahrt auf der Yacht und dem Relaxen in Punta Frances auf der Isla de la Juventud, ungefähr zwanzig Monate gewesen sein.
Mehr als eineinhalb Jahre!
Auch das Debütkonzert hatten sie absolviert, ohne sich wieder wie zu Hause zu fühlen.
Charlys Gedanken wanderten zurück zu Tommy und seine Nurse. Sara hatte ihm Zeit gelassen, - gute Sara - dass er seine Gedanken ordnen konnte, bis sie weitersprach.
„Ja! Ohne euren Anwalt hätte ich auch das niemals geschafft. Es war gerade zu der Zeit, als die Suche nach euch aufgegeben wurde. Ich war ja nicht erziehungsberechtigt und konnte unseren Tommy nicht einschulen lassen. Wie der Anwalt das dann geschafft hat, weiß ich auch nicht. - Aber er hat es geschafft!"
„Wenn wir dich nicht hätten, Sara!" sagte Charly und nahm die Nurse, die inzwischen für alle wie eine mütterliche Freundin geworden war, in die Arme.

—

Bob Waits, ihr Anwalt für alle Fälle, wusste genau, wie er Charly zu nehmen hatte.
Er hatte sich die ganze Geschichte in Ruhe angehört, gesagt: ‚Eigentlich hatte ich damit längst gerechnet, aber ich hab noch andere Dinge im Kopf', dann hat er ein paar Schriftstücke im Schnellverfahren formuliert und schreiben lassen und nun stand er neben Charly, zeigte auf die Papiere und murmelte: „Hier, hier und hier musst du unterschreiben".
Er deutete auf die jeweiligen Stellen auf den Papierbogen.
„Und dann?"
„Dann warten wir ab! - Und dann bist du, so Gott will, bald Papa!"
„Dafür soll er dich segnen! – Wenn´s ihn gibt und du recht behältst!"
Bob grinste.
„Die Einzelheiten willst du ja doch nicht wissen!?!"
Charly grinste zurück und schüttelte mit dem Kopf.
„Die Einzelheiten will ich nicht wissen!"
„Und die Höhe meiner Rechnung sicherlich auch nicht!"
„Nö. Du bist dein Geld eben wert. Das weißt du doch selbst!"
Charly verließ die Kanzlei und fuhr nach Hause.

Tommy spielte auf dem Rasen hinterm Haus. Als er Charly sah, stand er auf und lief auf ihn zu.
Charly ging ihm entgegen.
Tommy flog in seine Arme und Charly drückte ihn fest.
„Is was?!?!?"
Charly sah ihn nur an.
„Ich hab dich so lieb!"
–

Die CD mit den Aufnahmen von Ellens Akkordeon abgemischt mit den Liveeinspielungen des ersten Konzerts, gingen weg wie warme Semmeln.
Nur einige Journalisten der schreibenden Zunft, ritten immer noch darauf herum, das Alles sei wohl doch nur ein makaberer PR-Gag gewesen.
Sie wähnten, dass Relk, Karsten und Ulla sich wegen Heimweh oder Ähnlichem, nach Europa abgesetzt hätten und bezeichneten die Geschichte um Ellen und den Unglücksopfern als Comeback Finesse.
Der Flugzeugabsturz war zwar geschehen, das konnte nicht bestritten werden. Aber die Leichen konnten nicht vorgewiesen werden.
Mit der Existenz von Relks Leichnam, wollte man sich auch nicht abfinden.
Man hatte sie ja nicht zu sehen bekommen.
Außerdem wurde die Presse, was Einzelheiten der Tragödie betraf, extrem kurzgehalten.
So reimte sich die Journaille die Dinge nach Gutdünken zusammen und konstruierte eine verkaufsträchtige Story.
Wie sehr sie die überlebenden Mitglieder der Gruppe mit ihrer schlechten Recherche verletzten, schien sie gar nicht zu bemerken, oder es war ihnen eher einerlei.
Und wie schlecht sie durch ihre mangelnde Fachkompetenz dadurch aussahen, ebenfalls.
Allein der Umstand, dass der kleine Tommy bei Charly weiterlebte und sogar adoptiert worden war, schien sie nicht zu interessieren, denn, es passte ja nicht in ihr Bild.
Und, dachte man in dem Niveau weiter, welch Superstory wurde da übersehen:
‚Country Starehepaar setzt sich nach Europa ab und überlässt Siebenjährigen seinem Schicksal'!
Bei solchen Gedanken überlegte Charly kurz, ob er gegen die

Scharlatane gerichtlich vorgehen sollte, aber die Erwägung wurde verworfen, ob der, in seinen Augen ‚Nichtigkeit' dieser Schmierer! Seriöse Angehörige dieses Genres blieben bei der Wahrheit der Informationen, die sie erhielten, oder übten Zurückhaltung.

- 49 -

*I*m zweiten Jahr nach der großen Katastrophe nahm Collin seine Ellen beiseite.
Sie gehörten beide nun schon fast zwei Jahre lang zu der großen Musikerfamilie und hatten für die Zeiten zwischen Tour und den Einzelengagements das Gartenhaus hinter Charlys Villa bezogen. Ellen war gerade im Begriff zur Probe für die zweite große Tournee ins Studio zu gehen, als Collin den Arm um sie legte, um sie ganz behutsam zu dem Sofa aus Rattan, das auf der Wiese hinter ihrem Häuschen stand, zu führen.
„Setz dich." sagte er betont gelassen.
„Was ist los? Ich muss zur Probe!"
„Gerade darüber will ich mit dir reden! - Setz dich hin. - Nur ganz kurz."
Seine Stimme war ruhiger geworden, aber energischer.
Ellen wusste sofort, dass es etwas Wichtiges, Entscheidendes sein musste.
„Erinnerst du dich an das Lampenfieber vor deinem allerersten Auftritt und an unser Gespräch danach?"
Ellen ließ sich vehement auf das Rattangestell zurückfallen.
Die Schamesröte stand ihr nun im Gesicht und ihre Haut begann zu Glänzen.
Sie hatte sofort gewusst, dass jetzt etwas kam, was sie die ganze Zeit vergessen hatte.
Oder besser, verdrängt hatte.
Wie hätte sie es denn vergessen können?
Sie begann mit: „Ich liebe dich so sehr! Und ich hoffe, du glaubst mir

noch!"

„Natürlich glaub ich dir noch! Damit hat das doch gar nichts zu tun, aber ich habe jetzt fast zwei Jahre gewartet, weil ich wusste, wie wichtig dir dies Ganze geworden ist, aber...."

„Collin! – Wenn du willst, fahren wir zu unserer Insel. Heut noch!"

Sie stand auf, ging ins Haus zu dem Schrank, auf dem ihre Koffer lagen und streckte sich.

Sie war zu klein, um ohne Leiter einen Koffer herunterzuholen.

Er hatte mit dem Kopf geschüttelt und war ihr lächelnd gefolgt.

„Collin hilf mir. Ich bin zu klein!"

Collins Lächeln ging ins Lachen über.

„Wenn du etwas tun willst, tust du es gleich sofort und richtig!"

„Das weißt du doch. Warum zögern und warten? - Komm, hilf mir!"

Collin kratzte sich den Hinterkopf.

„Ellen!?!"

„Ja?"

Sie schaute weiter hinauf zu den Koffern.

„Hast du mich denn auch richtig verstanden?"

Sie sah ihn an.

„Wir hatten doch damals abgemacht, die Tour mit zu machen und dann zurück in unser Paradies zu gehen."

Gemächlich schüttelte er das Haupt.

Langsam und bedächtig kam seine Frage.

„Ist es denn noch unser Paradies?"

Spontan und bestimmt folgte ihre Antwort.

„Ja! – Und das wird es immer bleiben!"

„Und dies hier? – Ist das jetzt nicht dein Paradies?"

Ihr Blick traf erneut seine Augen.

„Paradies ist der Ort, wo ich für Immer bleiben möchte, den ich vielleicht ein kleine Weile verlassen könnte, aber zu dem ich immer wieder zurückkommen will. – Mein Zuhause!"

Collin seufzte lange.

„Ist *dies* hier jetzt nicht dein Zuhause?"

Ihre Antwort war klar und deutlich.

„Nein! - Es ist eine schöne Bleibe. Aber nur für die relativ kurze Zeit, während der ich mein Paradies verlassen habe."

Sie lagen sich in den Armen und weinten ein bisschen.

„Und wenn ich eine kleine Weile vor dir in unser Paradies zurückkehren würde? Nur für die Zeit dieser zweiten Tournee. – Und dann kommst du nach!"

„Ich weiß nicht."

Ihre Augen leuchtet auf, blickten unentschlossen hin und her und zeigten Bedrücktheit.

„Würde dir das gefallen?"

Collin ließ sie los.

„Nein! - Aber ich könnte es akzeptieren, wenn du wirklich noch ein halbes Jahr, oder so, hierbleiben willst!"

„Höchstens vier, fünf Monate!"

Er ging zu ihr, nahm sie wieder in die Arme, küsste sie und brummte in seiner Teddybärart: „Geh zu deiner Probe." –

Drei Tage später brachten sie alle Collin zu seinem Flieger, der ihn nach Miami zu seiner Yacht, die gottseidank auch einhändig gesegelt werden konnte, bringen sollte.

Tommy winkte der immer kleiner werdenden Maschine noch hinterher, bis das Summen der Motoren endlich verstummt war.

Nach vier Monaten folgte Ellen ihrem Geliebten.

–

Diese Tour hatte ihnen einen ähnlichen Erfolg beschert, wie die Erste! Nach einem gemeinsamen Urlaub mit dem kleinen Tommy gingen sie ins Studio, um neugeschriebene Balladen aufzunehmen.

Wenn sie Pedal Steel Gitarre oder Akkordeon benötigten, gab es ja sehr gute Studioprofis gegen gute Bezahlung!

- 50 -

„Ich kann nicht mehr, - led's take a break!"

Tom stöhnte vor Anstrengung und setzte sich, die Beine bequem ausstreckend, auf einen der Sessel, die um dem Rauchtisch herum standen, hin.

„Wir sind jetzt seit siebzehn Stunden im Studio und höchstens mal zum Klo raus gewesen."

Charly grinste und sah ihn an.
„Gottseidank gehört uns das Studio selbst, sonst wär´n wir bald bankrott!"
Er kramte in einem Stapel Zettel, den er am Vortag mitgebracht hatte. Nach einer kurzen Weile fand er ein Noten- und ein Textblatt. Er studierte die Aufzeichnungen so intensiv, dass Tom und Mike aufmerksam wurden und ihn anstarrten.
Kurz bevor sie sich äußern konnten schaute Charly sie nacheinander an.
„Seht mal, was ich vorgestern Nacht geschrieben habe!"
Sie standen auf und traten hinter ihn, um mit ihm gemeinsam die Blätter betrachten konnten.
Mike war ziemlich überrascht.
„Das ist ja deutsch!"
Er war auch deshalb so überrascht, da sie seit Jahren kein einziges deutsches Wort mehr miteinander gesprochen hatten.
Sie waren eigentlich mittlerweile auch in ihren Gedanken völlig amerikanisiert worden.
„Ja!" begann Charly.
„Ich habe lange darüber nachgedacht!"
Er räusperte sich und fuhr fort: „Tommy ist jetzt bald elf Jahre alt und spricht kaum ein Wort Deutsch, obwohl seine beiden Eltern Deutsche waren."
Er setzte ab und schluckte schwer, weil ihm gerade zum ersten Mal der Gedanke kam, dass ja möglicherweise er selbst der Vater sein konnte. Der leibliche und nicht nur der Adoptivvater.
Der Zeitraum von da an, als er mit Ulla zusammen in dem alten Kneipenkeller lag, bis dahin, als Ulla sich mit Karsten fest zusammen tat, war so kurz, dass eine genaue Rechnung nicht eindeutig möglich war.
Nur ein Vaterschaftstest könnte Klärung bringen. Aber ihm genügte es, der Adoptivvater zu sein. Der echte Vater sollte für sie alle der Karsten bleiben.
Ruhen sie alle Drei in Frieden! −
„Ich dachte jedenfalls, dass wir das ändern sollten."
Mike und Tom schauten ihn an, als würden sie noch nicht so recht verstehen.
Charly setzte noch einmal neu an, seine Gedanken zu erläutern.
„Ich hätte es einfach gern, wenn Tommy zweisprachig aufwüchse.

In der Schule und bei Sara und Tom spricht er weiter amerikanisch. Und wir, jedenfalls du, Mike und ich, sprechen vorwiegend Deutsch mit ihm!"
Mike lachte: „Das finde ich gut, - so Multi-Kulti!"
„Genau!" antwortete Charly.
„Und irgendwann, eines Tages, zeigen wir unserem Tommy unser Geburtsland!"
Mikes Augen begannen zu glänzen.
„Deutschland!!!"
Dann schluckte er traurig.
„Charly, du bist doof!"
„Wieso?"
Die anderen starrten ihn an.
„Ja, - weil ich bis eben das Gefühl von Heimweh nicht kannte. - Jetzt weiß ich, was die Heimwehkranken fühlen!"
Ein gewisses Empfinden von Heimweh hatte Charly immer gespürt. Nicht ständig, aber gelegentlich.
Nun aber empfand er ein leichtes Schuldgefühl dazu.
Aber, wie konnte er wissen, dass Mike damit vorher nichts zu tun hatte.
„Wir müssen ja nicht erst irgendwann mal nach Deutschland gehen."
Charly grinste und hob die Schultern.
„Wir können es ja bald tun!"
Nachdem sich die bedrückte Stimmung etwas gesetzt hatte, kam Tom erneut auf die deutschsprachigen Textblätter zurück.
„Aber warum deutsche Songs in mein Amerika?"
Tom konnte die ganze Geschichte nicht nachvollziehen und sah daher nur das Wesentliche.
Charlys Gedanken kehrten wieder zu ihrem Beginn zurück.
„Vielleicht habt ihr damals mitgekriegt, jedenfalls du, Mike, dass sich die Gruppe ‚Truck Stop' um Cisco Berndt zusammen gefunden hatte. - So Zweiundsiebzig oder Dreiundsiebzig war das, oder so."
Mike schaute auf.
„Ja! In der Blockhütte auf Pauli war das. Ich weiß noch."
Tom schüttelte fragend den Kopf.
„Pauli, - häh?"
„Du kennst das besser unter St Pauli."
„Ah. Soccerclub, - Fußball! - Nee, ich weiß schon. - Aber

Countrymusik auf St. Pauli, auf der Reeperbahn? Hab ich nie gehört."
Charly meldete sich dazwischen: „Das war ´ne prima Musikkneipe mit viel Country. Und auch Rhythm and Blues. - Hank Lorraine! Erinnerst du dich Mike?"
„Oh ja!"
„Und ‚Truck Stop' hat ab Mitte der Siebziger, oder so, nur noch Deutschcountry gemacht!"
Mike grinste wie jemand, der mehr zu wissen schien.
„Damit war'n sie aber nicht die Ersten! Nur Wenige wissen, dass es die ‚Emsland Hillbillies' waren."
„Ich weiß, aber Ciscos Leute hatten es populär gemacht. - Und das nun schon über zehn Jahre mit großen Erfolg!"
Tom hatte natürlich auch von ‚Truck Stop' gehört.
Ihm war nur nicht klar, dass man so viel darüber reden musste, ob deutsch, englisch oder schwedisch oder sonstwas gesungen werden sollte.
Hauptsache gute Musik!
‚Aber besser amerikanisch', dachte er dann doch!
„Und wenn wir dann nach Deutschland kommen, können wir gleich mit ´ner deutschen Nummer aufwarten!"
Führte Charly weiter aus.
Und die anderen meinten nur: „Zeig noch mal her!" –
Und so begann sich ihr Repertoire um den einen und bald noch ein paar anderen deutschsprachigen Countrysong zu erweitern.
Womit sie aber überhaupt nicht gerechnet hatten und was sich später dann herausstellte, war das Phänomen, dass die deutschen Auswanderer und sicher auch die aus anderen Ländern, ihre Heimatsprache nie ganz vergessen konnten.
Zuerst flochten sie den einen, später, so nach und nach auch mehrere deutsche Nummern mit ins Programm ein und merkten mit der Zeit immer deutlicher, dass es eine große Fangemeinde für Countrysongs mit deutschen Texten in den USA zu geben schien. Solche Leute eben, deren Ahnen deutsche Einwanderer gewesen waren und die noch der deutschen Sprache mächtig waren, sie zumindest verstehen konnten.
Aus Städten und Dörfern, die Hamburg, Berlin oder Cottbus hießen.
Kaum zu glauben, aber solche Ortsnamen gab es in Amerika zum Teil häufiger, als in Deutschland selbst.
Sie wechselten nicht ihr komplettes Repertoire in Deutschcountry, aber der Anteil deutscher Songs nahm immer mehr zu.

In einigen Gegenden begannen sie eines Tages mit Extrakonzerten, die nur in der deutschen Sprache gestaltet wurden.
Es gab Hochburgen in den USA, wo fast jeder deutsch sprechen, oder immerhin diese Sprache verstehen konnte.
Hier füllten sich ganze Stadien.
Sie nannten sich jetzt auch wieder ‚The German Country Challengers'.
Einerseits wegen der deutschen Texte. Die echten, urwüchsigen Amerikaner verstanden das dann als Heimatverbundenheit.
Und zeigt mir den ‚echten Amerikaner', der Heimatverbundenheit nicht verstehen konnte, wie Mike dazu meinte.
Amerika, das Land der Patrioten!
Und andererseits kam von dem sonst so einsilbigen Tom das Statement: „Hat hier irgendjemand Relk, Karsten oder Ulla vergessen? - Aus seinem Herzen verbannt? Nein! - Sie leben in unseren Herzen weiter und, damned..., dann können sie auch in unserer Band weiterleben. - Klar?!?"
Klar!

—

‚The German Country Challengers'
Goes German Country Music

stand auf dem Plakat und die Leute strömten von den Bus Stops und den Metrostationen zu den Stadioneingängen heran. Dreißigtausend Menschen hatten sich Tickets gekauft. Und es hätten noch wesentlich mehr sein können, doch die Band hatte das Management davon überzeugt, dass man die Zahl der Besucher begrenzen musste, wollte man gewährleisten, dass jeder der Zuschauer eine brauchbare Sicht zur Bühne habe und dass die Beschallung nicht die Gehörgänge der Besucher schädigte. Damit das ‚Zuhören' noch als Genuss bezeichnet werden konnte.
Man hatte sich auf fünfzehn- bis zwanzigtausend, Charly sogar auf extrem niedrige fünftausend Leute Maximum - ‚Scheiß auf die Kohle, dann spielen wir eben öfters' -, festlegen wollen, doch da spielten Manager und die Plattenfirma, die auch an diesen Tourgeschäften beteiligt war, nicht mehr mit.
Und so hatte man sich also auf Dreißigtausend geeinigt.
Der Trend ging aber bei den großen Festival-Veranstaltungen auf Vierzig- oder gar Fünfzig-, wenn nicht Sechzig- oder Siebzigtausend

Zuschauer hin.
Bei mehrtägigen Festivals konnte es auch schon mal eine viertel Million oder gar noch mehr Menschen sein, die, obwohl zu einer solcher Masse gehörend, gebannt dem Musikgenuss lauschten.
Für das Agieren der Akteure auf der Bühne war das fast egal.
Man konnte sowieso nur begrenzt weit ins Publikum hinein schauen.
Die immens großen Scheinwerfer ließen alles unter sich und hinter sich ins Schwarze erscheinen.
Eine dunkle, raunende, klatschende, schreiende, jubelnde schwarze Masse, in der du auch im Lichtkegel das Individuum kaum ausmachen konntest. So sehr du dich auch anstrengen wolltest.
Nur bei den Festivals war es anders.
Es wurde auch bei Tageslicht gespielt und da konntest du dann den Horizont hinter der Masse erkennen.
Über tausende und abertausende Köpfe hinweg.
In Stadien bis zu den Tribünendächern, auf Wiesen manchmal tatsächlich bis zum echten weiten Horizont.
Und das taten sie des Öfteren auch! –
Wenn das Lampenfieber dich zu übermannen drohte, wurden die einzelnen Menschen wieder zu einer Masse.
Diesmal zu einer graubraunen Masse mit einigen bunten Tupfern.
Dann schautest du sicherlich hin zum Horizont, wenn es dir nur möglich wär.
Später, wenn der Funke deines musikalischen Feuers zur Masse überzuspringen begann und du sie packtest und sie dich begreifen wollten, wenn sie könnten, sprichwörtlich, dann konntest du sie erkennen.
Die Individuen, dass sie Menschen sind, wie du und ich, auf die du eingehen konntest.
Schwenkte einer seinen Hut, fragtest du, ob er neu sei.
Oder hielten sie Banner mit ‚We Love You' hoch, dann riefest du ihnen zu ‚We You Too'.
Und das liebten sie!
Nicht zuletzt deshalb, liebten sie dich und deine Freunde auf der Bühne.
So erlangte das Individuum das tatsächliche Gefühl, dabei gewesen zu sein, dazu gehört zu haben, alles mitspüren konnte.
Im Konzert waren alle eine große Familie mit ehrlich empfundenen Verbundenheitsgefühlen.

Ein Gemeinschaftssinn, der weiterlebte, wenn sie sich die LP oder die CD erwarben und abends im Stillen deine Lieder anhörten.
Es war nicht nur so, dass du umso besser leben konntest, je mehr Tonträger sie kauften; es war auch ein Barometer für deine Beliebtheit.
Genauso wie die Häufigkeit, mit der deine Songs in Radio oder Fernsehen erschienen.
Aber ‚The German Country Challengers' waren nicht nur auf den großen Erfolg bedacht.
Wenn es in die Terminpläne passte, kamen sie auch zu kleineren Veranstaltungen in Clubs und auf Dorffesten.
Es geschah aber leider nur sehr selten.
Dazu waren sie durch Konzerte, Tourneen, Fernsehgigs und Studioaufenthalte zeitlich zu sehr beansprucht.
Aber gelegentlich kam es doch vor.
Und auch dafür wurden sie sehr geliebt.

- 51 -

Auf einem Sportplatz in einem Vorort New Yorks begann dann das Ende der ‚German Country Challengers'!
Das Wirkliche ließ noch auf sich warten, aber das Eigentliche begann hier.
Sie wollten vor kleinerem Publikum mit wenig PA-Aufwand spielen.
Ohne viel Licht und unter Verzicht auf sonstige Effekte.
Es war noch etwas Zeit für ihren Auftritt, denn bei dieser Veranstaltung waren einige unbekanntere und auch regionale Bands angesagt.
Charly und seine Freunde hielten sich in einem abgesonderten Partyzelt auf.
Die Sicherheitsleute hatten große Mühe, sie abzuschirmen gegen die zu aufdringlichen Fans. Deshalb konnten sie auch keinen direkten Kontakt zu den anderen Gruppen, die sich ein Zelt miteinander teilen mussten, aufnehmen.
Sie konnten lediglich deren Musik lauschen und warten, bis sie endlich

selbst dran waren.

Plötzlich, - es war die letzte Band vor ihrem Auftritt, hörte Tom aufmerksamer hin.

So konzentriert, dass es den anderen gleich auffiel.

Mike sah ihn fragend an und Charly fragte ihn: „Was ist los? Hörst du die Flöhe husten?"

„Ja hört ihr denn nicht?"

Mike blickte immer noch fragend.

„´türlich hören wir! Gute Countrymusik. Fast so gut wie unsere."

„Ja, erkennt ihr ihn denn nicht?"

„Wen?" kam es im Chor zurück.

„Na! - Das ist doch Jerry! Jede Wette! Ich erkenne seine Bluesharp unter Tausend raus!"

Charly ging zum Zelteingang und fragte einen der dort stehenden Sicherheitsmännern, wie die Gruppe hieß, die dort gerade spielte.

„Wer? … Die da jetzt spielen?"

„Klar!"

„Ich glaub, ‚Jerry und die Bluesharpers oder – makers, oder so ähnlich. - Wieso?"

Die letzte Frage hatte Charly schon nicht mehr mitbekommen und war zu den anderen förmlich zurück gestürzt.

„Ich werd verrückt! - Du hast Recht, Tom!"

Mike lächelte und strich sich mit der Hand über die Stirn.

„Wie kann das angehen? Ich hatte nie bemerkt, das Jerry einen speziellen Stil hatte, den man heraushören konnte."

„Du vergisst, dass ich über fünfzehn Jahre mit ihm herum getingelt bin! Die meiste Zeit doch schon, bevor wir euch kennen gelernt hatten."

Und schon war er aus dem Zelt verschwunden.

„Wo willst du hin?" rief Mike, während er ihm hinterher stürmte.

Und der Wachmann schien überfordert.

Es war gegen die Absprache, dass die Stars das Zelt unkontrolliert verließen, außer sich zu erleichtern.

Charly folgte dem Sicherheitsmenschen und erreichte mit ihm gemeinsam den Backstage Bühneneingang.

Sie lauschten noch eine kurze Weile und wie auf ein Kommando betraten die Stammmusiker der ‚German Country Challengers' den hinteren Bereich der Bretter, die die Welt bedeuteten.

Das Publikum reagierte mit unkontrollierbaren Jubeln und Klatschen,

als sie erkannt wurden.
Viel zu früh und zu stürmisch für den überraschten Jerry, der sein Lied noch gar nicht ganz zu Ende gebracht und vor allem nicht nach hinten geschaut hatte.
Das holte er jetzt nach und schien für einen Moment das Zeitliche segnen zu wollen, als er erkannte, wer dort stand.
Dann flog er regelrecht auf Tom zu.
Und schnell hing der kleine Jerry in den schlaksigen Armen des großen Toms, als wären sie ganz unter sich.
Künstler, Bühnenpersonal, Publikum, alle waren für den Augenblick vergessen.
Es gab nur noch Tom und Jerry.
Mit Tränen in den Augen.
Außer Mike und Charly verstand natürlich niemand etwas.
Charly ging, die Augen auf das Wiedersehenspaar gerichtet, gemächlich zum Mikrofon, während Tom und Jerry ihre Begegnung genossen.

„Freunde!" begann er ergriffen.
„Ihr erlebt gerade etwas Großartiges!"

Er schluckte.
Er hatte Jerry zwar nicht so gut gekannt, wie Tom es tat, aber mit diesem Wiedersehen spülten die schrecklichen Erlebnisse, wofür sie, um sie zu verdrängen, Jahre benötigt hatten, wie die Flutwelle eines Tsunamis auf sie hervor.
Mike nahm sich eines der anderen Mikrofone und gab eine Erklärung ab.

„Wer uns, also die ‚German Country Challengers', genau kennt, der ahnt wohl etwas. – Aber Jerry gehörte zu unserer Band, als wir noch in god old Germany waren."

Charly hatte sich wieder gefasst.

„Und er hatte Ulla, Karsten und Relk fast so gut gekannt, wie Mike und mich."

Wieder musste er sich etwas zurück nehmen.
Mit tränenunterdrückter Stimme erzählte Mike dem Publikum, dass diese Drei zur Stammbesetzung der Challengers in ihrer Urbesetzung gehörten, und die ihr Leben verloren hatten, bei einem unglaublich fürchterlichen Flugzeugdesaster, als sie auf dem Weg zu einem Riesenkonzert, das im mexikanischen Tampico stattfinden sollte, waren.

Charly fuhr mit gedämpfter Stimme fort: „Ihr seid alle unsere Freunde! – Und ihr habt bestimmt Verständnis dafür, dass wir jetzt ein paar Minuten brauchen für unser kaum zu fassendes Wiedersehen."
Und Mike rief in sein Mikrofon: „Wir wussten nicht, das ‚Jerry And The Bluesharpers' heute hier auftreten würden."
Dann wieder Charly: „Wir wussten nicht einmal, dass es ‚Jerry And The Bluesharpers' überhaupt gab. Und schon gar nicht, dass dieser Jerry unser Jerry ist!"
Mike wandte sich wieder seinem Mikrofon zu.
„Jerry hatte uns damals in Deutschland, in Hamburg, verlassen, weil er Heimweh nach seinem Amerika hatte."
Als er ‚Heimweh' sagte, brach ein unsäglicher Jubel aus.
Und als er ‚nach seinem Amerika' ausgesprochen hatte, überschlug sich der Sturm zu einem Orkan!
Mike und Charly hatten genug gesagt und Tom und Jerry hatten sich wieder etwas beruhigt.
Das Publikum tobte in dem Sturm des Applauses und die Vier lagen sich auf der Bühne in den Armen.
Der eigentliche Rest von: ‚The German Country Challengers'.
Der weitere Verlauf des Festivals entwickelte sich zu einer grandiosen, sich spontan entwickelten Jam-Session, mit Starbesetzung, durch die ‚Challengers', dass es zu einer Veranstaltung mit qualitativ höchsten Niveau geworden war.
Jerry passte sich mit seinen Bluesharps musikalisch den alten Kumpanen an, als hätte er sich damals in god old Germany gar nicht von ihnen getrennt.
Gottseidank waren ‚Jerry and The Bluesharpers' die letzte Gruppe vor dem Konzerthöhepunkt,- der Challengers - dass sich keine der anderen Bands kompromittiert fühlen konnte.
Denn nach dieser Session, die praktisch in den eigentlichen Auftritt der Challengers überging, hätte kaum ein Interpret eine Chance gehabt, sich das aufmerksame Ohr des Publikums erringen zu können.
Nach den Zugaben, deren Anzahl niemand hätte erraten können, traf sich das Gros der Musiker und Veranstalter im Hauptzelt und feierte bis in den Vormittag des nächsten Tages hinein.

„Warum verliert Sara ihren Job?"
Tommy sah Charly empört an.
„Sie ist doch unsere Supernanny!"
Charly starrte ihn verwundert an.
„Wer sagt denn, dass Sara ihren Job verliert?"
Er streckte seine Hand in Richtung Tommys aus.
„Komm mal her."
Tommy sprang ihm förmlich in die Arme.
Trotz seiner fast zwölf Jahre, war er doch immer noch sehr anlehnungsbedürftig.
Und das jemand aus seiner Familie, mit Ausnahme Saras, ihn in die Arme oder auf den Schoß nahm, kam selten genug vor.
Zeitmangel war einer der Preise, die ein gefragter Künstler zu zahlen hatte.
Charly fasste Tommy bei den Schultern, drückte ihn in das Sofa und platzierte sich selbst auf dem gepolsterten Sitzmöbel.
Tommy stand wieder auf, kam ihm näher, setzte sich auf seinen Schoß und schmiegte sich an ihn.
Er schaute ihn mit seinen tiefblauen Kulleraugen - Ulla ließ grüßen - an und es sprudelte aus ihm heraus.
„Sara saß vorhin am Küchentisch und grübelte so sehr. Und musste weinen!"
„So?"
„Ja! Und als ich sie fragte, was sie hat, sagte sie nur, ob ich auch eine andere Nanni mögen können würde!"
„Wieso das denn?"
„Hab ich auch gefragt."
„Und was hat sie dann als Begründung gegeben?"
„Begründung...?"
Tommy hatte noch arge Probleme mit ausgefalleneren oder schwierigeren deutschen Begriffen.
Aber sonst klappte es mit seiner Zweitsprache schon recht gut.
Manchmal noch antwortete er auf Amerikanisch, doch meist bediente

er sich Mike und Charly gegenüber des Deutschen. Zuweilen sprach er Deutsch akzentfrei, gelegentlich doch mit undefinierbarer Sprachmelodie.
Ab und an aber, vermutete der Zuhörer doch noch die eine oder andere heiße Kartoffel in seinem Mund, wenn er deutsch sprach.

„Begründung bedeutet hier, Saras explanation!"
„I see! - Sie sagt, dass du eine andere Frau für mich einstellst, wenn wir weggehen."
Tommy sah ihn an und konnte Charlys Antwort nicht abwarten.

„Wo gehen wir hin? - Und wann? - Müssen wir überhaupt weggehen? - Warum sagt mir keiner was! Warum entscheiden immer alle über mich! - Ich nie!"
Der kleine Mann konnte sich kaum beruhigen. Charly drückte ihn an sich und rang nach Worten.

„Niemand hat etwas entschieden. - Soweit sind wir noch lange nicht."

„Aber weg wollt ihr?!?"
„Nicht ohne dich! - Nicht ohne unseren Tommy."
Der Junge entspannte sich.

„Du weißt doch, dass wir alle außer Tom aus Germany kommen…!"

„Und Jerry auch nicht!"
„Nein, und Jerry auch nicht. Aber der ist damals allein nach Amerika zurückgegangen. Schon lange vor uns. - Und wir wollen endlich unsere Heimat wiedersehen."

„Versteh ich nicht. - Heimat ist doch wo wir wohnen!"
„Da hast du schon Recht! Aber Heimat ist und bleibt irgendwie auch der Ort, wo du geboren und aufgewachsen bist."

„Ich bin doch auch woanders geboren…!"
„Ja, du bist in Hamburg geboren, drei Tage vor Independence Day und du warst schon Zweieinhalb, als du rüber gekommen bist, mit deiner Mami. – Mit Ulla!"
Charly schluckte mit immer noch wunden Herzen und dachte hinter seinen traurigen Augen, dass man wohl nie vergisst und nie mit so einem Verlust, wie dem von Ulla, Karsten und Relk, fertig werden konnte.

„Jetzt bist du traurig und das wollten wir gar nicht!"
Tommy lispelte, weil er beschämt war und sich für Charlys Traurigkeit schuldig fühlte.

„Lass nur! Ist schon gut. - Du bist nicht schuld."
Tommy hatte sich wieder aufgerichtet, dachte nach, über die Bedeutung, die ‚Heimat' für ihn hatte und Charly unterbrach seine Gedanken, bevor sie zu Ende gedacht waren.

„Ich meine nur, dass es möglich wäre, dass du ein paar Erinnerungen an die ersten zwei, drei Jahre deines Lebens haben könntest."

„Ich weiß nicht! - Ich glaub, ich kann mich an nichts erinnern."
Er zuckte dabei mit den Schultern und überlegte, was das Erste war, an das er sich denn überhaupt erinnern konnte. Und es betrübte ihn, dass er sich, bei Gott, vielleicht nicht einmal an das Gesicht seiner Mutter erinnern können würde, hätte er nie ein Foto von ihr gesehen. Fotos von Ulla und Karsten gab es genug.
Aber gäbe es keine, könnte er sich dann trotzdem an ihr Gesicht erinnern?
Mit Schrecken dachte er, ‚ich glaub nicht'.

„Ich kann mich erst an die Schule richtig erinnern. - Ich mein auch an den ersten Tag; und an den Elektrojeep, den ich von euch kriegte."

„Du warst vier, als du den bekamst. Ja, ich glaub Vier oder Fünf."
Tommy sah es klar vor den Augen.

„Zum vierten Geburtstag hab ich den gekriegt. Das weiß ich genau! - Aber was davor war..., – ich glaub, da weiß ich gar nichts mehr."
Charly lächelte.

„Hätt mich auch ein bisschen gewundert. - Aber es steckt noch irgendwo hier oben drinnen!"
Er tippte mit dem Zeigefinger an Tommys Stirn.
Der Kleine lächelte zurück, wurde dann aber wieder ernst.

„Aber was ist nun mit Sara?"

„Also, ich denk, wenn wir zurückgehen, nach god old Germany, dann fragen wir sie einfach, ob sie nicht mitgehen will!"
Tommy sprang auf, fiel ihm um den Hals, löste sich wieder und rannte in Richtung Küche.
Im Laufen rief er, sich zurück wendend: „Ich frag sie besser gleich. Natürlich kommt sie mit uns!"

„Tommy!?!" rief Charly hinter ihm her.
Aber der hörte ihn schon nicht mehr.
Sara freute sich sehr, dass sie gebeten wurde, mitzukommen nach

Deutschland, war aber zugleich auch traurig, da sie nicht wusste, ob sie sich dafür oder dagegen entscheiden sollte.
Ob sie sich so oder so entschied; in jedem Fall verlor sie etwas.
Für Tommy war es völlig klar. – Keine Frage!
„Natürlich gehst du mit uns! Was solltest du denn sonst tun?"
„Ach Tommy…! "
Sara seufzte laut.
„Ich kann doch nicht einfach mit euch…!"
„Natürlich kannst du! - Du bist doch unsere Familie. Meine Nanny!"
„Mein Kind. - Du machst mir solche Freude! Aber wenn ich mit euch gehe, verliere ich meine Heimat. Mein Zuhause! Und bleibe ich hier, – dann habe ich keine Familie mehr."
„Nanny! - Sara! - Du musst mit uns! Bitte…!"
Als Tommy sah, dass Sara den Tränen nah war, bat er nicht weiter.
Bald hatte sich Saras Emotionszustand wieder normalisiert.
„Wir haben ja noch Zeit. - Wer weiß, wann wir nach Germany gehen."
Er schlang die Arme um sie und flüsterte ihr ins Ohr: „Du hast noch gaaanz viel Zeit."
Ein: „Aber entscheide dich richtig!" konnte er sich jedoch nicht verkneifen.
Dann ließ er sie los und rannte in sein Zimmer.
Sara weinte noch ein bisschen.
Sie wusste längst, wie sie sich entscheiden würde.
Familie ist wichtiger als Heimat!
Und wenn sie ordentlich sparte, konnte sie sich sicher jedes Jahr einen Urlaub in der Heimat leisten!
Außerdem wollte sie die Ecke dieser Welt, aus der diese Burschen, die sie so liebgewonnen hatte, kamen, immer schon einmal kennenlernen.
Also brauchte Charly sie nur zu fragen und sie würde mitgehen!

„Habt ihr was dagegen einzuwenden? – Ich meine, könnt ihr mich verstehen?"
Tom hatte herum gestottert und gestammelt und jeden einzeln angesehen.
Alle murmelten leise „ja" oder nickten zu Toms Anliegen, das er mit einem seiner so seltenen langen Vorträge hervorgebracht hatte.
Er hatte die ganze Zeit verlegen zu Boden geschaut, während er versuchte, ihnen allen klarzumachen, dass er mit kürzeren Wort gesprochen, bei seinem alten Freund Jerry einzusteigen gedachte, nur nicht wusste, wie er ihnen das beibringen sollte, ohne dass sie ihn falsch verstünden.
Das hieß nicht, er wolle die Band ganz verlassen.
Für ihn würden immer noch die Country Challengers Priorität haben. Das war klar.
Aber er hatte mit ihnen allen sprechen wollen, bevor er das eine oder andere Mal mit seinem alten Kumpanen, mit dem er lange schon vor den Hamburger Anfangszeiten der Band so Vieles erlebt hatte, wieder auf Tour gehen würde.
Sie hatten alle großes Verständnis dafür.
Es war nicht einfach nur so dahin genickt.
Jedoch Charly hatte schon gemischte Gefühle dabei, denn vielleicht war das ja der wirkliche Anfang vom Ende der ‚German Country Challengers'.
Die Gruppe war ja schon durch die damaligen schlimmen Ereignisse so drastisch reduziert worden und würde jetzt nicht einfach so mal den Gitarristen wechseln.
Mit Ellen war es etwas anderes.
Sie hatte es von Anfang an geplant nur ein befristetes Gastspiel bei ihnen zu geben.
Es war klar, das sich die Wege ihrer Lebensretterin von ihren eigenen Wegen irgendwann würde trennen müssen.
Sie führte ihr Inselleben mit ihrem Collin und das Leben auf dem Boot.
Toms Vorhaben barg aber doch die Gefahr eines Endes der Band.
Und ob sie dann noch Kraft und Lust aufbringen würden, einen passenden Ersatz zu suchen und vor allem zu finden, war zweifelhaft.
Und ob die Gruppe, die schon so viele Belastungen erlitten und aushalten musste, das verkraften können würde, wäre enorm ungewiss.
Und wie befürchtet ergab es sich so.

Jedoch auf nette Weise. –
Charly saß mit Mike im Studio.
Sie versuchten verschiedene Arrangements eines neuen Songs zu testen und abzumischen.
Die Studioarbeit hatte sich in den letzten Jahren durch das innovative Voranrasen der Technik grundlegend geändert.
Durch die neue MIDI Technik war es inzwischen möglich, vorausgesetzt, man benutzte MIDI fähige, also digital steuerbare Instrumente, (später gab es sogenannte MIDI-Fasces mit denen man auch analoge Tonerzeuger anbinden konnte) dass jeder einzelne Musiker in seinem stillen Kämmerlein seinen Part auf ein Speichermedium festhielt, natürlich computerunterstützt und sandte diesen dann dem Nächsten zu, bis die ganze Nummer zum Abmischen fertig war. Dazu benötigte man nur noch einen sehr leistungsstarken Computer. Man konnte sogar die dann digital abgespeicherten Töne im Nachhinein korrigieren.
Der Wermutstropfen an der sonst so tollen praktischen Sache waren Zweierlei.
Je mehr Arbeit der einzelne Musiker hatte, umso seltener sah er seine musikalischen Freunde.
Und die großen top ausgestatteten Aufnahmestudios verloren mehr und mehr ihr Wirkungsfeld.
Kaum jemand war noch bereit, die doch sehr hohen Kosten dieser Studios zu tragen. Der Einzug der Computertechnik in der Musik war der Dolchstoß in Herz Nähe der großen Studios. Kleinere Aufnahmeeinrichtungen fanden ihre Aufgabe in der Produktion von Werbejingles, deren Herstellung ebenso digitalisiert wurde. Manch Studiomusiker aus alten Tagen fand hier neue Jobs.
Mit etwas Talent und technischen Verstand konnte er so etwas sogar ganz alleine in seinem Wohnzimmer bewerkstelligen.
Sie schafften sich praktisch ein eigenes kleines Tonstudio an. Kleine platzsparende Geräte in Verbindung mit dem Computer wurden in der folgenden Zukunft entwickelt, dass man mit winzigen Kabinen in Saunabaustil aufstellen und so im Alleingang arbeiten konnte.
Was das dann noch mit musizieren zu tun hatte, war fraglich. Bands wie unsere Country Challengers hatten genug Geldreserven und die passenden Räumlichkeiten, um sich unabhängig machen zu können.
Und in diesem bandeigenen Studio saßen sie nun bei der Arbeit. Sie hatten sich inzwischen für eine Songversion entschieden, die sie

zufrieden stellen konnte.
Charly zündete sich eine Zigarette an. Dann goss er sich einen Drink ein.
Mike genehmigte sich ein Bier und ließ die Flasche Budweiser aufschnappen.
„Denkst du, dass Tom bald bei uns aufhört und ganz bei Jerry einsteigt?"
Mike nahm einen Schluck aus der dunklen Flasche, genoss ihn und wartete auf Charlys Antwort.
Der hatte auch getrunken und hob und senkte die Schultern.
„Sieht wohl so aus. - Er ist diese Woche schon das zweite Mal bei ihm zum Üben!"
Mike lächelte missmutig, stand auf und ging sich eine zweite Flasche Budweiser zu holen.
Als er zurück war, hatte Charly sich an den Rauchtisch gesetzt, wo er gerade seine Camel Filter ausdrückte.
Charly schaute zu dem anderen hinüber, während der sich auf dem zweiten bequemen alten Sessel niederließ.
„Ich glaube, bei Jerrys nächster Tour reist er mit. Das spür ich im Urin."
Sara betrat den Raum mit den Worten: „Seid ihr schon wieder ansprechbar?"
Sie lächelte die beiden an.
„Ich versteh zwar kein einziges Wort, aber Tom hat angerufen!"
Mike und Charly war es gar nicht bewusst geworden, dass sie Deutsch gesprochen hatten.
Das passierte jedoch in der letzten Zeit nicht selten, wenn sie alleine waren.
Auf Englisch fragte Mike was denn Tom wollte und welcher Tom überhaupt anrief. Worauf Sara erwiderte, dass der große Tommy heute auswärts nächtigen würde.
Charly grinste und sagte zu Mike gewandt: „Siehst 'e!"
Und Sara fragte er, was denn der kleine Tommy mache.
„Oh!" gluckste Sara.
„Wenn der man nich ne kleine Freundin hat?!?"
„Wieso!?!"
Charly war doch überrascht, obwohl immer damit zu rechnen gewesen war.
Sara sah ihn mehrdeutig an.

„Wieso weiß ich auch nich! Was weiß denn ich, wieso die jungen Kerle immer den kleinen Mädchen hinterherlaufen."
Charly konnte ein Schmunzeln nicht unterdrücken.
„Die alten Kerle sind genauso!"
„Jedenfalls rief auch der kleine Tommy an, er komme später, er müsse noch zu Shelly. Die Frage, wer Shelly sei, ließ er mir unbeantwortet."
Mike grinste: „Tja! So sind die Kerle!"
Sara ging hinaus und Charly blickte besorgt zu Mike.
Als der den Blick erwiderte, machte er seine Gedanke laut: „Mal im Ernst. - Wenn Tommy sich gerade jetzt verliebt hat, kommt er dann noch mit nach Deutschland? - Ich weiß nicht, wann wir wieder hierherkommen, wenn wir erst mal drüben sind."
Mike sah ihn an.
„Hast du schon einen Termin vor Augen, Charly?"
„Eigentlich nicht. Aber wenn es mit Tom und Jerry so weitergeht, wird der früher ausfallen, als ich dachte."
Mike grinste erneut.
„Wer fällt früher aus, Tom?"
„Quatsch!"
Charly lachte über dieses merkwürdige Missverständnis.
Oder war es einer von Mikes eigenartigen Jokes.
„Der Termin nach good old Germany zu reisen wird früher ausfallen als ich dachte, wenn Tom demnächst bei uns aus- und bei Jerry einsteigt!"
„Ach so!"
„Und weißt du was, Mike! - Wir sollten ihm den Ausstieg nicht schwermachen. - Wir wussten alle schon längst, dass die Country Challengers ihrem Ende zustreben."
Mike schluckte.
„Seit dieser verdammten Tortugainsel wussten wir das schon!"
Für eine geraume Weile schwiegen sich die beiden traurig an.

—

„Hi boys. How are ya?"
Tom verfiel immer in seinen Heimatslang, wenn er happy war.
Und heute schien er geradezu high, obwohl die anderen niemals mitbekommen hatten, das Tom jemals irgendwelche anderen Drogen als Whiskey, Bourbon natürlich, wie es sich für anständige Amerikaner gehörte, keinen Scotch, das eine oder andere Bier und seine stinkenden

selbstgedrehten Zigaretten zu sich nahm.
Oh Gott, diese Selbstgedrehten!
‚It smells like my feed' wie Tom gerne gelegentlich scherzte.
Doch Tom war high, weil er endlich eine, wie er dachte, längst überfällige Entscheidung getroffen hatte.
Sie horchten beide auf.
Der Tonfall war ihnen gleich aufgefallen.
Und auch das Strahlen um seine Augen.
Kleine Grübchen bildeten sich um seine große, breit-flügelige, Akne vernarbten Nase.
Alles Zeichen für sie, dass er besonders traurig oder besonders glücklich war und mit sich im Reinen.
So gut kannten sie ihn allemal.

„Ihr werdet nich von alleine darauf kommen!"
Mike schluckte erneut.

„Was is los? Was soll das?"
Charly wusste genau wie Mike sofort, dass die Stunde geschlagen hatte.

„Was macht dich so happy? So eine glänzende Nase hattest du lange nicht mehr."
‚Mindestens seit den Tortugas nicht mehr, seit wir unsere geliebten Freunde verloren hatten' schoss es ihm durch den Kopf.

„Äh …."
Tom wurde nun doch verlegen.

„Ich, äh, - versteht mich ja nich falsch. - Ich mein ihr kommt nich drauf, dass Jerry und ich uns entschlossen ham, mal wieder ein Projekt zusammen zu machen. - Es war immer unser Traum gewesen, eine Live Band mit akustischen Instrumenten zu gründen. Wir wollen echten heimischen Bluegrass machen!"
Mike grinste: „Bill Monroe lässt grüßen, hä, hä."

„Ja."
Tom war immer noch verlegen, weil ihm der Gedanke gekommen war, dass die beiden Freunde meinen könnten, er wäre so happy, sie so bald verlassen zu können.

„Schon lange bevor wir das erste Mal nach Germany segelten wollten wir das. - Wir hatten nur keine guten Kontakte."
Charly nahm einen Schluck aus seinem Glas.

„Jetzt hast du aber Kontakte. Die Band von Jerry ist doch perfekt dafür. Warum eine neue gründen? - Steig doch einfach da mit ein!"

„T´, wah'…, äh, d…."

Tom brachte kein verständliches Wort heraus.

„Ja!" rief Mike.

„Wir hatten uns schon eine Weile Gedanken darüber gemacht, was aus dir werden würde, falls wir nach Hause gehen würden."

„Ihr meint, äh …."

Tom stürzte vor, die anderen beiden standen auf und schnell lagen sich alle Drei in den Armen.

In aller Freundschaft war das Problem gelöst, das ihre Beziehung hätte töten können, die nun besser denn je weiterbestehen konnte. Tom fing sich wieder und stolperte zurück.

Seine Verlegenheit war der Rührung gewichen, die sich nun auch langsam wieder legte.

Er nahm in einem der alten, aber bequemen Sessel Platz und erwähnte, dass auch Jerry seine Befürchtung, ihre Freundschaft könne leiden, geäußert hatte.

„Im Ernst …!?!"

Tom zeigte Erstaunen über das Gehörte.

„Ist das wirklich wahr, ihr wollt wieder nach Deutschland und hättet mich hier einfach allein sitzen gelassen?"

Charly grinste: „Nicht ganz. - Wir hätten dir schon angeboten mitzukommen, aber hättest du das gewollt? - Ich glaub nicht. - Aber wir hatten uns schon vor Kurzem entschlossen, es dir leicht zu machen, bei uns aufzuhören und bei Jerry einzusteigen. Und nach Deutschland zurück, wollten wir sowieso über kurz oder lang. – Sara kommt übrigens auch mit! Und Tommy selbstverständlich auch."

Mike sah auf.

„Die Challengers hatten eigentlich doch schon aufgehört zu existieren, als das Flugzeug auf den Tortugas abgestürzt war und Ulla und Relk und Karsten aus der Band gerissen wurden!"

Drei traurige Augenpaare starrten auf einen imaginären Punkt auf der Rauchtischplatte.

In Gedanken versunken gedachten sie der toten Freunde.

Gerade bevor die erste Träne zu Fließen begann, beendete Charly die melancholische Situation.

„Nur unser Tommy, der kleine Tom, macht uns eine gewisse Sorge."

Tom blickte auf.

„Was ist? Ist er gestürzt?"

Mike schüttelte den Kopf.

„Nein!"
Er schaute ihn lächelnd an.
„Sara erzählte, Tommy hätte wohl eine kleine Freundin. - Shelly, oder so."
„Na und! - Das ist doch eine schöne Erfahrung. - Meistens jedenfalls."
„Ja, aber wenn du jetzt zu Jerry gehst, werden wir sicherlich früher als geplant nach Hause zurückkehren und Tommy sollte und wollte doch auch mit …!"
Charly vollendete Mikes Satz: „… und wenn er das erste Mal so richtig verliebt ist, wird es wohl Stress geben, wenn wir loswollen und er mit soll!"
„Ach so!"
Tom lehnte sich zurück.
„Aber das muss sich irgendwie regeln lassen."
Seine Ohren zuckten, wie jedesmal, wenn er deutlich sprach.
„Ebenso gut hätte er sich von Anfang an dagegen wehren können mit euch mitzugehen. Schließlich ist er hier aufgewachsen und nicht nur dem Pass nach, auch ein Amerikaner. - Wohl mehr als ein Deutscher."
Charly seufzte.
„Du hast ja recht. Aber immerhin hat er durch seine Geburt in Deutschland auch einen deutschen Ausweis und damit die deutsche Staatsbürgerschaft. - Und das hat auch etwas zu bedeuten!"
Das Schlusswort kam von Mike: „Warten wir es ab. Wir haben ja noch nicht mal über einen Termin gesprochen."

—

„Diese blöde Kuh, - bloody maiden!" fluchte Tommy vor sich hin.
„Ich und kein Amerikaner! - Die spinnt! - Ich bin zwar irgendwie Deutscher, aber ich spreche besser amerikanisch als deutsch …!"
„Was fluchst du vor dich hin? Gibt´s Probleme in der Schule?"
Sara schaute ihren Schützling an.
„Probleme in der Schule, - wie das?"
Charly kam dazu und wunderte sich, denn nichts meisterte Tommy so souverän wie die Schule.
Er war kein Superschüler und auch kein Streber, aber es fiel ihm alles, was mit der Schule zu tun hatte, so zu.
Selten musste er büffeln oder gar nachsitzen.
„Quatsch!" entrüstete sich Tommy.

„Ich hab doch keine Probleme in der Schule!"
Als würde eher der Himmel auf die Erde fallen.
„Shelly, diese blöde Kuh, will einen reinrassigen Amerikaner als Freund und nicht ein Mischblut wie mich! - Ich glaub, ihr Vater ist immer noch beim Ku-Klux-Klan."
Charly schüttelte lächelnd den Kopf.
Er ahnte, dass sich alles rechtzeitig zum Guten wenden würde.
„Mischblut, wieso Mischblut?"
„Sie sagte, ich hätte deutsches Blut in den Adern."
„Richtig! - Und nur deutsches Blut. Kein Mischblut! - Aber du bist amerikanisch aufgewachsen!"
„And my education..., meine Erziehung ist amerikanisch!"
„Welche Erziehung...?"
Sara lachte.
Tommy lachte ebenfalls, tat aber so, als hätte er ihre letzte Bemerkung nicht gehört.
„Ich sag doch, Shelly ist eine blöde Kuh. - Nicht einmal Mischblut kann sie von dem reinrassigem Blut eines Deutschen, der in Amerika aufgewachsen ist, unterscheiden!"
Charly, der dazu gekommen war und die letzen Sätze mit verfolgt hatte, nickte.
„Und eine besonders dumme dazu. - Und was sagt uns das?"
Tommy hob die Schultern.
„Vergiss sie. - Sag mir lieber, wann es los geht!"
„Wann was los geht?"
„Nach god old germany!"

- 54 -

*D*ie Dampfhörner des Luxusliners dröhnten über die Pier.
Ein diesig feuchter Schleier kroch um den riesigen Bug des Schiffes.
Auch auf solchen Luxuskreuzfahrtschiffen für Betuchte musste man damit rechnen sehr früh auf den Beinen zu sein.

Die Passagiere, die gar nicht aufs Geld schauen mussten, hatten natürlich Außenkabinen belegt und diese, wenn möglich schon am Abend zuvor bezogen.
So konnte jeder, der nichts im Sinn hatte, mit jener pompösen Abschiedszeremonie, die auf solchen Reisen irgendwie zu einem Ritual gehörte, - man denke nur an ‚Muss i denn, muss i denn zum Städtele hinaus'…, was beinahe in jedem Hafen, wenn möglich von Blaskapellen gespielt wurde - in seinem aus Mahagoni oder sonst irgendeinem Edelholz bestehenden Bett verschlafen.
Vorausgesetzt der Lärm hinderte einen nicht daran.
Die meisten Menschen, die sich solche Kreuzfahrtturns antaten, brauchten dieses, oft von New Orleans-Jazz-Kapellen begleiteten, Abschied nehmen einer Stadt, eines Landes oder einer Region, obwohl man vielleicht nicht einmal den Hafen, geschweige denn mehr von der Gegend gesehen hatte, weil man oft des nachts mit einem Jumbo Jet zum Airport und von dort mit einem Taxi oder speziellen Bustransfers zur Gangway des Luxusliners transportiert wurde.
Müde, vom Jetlag erschlagen, oder von Übelkeit geplagt, wegen des Genusses des zu üppigen, oder des minderwertigem Caterings. Tapfer hielt jeder sich auf seinen Beinen, und sei es auch schon dreiundzwanzig oder vier Uhr nachts.
Erst wenn man minutenlangen irgendwelchen völlig fremden Leuten zu gewunken hatte, stürzte man sich erschöpft gähnend in die Daunen. - ‚Muss i denn, muss i…!' -
Man betrat in bleicher Dunkelheit, die Morgendämmerung über dem Horizont, der Tag kommt von Osten und an der Ostküste Amerikas übers Wasser, die Planken, nein, diese Schiffe sind aus Stahl, die Kunstteppich bewährten Gänge und wurde von dem Bordservice exakt in die richtige Richtung seiner Logierräume geleitet.
Je nach Geldbeutel weiter in den Bauch des Schiffes hinein, oder in die Zehntausenddollar Suite, nach außen und über der Wasserlinie.
Sara und Tommy und Mike und Charly hatten am Tag zuvor eingecheckt.
Nicht, weil sie jene horrende Summe für Außenkabinen investiert hatten, sondern weil ihr Manager einen Deal mit dem Schiffszahlmeister des Luxusschiffes ausgehandelt hatte, als Abschiedsgeschenk sozusagen, dass Durchschnittskabinen in Mannschaftsnähe gratis belegt wurden und dafür Mike und Charly mit einigen Mitgliedern des Bordorchesters gelegentlich einige ihrer Hits

zum Besten geben sollten.
Und das nicht nur für Lau, sondern gegen eine akzeptable Gage. Und die Reise sollte zeigen, dass die Anzahl der Gigs auf freiwilliger Basis vervielfacht wurde, denn, wie sich herausstellte, war der Kapitän niemand anderes, als der von damals, der vor so vielen Jahren das um Etliches kleinere Schiff manövrierte, das sie alle über Italien durch das Mittelmeer, durch Gibraltar und dann über den Atlantischen Ozean in die Staaten gebracht hatte.
Täglich hätten sie am Kapitäns -Dinner teilnehmen können.
Und täglich hätte der Käpt'n ihr altes Programm und die vielen Nummern, die sie in den USA geschrieben hatten, beziehungsweise für sie geschrieben worden waren, hören mögen.
Nur das konnte er seinen Gästen an Bord nun wohl doch nicht antun, denn es soll auch in Amerika Menschen geben, die der Countrymusik nicht allzu sonderlich viel abzugewinnen vermochten.
Aber immerhin zwei bis drei Auftritte pro Woche mussten sie schon abliefern, um die Zufriedenheit der Zuhörer zu gewährleisten. Denn auch die Mitglieder des Bordorchesters, ausschließlich amerikanische Burschen, beherrschten diese Musikrichtung professionell gut.
Es gab zwar keine Pedal-Steel-Guitar, aber was der Leadgitarrist auf seiner um getunten, quer auf dem Schoß, mit Slide und Fingertipps gespielten Fender in sitzender Haltung geleistet hatte, war grandios phänomenal.
Charly dachte für sich, wenn man in Europa neu beginnen wollen würde, war jener Musiker es allemal wert abgeworben zu werden. Und als dann der Kapitän von ihrem unbeschreiblichen Erfolg in den Staaten erfahren hatte, fühlte er sich ein wenig, als so etwas, wie der Entdecker dieser Stars. Hatte er sie doch damals hinüber geschippert.
Und nachdem man ihm vom Schicksal der restlichen drei Bandmitgliedern, den großen Tom einmal ausgenommen, berichtet hatte, schwelgte er in Empathie und entwickelte nahezu so etwas wie Muttergefühle, falls ein Mann überhaupt Ähnliches empfinden konnte.
Er las ihnen jeden Wunsch von den Lippen, sowohl als auch von den Augen ab und als die Reise dann endlich achtzehn Tage später, mit Umweg über Tanger, man wollte unbedingt die Straße von Gibraltar passieren, und über Lissabon und den Ärmelkanal durchfahrend in Bremerhaven endete, legte er ihnen keinen Stein in den Weg.
Er ließ sie Paddy McBride, den Fender Gitarristen aus Kentucky, dem man den schottischen Vater und die nordirische Mutter nicht nur

optisch anmerkte, wohlwollend abwerben.
Es erübrigt sich vielleicht die Gründe aufzuzählen, die Paddys Eltern, nachdem sich der schottische Vater in eine Nordirin verliebt hatte, die zudem auch noch englische Verwandte besaß, veranlassten, nach Amerika auszuwandern.
Nun vereinigten sich quasi drei verschiedene Nationalitäten in ihm, nachdem Paddy in Kentucky, USA geboren wurde, in einer einsamen Gegend, sodass man ihn als echten Hillbilly bezeichnen konnte.
Er hielt sich, seit er laufen konnte, in den Hinterhöfen der Farmen alteingesessener Einwohner auf, die ihn allesamt ob seiner rotblonden wilden Naturlockenpracht schnell in ihre Herzen ein geschlossen hatten.
Und als sie dann bald seine multiinstrumentalen Talente entdeckt hatten, liebte ihn ein jeder.
Wer auch immer irgendein Musikinstrument besaß, ob er selbst es beherrschte oder nicht, - Paddy entlockte ihm harmonische Töne, die mit Paddys zunehmenden Alters schöner klangen. Blasinstrumente waren jedoch nicht dabei.
Als er vierzehn Jahre zählte, beherrschte er jedes Musikgerät, dass ihm angeboten wurde, schnell besser als sein Besitzer.
Es mussten nur Saiten haben.
Es war auch einmal eine Pedal-Steel-Guitar dabei, nur das Teil war ihm damals rundherum zu unhandlich und zu teuer.
Man musste einfach zu viele Dinge an- und dann wieder abschrauben, hatte viel zu schleppen und konnte es kaum ohne elektrische Verstärkung benutzen.
Jene Erfahrungen hatten aber auch bewirkt, dass Charly und Mike es leicht hatten, ihn zu überzeugen: Paddy McBride war genau der richtige Mann, den sie benötigten, in good old Germany irgendwann ein Comeback feiern zu können.
Es würde schwer genug werden und sie nicht zu Millionären machen können, aber das brauchte es auch nicht.
Das war nie ihr Ziel gewesen und Mike und Charly waren es längst. Millionäre.
Ihr Geld war gut angelegt und Bob Waits, ihr amerikanischer Anwalt, regelte alles über seine Kanzlei.
Das wird auch über den großen Teich hinweg gelingen, versicherte ihnen Bob.
Sie konnten also in Luxus leben, bis an ihr Lebensende.

Und auch Tommy ist abgesichert. Durch Ausbildungsversicherung und Ähnlichem.
Paddy sagte sofort zu, obwohl er sich den Satz: „Aber, ich verzichte nur ungern auf meinen sicheren Fünfzigtausend-Dollar-Job hier an Bord!" nicht verkneifen konnte.
Und es war ein topsicherer Job, denn wie sie später einmal erfuhren, galt der Vertrag nicht zwischen dem Zahlmeister des Schiffes, sondern der Reederei und ihm.
Das bedeutete, wenn der Zahlmeister an Bord der Musikkapelle kündigte, würde er auf einem anderen Kreuzfahrtschiff weiter musizieren können.
Als sie sich in Bremerhaven auf der Brücke von ihrem netten, liebgewonnenen Kapitän verabschiedeten, entließ er sie mit den Worten: „Ich wünsche euch viel Erfolg, aber lasst mir den Paddy so lange es geht. - Er wird mich stets an euch erinnern!"
Dann wandte er sich zur Seite und bemerkte nicht, dass die anderen die kleine Träne, die ihm seine Wange hinunterlief, doch längst gesehen hatten.
Sie umarmten sich überschwänglich, verließen die Brücke und liefen die Gangway hinunter zum wartenden Taxi in dem ihr Handgepäck schon verstaut worden war.
Einige größere Stücke, wie Equipment und liebgewonnene Möbelstücke, wie ihre alten, bequemen Studiosessel, konnten sie einfach nicht zurücklassen. Sie wurden mithilfe einer Spedition in speziellen Containern an eine Hamburger Logistikgesellschaft gesandt, wo sie eingelagert bleiben sollten, bis man ein passendes Haus für sich gefunden hatte.

- 55 -

*D*as Taxi brachte sie zum Europäischen Hof, ein alteingesessenes, renommiertes Hotel direkt gegenüber der Ostseite des Hamburger

Hauptbahnhofes, wo sie durch Bob Waits Büro telefonisch avisiert worden waren.
„Welcome in Hamburg, Mister...."
Die Dame an der Rezeption in der Lobby des Hotels schaute noch einmal auf das Eincheckformular.
„..., äh, - Fleischmann. Is it correct, Fleischmann with double N?"
Die Dame hatte ihr Englisch gut einstudiert, tat sich aber doch recht schwer, die Worte sauber über die Zunge zu bekommen. Charly entband sie von dieser Mühe, indem er in, mit mittlerweile amerikanischem Akzent untermalten Deutsch, den Hamburger Dialekt jedoch nicht verleugnend, darauf antwortete: „Fleischmann mit doppel N ist korrekt. Sie können gerne deutsch mit uns sprechen."
Frau Hausmann, die Empfangsdame, zuständig für mittlere Prominente, die ganz Großen, aus Sicht der Hotelleitung, wurden von dem Hotelmanager betreut, sah ihn in direkt an.
„Entschuldigen Sie die Frage, reine Neugier! Haben Sie in Hamburg deutsch gelernt? Sie sprechen fast völlig frei von amerikanischen Akzent."
„Nein."
Mike meldete sich in breitem Slang mit heißer Kartoffel im Mund zu Wort: „Wir sind beide in Hamburg geboren und lebten unsere ersten Fünfundzwanzig Jahre hier."
„Ah...! Darf ich Ihnen Ihre Zimmer zeigen?"
Ohne die Antwort abzuwarten, verließ sie ihren Platz am Tresen und ging ihnen voraus.
Flüsternd wandte sich Tommy Charly zu, während sie auf den Fahrstuhl warteten.
„You have to teach me to learn better this language, Charly. I didn't understand everything."
In der dritten Etage hielt der Lift.
Als sie die Zimmer betraten, eines mit separaten Bad, mit zwei, durch einen Paravent optisch getrennten Schlafstätten, für Sara und Tommy, ein zweites für Mike und Charly, das zwei Alkoven-artige Schlafnischen und ein ebenfalls separates Bad besaß, bemerkten sie, dass ihre Koffer längst vor den Kleiderschränken auf herausziehbaren Vorrichtungen deponiert waren.
So konnte jeder sich entscheiden, ob er seinen Koffer öffnen und die Kleidung akkurat in den Regalen verteilen wollte, oder ihn geschlossen, wie er war, samt Schiebevorrichtung in den Schrank hinein rücken

wollte.
Alles ohne sich auch nur andeutungsweise beugen zu müssen. Charly ließ einen Zwanzigmarkschein verschämt in seiner hohlen Hand erblicken und schaute die Empfangsdame fragend an.
Sie sagte: „Nein, vielen Dank. Sehr freundlich von Ihnen."
Dann neigte sie den Kopf leicht in Richtung des Pagen, der wohl vermutlich das Gepäck besorgt hatte und murmelte: „Aber wenn Sie möchten…!"
Der Page kam erst näher heran, nachdem Charly die Hand mit dem Geldschein in seine Richtung erhoben hatte, bedankte sich mit einem dezentem Kopfnicken und zog sich diskret zurück in den Flur, wo er auf seine Vorgesetzte und auf neue Anweisungen wartete.
„Einen angenehmen Aufenthalt hier in unserem Hause!" gebot diese.
„Falls Sie noch irgendwelche Wünsche oder Anregungen haben…, bitte wenden Sie sich an den Room-Service."
Dann verneigte sie sich ebenfalls leicht und verschwand rückwärts gehend, sich nach zwei Schritten umdrehend, mit stolzer gerader Körperhaltung aus ihrem Blickfeld, die Zimmertür hinter sich schließend.
Charly seufzte.
Mike tat es ihm nach, obwohl niemand recht wusste, warum, und Tommy grinste: „Wo ist Sara?"
Sie gingen ins zweite Zimmer und fanden sie beim Auspacken der Koffer.
„Kümmerst du dich bitte auch um unsere Sachen!" fragte Mike überflüssigerweise.
„Wir müssen unbedingt erstmal raus hier!"
Sara nahm Tommy bei der Hand und nickte verständnisvoll.
Als Mike und Charly an der Rezeption vorbeigingen, hielt sie der Portier auf.
„Mister Fleischman…!"
„Ja."
„Die Leute von Hertz waren hier und haben den Mercedes in der Tiefgarage abgestellt."
Er hielt den Schlüssel und die Servicemappe, die die Papiere des Fahrzeugs und einige wertvolle Informationsblätter enthielten, hoch.
„Wenn Sie möchten…!"
Charly kam heran und nahm die Utensilien entgegen.

Der Portier deponierte das Empfangsbestätigungsformular auf dem Tresen.

„… unterschreiben Sie bitte hier!"

Er tippte mit dem Zeigefinger der freien Hand an die Stelle des Formulars, an der die Unterschrift gefordert wurde.

„Okay!" nickte Charly.

„Dann hätten wir das auch gleich."

Und unterschrieb, während der Portier mit erhobener Hand in den Hintergrund der Lobby wies.

„Dort geht es zur Garage."

- 56 -

Mike schaute Charly, der sich, während sie fuhren, auf den Verkehr konzentrierte, von der Seite an.

„Ich glaub hier hat sich einiges geändert, Charly!"

Charly starrte weit übers Lenkrad und murmelte, als habe er Mike gar nicht gehört: „Guck dir das mal an! Es sieht aus, als hätten sie jede Ecke umgebaut und doch ist hinter fast jeder Kreuzung eine Baustelle!"

„Das meinte ich nicht allein. Ich meine, die…."

„Scheiße, das macht keinen Spaß! - Willst du nicht fahr'n?"

Mike wurde ungeduldig.

„Was soll das? Ich rede mit dir und du hörst mir überhaupt nicht zu! - Ich mein…."

Charly fuhr den Mercedes rechts ran.

Irgendjemand aus dem nachfolgenden Verkehr hupte wie wild, als wäre es ein Verbrechen, rechts ranzufahren.

Und wieder einmal unterbrach Charly seinen Freund.

„Ich mein 's ernst! Fahr du! Ich hab keine Lust durch diese Enge

zu kurven. Zu Hause ist der Verkehr noch viel dichter, aber ich denke, man hat dort viel mehr Platz."
Mike schnallte sich ab.
„Du sprichst von zu Hause. - Sind wir denn hier nicht Zuhause?"
„Irgendwie noch nicht. Das dauert noch eine ganze Weile."
Charly stieg aus.
Wieder Hupen von hinten.
Es kümmerte ihn nicht und er huschte um die Motorhaube herum, vorbei an dem Stern, der so viel Qualität versprach, was auch in den Staaten anerkannt wurde, und stieg rechts ein.
Ein Mercedes war genauso beliebt, wie die begehrten großen Straßenkreuzer und fast so teuer, wie diese Limousinen.
Währenddessen war Mike über den Schalthebel geturnt und hatte sich hinter dem Lenkrad eingerichtet.
Er war um einiges kleiner und schmaler als Charly, sodass er alle drei Spiegel, die Lenkradhöhenverstellung und die Sitzposition ändern musste.
„Was wolltest du denn nun eigentlich sagen, vorhin?"
Charly hatte also doch etwas mitbekommen, nur war er in der Konversation nicht gerade höflich und demokratisch.
Mike jedoch war nicht nachtragend.
„Was glaubst du, hat sich denn sonst noch geändert?"
Mike beantwortete seine Frage gleich selbst.
„Wir sind noch an keinem Club vorbeigefahren. - Wir hatten damals in einigen Stadtteilen Hamburgs an fast jeder Ecke einen Club oder eine Musikkneipe.- Die scheinen alle dichtgemacht zu haben."
„Woher willst du das wissen?"
Charly schaute neugierig zu Mike hinüber.
Der konzentrierte sich auf die Straße. Sein Mund verzog sich zu einem leichten Grinsen.
„Ich hab mir im Hotel eine Szenezeitschrift geben lassen. Da lese ich nur von Kinos, Restaurants, wie Steakhäuser und so und Diskotheken."
„Das Dannys Pan war damals schon eine Disko geworden. Was hattest du erwartet?"
„Und wo gehen die Leute hin, die was von Musik verstehen und nicht nur Beine und Arsch im Rhythmus wackeln wollen?"
„Ich weiß nicht. - Da bleibt für Konzerte nur die Musikhalle und das CCH übrig."

„Glaub ich auch. - Das wird für uns in Hamburg wohl ziemlich öde werden."
„Mmh…!"
Sie waren längst weitergefahren, befanden sich irgendwo in der Hafengegend am Nordufer der Hauptelbe und sahen sich an. Charly wies mit dem Finger in Richtung der Elbtreppe.
„Schau mal. − Erinnerst du dich?"
Mike schluckte und hielt seinen Blick geradeaus.
„Sei still, - lass uns hier weg. Ich will nicht daran erinnert werden. Dann kommt mir alles wieder hoch."
‚Er hat Recht' dachte Charly und wieder war ihm alles deutlich vor den Augen.
Unweigerlich gerieten beide in ein tief melancholische Stimmung. Hier, oder beinahe hier, hatte ja alles begonnen.
Hier wurden Ulla und Charly von den Drogendealern verfolgt. Die anderen hatten sie dann hier in dem Kneipenkeller entdeckt und nach den Unstimmigkeiten zwischen Ulla, Karsten und Charly und den zu diesem Zeitpunkt unberechtigten Eifersüchteleien, entwickelte sich darauf der Plan, die Bluegrass- und spätere Country Rockgruppe zu gründen.
Mit der darauf folgenden riesigen Karriere und den doch so hohen Verlusten, die sie, wofür auch immer, bezahlen mussten.
Mike war längst den Tränen nahe, als er den Daimler wendete.
„Glaubst du, sie würden alle noch leben, wenn hier alles anders gelaufen wäre?"
„Ach! Wenn die Dealer uns richtig erwischt hätten, wäre vielleicht Ulla schon damals zusammen mit mir dahin gewesen."
Charly schluckte schwer, seine Gefühle änderten sich, wurden aber eher zärtlich.
„Außerdem hätte es unseren kleinen Tommy nicht gegeben, und… wenn dein Vater deine Mutter damals nicht vernascht hätte, würdest du mich gar nicht kennen."
„Wieso das denn nicht?"
Manchmal konnte der so clevere Mike doch recht begriffsstutzig sein.
„Wenn dein Vater neun Monate vor deiner Geburt deine Mutter nicht zufällig…."
„Du bist doch ein so großes Arschloch! - Auf solche blöden Scherze war ich jetzt nicht vorbereitet."
Mike grinste, obwohl Charlys Spruch auf ziemlich platten Niveau

schwamm. Doch das Ziel, die Träne auf Mikes Wangen hinweg zu wischen und die Stimmung zu heben, hatte der Spruch erreicht und somit auch seine Berechtigung bewiesen.
Sie kamen nun wieder auf den Bismarck zu, den man von dieser Straße, die zum Millerntor führte, überhaupt nicht sehen konnte und bogen in die Reeperbahn ein.
„Halt an!" rief Charly aufgebracht und Mike stieg abrupt in die Bremse. Wieder hupen von hinten. Und Mike war ungehalten.
„Spinnst du? Was ist los, oder musst du aufs Klo?"
„Nee, - aber guck mal da!"
Mike schaute nach links.
Unter dem Schriftzug ‚DOCKS' stand in großen, dicken Lettern:
‚*WILLIE NELSON, LIVE!*'
Charly sprang aus dem Auto und lief über die Straße.
Die Türen waren zu. Es war noch zu früh. Aber auf dem Holz der Tür war auf seiner Augenhöhe ein weißes Schild geklebt, das ihm die Hoffnung, etwas wirklich gutes erleben zu können, sofort nahm.
‚*AUSVERKAUFT!*'
Mit deutlich weniger Elan kam er zurück, setzte sich auf den Beifahrersitz und schnallte sich wieder an.
„Ausverkauft...!"
Mike grinste ob der Naivität seines Freundes.
„Was hattest du den gedacht?"

„Was gibt die Hotelbar her?"
Charly verspürte Lust auf einen ordentlichen, das-Vergessen-bringenden Rausch.
Und das brachten ihm nur einige Longdrinks auf Rumverschnitt Basis ein, vielleicht auch einige mehr.
Bier, Whiskey, Wodka oder Liköre trank er nicht gerne. Korn und Gin hatte er in seiner späten Jugend, während seiner Ausbildungszeit zu

seinem ursprünglichen Beruf je einmal ausgiebig mit dem Ergebnis eines schweren Kopfes und starker Übelkeit, was man herkömmlich einen ‚Kater' nannte, gekostet und für die Zukunft generell aus seinem Getränkerepertoire gestrichen.
Sein erstes Rumerlebnis hatte zwar eine verheerende Wirkung auf sein Handeln und seine Entscheidungsfähigkeit, was ihm Blut im Gesicht und eine tiefe Stirnwunde eingebracht hatte. Aber die zweite und die folgenden Erfahrungen dieser Art, verschafften ihm die Fähigkeit, unglaubliche Mengen dieses Gesöffs mit seinem überdurchschnittlich großen Körper verarbeiten zu können, ohne jene verheerende Wirkungen seines ersten Rumerlebnisses zu wiederholen.
Mike kannte ihn genau. Und deshalb wusste er gleich, ohne erst nachfragen zu müssen, was der Freund nun vorhatte.

„Für dich wird wohl nichts in ausreichender Menge vorhanden sein. Du wirst wohl den Etagenservice in Anspruch nehmen müssen."
Charly griff zur Zimmertelefon und bestellte sich eine Flasche ‚Hansen Präsident', zwei Liter gut gekühlte Coca Cola und zusätzlich einen kleinen Kübel Eiswürfel.
‚Für Mike reichen die Mengen an Whiskey in der Hotelzimmerbar und das vorhanden gekühlte Bier.' dachte er. −

„Du…!"
Charly sah Mike an.
„Was ist, - keine Lust?"
Mike zögerte, seinem Freund beizubringen, wie ungelegen ihm ein spontanes Trinkgelage kam, doch auch Charly wiederum kannte seinen Kumpanen gut genug und spürte sofort ohne Aussprache die Unlust des Freundes auf größeren Alkoholkonsums.

„Nicht so recht." gab Mike zu.
„Schon gut. - Willst du noch mal los?"
„Ja."
Charly schaute ihn nochmals an.
Um jetzt auf Hamburgs, für sie mittlerweile doch so unbekannte Piste zu gehen, konnte er nun gar keine Lust empfinden.

„Sei mir nicht böse, aber ohne mich."
Mike war erleichtert.
Er hatte heute aber wirklich null Antrieb auf einen Rauschzustand gehabt. Normalerweise ließ man einen Freund nicht alleine trinken, doch er wollte heute Abend lieber die alte Heimat neu erforschen; und das so schnell es geht.

„Quatsch! Hauptsache, du bist mir nicht böse, dass ich dich hier alleine trinken lasse."
„Lass mich man hier alleine ersaufen! - Nee, keine Panik, aber Hauptsache du räumst die Reste von mir nachher wieder auf."
Mike seufzte: „Kein Thema. Das schaff ich schon!"
Er wandte sich zur Zimmertür.
Mike warf sich die Jeansjacke über die Schulter und öffnete die Tür just in dem Moment, in dem der Servicekellner von außen anklopfen wollte.
Bedeppert stand er dort, in der Rechte das übervollbeladenen Tablett mit Rumflasche, zwei Coca Cola und dem zusätzlichen Eisbehälter.
‚Hätte ich doch den Servicewagen genommen' dachte er, aber den hatte er leider in der vierte Etage gelassen, als er dort beschäftigt war.
Die gehobene Linke zur Faust geballt, wollte er gerade, mit dem vorgestreckten, gebogenen Mittelfinger an die Tür pochen.
Mike verschwand mit dem Spruch: „Tja, ich hab Röntgenaugen!" über den Flur zum Fahrstuhl, der ihn zur Hotelgarage bringen sollte, aus ihren Augen.
„Stellen sie alles auf den kleinen Tisch dort. Den Rest mach ich schon selbst."
Charly stand auf und suchte in seiner Hosentasche nach einem Zweimarkstück, ging auf den jungen Mann zu, reichte es ihm mit den Worten: „Heute möchte ich bitte nicht mehr gestört werden."
Der Zimmerkellner verbeugte sich leicht.
„Vielen Dank, Sir. Ich werde ein entsprechendes Schild an die Zimmertür hängen."
Dann zog er sich zurück.
Allein auf weiter Flur bediente sich Charly, machte es sich auf dem Kissenstapel, den er aufs Bett getürmt hatte, bequem, seufzte und sank schwelgend in alte Erinnerungen und – betrank sich maßlos.

–

„Hey Charly! Was ist los? Lebst du endlich wieder?"
Mike war aufgedreht und steckte voller Tatendrang.
Charly war den ganzen letzten Tag nicht ansprechbar gewesen.
Mike hatte nur zaghaft an seine Schlafnische geklopft und ihn dann in Ruhe gelassen.
Das ‚*Bitte nicht stören*' - Schild hatte er ja schon am vorherigen Abend gesehen und auch dort belassen. Doch im Laufe des Tages begann Mike

sich leichte Sorgen zu machen.
Hatte der Freund extrem zu viel getrunken, oder unterlag er einer Depression oder einem melancholischen Anfall, der ihn so innig ans Bett gefesselt hatte?
Mike konnte nicht daran glauben, dass Charly wirklich gefährlich zu viel getrunken haben könnte. Eher daran, dass es mit Charly selbst und der Erkenntnis, mit ihrer allemal unglaublichen ‚Episode der Vereinigten Staaten von Amerika' endlich abgeschlossen zu haben, zu tun gehabt hatte.
Er, Mike, steckte Solcherlei seelisch leichter weg.
Ihm waren die Dinge des Lebens nicht so wichtig. Nicht, dass dieses Amerikaerlebnis ihm nicht so viel bedeutet hatte. - Absolut nicht!
Es war eine Riesenkarriere, ebenso wie ein Riesenerlebnis!
Und das Größte, natürlich, was je in sein Leben getreten war.
Auch die Katastrophe mit dem Flugzeugabsturz und dem Verlust der anderen drei Freunde hatte er besser verkraften können.
Er sah die Dinge insgesamt etwas oberflächlicher und weniger schwer.
Es war alles sehr schlimm, aber es war! − Vergangenheit!
Das Leben geht weiter, ob du lange trauerst oder kürzer oder gar nicht.
Getrauert hatten sie nun wirklich lange genug.
Und der kleine Tommy hatte es psychisch ja auch erstaunlich gut überstanden und sieht nur noch nach vorn.
„Tja, ich lebe wieder!"
Mike hörte den Freund antworten und kam aus seinen Gedanken wieder zurück.
Charly hatte überlebt.
Er stand am Rand von Mikes Schlafkoje und sah aus, als hätte er bis eben nicht in seinem Bett, sondern schon in der Runen verzierten, hölzernen Kiste mit dem schweren Deckel, gelegen.
Er setzte sich auf den Sessel vor dem kleinen Rauchtisch und reckte die Glieder ausgiebig.
Mike saß auf dem Bettrand, war wieder aufgestanden, zuvor hatte er ihm schon ein großes Glas voll mit kalten Leitungswasser serviert, ohne dazu aufgefordert worden zu sein und lief wie aufgeschreckt hin und her.
Charly sah genervt auf.
„Hast du Hummeln im Hintern, oder brennt Fußboden?"
„Nee, nee. Aber das Knust, das gibt's noch!"
Er hatte seine Wanderung beendet und war vor Charly

stehengeblieben.
„Das Knust gibt's noch! In der Brandstwiete, wie damals!"
Und dann war er weitergewandert.
Charly schüttelte den Kopf.
„Was soll das? Setz dich hin und erzähl in Ruhe, was dich so aufregt."
Mike folgte seinem Rat und begann von vorne: „Ich war vorgestern dort, als du Amerika totgesoffen hast!"
Charly grinste: „Mit einer Flasche Rum kann ich Amerika nicht tot saufen. - Das reicht nicht. Aber es hat mir erstmal geholfen, das Ammiland bös zu überfluten."
Er lachte: „Jetzt kann ich deine Hektik wieder eine Weile ertragen. - Erzähl weiter, du hast doch noch etwas auf dem Herzen."
Mike war bewusst, dass Charly ihn genau kannte.
„Ja, ich war also dort, aber es war nicht viel los. Aber ich hab den neuen Pächter gesprochen. - Hat sich seit damals kaum etwas geändert."
„Das ist alles? Dafür hüpfst du hier rum wie 'n Gockel, der sein erstes Huhn treten durfte!"
"Nee. Ich hab gleich `n Gig abgesprochen!"
„Wie!?!"
„Ja. `n Gig. - Am Freitag. - Da war noch frei!"
„Für wen war am Freitag was und wo noch frei?"
„Na, 'n Gig im Knust für uns war noch frei...!"
„So, so. - Im Knust war noch frei. Und jetzt nicht mehr?"
Mike raufte sich die Haare.
„Stell dich nicht so begriffsstutzig an. - Ich hab was abgemacht für uns beide! Für zwei super Gitarristen und Entertainer!"
„So, so. Und was ist mit der Sache, die ich für uns zum Freitag abgemacht habe? Soll ich die nun absagen?"
Mike war empört stehen geblieben und stemmte die Fäuste in die Hüften.
„Das kannst du doch nicht machen! Das geht nicht. Darüber ham wir kein Wort gesprochen!"
Charly konnte sich kaum halten vor Lachen.
„Eben! - Wir haben kein Wort darüber gesprochen. - Deshalb habe ich auch nichts für Freitag abgemacht. Aber du!"
Stille!
Und Mike war wieder Wandern gegangen.

Dann blieb er direkt vor Charly stehen.
„Ach so. - Ja. Nee. - Äh. - Du hast ja Recht. Tut mir Leid. Aber ich hatte auch gar keine Chance mit dir zu reden, denn du warst ja die absolute Schnapsleiche und ich hab bei dir ja auch geklopft wie wild, wollte deinen Alkoven aber nicht zertrümmern."
Mike war bedrückt und sah den anderen eindringlich an.
„Also, was ist? – Geht klar?"
„Geht klar!"
–
Es war wie in den Anfangszeiten, nur eben viel routinierter.
Die Einleitung, die Übergänge zwischen den Nummern und die Smalltalks dazu; die ganze Moderation. Völlig klar und eindeutig, eben viel routinierter.
Also, es war ganz und gar nicht so wie früher.
Außer, - ja außer der Beziehung zwischen Bühne und Publikum. Lediglich diese Beziehung zwischen Künstler und Zuhörer war damals, wie jetzt so nah, so klar und direkt.
Das war wie früher!
Und das war das Schöne an diesem Beruf, dieser Berufung.
Sie hatten, seit sie drüben in den Staaten lebten und ihre Musik spielten, die Musik, die sie selbst so liebten, nie mehr solch einen nahen Kontakt zu den Leuten gespürt, während sie spielten und sangen.
Die Beziehung zwischen Bühne und Publikum, dieses spürbare Knistern, wenn der Funke überspringt, der die Leute mitreißt, sie berührt, tief in der Seele den innersten Kern berührt, das ging hier einfach besser, wenn man die Nähe wittert.
Dieses Feeling hatte ihnen so gefehlt!
Das war unbezahlbar und dafür würden sie immer weiterspielen, auch ohne Bezahlung. Auch, obwohl sie es nicht nötig hatten.
Das Geld, das sie in den letzten zehn, zwölf Jahren eingespielt hatten, würde reichen für den Rest all ihrer Zeit, einschließlich Tommys und Saras! Und, weil Bob Waits, ihr Anwalt für alle Fälle, es mit Sicherheit bestmöglich ohne irgendwelche Risiken, angelegt hat, würde es auch für folgende Nachkommen genügen.
Dazu kommen die ständig eingehenden Einnahmen durch Tantiemen ihrer Hits und der Coverversionen, die in den Vereinigten Staaten täglich abgespielt wurden.
Bob wird sie über seine Kontakte nach Deutschland auch weiter unterstützen, das Häuschen am Stadtrand im Grünen zu besorgen,

damit die horrenden Hotelkosten wegfielen.
Auch Sara war schon angesäuert darüber, nicht mehr als ihrer aller Haushälterin und Köchin fungieren zu können. −
Hier in diesem Lande kannte niemand die ‚German Country Challengers' und dem entsprechend auch nicht ihre Hits. Außer inzwischen vielleicht ein paar hundert Menschen, die das Knust oder ähnliche Clubs besuchten.
Sie würden sich ein Haus hier bei Hamburg suchen und dort wohnen, aber sich häufiger in Süddeutschland und angrenzende Staaten aufhalten.
Denn der große Vorteil der Süddeutschen mit Blick auf Countrymusik, ist es, zum amerikanischen Sektor der Alliierten gehört zu haben. Hier lebten bis zum Ende des ‚Kalten Krieges' die amerikanischen GI`s, hatten ihre Musik mitgebracht, und sie über die Jahre und Jahrzehnte verbreitet und festgesetzt.
Mit der sogenannten volkstümlichen und Schlager Musik konnte sie nie konkurrieren! Aber in Bayern zum Beispiel, wurde wesentlich häufiger Country, aber auch Jazz und Swing angeboten, als in Ülzen, Hamburg oder Schleswig-Holstein.
Auch in Berlin hat sich über den Umweg Sachsens und Brandenburgs diese Musik durchgesetzt.
Und auch nicht zuletzt, weil in Berlin seit Jahren die größte deutsche Country Messe im Frühjahr abgehalten wird, wo sich Bands aus ganz Europa und zum Teil auch aus dem Mutterland des Countries ein Stelldichein mit Musik gaben und geben.
Auch hatte Anfang oder Mitte der Achtziger Jahre ein doch recht bekannter, großer amerikanischer Zigarettenkonzern, der immer schon mit dem Cowboyidyll seine Kunden warb, eine beeindruckende Konzertaktion gestartet, die den Deutschen Stars wie Johnny Cash, Bobby Bare oder gar Hoyt Axton näher bringen konnte.
In Hamburg war die Besucherzahl natürlich begrenzt durch die nicht allzu großen Kapazitäten des CCH `s oder der Polizeisporthalle Alsterdorf mit maximal bis zu drei, bzw. fünf Tausend Plätzen.
Nicht genug, um solche Projekte am Leben zu erhalten.
Aber Charly mochte es sowieso nicht so gern an allzu großen Veranstaltungsorten aufzutreten.
Wenn die großen Stadien gefüllt wurde, gab es Tumulte und Unfälle.
Sogar mit Todesfolgen!
Die Mengen drängen nach vorne und dort kämmen die Schwachen zu

Schaden.
Und die Musiker sahen, zumindest bei Abendkonzerten, von der Bühne aus nur eine schwarze, lärmende, dunkle Masse, bei der man, sie übertönen zu können, immer höheren Wattzahlen einsetzen musste.
Das Livefeeling für den Zuschauer war da. Das faszinierende Gefühl bei solch einem Event dabei gewesen zu sein.
Aber der Hörgenuss einer Schallplatte oder später einer CD konnte dabei bei Weitem nicht annähernd erreicht werden.
Charly dachte an damals, als sie selbst noch so große Stadien in den USA gefüllt hatten und dass er sich selbst, als Zuschauer, wohl eher eine LP zugelegt hätte. Es sei denn, er könnte die Interpreten in einem kleineren Rahmen erleben.
Wenn die amerikanischen Fans der Country Challengers, die ähnlich wie er dachten, wüssten, was hier in Clubs, wie das Knust des abends, geschah …!
Sie sparten auf ein Flugticket, zwängten sich in die engen Sitzreihen eines Fliegers, jeteten herüber und wären überglücklich.
Aber sie wussten es nicht.
Sie würden wohl auch kaum jemals davon erfahren, denn wirklich interessierte sie Deutschland und die Deutschen, ihre Kultur, ihr ganzes Gedeih und Verderb, nicht.
Das war etwas, was Charly den Amerikaner wirklich vorwarf.
Sie betrachteten andere Völker nur danach, was diese ihrem Staatenbund an Nutzen bringen konnten.
So zuvorkommend sie erwünschte Besucher behandelten, so freundlich liberal sie einem gegenüber auch scheinen mochten, so sehr loyal waren sie auch ihren Vereinigten Staaten, die sich insgesamt ins Bewusstsein brachten, das Herrenvolk zu sein.
Sie würden es öffentlich nie zugeben, doch in geheimen Gedanken hegten die meisten Angehörigen der Staaten dieses Bewusstsein.
Sie waren nicht selbstherrlich oder gar größenwahnsinnig gestrickt, wie manche Diktatoren aus Vergangenheit oder Gegenwart.
Nein, das amerikanische Volk lebte einfach in dem Bewusstsein über den anderen Völkern zu stehen.
Ohne Skrupel! Aber auch ohne Bosheit. –
Jedes Volk hegte Patriotismus.
Den Stolz auf seine Menschen, sein Land, seine Heimat und seine großen Dichter und vor allem Denker. Auf seine Sportler und seine Akademiker. Es ist wie der natürliche Egoismus zur Selbsterhaltung

eines Menschen.
Doch bei den Nordamerikanern war es mehr.
Vermutlich lag es daran, dass die ersten Einwanderer ins gelobte Land kamen, weil ihre alte Heimat sie nicht wollte. Und dort drüben, in Nordamerika, wurden sie zu einer verschworenen Gemeinschaft, den Pionieren!
Sie waren stolz auf sich und ihre Leistung, das Land urbar gemacht und irgendwann auch mit den angeblich so wilden Ureinwohnern arrangiert zu haben, dass es für sie einfach eine Tatsache war, dass vor den anderen eben erst die Amerikaner kämen. Niemand hätte das erreichen können!
Aber deshalb könnte Charly auch niemals ein echter Amerikaner werden.
Nichts desto Trotz liebte er Amerika und die Amerikaner aus vielerlei Gründen, nicht zuletzt der Musik, die er so liebte, wegen.

—

Sie standen auf der kleinen Bühne nur mit ihren Akustikgitarren, zwei Mikrofonstative und die Monitorboxen vor sich, den Blick ins Publikum und sangen einen Mix aus Standards aus klassischem Oldtime-Country und der Outlaw Stilrichtung.
Im zweiten Set spielten sie einige eigene Hits, die erst aber nur mit gedämpfter Begeisterung aufgenommen wurden, da sie hierorts völlig unbekannt waren.
Man konnte in den Staaten vor vierzigtausend Menschen unter Begeisterungsstürmen Songs spielen, die die Hamburger, da sie sie noch nicht kannten, recht kalt ließen.
Aber die Qualität setzte sich durch!
Später, als Charly ein paar Soli auf der Gitarre dazwischenschob, steigerte sich die Stimmung unglaublich.
In der Pause sprachen die Leute sie schon wie alte Bekannte an. Und am Ende des Gigs wurde dann eine Zugabe nach der anderen gefordert.
Ein tolles Erlebnis!
Der Wirt wollte sogleich den nächsten Termin buchen und Mike war glatt soweit, zuzusagen, aber nach einem kurzen Blickkontakt mit Charly, ließ er es doch bleiben.
„Hey, Charly…!"
Mike beugte sich dem Freund zu, als sie noch einen Absackerdrink zu sich nahmen und der Kneipenbetreiber sich wieder hinter seinen

Tresen zurückgezogen hatte.

„Warum denn eigentlich nicht? - Du kannst doch nicht leugnen, dass uns selten etwas mehr Spaß gemacht hat, als das hier eben!"

„Natürlich nicht. Aber du weißt doch…!"

Mike zog die Augenbrauen hoch, sagte jedoch nichts.
Charly fuhr seine kleine Standpauke fort: „Du bist doch sonst der interne Manager der Band gewesen. Da musst du doch besser aufpassen und alles bedenken. - So geht das nicht!"
Mike runzelte die Stirn und kapierte nicht.

„Wie so denn, - ich verstehe nicht, was du meinst."

„Na, ist doch klar! Wir wollten doch hier noch mal ne etwas größere Sache angehen. Mit Paddy McBride! Und wir haben mit mehreren Agenturen Kontakt aufgenommen. Wenn Bob von Amerika aus über seine deutschen Beziehungen irgendwas organisiert…?"

„Ach, ich vergaß! − Ich bin noch so in Euphorie von eben, dass ich die Wirklichkeit vergessen hatte."

Er dachte an Paddy.
Paddy McBride, den starken Typen aus der Schiffskapelle.
Ein Mann, der fast alle Musikinstrumente beherrschte.
Zumindest die mit Saiten.
Und eben auch die Paddel-Steel-Guitar, die er bei ihnen in der neuen Band spielen sollte.
An dem Instrument war Paddy immerhin in Irland der Beste, wenn nicht in ganz Europa.
Sicherlich gleichgut mit dem Dänen *Nils Tuxen*, der seinerzeit wegen *Truck Stop* und *Freddy Quinn* nach Norddeutschland gezogen war und sich südlich von Hamburg niedergelassen hatte.
In der ganzen Welt wurde dieser Mann gebeten seine Kunst an diesem besonderen Saiteninstrument zu zeigen und auch zu lehren. Er wurde für Studios, Galas und Konzerttourneen gebucht, - sogar von Schlagerstars -; und er wäre wohl ihre Nummer Eins gewesen, wie ihnen nachdem sie ihn kennengelernt hatten, in den Sinn gekommen war.
Nils Tuxen, der damals für eine Country Konzertreihe *Freddy Quinn*s aus Dänemark nach Deutschland kam und wegen des Ausstiegs des Paddel-Steel Spielers von *Truck Stop* geblieben war.
Aber es war ihnen schnell klar, dass der nicht auf Dauer für eine Band zu haben war. Für eine Tournee jederzeit, nicht aber für dauernd.
Außerdem hatten sie Absprachen mit Paddy McBride. Und die hält

man einfach ein. Das versteht sich von selbst.
Mike nahm das Wort wieder auf, denn irgendwie hatte er einige Einzelheiten ihres Planes wohl versäumt ins Gedächtnis zu speichern.
„Wann hören wir denn von den Agenturen?"
„Direkt wohl gar nicht."
„Wie…?"
„Du hattest doch auch keine Lust dich darum zu kümmern. Und ich auch nicht!"
„Nee…!"
„Ja. Und deshalb hatte ich Bob Waits gebeten es in die Hand zunehmen."
„Meinst du, das geht von drüben aus, oder kommt er rüber?"
„Das wird schon gehen. Rüber kommt er sicher nicht. Der verlässt doch kaum sein Büro, geschweige denn die Stadt oder gar das Land."
Sie waren sich beide einig, dass ihnen wohl kaum etwas Besseres widerfahren konnte, als dieser Anwalt, Bob Waits.
Mike stand auf und schnappte sein Guitarcase.
„Der wird's schon richten! Von wo aus auch immer."
Charly trank die Neige seines Drinks aus und erhob sich ebenfalls.
„Was er nicht vom Telefon aus regeln kann, überlässt er seinen Mittelsmännern und irgendwelchen anderen Anwälten oder Agenturen. – Der wird's schon regeln!"
Da hatten sie beide keine Sorge! –
Eine Woche später ging es los!

*S*ie kannten kaum Agenturen.
Drüben hatte sich ihr Manager darum gekümmert, der sie hier in Deutschland natürlich nicht direkt und persönlich betreuen wollte.
„Geht nach Hause, nach euerm Germany. - Aber setzt euch in den Flieger, wenn ich euch die Termine und Veranstaltungsorte gesagt habe!"

Das hatte er ihnen gesagt. –
Nein, das wollten sie nicht mehr. Damit war's vorbei!
Den ganz großen Rummel wollten sie nie wieder.
Es würde sowieso nie wieder so werden können, wie zu Beginn ihrer großen Karriere.
Wie in den alten Tagen, als sie noch alle zusammen waren.
    „Sie sind tot! - Begraben! - Da müsst ihr endlich drüber wegkommen! - Das Leben geht weiter!"
Das war sein Kommentar.
‚Das Leben geht weiter?!?' dachten sie.
Das wussten sie selber.
Wenn der wüsste, von wegen begraben.
Zwei von ihnen lagen zusammen mit den Piloten und dem Jet am Grunde des Mexikanischen Golfes.
Das Leben geht weiter?!?
Begraben wurde nur Relk und zwei mit geschnitzten Verzierungen und lackierten Furnieren gezimmerten, leere Holzkästen und dazu hunderte von Blumenkränzen und -sträußen. –
Das Leben geht weiter.
Das tut es auch für einen völlig gelähmten Menschen im Rollstuhl oder für einen Komapatienten.
Aber ein Leben ist es erst, wenn der Betroffene es auch so empfinden kann. – So war es für sie nun zweifellos nicht.
Aber gelähmt oder amputiert fühlten sie sich seit dem irgendwie doch.
    „Ich kann euch nicht helfen."
Hatte ihr Ex-Manager ihnen gesagt.
    „Ihr tut ja doch, was ihr wollt!"
Leicht vergrämt fügte er hinzu: „Ihr bringt mich um ein Vermögen!"
Er war eben Geschäftsmann durch und durch.
Und deshalb musste er es versuchen.
Er war aber auch ein Mensch.
Und deshalb gab er ihnen das Beste mit auf den Weg, das man seinen Mitmenschen mit auf den Weg geben konnte: „Dann geht mit Gott! Ich wünsche euch all das, was ihr euch selbst wünscht!"
Und das war grundehrlich, denn er war aufrichtig religiös, wie die meisten Amerikaner.
Mehr kann man einem nicht wünschen.
Und so trennten sie sich freundlich, ja fast freundschaftlich. –
Sie sprachen dann mit Bob Waits, ihrem Anwalt für Geld- und

Familienangelegenheiten, was er ihnen raten konnte.
Der hatte, ohne lange zu überlegen, die richtige Antwort.
„Fahrt Ihr nur rüber. - Sagt mir kurz, was Ihr drüben wirklich vorhabt. - Lasst mich nur machen. Ich ruf Euch an!"
Robert Waits hatte seine Aufgabe bezüglich der ‚German Country Challengers', beziehungsweise deren Reste, hervorragend gemeistert. Er hatte genau die richtige Agentur im hohen Norden Deutschlands gefunden; eine, die sich am Besten um ihre Belange kümmern konnte. Eine, die keine großen Stars betreute, aber auch keine ‚no-names'. Eine, die auch entscheiden können würde, ob die Musikhalle, eine große Schulaula oder lieber erst einmal ein kleiner Musikclub als passender Veranstaltungsort treffend wäre.
Der Agent erkannte auch gleich in welchen Staus quo die Band zur Zeit war: Zwei Gitarristen und ein Paddelsteeler.
Und was sie noch benötigen würden.
Das zeigte sich gleich beim ersten Telefonkontakt: „Karl Seiler, genannt Toni, von der ‚Event-&-Action-Tours'."
Mike war noch nicht ganz ausgeschlafen, obwohl die Uhr schon Zwölf anzeigte.
„Event und was?"
„Event-&-Action-Tours! – Wir sind von der amerikanischen Anwalts- und Notar-Kanzlei, Robert Waits & Partner autorisiert, Ihre Wünsche bezüglich Ihrer Vorhaben in Sachen Countrymusik zu erfüllen."
Mike ahnte, was hier los war und sagte: „Erfüllen Sie, erfüllen Sie!"
„Ja." erwiderte Karl Seiler, genannt Toni
„Werd ich, werd ich! - Wann möchten sie sich die Leute ansehen, die in Frage kämen, bei Ihnen als Schlagzeuger, Bassist und eventuell Keyboarder in die Band einzusteigen?"
Mike war perplex.
„Moment! Moment."
Er kratzte sich am Hinterkopf und erhob sich.
„Nicht so schnell, ich muss erst nachdenken."
„Wie sie wünschen! Denken Sie, denken Sie."
Karl Seiler, genannt Toni, machte eine höfliche Pause.
Mike zog an der Telefonschnur und setzte sich aufs Sofa.
„Allein entscheide ich gar nichts. Wir müssen auch erst mit Charly reden. Am besten, Sie kommen hier her! - Wann können Sie hier sein?"

Wieder ein paar Sekunden Pause und Karl Seiler, genannt Toni, sagte:
„Ich hab hier noch ein wenig zu richten und könnte in etwa zweieinhalb Stunden bei Ihnen sein. - Hotel Europäischer Hof?!?"
„Hotel Europäischer Hof."
„Kann ich in die Hotelgarage fahren?"
„Ich bin nicht der Portier, aber ich denk schon. - Warten Sie, ich versuche Sie zur Rezeption durchzustellen. Wenn's nicht klappt, versuchen Sie`s Ihrerseits. - Gegen fünfzehn Uhr also?!"
„Gegen fünfzehn Uhr. Ich bedanke mich und hoffe auf gute Zusam...."
Bla, bla, bla.... Mike hatte längst aufgelegt und ging Charly suchen.
Er traf ihn unten in der Bar.
Charly hatte fast genau so lange geschlafen, wie Mike und war kurz bevor das Telefon geklingelt hatte, nach unten gefahren. Er wollte trotz später Morgenzeit noch so etwas ähnliches wie ein Frühstück erhalten. Die Zimmermädchen hatten sowieso tagtäglich Probleme, die Reinigung ihrer Suite immer wieder neu in ihren Zeitplan einzuschieben und waren froh darüber nun auch das Zimmer Mike verlassen zu sehen.
Nicht, dass sie es Mike und Charly spüren ließen, aber die beiden wussten aus den Erfahrungen auf ihren vielen Tourneen und den unzähligen Hotelzimmern, die sie benutzen mussten, dass es für den Service eine schwer lösbare Herausforderung war, vormittags Einlass gewährt zu bekommen, geschweige denn die Reinigungsaufgaben, in von Langschläfern belegten Zimmern, zu erledigen.
Es war den Beiden zwar nicht so peinlich, dass sie deshalb früher aufstehen würden, jedoch wollten sie jetzt auch nicht darauf bestehen, ihr Zimmer in der kurzen Zeit, die noch verblieb, bis ihr Gast erschien, auf Vordermann gebracht zu bekommen.
Deshalb wichen sie auf ein ruhiges Plätzchen in der Bar aus, was dem Agenten sicherlich völlig gleichgültig sein würde und baten den Empfang dem Mann entsprechend zu informieren.
Karl Seiler, genannt Toni, war exakt zwei Stunden und dreißig Minuten nach dem Telefonat mit Mike im Foyer des Hotels erschienen und wurde auftragsgemäß zu ihnen in die Bar geführt.
Mike und Charly hatten schwarzen Tee.
Der Seiler wünschte Kaffee.
Dem Barkeeper war's einerlei. Zumal es noch früher Nachmittag war.
Sie waren ohnehin die einzigen Gäste hier zur Zeit.

Die meisten Hotelbesucher, die im Haus, aber nicht auf ihren Zimmern bleiben wollten, gingen nachmittags eher ins Bistro oder ins Cafe.
„Also, meine Name ist Karl Seiler, wie schon gesagt, genannt Toni. Nennt mich einfach Toni. - Ich hoffe auf eine einträgliche Zusammenarbeit."
Charly schaute ihn an.
Dann sah er zu Mike und wieder zu dem Agenten zurück.
Diese letzte Äußerung konnte natürlich nicht ohne Kommentar bleiben. Entweder hatte Bob seinen Job dieses mal doch nicht so perfekt gemeistert, indem er sich nicht entsprechend geäußert hatte, oder dieser Herr hatte seine geheimsten Wünsche über die Zunge gleiten lassen.
„Nun, wenn es überhaupt zu einer Zusammenarbeit mit uns kommen sollte, müssen wir erst einmal solche Adjektive wie ‚einträglich' hinten anstellen!"
Herr Seiler, genannt Toni, schaute verständnislos von einem zum anderen.
„Wie meinen Sie das?"
„Ich meine, wenn wir beim ‚Sie' bleiben, wird's wohl eher nichts mit uns werden; und ich meine, dass auch wir sehr wohl eine Zusammenarbeit erhoffen, wenn unser Anwalt, Bob Waits Ihre Agentur dafür erwählt hat. Aber vielleicht hat Mister Waits nicht deutlich genug gemacht, dass der Ertrag für uns an letzter Stelle steht. Wir würden unter gewissen Umständen auch ohne Gage spielen. Aber nicht unbedingt zu euren Bedingungen, falls …."
Mike wollte dem Gespräch eine lockerere Atmosphäre geben und drängte sich verbal dazwischen: „Nun sei nicht so streng mit unserm guten Toni."
Er reichte Herrn Seiler noch einmal die Hand, während er sagte: „Ich bin Mike und das ist Charly. Unser Gespräch von heute Vormittag begann ja schon recht interessant. Du hast dir ja also bereits Gedanken gemacht und Kontakte zu passenden Musikern geknüpft, denke ich!"
Toni war sichtlich froh, dass sich das Blatt gewendet hatte. Er wollte mitnichten den Eindruck erwecken, ihn interessiere nur der finanzielle Aspekt, und so war es auch nicht gemeint.
Er wollte nur einen guten Job machen und geschäftstüchtig wirken, mehr nicht.
Und deshalb begann er auch jedes Gespräch mit einem Klienten möglichst gut vorbereitet.

Hier hatte ihm offensichtlich nur die Information vorenthalten, dass einer der zu betreuenden Herren etwas empfindlich reagierte, wenn man zu direkt auf die Profite zu sprechen kam.
„Ja. Wir haben selbstverständlich ständigen Kontakt mit guten Musikern; und ich betone, gute Musiker. Die Meisten sind nur gebunden, oder ihnen ist nicht an längerfristigen festen Bindungen gelegen. Schlagzeug und Keyboard wäre kein Problem und schnell zu besetzen. Mit dem Bass wird's schon etwas schwieriger."
Er nahm eine Art Kollegmappe mit seinen Notizen zur Hand und begann darin zu blättern.
Mike und Charly ließen sich aber nicht ablenken und bemerkten, dass er nicht wirklich hineinschaute. Anscheinend gab dieses Tun ihn einfach nur etwas Sicherheit bei Gesprächen wie diesem.
Ihm war schon bewusst, dass diese beiden Musiker kürzlich noch in den Vereinigten Staaten bekannte Leute in der Countryszene waren und bei Konzerten auf Megastars wie Johnny Cash, Waylon Jennings oder Willy Nelson trafen.
Wie er vernommen hatte, waren es private und schicksalsgeprägte Gründe, die sie zurück nach Deutschland geführt hatten.
Zurück nach Hamburg.
„Die wirklich guten Bassisten sind gebunden, oder wollen bei der Studioarbeit bleiben. Außerdem ist deren Anzahl eher spärlich."
Charly meldete sich zurück ins Gespräch und wollte guten Willen zeigen: „Eigentlich ist das kein wirkliches Problem."
„Nein!" steuerte Mike bei und Charly fuhr fort.
„Es liegt uns nicht daran hier in der Heimat eine neue große Karriere zu machen. Es würde zumindest im Norden auch recht schwierig sein, bei dem Desinteresse der Menschen hier für diese Musik."
Toni räusperte sich.
„Ich würde es nicht Desinteresse nennen. Eher Bequemlichkeit. Und die Medien helfen auch nicht gerade dabei, es zu ändern. Wenn einmal eine Fernsehsendung mit Country gebracht wird, dann in den regionalen Programmen um fünf vor zwölf."
„Wie wahr, wie wahr!" seufzte Mike und Charly nickte synchron dazu.
„Wär schön, das ändern zu können, aber diese Aufgabe haben wir uns nicht gestellt. - Und da kommen wir auf den Punkt! - Wir haben unser Auskommen! Auch wenn wir die Hände in den Schoß legten."

Mike setzte sich in seinem Sessel vor und schlürfte den letzten Schluck aus seiner Teetasse.

„Wir wollen unsere Hände aber nicht in den Schoß legen. Wir wollen musizieren."

Charly führte seinen Gedanken fort: „Ja. Richtig gut musizieren. Und um richtig gute Musik machen zu können, braucht man richtig gute Musiker. Dazu brauchen wir deine Hilfe. Du sollst sie für uns ansprechen und den Kontakt zu denen, die sich interessieren, herstellen."

Toni nickte vehement.

„Will ich ja; und das hab ich ja auch schon!"

„Glaub ich dir ja, aber du musst nicht nur bei den Profis suchen. Es gibt auch bei den Hobbymusikern wirklich gute Leute. Und die sind schneller bereit einzusteigen!"

Toni blätterte wieder in seiner Mappe, als könne er ihr seine Ideen entnehmen.

„Das will ich gerne tun. Äh, - wenn ich euch richtig verstehe, dann wollt ihr gar nicht die Band ‚German-Country-Challengers' in Deutschland neu aufleben lassen, sondern ab und an hier und da den einen oder anderen Gig starten."

„Ja!" kam es im Duett der anderen Beiden zurück.

„Und das mit Musikern, die sich auf euch eingespielt haben…."

Wiederum echote ein gemeinsames: „Ja!"

„Und es müssen gar nicht immer die selben Leute sein, wenn die musikalische und menschliche Qualität stimmt?"

Nun folgte ein gemeinsames: „Nein!"

Und Charly fügte hinzu: „Voraussetzung ist eben hauptsächlich, dass die Chemie auch stimmt."

„Da hätte ich euch einige Vorschläge zu machen. Auch mit Profis. - Aber, ich denke, ich nenne euch bei Gelegenheit Name, Ort und Zeit und ihr sondiert dann selbst. - Was haltet ihr davon?"

Mike und Charly nickten gemeinsam.

„Genau, wir sondieren…!"

„Mmh, wir sondieren, denn genauso wichtig wie die musikalische Fähigkeit, ist ja der gemeinsame Draht!"

„Sagte ich doch schon!"

Charly grinste Mike an, als hätte der nicht zugehört.

Der grinste zurück und tat, als hätte Charly gar nichts gesagt.

„Wir können nämlich nur mit Leuten, die auf der gleichen

Wellenlänge, wie wir schwimmen."
„Okay!"
Toni schloss seine Kollegmappe, stand auf und reichte ihnen die Hand. Im Gehen begriffen wandte er sich um.
„Wie eilig ist das Ganze?"
Mike schaute zu Charly.
Dann blickte er Toni direkt an.
„Es ist nicht so eilig. – Aber lieber doch heute als morgen."
Charly grinste.
„Genau. Aber abhängig vielleicht auch davon, wie schnell wir ein Haus finden und wie viel Zeit wir brauchen, es einzurichten. – Aber wenn du Kontakte hast, lass es uns wissen."
Mike nickte: „Ja!"
„Okay. Hab ich eure Handynummer? - Sonst melde ich mich im Hotel. Das mobile Netz in Deutschland ist sowieso nur in den großen Ballungsgebieten brauchbar."
Er drehte sich noch einmal um.
„Habt ihr Handy?"
Die Beiden interessierten sich bisher nicht für die absolute Erreichbarkeit, obwohl diese, zumindest im Geschäftsbereich, sehr wohl im Kommen war.
„Nö."
„Geht zur Deutschen Bundespost und erkundigt euch über das C-Netz."
Mike sah Charly schräg an.
Der zuckte mit den Schultern.
„Mal sehen…. Du wirst uns schon irgendwie erreichen können."
Gemeinsam verließen sie, nachdem Charly dem Keeper die Zimmernummer genannt hatte, um die Rechnung begleichen zu lassen, die Bar.
Sie drückten beide Lifte.
Der eine fuhr zur Garage, der andere Aufzug erklomm den dritten Stock, wo Charlys und Mikes Zimmer lagen.

„Paddy! Hi! - Dein Urlaub ist zu Ende! Wir gehen auf Tournee!"
Paddy hatte die letzten Wochen in Schottland verbracht.
Seine Mutter war unlängst gestorben, worauf sich seinen Vater in sein kleines schottische Dorf zurückgezogen hatte.
Das Dorf war am Fuß des Ben Nevis gelegen, der mit seinen über eintausend dreihundert Metern, der größte Berg Schottlands und zugleich der gesamten britischen Inseln ist.
Am Nordrand der Grampian Mountains ragt er empor.
Dort, wo der Kaledonische Kanal, parallel zu dem bekannten schottischen Wanderweg ‚Grait Glenn', den Moray Firth ab Inverness über Loch Ness, einigen Flüsschen und dem Loch Linnhe mit dem Firth of Lorne verbindet und der ebenfalls die nördlichen von den südlichen Highlands trennt.
Im Norden Großbritanniens ragten langgestreckte Meeresarme, ähnlich der skandinavischen Fjorde, tief ins Landesinnere hinein.
Das sind die Firth.
Hier konnte Paddys Vater Ruhe finden und an die Existenz von Gott glauben und nicht zuletzt an Nessi, dem sagenumwobenen, nie wirklich nachgewiesene Ungeheuer des längsten Sees Schottlands, des Loch Ness, der sich mit bis zu zweihundertdreißig Meter Tiefe, durch das Glen More Tal zieht.
Ein Heimatgefühl, obwohl nie hier gelebt zu haben und die Trauer um seine Mutter, zogen Paddy hier hin zu seinem Vater, der hier geboren worden war.
Er war nach Ende des Engagements an Bord des Luxusliners, der die deutschen heimkehrenden Touristen nach Hause, oder zumindest in die Nähe, gebracht hatte, zu seinem Vater gefahren, um die Zeit bis zur Gründung der Nachfolgerband der ‚German Country Challengers' bei ihm zu verweilen.
Sie hatten sich gegenseitig Trost gegeben und ihre Trauer versucht zu bewältigen. Nun hatte ihn dieser Anruf wieder auf die Beine gebracht und neues Leben eingegeben.
Er lief sofort zu seinem Vater hin und umarmte ihn.
Dieser verstand auch gleich auch ohne Worte.
Er schaute seinen Sohn wehmütig, aber stolz an, der erneut zum Telefonhörer griff.
„Sieh zu, dass du einen Flug gebucht kriegst, Sohn."

Der Abflugzeitpunkt, den er vom Reisebüro genannt bekam, war so nah, dass gerade noch Zeit blieb, seine Sachen zu packen um den Airport von Glasgow zu erreichen.
Der alte McBride kutschierte ihn mit seinem antiquierten Rover Geländewagen dort hin, sonst hätte er es nicht schaffen können.
Charly und Mike fand er am nächsten Tag schon, in deren kleinen Privatstudio, das sie sich in dem gerade erworbenen Haus hatten einrichten lassen.
Tommy führte ihn hinunter in den großzügig angelegten Kellerraum, wo er auch den Drummer, den Bassisten und den Keyboarder, die man nacheinander in den letzten Wochen gesucht und gefunden hatte, begrüßen konnte.
Die Mitarbeit der Agentur Even-&-Action-Tours in persona des Herrn Karl Seiler, genannt Toni, hatte dabei wesentlich, wenn nicht so gar ausschlaggebend geholfen.
Es war nun ein Country Sextett mit Schlagzeug, Bass, Keyboard, Paddel-Steel-Guitar, Rhythmus- und Sologitarre entstanden, wie es für rockige Musik grundsätzlich üblich ist.
Eine Welle der positiven Gefühle schwappte nach wenigen Stunden vom ersten bis zum letzten Mitstreiter über und der Tournee stand nur noch die Zeit des Übens und des Zusammenstellens eines Programmes entgegen.
Dazu brauchte es nicht lange, denn alle waren geübte Profis und da Charly und Mike die Bosse waren, was sie aber nicht pointierten, wurden alle ihre Songvorschläge akzeptiert.
Jeder der anderen brachte noch die eine oder andere seiner eigenen Lieblingsnummer mit ein, und das Programm war erstellt.
Einige Tunes waren den anderen außer Paddy völlig unbekannt, aber sie waren schnell von ihnen begeistert.
Es waren ja schließlich berechtigterweise Hits in den amerikanischen Charts. So etwas wurde von guten Musikern schnell erkannt.
Nicht nur gute Musiker, alle musischen kreativen Menschen erkennen gute Musik, ganz gleich, welches Musikgenre sie bevorzugten.
Es zeigte sich, dass sie alle gute Musiker waren, und bald stand das Programm.
Und nun fruchtete auch wieder die hohe Professionalität des Herrn Seiler genannt Toni, denn just, da die Band bereit und übermotiviert war, vor Publikum zu spielen, schlug der Herr Seiler, genannt Toni, die ersten Termine vor.

Die ‚New Country Challengers' waren geboren und die Tour konnte beginnen.
Zuerst in Bundessporthallen, die zu Mehrzweckhallen umgebaut werden konnten, in ländlichen Gegenden.
Dann in Städten wie Ulm oder Passau.
Toni buchte vorwiegend im Großraum Bayern, da sich hier der GI-Bonus geltend machte.
Hier musste man keine Country Fans suchen.
Hier waren sie.
Als die Band sich richtig eingespielt hatte, erweiterte er die Tour um einige Städte im Norden Deutschlands.
In Hamburg füllte die Besucherzahl noch nicht die Musikhalle, aber das ‚*Grünspan*' in St. Pauli tat es auch.
Die erste LP war in Planung und eine Single für eine Auskopplung hatten sie gemeinsam während der Tournee geschrieben.
Es wurde allmählich doch beschwerlich, denn sie waren derzeit seit zwölf Wochen unterwegs.
Bis zu vier Konzerte hatten sie pro Woche gespielt und nicht nur Charly war es müde immer das gleiche zu tun.
Das gleiche Programm, denn unterwegs war es nicht möglich große Änderungen zu vollziehen.
Und deshalb ließ bei allen die Euphorie nach.
Wer konnte es ihnen verdenken.
Sie hatten inzwischen neunundvierzig Auftritte hinter sich und das Fünfzigste sollte in der Nähe Hamburgs sprichwörtlich über die Bühne gehen und diese Tour beenden. 1

*E*ine Mehrzweckhalle in Lüneburg war nun der gewählte Veranstaltungsort für ihren fünfzigsten Tournee Termin, der sich schon dadurch von den anderen abzeichnete, dass der Auftritt in Begleitung einer Künstlervernissage stattfinden sollte.
Damit sollte dann ihre Konzertreise einstweilen beendet sein. −

Es sollte sich hier noch etwas anderes ereignen, das Charlys Leben in zumindest einem Punkt weitreichend ändern werden würde.
Eigentlich waren die ‚New Country Challengers' als Bonus dieser Veranstaltung gedacht.
Verhältnismäßig wenige Zuschauer, die sich fachsimpelnd eher vor dieser Ansammlung von Ölbildern, Aquarellen, Radierungen und Zeichnungen aufhielten, fanden sich an diesem Tag hier ein.
Aber, immerhin Sara war dieses Mal angereist.
Nicht, weil sie die bildende Kunst so interessierte.
Nein, dieses Mal wollte sie endlich wieder ihre ‚Jungs' live sehen und hören.
Keine dreißig Kilometer war ihr Haus von der Halle in Lüneburg entfernt.
Sara hatte sich vorzüglich eingelebt und ebenso vorzüglich hatte sie sich um den kleinen Tommy gekümmert, der sich inzwischen einen erklecklichen Freundeskreis aufbauen konnte.
Sprach einer vom ‚kleinen Tommy', brauste sie auf, denn er war immerhin über zehn Jahre alt, einen Meter und achtundvierzig Zentimeter groß und besuchte ein Gymnasium in Harburg.
Sara brachte ihn jeden Morgen mit dem Auto dort hin, was niemand gedacht hätte. Sara – und Führerschein!
Aber Sara und deutsch sprechen, - das hätte auch nie jemand geglaubt.
Sie hatte eine Sprachenschule besucht, während Tommy die Schulbank drückte! Und sie lernte es sogar einige plattdeutsche Redewendungen anzuwenden, was ihr entschieden leichter fiel als das Hochdeutsche.
Und ihre Aussprache war um Längen besser, als die Paddys, der wohl eher etwas Ähnliches wie Pickgenenglisch, jedoch geändert auf Pickgendeutsch sprach.
Eigentlich gab es eine solche Sprache gar nicht, aber die englische Form war eine Sprache, die sich vor allem bei Seeleuten im Süden Asiens gebildet hatte. In den Ländern, die noch, oder ehemals zum Britisch Commonwealth gehören oder gehörten.
Sie setzt sich aus Englisch und allen möglichen, beliebigen anderen Sprachbrocken zusammen.
Paddy mixte englische mit deutschen Sprachbrocken zu einer eigenen Sprachgattung.
Und jeder verstand ihn immerhin irgendwie!
Mike und Charly, die sich beide zusammen als Erziehungsberechtigte für Tommy ansahen, auf dem Papier war es allein Charly, mussten

zugeben, dass sie diese Aufgabe nahezu gänzlich Sara überlassen hatten, ihr aber auch undenklich dankbar dafür waren, denn bei diesem Tourneeprojekt, das sie durch Anregung Karl Seilers, genannt Toni, gestartet hatten, wäre es gar nicht anders möglich gewesen. Aber Sara tat es gern und fühlte sich mehr als nur Haushälterin oder Erzieherin.
Sie war fast so etwas, wie eine Ersatzoma gepaart mit allem Anderen. Diese Aufgabe hatte sie ja schon seinerzeit in den Staaten bewältigt. Und Sara liebte sie alle dafür und war ihnen dankbar, denn es machte sie irgendwie zu einer Mutter, was immer ihr innigster Wunsch gewesen war und sonst niemals zur Realität geworden wäre.
Sie alle waren ja auch eine Familie. –
Die Sets, die sie an diesem Tag spielten, fielen deutlich kürzer aus, als sonst, die Pausen dementsprechend länger.
Und so kam es, dass Charly nach einem kleinen angenehmen Spaziergang, hier am Rande Lüneburgs City, außerdem noch Zeit fand, sich ein paar der Bilder anzuschauen.
Es war nicht ganz sein Metier. Er zählte sich auch nicht zu den Menschen, die die Qualität solcher Kunst beurteilen zu können.
Er hätte trinken, den Spaziergang verlängern oder irgend etwas anderes tun können. Aber er sah sich die Bilder an.
Der Alkoholkonsum hatte sich mittlerweile bei fast allen Musikern abgeschwächt.
Es war noch Zeit bis zum nächsten Set auf der Bühne. Also, warum nicht die Bilder ansehen.
Doch er beobachtete eher die Menschen, wie sie so begeistert auf die Gemälde starrten, das Kinn vorgestreckt, mit einer Hand abgestützt, mal den Kopf nach links wiegend, mal nach rechts. Gerade so, wie man es in entsprechenden Filmen gelegentlich sehen konnte.
Aber nicht nur die Bilderbetrachter beobachtete er. Auch das eine oder andere Bild selbst.
Charly schaute die Stücke an und war sich nicht einmal sicher, ob es Ölgemälde oder Aquarelle waren. Aus seiner Sichtweise waren es immerhin Kunstwerke, die versuchten die Realität abzubilden, gerade so, als sei es möglichst naturgetreu, nahe einer Fotografie, dargestellt worden.
Das gefiel ihm!
Wie diese Bilderfolge, die er zuletzt betrachtet hatte.
Er entschied sich dahingehend, dass es Aquarelle waren.

Stark ins Bläuliche und Grünliche gehalten.
Pferde und Flusslandschaften.
Sozusagen in der Dämmerung fotografiert, was das Grünliche und das Bläuliche sehr unterstrich.
Bilder, die ihm irgendwie nahestanden, als kenne er sie seit ewigen Zeiten.
Er schaute sie intensiver an.
Kurz schmunzelnd über sich selbst, da er nun ganz genauso, wie die anderen Kunstexperten um ihn herum, über die er sich grade zuvor amüsiert hatte, wirkte.
Plötzlich überbekam ihm der Gedanke, diese Exponate wirklich zu kennen, aber er konnte sich beim besten Willen nicht daran erinnern, jemals Kunstmaler getroffen oder deren Werke betrachtet zu haben.
Ausgenommen seines anderthalb Jahre älteren Bruders, der eine sehr ordentliche Fähigkeit erworben hatte, schöne Landschaften und Tiere bildnerisch darstellen zu können.
Er hätte sich sicherlich aber nicht an einer solchen Vernissage beteiligen. Er malte und zeichnete zwar, doch war das Hobby im Laufe der Jahre etwas eingeschlafen.
Er ging auf in Familie und in Beruf und kümmerte sich um das von der Großmutter geerbten Haus und Hof.
Kürzlich hatte Charly von den Eltern gehört, dass er sich für die gehobene Beamtenlaufbahn qualifizieren wollte und dafür zu Studieren begann. –
Wer konnte der Künstler sein, der ihn so berührte, dass er so überzeugt war, einige dessen Werke seit Jahren zu kennen?
Es müsste eigentlich auf den Bildern signiert sein.
Charly schaute in die unteren Ecken der Leinwände.
Soviel wusste er, dass ein Maler sein Gemälde unten links- oder rechtsbündig mit dem Namen oder einem Kürzel dessen signierte.
Da sah er es und es half ihm nicht wirklich weiter.
Zwei geschwungene in sich verschlungene großgemalte -*M*-.
‚Martin Müller, oder so' dachte er, und ‚so 'n Quatsch! - Mist'.
-*M&M*-!
Irgendwo musste es doch stehen, wie dieser Künstler wirklich hieß!
Er war schon beinahe bereit sich die Peinlichkeit anzutun, hier irgendjemand zu fragen auf wessen Ausstellung er sich überhaupt befand.
Die einzelnen Bilderreihen waren in Themengruppen, durch

Gipswände auf hölzernen Gestellen getrennt, unterteilt.
Er nahm Abstand und wanderte gemächlich, die Hände über den Rücken verschränkt, um diese Gruppen herum.
Schräg zur eigentlichen Wand des Raumes, stand eine solche Trennvorrichtung, auf deren Rückseite das Konterfei eines Künstlers platziert worden war.
Der Mann war ihm gänzlich unbekannt, obwohl, …?!
Die Gesichtszüge schienen in ihm etwas zu erwecken.
Eine Erleuchtung, ein Wiedererkennen. – Nur, an was oder wen?
Diesen Mann jedoch kannte er nicht!
Er trat näher an die Rückwand heran und las: ‚*Marius Meyer*'.
‚Marius Meyer', - das konnte nur der echte Name sein, sonst wäre es banal.
Er ging um diese Trennwandgruppe herum.
Sein Blick fiel nach rechts, wo nur einige wenige Grafiken zu sehen waren.
Irgendwie ganz anders, als gehörten sie hier gar nicht her.
Er schaute sie sich genauer an.
Der Zeichner hieß aber auch -M- - -M-.
Doppel-M.
Aber nicht Marius Meyer, sondern …, Marika Meyer, …. Marika!
Er stand wie erschlagen dort.
Die Farbe wich ihm aus dem Gesicht und er musste schlucken.
Der Hals war ihm trocken geworden, wie ein Reibeisen.
M-A-R-I-K-A M-E-Y-E-R!
Er konnte sich nicht rühren.
Das Denken fiel ihm schwer. Er hatte alle Zeit verloren.
In dem Betrieb vor den Bilder fiel sein Verhalten niemandem auf. Die Leute studierten die Exponate und achteten nicht auf ihn. Andere schlenderten scheinbar ziellos vorbei und übersahen ihn.
Niemand hörte den stillen Schrei in seiner Seele!
Niemand sah seine nahende Ohnmacht.
Marika Meyer, nicht Monika Müller oder Marlis Münster.

Nein, Marika Meyer!
Sein Herz hüpfte.
Wie hatte er sie damals vergeblich gesucht! Und nicht finden können!
Marika Meyer!

„Charly…!"
Er hörte es aus weiter Ferne, wie aus einer anderen Welt, konnte es aber nicht wirklich registrieren.
„Charly, wo bleibst du denn!"
Mike war ungeduldig auf ihn zugerannt, als er ihn endlich gefunden hatte und sein betroffenes Gesicht sah.
Völlig verstört!
„Was ist los mit dir"
„Marika Meyer."
„Wie? Spinnst du jetzt?"
Mike war verwirrt.
„Wir müssen weitermachen. Wir haben einen Zeitplan!"
Charly schaute ihn nur an.
„Marika Meyer!"
Charly betonte es so, als würde es alles, aber auch alles erklären. Mike zupften an seinem Hemdsärmel.
„Komm!"
Und Charly folgte ihm scheinbar willenlos irgend etwas murmelnd: „Marika Meyer…", während Mike nur konsterniert den Kopf schüttelte.

- Epilog -

„*P*apa! Wir müssen los!"

Ich schaute zu den Kindern.
Sie waren heute mit mir zum Lotsenturm gekommen.
Meine Töchter! –
Sie scheinen beide, obwohl zwei Jahre auseinander, ihrer Mutter wie aus dem Gesicht geschnitten.
„Meinst du, wir müssen los?"
Ich bin froh, dass sie mich die ganze Zeit in meinen Gedanken nicht störten.
Sie haben genauso wie ich die Fähigkeit, ja, die Muße, den Schiffen hier und den Booten und sogar den Wellen, mit ihren schmuddelig weiß melierten Schaumkronen, hinterher sehen zu können, ohne sich die Zeit lang werden zu lassen.
Langweilen kann auch einfach nur ‚lange verweilen' bedeuten, ohne sich eintönig angeödet zu füllen.
Es sind eben meine Töchter!
Ich glaube, sie haben beide die Fantasie, genauso wie ich, einer dieser graublaugrünen Wellen in Gedanken bis Cuxhaven zu folgen, dann vorbei an der Kugelbarke in der Elbmündung, bis Norwegen oder Großbritannien, je nachdem, wohin der Sturm sie treibt.
„Papa! - Fahr los!"
„Warum drängelt ihr jetzt auf einem Mal so? Passiert heut noch was Besonderes?"
„Wir sollen es dir eigentlich noch nicht sagen. Es ist eine Überraschung! – Aber heut kommst du ja überhaupt nicht aus deinen Erinnerungen zurück!"
„Gibt's heut falschen Hasen?"
„Das auch. Aber es kommt heute Besuch…!"
„Kommt Tommy?"
„Ja, Tommy kommt." –
Tommy wird in den nächsten Tagen zwanzig.
Das wusste ich natürlich, aber dass er gerade heute zurückkommt. Heute, wo mir die ganze Geschichte der letzten Jahre wie ein Film durch den Kopf ging.
Das ist Zufall.
Tommy war nach seinem Abitur wieder rüber in die Staaten geflogen, um sich einen Studienplatz zu sichern. Er will Klarinette und Violine belegen. Weniger für Klassik; das könnte er in Deutschland vielleicht sogar besser. - Nein, für Jazz und Pop. Und auch für Contemporary Folkmusik. Sowas von Bob Dylon aufwärts.

Ich startete den Motor, fuhr an und freute mich auf mein Lieblingsessen und natürlich vor allem auf Tommy.
Und meine Gedanken schweiften noch einmal zurück.
—

Mike hatte mich damals zurück auf die Bühne geschleift.
Die anderen warteten längst ungeduldig auf uns.
Es war keine Zeit ihnen irgendetwas zu erklären. Sie hätten es im Moment sowieso nicht kapiert.
Und mein Kommentar ‚*Marika Meyer*' konnte ja nicht einmal Mike etwas verständlich machen.
Ich war ja in dem Augenblick irgendwie wie durch geknallt.
Aber der Rufname ‚Marika' hätte Mike in Erinnerung sein müssen; er wusste, außer mir, von ihr.
Soweit ich mich aber erinnere, hatten wir später niemals mehr über Marika und mein großes Leid mit ihr gesprochen. – Obwohl…!
Mit etwas Fantasie hätte er ahnen können, worum es mir gegangen war, wenn er den Text unseres ersten Nummer-eins-Hits richtig verstanden hatte.
‚*Rika, my dear*'!
Aber auch darüber hatten wir nie gesprochen.
Mike war eben ein praktischer Mensch.
Er nahm die Dinge nicht so schwer.
Das Träumen und die Melancholie, die mich ab und an überfielen, wie andere die Migräne, nur mit einer andersartigen Schmerzhaftigkeit, waren ihm fremd.
Er sah mir den Schmerz wohl an, reagierte aber, wie bei ihm üblich, praktisch und logisch.
So hatte Mike auch schnell, zweckmäßig wie er war, ganz unauffällig ein Textmanuskript mit den noch folgenden Songs an das vor mir stehende Mikrofonstativ drapiert.
Er wusste zwar nicht, was er mit meiner Verwirrtheit anfangen sollte, jedoch hatte er gespürt, dass ich jetzt diese Hilfe wohl nötig hatte.
Wie wohl gedacht und gehandelt!
Denn gleich beim ersten Stück dieses letzten Sets, kamen mir die ersten Worte des zweiten Verses nicht in den Sinn.
Das passierte mir schon gelegentlich.
Genau deshalb hatten wir überhaupt die Textmanuskripte immer zur Sicherheit dabei.
Ich hatte immer noch nicht richtig gelernt Noten zu lesen.

Wenn mir dann auch noch der Text entfiel, konnte es geschehen, dass auch die Gehirnschublade für die Melodie klemmte.
Da konnten dann auch die Bandmitstreiter mir nicht so schnell helfen. Es ging einfach ständig zu viel vor in meinem Geiste.
Wenn dann auch noch Emotionen wie Melancholie oder wie damals, diese seltsame Verwirrtheit störten, konnte das katastrophal enden. Gottseidank hatte sich bei uns so etwas nie zugetragen.
Irgendwie hatte einer von uns rechtzeitig erkannt, dass etwas in der Luft war, und entsprechend, wie auch dieses Mal reagiert.
Aber wir hatten die verrücktesten Erlebnisse bei anderen Musiker gehabt.

—

Nach ein, zwei Songs und dem darauf folgenden Applaus, kam ich wieder zu mir.
Mit Bravour beendeten wir die Zugaben, und ich konnte auf die Suche gehen.
Nach … Marika!

—

Übrigens!
Ich träumte irgendwann noch einmal vom Teufel.
Dieses Mal sah er so aus, wie man sich den Teufel vorstellt!
Gehörnt und furchterregend.
In Rot und Schwarz!
Ich rief: „Wo ist der Teufelsvertrag? - Ich trete zurück, sofort! - Ich steige aus!"
Dieses Mal lachte er nicht so meckernd!
Dieses Mal rief er nur: „Oh!?! - Du musst ja wissen, was du tust!"
Und!
Er war verschwunden!
Nachdem ich aufgewacht war, nahm ich die Gitarre, versuchte ein paar Riffs und Läufe, und, ob man's glaubt oder nicht:
Charly ‚*fast-finger*' Fleischmann war nicht mehr!
Nun gab es nur noch Martin Fleischmann.

—

Über Marikas Bruder, der mich natürlich nicht erkannte als den Schwager in spe, fand ich erwartungsgemäß den Kontakt zu Marika wieder.
Sie war bei uns im Publikum gewesen. Ich hatte sie nur nicht bemerkt.
Wer weiß, wie die Situation dann gelaufen wäre, hätte ich sie dort gesehen?!?

—

Ein riesiger Kreis hatte sich endlich geschlossen und wir fielen uns selig in die Arme.
Ich wollte mich ihr erklären.
Seicht hob sie den, mit den blonden Wellen umwogten Kopf zu mir empor und legte ihren Zeigefinger auf meine Lippen.
„Nein! Lass es…, kein Wort, bitte! – Es ist alles gut."
Mir liefen die Tränen über die Wangen hinunter, bis in mein dunkles T-Shirt hinein.
Die um uns Stehenden schauten verwundert. Niemand verstand.
Nur ich und Marika!
Sie nahm mich bei der Hand und führte mich in den ruhigeren hinteren Bereich der Veranstaltungshalle.
Ich folgte ihr wie willenlos.
Sie fiel mir wieder um den Hals und flüsterte: „Irgendwie ist mir so, als hätten wir längst alles geklärt!"
Ich nickte, nahm ihre so zarten Wangen in meine beiden Hände und antwortete unter Schlucken: „Ich hab dich immer geliebt!"
„Ich weiß!"
„Ich habe dich so gesucht…. Bis ich glaubte, du liebst mich gar nicht."
„Ich weiß! – Beate hat mir Vieles erzählt. Und Lily. Und Maurice. Aber ich wusste einfach nicht, wo du warst!"
„Nun ist alles gut! Und wir haben uns endlich gefunden. Und niemand wird uns wieder trennen."
„Ja. Niemand wird uns trennen."
Ich setzte mich auf eines der Flightcases, in denen die Gitarren und Verstärker transportiert wurden, die die Roadies hier deponiert hatten und nahm sie auf meinen Schoß.
Sie sagte: „Wie sollte ich auch ahnen, dass du so weit weggehen musstest, um solch eine Karriere machen zu können?"
„Scht, scht…!"
Nun legte ich meinen Finger auf ihren Mund.
„Ich liebe dich!" sagte ich und dachte an den Tag, an dem ich noch leichte Zweifel daran hegte, ob sie die Richtige wäre. –
Weil wir doch gleich in der ersten Nacht… und ich dachte:

--- Manche Mädchen sind so frei---